Anne de Green Gables

L. M. Montgomery

Anne de Green Gables

TRADUÇÃO
Maria do Carmo Zanini
Renée Eve Levie

martins Fontes
selo martins

Publisher	*Evandro Mendonça Martins Fontes*
Produção editorial	*Luciane Helena Gomide*
Produção gráfica	*Sidnei Simonelli*
Projeto gráfico	*Renata Miyabe Ueda*
Diagramação	*Jordana Chaves*
Tradução	*Maria do Carmo Zanini (até o capítulo XIX)*
	Renée Eve Levie (capítulo XX em diante)
Preparação	*Denise Roberti Camargo*
Revisão	*Carolina Hidalgo Castelani*
	Dinarte Zorzanelli da Silva
	Huendel Viana

Dados Internacionais de Catalogação na Publicação (CIP)
(Câmara Brasileira do Livro, SP, Brasil)

Montgomery, L. M.
Anne de Green Gables / L. M. Montgomery ; tradução Renée Eve Levie, Maria do Carmo Zanini. – São Paulo : Martins, 2009.

Título original: Anne of Green Gables.
ISBN 978-85-61635-06-0

1. Literatura juvenil 2. Romance canadense I. Título.

09-02951 CDD-028.5

Índices para catálogo sistemático:
1. Romance : Literatura juvenil 028.5

Todos os direitos desta edição reservados à
Martins Editora Livraria Ltda.
Av. Dr. Arnaldo, 2076
01255-000 São Paulo SP Brasil
Tel.: (11) 3116 0000
info@emartinsfontes.com.br
www.emartinsfontes.com.br

1ª edição 2009 | **2ª reimpressão** janeiro de 2019 | **Fonte** Wilke
Papel Offset 75g/m² | **Impressão e acabamento** Corprint

Em tua sina cruzaram-se boas estrelas
Que te fizeram de fogo, espírito e orvalho.

BROWNING

SUMÁRIO

APRESENTAÇÃO

Anne de Green Gables, de Lucy Maud Montgomery, um romance canadense que há cem anos agrada e comove jovens e adultos do mundo todo, finalmente chega aos leitores brasileiros. Desconhecida em nosso país, essa obra clássica, *best-seller* nos mercados europeus e norte-americanos, se tornou um ícone cultural, inspirando a criação de vários espetáculos teatrais, filmes, séries televisivas e desenhos animados. Trata-se, pois, de um texto com extensas qualidades universais, uma opção de entretenimento para todos que buscam uma leve, mas valiosa, leitura familiar.

Publicado nos Estados Unidos pela primeira vez em 1908, o romance, em 1925, atravessou o Atlântico e na Inglaterra superou 1 milhão de cópias. A história de uma menina de temperamento extraordinário que em consequência de uma confusão chega do orfanato à Ilha Principe Eduardo para enfim ser adotada por um casal de irmãos já envelhecidos conseguiu preencher uma lacuna entre as obras juvenis da época. Qual foi o segredo desse incrível sucesso?

Escrito nos primeiros anos do século XX, o livro de Lucy Maud Montgomery, embora em grande parte inspirado pela literatura contemporânea, situou-se em oposição às tendências dominantes do seu tempo. Abordando os problemas sociais retratados antes nas obras da era vitoriana, Montgomery foi capaz de apresentá-los de uma nova e revivificante perspectiva. O seu romance mostrou o mundo dos adultos visto pelos olhos de uma criança, e não o contrário, como era comum até então.

Esse conceito original foi ditado à autora pela sua própria vida. Montgomery nasceu em 1874 em Clifton, na Ilha Príncipe Eduardo, Canadá. Sua mãe, Clara Woolner Macneill Montgomery, morreu de tuberculose quando a criança tinha menos de dois anos de idade. O pai, John Hugh Montgomery, deixou a província e estabeleceu-se no oeste do país. Lucy passou a infância sob o cuidado dos avós em Cavendish, uma pequena aldeia litorânea, e foi criada por eles sob a severa disciplina típica da cultura britânica do século XIX. As marcantes experiências daquele tempo e as emoções a elas relacionadas, das quais Montgomery nunca se esqueceu, permitiram-lhe criar uma genuína figura juvenil – um ser humano com vida sentimental própria, e não uma cópia menor de pessoa adulta.

Ao contrário dos seus precedentes literários, Anne Shirley convive plenamente com o mundo à sua volta, apresentando uma sincera e ao mesmo tempo bastante crítica atitude em relação a ele. Esse individual modo de pensar é exatamente o que permite distinguir a personagem criada por Montgomery de uma protagonista infantil convencional. *Anne de Green Gables* mostra o processo de amadurecimento de uma menina sensível que em sua inteligência analisa a realidade ao seu redor e tira das suas observações conclusões próprias. Na literatura da época, a criança era uma figurinha de papel, um mero pretexto para uma história com mensagem moral. Montgomery, desenvolvendo o conceito de Mark Twain, autor das famosas *Aventuras de Tom Sawyer*, transformou-a num autêntico e completo ser psicológico que ao longo da ação do romance evolui, passando por vários dilemas e conflitos internos. Não a privou, contudo, dos privilégios da juventude. Anne descobre os lados positivos e negativos da existência, no entanto, mesmo dotada desse conhecimento, consegue manter um vivo interesse pelo mundo e sempre achar um motivo para a alegria.

Sendo uma encantadora história juvenil, *Anne de Green Gables* é também um vivo e sagaz comentário sobre o mundo fundado nos princípios vitorianos. Embora crescida numa pequena vila canadense, a autora tinha um vasto conhecimento da realidade social do seu tempo e da literatura que a refletia. O seu romance é, portanto, tecido de alusões às normas e às ideias da época, frequentemente contestadas pela inocente personagem principal, para a qual as convenções sociais parecem não existir. Ao contrário de Oliver Twist, de Charles Dickens, ou Elsie Dinsmore, de Martha Finley, Anne Shirley está muito longe de ser uma criança ideal. As suas virtudes têm um contrapeso em faltas. Acompanhamos as suas peripécias na escola, os pequenos e engraçados enganos cometidos nos afazeres domésticos e as explosões do seu temperamento, que sempre a mete em apuros. A paixão de viver, a capacidade de apreciar o dia de hoje e a charmosa tagarelice da menina, embora finalmente conquistem todos à sua volta, no início causam desconfiança, pois não correspondem às normas contemporâneas de educação, segundo as quais uma criança deveria ser vista, mas nunca ouvida. As preocupações de Anne com a sua própria aparência também não lhe facilitam a vida entre os adultos. Desejando ser bonita de acordo com os modelos estéticos do começo do século XX, a ruiva e sardenta menina cai na armadilha da própria sociedade hipócrita, que de um lado valoriza qualidades externas e de outro condena a vaidade.

Lucy Maud Montgomery situa a sua personagem num maravilhoso ambiente natural. As paisagens da Ilha Príncipe Eduardo, terra natal da autora, encantam a criança e inspiram a sua rica imaginação. A natureza realiza um papel importante em vários e também juvenis textos da época, durante a qual as consequências do progresso civilizatório começam a ser percebidas. Todavia, enquanto Frances

Hodgson Burnett, em *O Jardim Secreto*, glorifica as propriedades medicinais do contato com o mundo natural, Montgomery propõe uma perspectiva inovadora. No seu texto, o meio ambiente não é mais um instrumento nas mãos humanas nem um fundo decorativo dos acontecimentos, mas sim um independente, porém amistoso, ser vivo. O ciclo de transformações anuais da natureza acompanha e complementa as mudanças na vida do homem, deixando a certeza de que tudo o que existe é parte de uma totalidade maior. Como Robert Browning, declarado panteísta cujas palavras formam o lema de *Anne de Green Gables*, Montgomery parece acreditar que a divindade se revela na natureza. É por isso que os versos do autor vitoriano pós-romântico, nos quais grandes forças do mundo vivo evocam uma atmosfera misteriosa junto à poesia de Alfred Tennyson, em que as crenças do povo se misturam com lendas e mitos clássicos, permeiam o romance, sendo introduzidos como leituras da imaginativa Anne. Ao construir uma vasta rede de alusões literárias, Montgomery não só aprofunda motivos singulares, mas também contextualiza a sua obra, incluindo-a numa corrente da cultura contemporânea.

Embora no intrigante enredo de *Anne de Green Gables* as influências locais da Ilha Príncipe Eduardo recebam enorme importância, também estão presentes nele alguns elementos metropolitanos ou mesmo globais. Tendo sua origem nas revistas internacionais lidas pela autora à procura de inspiração, esses estilhaços de um grande mundo servem como contraponto às imagens de uma pequena e tranquila província canadense, ainda que sublinhando os seus valores. Pois o lugar da infância, protegido nas mais caras memórias, permanece como ponto de referência e inatingível modelo a todos os outros, conhecidos apenas na vida adulta.

O distante mundo de capas coloridas foi refletido também na imagem da protagonista. Como Irene Gammel afirma no seu livro *Looking for Anne*, a figura do romance é uma compilação de órfã pobre e garota reluzente. "Se dentro de mim houvesse apenas uma Anne, seria tão mais confortável, mas por outro lado nem pela metade tão interessante" – ela diz sobre si mesma. O fato de Anne ser o resultado de uma composição de fragmentos explica a sua incrível popularidade entre os leitores de culturas tão diversas, como a polonesa e a japonesa.

Entretanto, não há dúvidas de que Anne, em toda a sua complicação, em grande parte é um mais afortunado *alter ego* de Lucy Maud Montgomery, que passou a infância transformando as suas visões em contos e poesias. Chamada pela família de "Maud", a criadora de uma das mais famosas heroínas juvenis de todos os tempos projetou nela a sua própria fome de amor e apreciação, a sua solidão, determinação e ambição. O romance revelou-se então um jeito de introduzir o velho sonho na realidade e, em alguns aspectos, até ultrapassá-lo. Pois, graças ao dom de descrever o seu mundo íntimo, Montgomery conseguiu lançar-se de uma pequena vila na costa leste do Canadá para o iluminado palco mundial e tornar-se instantaneamente mulher de sucesso, derrubando de uma só vez várias convenções da época. A sua alta posição social, comprovada pela boa formação em Prince of Walles College (onde recebeu a licença de professora) e na Dalhousie University, na Nova Escócia, não lhe recompensou, porém, a sensação de perda na vida privada. Os problemas da realidade acharam solução no mundo da ficção. Apesar de várias dificuldades, Anne Shirley atinge enfim a felicidade que tanto almejou a sua criadora.

Logo após o sucesso do romance, Montgomery mudou-se com o seu marido para Ontário. Lá escreveu mais onze volumes, nos quais a história de Anne foi continuada. Embora a autora não tenha conseguido alcançar neles o nível de grandeza da primeira parte do ciclo, os seus livros até hoje gozam da apreciação dos leitores cujas emoções foram conquistadas pela simpática heroína de cabelos vermelhos.

Lucy Maud Montgomery faleceu em 24 de abril de 1942, em Toronto, ano em que os seus livros pela primeira vez foram publicados no Canadá. Foi enterrada em Cavendish, perto de tudo o que amou tanto nos anos da juventude. O mundo da sua extraordinária imaginação permanece aberto para todos os que quiserem conhecê-lo. Habitado por multidimensionais, vivas e características personagens, é uma infinita fonte de humor sagaz, reflexão e autêntica emoção. É um mundo amável, fascinante em sua riqueza, surpreendente e, ainda assim, harmonioso. Participar dele nos dá uma prazerosa e – nos tempos em que vivemos – inestimável sensação de que tudo na vida tem o seu sentido e vai em apropriada direção. Resta esperar que o velho mundo equilibrado de Anne de Green Gables possa sobreviver nos jovens leitores.

Anna Bajor-Ciciliati

I
A sra. Rachel Lynde é surpreendida

A sra. Rachel Lynde morava bem onde a estrada principal de Avonlea desaparecia numa pequena valeira margeada por amieiros e brincos-de-princesa e atravessada por um regato que nascia lá no bosque da antiga chácara dos Cuthbert. Diziam que, perto da nascente, no meio do bosque, o regato era intricado e impetuoso, cheio de lagos e saltos obscuros e secretos; mas, ao chegar ao Vale dos Lynde, era um riozinho sereno e bem comportado, pois nem mesmo um regato podia passar pela porta da sra. Rachel Lynde sem demonstrar o devido respeito pela decência e o decoro. O riacho provavelmente sabia que a sra. Rachel estava sentada à janela, de olho em tudo o que se passava por ali – fossem regatos ou crianças – e que, se notasse alguma coisa estranha ou inapropriada, ela não descansaria até pôr às claras as causas e os motivos de tudo.

Em Avonlea e fora dela, não faltavam pessoas que, para bisbilhotar os vizinhos, deixavam de cuidar da própria vida; mas a sra. Rachel Lynde era uma daquelas criaturas eficientes que conseguiam cuidar dos próprios assuntos e, de lambuja, meter-se também nos dos outros. Era uma dona de casa notável: fazia sempre seu trabalho, e o fazia bem; "organizava" o Clube de Costura e ajudava a dirigir a escola dominical, além de ser o principal sustentáculo da Sociedade Beneficente da Igreja e da Assistência às Missões Estrangeiras. E, mesmo com tudo isso, a sra. Rachel ainda arranjava tempo para passar horas sentada à janela de sua cozinha, tricotando colchas de "chenile" – já fizera dezesseis delas, como as donas de casa de Avonlea, admiradas, costumavam contar – e vigiando atentamente a estrada principal que cruzava a valeira e que depois subia e contornava a colina íngreme e vermelha um pouco mais adiante. Como Avonlea ficava numa pequena península triangular que invadia o golfo de São Lourenço, e via-se cercada por água dos dois lados, quem saísse ou entrasse era obrigado a passar pela estrada da colina e enfrentar o crivo invisível do olhar onividente da sra. Rachel.

E certa tarde, no início de junho, lá estava ela, sentada em seu lugar costumeiro. O sol entrava pela janela, cálido e intenso; o pomar que crescia no barranco, logo abaixo da casa, era uma exuberância nupcial de flores rosadas, quase brancas, e no alto zumbiam milhares de abelhas. Thomas Lynde – um homenzinho dócil a quem a gente de Avonlea se referia como "o marido de Rachel Lynde" – semeava o nabo temporão no campo do lado da colina, para lá do celeiro, e sem dúvida Matthew Cuthbert estaria plantando também suas sementes na terra vermelha do lado do riacho, lá para as bandas de Green Gables. A sra. Rachel sabia que sim, porque, na tarde anterior, ouvira-o comentar com Peter Morrison, no armazém de William J. Blair, em Carmody, que pretendia semear os nabos no dia seguinte, depois do almoço. Naturalmente, coubera a Peter perguntar, pois nunca se ouviu falar que Matthew Cuthbert tivesse alguma vez na vida fornecido de livre e espontânea vontade uma informação que fosse.

E, no entanto, lá estava Matthew Cuthbert, às três e meia da tarde de um dia útil, conduzindo placidamente o carro pela valeira e depois colina acima. Como se não bastasse, ele usava colarinho branco e vestia suas melhores roupas, prova de que estava saindo de Avonlea, além de levar a charrete e a égua alazã, o que indicava uma distância considerável. Aonde ia Matthew Cuthbert e por quê?

Se fosse qualquer outro homem de Avonlea, a sra. Rachel, depois de habilmente juntar dois mais dois, poderia ter adivinhado a resposta para as duas perguntas. Mas era tão raro Matthew sair de casa que, para tirá-lo de lá, teria de ser algo urgente e incomum: ele era o homem mais tímido da face da Terra e detestava se ver entre pessoas estranhas ou ir a qualquer lugar onde fosse obrigado a falar. Matthew, todo arrumado como estava, de colarinho branco e à boleia de uma charrete, era algo que acontecia raramente. A sra. Rachel, por mais que pensasse, não conseguia atinar com o motivo, e o prazer da tarde se perdera.

– Vou dar um pulinho em Green Gables depois do chá e perguntar a Marilla aonde ele foi e por quê – concluiu, por fim, a distinta mulher. – Ele não costuma ir à cidade nesta época do ano e *nunca* visita ninguém. Se tivessem acabado as sementes de nabo, ele não teria se arrumado todo nem usado a charrete para ir comprar mais; não estava com pressa, por isso não deve ter ido atrás de um médico. Mas alguma coisa deve ter acontecido entre ontem e hoje para fazê-lo partir. Estou completamente intrigada, ah se estou, e não vou mais ter paz de espírito nem de consciência até descobrir o que fez Matthew Cuthbert sair de Avonlea hoje.

Dito e feito, depois do chá, a sra. Rachel pôs-se a caminho. Não precisava ir muito longe: a casa grande, ampla e aninhada entre pomares em que os Cuthbert viviam, ficava a menos de quatrocentos metros do Vale dos Lynde, subindo a estrada. Na verdade, o caminhozinho interminável tornava a distância bem maior. Ao construir a casa, o pai de Matthew Cuthbert, tão tímido e quieto quanto o filho, havia se afastado o máximo possível de seus semelhantes, sem precisar realmente se esconder no mato. Green Gables fora erigida no canto mais distante do terreno roçado, e ali havia ficado, onde mal era vista a partir da estrada principal, ao longo da qual se situavam, com tamanha amabilidade, as outras casas de Avonlea.

Para a sra. Rachel Lynde, a vida num lugar como aquele não era *vida*.

– É só uma *temporada*, isso sim – ia dizendo enquanto seguia pela vereda bem marcada e coberta de relva, margeada por roseiras silvestres. – Não me admira que Matthew e Marilla sejam os dois um tantinho esquisitos, isolados aqui em cima dessa maneira. As árvores não servem de companhia a ninguém, mas, se servissem, Deus sabe que já seriam muitas. Prefiro ver gente. Ah, sim, eles parecem bem felizes. Mas, por outro lado, creio que já se acostumaram. As pessoas se acostumam a qualquer coisa, até ao próprio enforcamento, como dizem os irlandeses.

E, com isso, a sra. Rachel deixou a vereda e entrou no quintal de Green Gables. Era um pátio verde, limpo e meticuloso; limitado por salgueiros imponentes e patriarcais, de um lado, e por empertigados álamos-pretos, do outro. Não se via um graveto, uma pedra fora de lugar, pois a sra. Rachel os teria visto se algum houvesse. Ali com seus botões, era de sua opinião que Marilla Cuthbert varria o quintal com a mesma frequência com que varria a casa. Era possível usar aquele chão como prato sem exceder a medida de terra que cabia a cada um*.

A sra. Rachel bateu vivamente à porta da cozinha e entrou tão logo recebeu permissão para tanto. A cozinha de

* Referência ao provérbio inglês "We must eat a peck of dirt before we die" [Haveremos de comer uma medida de terra antes de morrer]. (N. T.)

Green Gables era um cômodo alegre – ou melhor, seria alegre se não estivesse tão aflitivamente limpo, a ponto de dar a impressão de ser uma sala sem uso. As janelas davam para leste e oeste; por esta, que se abria para o quintal, entrava aos borbotões a luz suave de fim de primavera; mas a do leste – de onde se viam de relance as flores brancas das cerejeiras no pomar do lado esquerdo e as bétulas esguias e inclinadas lá embaixo, na valeira às margens do riacho – verdejava com um emaranhado de vinhas. Ali costumava sentar-se Marilla Cuthbert, quando lhe convinha sentar, sempre ligeiramente receosa da luz do sol, que lhe parecia uma coisa por demais irrequieta e irresponsável para um mundo que era forçoso levar a sério; e ali estava sentada naquele momento, tricotando, e atrás dela a mesa para o jantar já estava posta.

A sra. Rachel, antes de fechar de todo a porta, tomara nota mentalmente de tudo o que estava sobre a mesa. Havia três pratos e, portanto, Marilla esperava que alguém retornasse com Matthew a tempo para o chá; mas eram os pratos comuns do dia a dia e havia somente compotas de maçãs silvestres e um único tipo de bolo, de modo que a visita esperada não deveria ser especial. Mas e o colarinho branco de Matthew e a égua alazã? A sra. Rachel já estava ficando tonta com esse extraordinário mistério na pacata e nada misteriosa Green Gables.

– Boa tarde, Rachel – disse Marilla, toda animada. – Não é realmente um belo fim de tarde? Sente-se, por favor. Como vai a família?

Existia – e sempre havia existido – uma espécie de amizade, por falta de nome melhor, entre Marilla Cuthbert e a sra. Rachel, apesar de – ou talvez justamente por causa de – suas diferenças.

Marilla era uma mulher magra e alta, com ângulos e sem curvas. Os cabelos negros exibiam mechas grisalhas e estavam sempre atados num coquezinho apertado, contido agressivamente por dois grampos de arame. Aparentava ser uma mulher de experiência limitada e consciência severa, e era mesmo; mas havia algo de redentor em sua boca que, se tivesse se desenvolvido um pouco mais, poderia ter passado por senso de humor.

– Estamos todos muito bem – respondeu a sra. Rachel. – Mas cheguei a recear que *você* não estivesse ao ver Matthew partir hoje cedo. Pensei que ele talvez tivesse saído em busca de um médico.

Marilla repuxou os lábios em sinal de compreensão. Ela já esperava uma visita da sra. Rachel: sabia que o passeio de Matthew, assim tão sem motivo, seria um pouco demais para a curiosidade da vizinha.

– Nada disso, estou muito bem, apesar da enxaqueca de ontem – ela comentou. – Matthew foi a Bright River. Vamos adotar um menino do orfanato da Nova Escócia, e a criança chegará hoje, no trem da noite.

Se Marilla tivesse dito que Matthew fora a Bright River receber um canguru australiano, a sra. Rachel não teria ficado mais abismada. Na verdade, ela ficou bestificada durante uns cinco segundos. Não havia a menor possibilidade de Marilla estar de zombaria, mas a sra. Rachel foi quase obrigada a supor que estivesse.

– Está falando sério, Marilla? – perguntou, tão logo recuperou a voz.

– Mas é claro que sim – respondeu Marilla, como se adotar meninos órfãos da Nova Escócia fosse um dos afazeres de primavera costumeiros de qualquer fazenda bem ajustada de Avonlea, e não uma novidade inaudita.

A sra. Rachel parecia ter recebido um forte choque mental. Todos os seus pensamentos terminavam com pontos de exclamação. Um menino! Marilla e Matthew Cuthbert, quem diria, iam adotar um menino! Um órfão! Ora, o mundo certamente estava de pernas para o ar! Nada mais a surpreenderia depois daquilo! Nada!

– Como é que você enfiou uma ideia dessas na cabeça? – ela indagou com ar desaprovador.

Fizeram aquilo sem pedir-lhe um conselho e, portanto, era necessário demonstrar desaprovação.

– Bem, já estávamos pensando nisso havia algum tempo... Durante todo o inverno, na verdade – retrucou Marilla. – A sra. Alexander Spencer passou por aqui certo dia, pouco antes do Natal, e disse que pretendia adotar uma menina do orfanato de Hopetown, na primavera. Ela tem uma prima na cidade e informou-se a respeito ao visitá-la. Matthew e eu discutimos o assunto várias vezes desde então. Pensamos em adotar um menino. Matthew está ficando velho, não é mesmo? Ele tem sessenta anos e já não é mais tão ágil como antigamente. O coração o aflige bastante. E você sabe como é difícil arrumar bons empregados. Nunca há gente disponível, a não ser aqueles garotinhos franceses, quase crescidos e estúpidos. E, quando finalmente conseguimos fazê-los trabalhar como se deve e aprender alguma coisa, eles se mandam para as fábricas de beneficiamento de lagosta ou para os Estados Unidos. No início, Matthew sugeriu que arranjássemos um dos órfãos emigrados, mas eu fui categórica: "não", de jeito nenhum. E eu disse: "Pode ser que não haja nada de errado com eles, e não estou dizendo que há, mas, não. Nada de brutos saídos das ruas de Londres em minha casa. Que seja ao menos alguém desta terra. Não importa quem seja, o perigo já existe. Mas eu ficaria mais tranquila e dormiria bem melhor se arranjássemos um canadense". E, assim, acabamos decidindo pedir a sra. Spencer que nos escolhesse um menino quando fosse à cidade pegar sua garotinha. Na semana passada, ficamos sabendo que ela estava para ir e mandamos o recado através dos parentes que Richard Spencer tem em Carmody, para que ela nos trouxesse um menino esperto e bem apessoado, por volta dos dez ou doze anos. Decidimos que essa seria a melhor idade: crescidinho o bastante para ser de alguma serventia nas tarefas diárias e jovem o suficiente para ser treinado como se deve. Nossa intenção é dar a ele um bom lar e uma boa educação. O carteiro que veio da estação nos trouxe hoje um telegrama da sra. Alexander Spencer dizendo que chegariam no trem das cinco e meia. E por isso Matthew foi a Bright River receber a criança. A sra. Spencer deixará o menino lá, pois, naturalmente, seguirá até a estação de White Sands.

A sra. Rachel orgulhava-se de sempre dizer o que pensava e começou a falar naquele instante, depois de ter se habituado àquela notícia formidável.

– Bem, Marilla, só me resta dizer, com toda a franqueza, que acho que vocês vão cometer uma grande estupidez... É um perigo, isso sim. Vocês não sabem no que estão se metendo. Estão trazendo para casa um estranho, não sabem nada a respeito desse menino, qual é seu temperamento, que espécie de pais ele teve ou no que ele vai se transformar. Ora, ainda na semana passada, li no jornal que um homem e a esposa, gente do lado oeste da ilha, adotaram um menino órfão: ele botou fogo na casa durante a noite – e *de propósito*, Marilla – e quase os esturricou enquanto dormiam. E sei de um outro caso em que um menino adotado costumava chupar os ovos das galinhas e não houve quem o fizesse perder o hábito. Se tivesse pedido meu conselho, coisa que você não fez, Marilla, por piedade eu teria lhe dito para esquecer essa ideia, é o que digo.

Esse consolo de Jó não pareceu ofender nem alarmar Marilla. Ela continuou tricotando.

– Não vou negar que você tem uma certa razão no que diz, Rachel. Eu mesma tive receios. Mas Matthew estava tão decidido. Dava para notar, e foi por isso que cedi. É tão raro Matthew querer tanto assim alguma coisa que, quando acontece, me sinto na obrigação de ceder. E quanto ao risco, quase tudo que fazemos neste mundo é arriscado. É arriscado até ter os próprios filhos, se pensarmos bem... Não é sempre que dão boa coisa. E, de qualquer maneira, a Nova Escócia fica bem perto da ilha. Não vamos mandar trazer o menino da Inglaterra ou dos Estados Unidos. Não é possível que ele seja tão diferente de nós.

– Pois então, espero que tudo acabe bem – disse a sra. Rachel, num tom de voz que indicava claramente suas dúvidas aflitivas. – Só não vá dizer que eu não a avisei se por acaso ele tocar fogo em Green Gables ou envenenar o poço com estricnina... Ouvi falar de um caso assim em New Brunswick. Uma criança de orfanato fez isso, e a família inteira morreu numa agonia terrível. Só que, dessa vez, foi uma menina.

– Ora, não vamos adotar uma menina – comentou Marilla, como se envenenar poços fosse uma façanha puramente feminina e não houvesse o que temer no caso de um garoto. – Eu nunca me atreveria a criar uma menina. Admira-me que a sra. Alexander Spencer faça uma coisa dessas, mas, até aí, *ela* não teria medo de adotar um orfanato inteiro se metesse a ideia na cabeça.

A sra. Rachel adoraria ficar até Matthew voltar com o órfão importado, mas, imaginando que ele ainda levaria umas duas horas para chegar, decidiu subir a estrada e dar um pulo na casa de Robert Bell para contar a novidade.

Sem dúvida alguma, a notícia causaria a maior sensação que já se vira, e a sra. Rachel adorava causar sensação. Portanto, ela foi embora, de certo modo para alívio de Marilla, que sentia renascer suas dúvidas e seus temores, influenciada pelo pessimismo da sra. Rachel.

– Mas será o benedito! – exclamou a sra. Rachel ao se ver de volta à veredazinha e a uma distância segura dos ouvidos de Marilla. – Parece realmente que estou sonhando. Bem, já estou com pena do pobrezinho, e não é para menos. Matthew e Marilla não entendem bulhufas de crianças e esperam que o menino seja mais sério e ajuizado que o próprio avô, se é que teve um, o que eu duvido. Parece tão extraordinário imaginar uma criança em Green Gables: nunca houve uma, pois Matthew e Marilla já estavam crescidos quando a casa foi construída... Se é que chegaram a *ser* crianças um dia, o que é difícil de acreditar quando se olha para eles. Eu não queria estar na pele desse órfão por nada neste mundo. Mas tenho muita pena dele, ah se tenho.

Foi o que disse, de todo o coração, a sra. Rachel às roseiras silvestres. No entanto, se pudesse ver a criança que aguardava pacientemente na estação de Bright River naquele exato momento, ela teria sentido uma pena ainda maior e mais profunda.

II
Matthew Cuthbert é surpreendido

Matthew Cuthbert e a égua alazã, seguindo num trote confortável, percorreram os doze quilômetros até Bright River. Era uma estrada bonita que margeava chácaras bem apanhadas e, de quando em quando, atravessava bosques de abetos balsâmicos ou uma valeira onde as ameixeiras silvestres deixavam pender suas flores diáfanas. O ar trazia o hálito perfumado de várias macieiras, e os prados subiam e desciam encostas ao longe, rumo às brumas do horizonte purpurino e perolado; enquanto

Os passarinhos cantavam como se fosse
O único dia de verão do ano.

Matthew desfrutava a viagem a sua maneira, a não ser nos momentos em que passava por mulheres na estrada e era obrigado a cumprimentá-las com um aceno de cabeça – pois, na Ilha Príncipe Eduardo, era preciso acenar para todos que se encontrasse no caminho, fossem ou não conhecidos.

Matthew temia todas as mulheres, com exceção de Marilla e da sra. Rachel. Tinha a sensação de que essas criaturas misteriosas riam dele em segredo. Talvez não estivesse muito longe da verdade, pois ele era uma personagem de aparência estranha e desajeitada, com cabelos compridos e grisalhos que lhe roçavam os ombros caídos e com a mesma barba castanha e cerrada que ele cultivava desde os vinte anos. Na verdade, sua aparência aos vinte não fora muito diferente de seu aspecto aos sessenta, exceto pela ausência de cabelos brancos.

Quando chegou a Bright River, não havia sinal do trem. Pensou que ainda fosse muito cedo e, então, amarrou a égua no pátio do pequeno hotel de Bright River e seguiu a pé até a estação. A plataforma comprida estava quase deserta: a única criatura à vista era uma menina sentada sobre um monte de seixos lá na outra ponta. Matthew, mal reparando que *era* uma menina, passou meio de lado por ela, o mais rápido possível, sem olhar para a criança. Se tivesse olhado, dificilmente teria deixado de notar a rigidez tensa e a expectativa de sua postura e expressão. Ela estava ali sentada à espera de alguma coisa ou de alguém, e já que esperar sentada era a única coisa a fazer naquele momento, sentada ela esperava com todas as suas forças.

Matthew encontrou o agente ferroviário ocupado em trancar a bilheteria, preparando-se para ir jantar em casa, e perguntou se o trem das cinco e meia chegaria logo.

– O trem das cinco e meia já chegou e já saiu meia hora atrás – respondeu o enérgico ferroviário. – Mas deixou aí uma passageira para você: uma garotinha. Ela está sentada ali, sobre os seixos. Pedi-lhe que ficasse na sala de espera das senhoras, mas, muito séria, ela respondeu que preferia ficar aqui fora. "Há mais espaço para a imaginação", foi o que disse. Ela é uma figura, por falar nisso.

– Não estou esperando uma menina – disse Matthew categórico. – Vim pegar um menino. Ele deveria estar aqui. A sra. Alexander Spencer ficou de trazê-lo da Nova Escócia para mim.

O agente ferroviário assobiou.

– Creio que houve um mal-entendido. A sra. Spencer desceu do trem com aquela menina e a deixou a meus cuidados. Disse que você e sua irmã iriam adotar a orfãzinha e que você viria buscá-la. É tudo que sei... e não tenho nenhum outro órfão escondido por aqui.

– Não entendo – disse Matthew, desamparado, desejando que Marilla estivesse ali para dar um jeito na situação.

– Bem, então é melhor perguntar à menina – comentou o agente, com indiferença. – Tenho quase certeza de que ela será capaz de explicar: ela tem língua própria, quanto a isso, não há dúvida. Pode ser que não tivessem mais meninos do modelo que você queria.

E o homem partiu, a passos lépidos, pois estava com fome, e deixou o infeliz Matthew ali para fazer o que, para ele, era mais difícil do que enfrentar um leão em sua cova: aproximar-se de uma menina, uma estranha, uma órfã, e indagar por que ela não era um menino. O espírito de Matthew gemeu quando ele deu meia-volta e se arrastou timidamente pela plataforma na direção da garotinha.

A menina o observava desde o instante em que ele passara por ela e, agora, não tirava os olhos de cima dele. Matthew não estava olhando para ela e, se estivesse, não teria reparado em sua aparência, mas eis o que um observador comum teria visto:

Uma criança de uns onze anos, metida num vestido muito curto e muito feio de baetilha cinza-amarelada. Usava um chapéu de palhinha marrom e desbotado sob o qual, descendo-lhe pelas costas, havia duas tranças de cabelos bastos e definitivamente ruivos. O rosto era pequeno, branco e magro, e também cheio de sardas; a boca era grande, assim como os olhos, que pareciam ora verdes, ora cinzentos, dependendo da luz e do estado de ânimo.

Até ali, era o que o observador comum veria. O observador incomum talvez notasse que o queixo era afiladíssimo e pronunciado; que os olhos se enchiam de espírito e vivacidade; que a boca tinha lábios meigos e expressivos; que a fronte era plena e perfeita; em resumo, nosso observador incomum e perspicaz talvez deduzisse que não era uma alma banal que habitava o corpo daquela menina-mulher abandonada que tanto e tão ridiculamente assustava o tímido Matthew Cuthbert.

Matthew, no entanto, foi poupado da provação de ser o primeiro a falar, pois, tão logo deduziu que ele se dirigia até ela, a menina se levantou, agarrando com uma das mãos delicadas e trigueiras a alça de uma bolsa de talagarça velha e surrada. A outra mão, ela estendeu a Matthew.

– O senhor deve ser Matthew Cuthbert de Green Gables – disse ela, com uma voz melodiosa, clara e peculiar. – Fico muito feliz em vê-lo. Estava começando a recear que o senhor não viesse mais me buscar e já estava imaginando todas as coisas que poderiam tê-lo detido. Já tinha decidido que, se o senhor não viesse me pegar agora à noite, eu seguiria os trilhos até aquela grande cerejeira silvestre lá na curva, subiria na árvore e passaria a noite toda lá em cima. Eu não teria um pingo de medo, e que adorável seria, não é mesmo, dormir numa cerejeira silvestre, toda branquinha de flores, à luz da lua? Daria para me imaginar vivendo num palácio de mármore, não é? E eu tinha absoluta certeza de que o senhor viria me buscar de manhã, se não viesse hoje.

Matthew tomou a mãozinha esquelética na sua. E foi ali, naquele exato momento, que ele decidiu o que fazer. Era incapaz de dizer àquela criança de olhos brilhantes que ocorrera um equívoco. Ele a levaria para casa e deixaria Marilla cuidar disso. De qualquer maneira, não seria possível deixar a menina em Bright River, houvesse ou não ocorrido um engano, e, sendo assim, todas as perguntas e explicações poderiam muito bem ficar para depois, até ele se ver novamente na segurança de Green Gables.

– Desculpe-me o atraso – ele disse timidamente. – Vamos. O cavalo está ali no pátio. Passe-me a bolsa.

– Ah, eu consigo carregá-la – a criança respondeu, com animação. – Não está pesada. Todos os meus bens terrenos estão aí dentro, mas a bolsa não está pesada. E, se não for carregada de um certo jeito, a alça acabará se soltando... Então é melhor eu levá-la, porque sei exatamente como fazê-lo. É uma bolsa muitíssimo velha. Oh, estou tão feliz que o senhor tenha vindo, apesar de que teria sido muito bom dormir numa cerejeira silvestre. Temos uma bela viagem pela frente, não é? A sra. Spencer disse que eram doze quilômetros. Fico feliz, porque adoro passear de charrete. Oh, parece tão espantoso que eu vá viver com vocês e pertencer a vocês. Nunca fui de ninguém... não de verdade. Mas o orfanato era pior. Só fiquei lá quatro meses, mas foi o suficiente. Não creio que o senhor tenha vivido num orfanato um dia, por isso não pode saber como é. É pior que qualquer coisa que se possa imaginar. A sra. Spencer disse que era maldade minha falar assim, mas minha intenção não era ser má. É tão fácil ser má sem saber, não é? Sabe, eram boas... as pessoas do orfanato. Mas há tão pouco espaço para a imaginação num orfanato... somente nos outros órfãos. *Era* muito interessante imaginar coisas a respeito deles: imaginar que talvez a menina a meu lado fosse, na verdade, a filha de um conde distinto, arrebatada dos pais na infância pela ama malvada que morreu antes de se confessar. Eu costumava ficar na cama à noite, acordada, imaginando coisas assim, porque durante o dia não me sobrava tempo. Creio que é por isso que sou tão magra... E *sou* pavorosamente magra, não acha? Sou pele e osso. Adoro me imaginar roliça e atraente, com covinhas nos cotovelos.

E, com isso, a companhia de Matthew parou de falar, em parte porque estava sem fôlego, em parte porque os dois haviam chegado à charrete. Não voltou a dizer uma palavra até deixarem a vila e se verem descendo um morrinho íngreme. O corte de parte da estrada era tão profundo naquele solo macio que os barrancos, delineados por cerejeiras silvestres em flor e elegantes bétulas brancas, estavam vários centímetros acima das cabeças deles.

A menina esticou o braço e quebrou um galho de ameixeira silvestre que roçava o lado da charrete.

– Não é lindo? Aquela árvore que pende do barranco toda branca e rendilhada faz o senhor se lembrar de quê? – ela perguntou.

– Ah, não sei – respondeu Matthew.

– Ora, uma noiva, claro: uma noiva toda de branco, com um adorável véu semitransparente. Nunca vi uma, mas posso imaginar como ela seria. Não tenho a menor esperança de ser noiva um dia. Sou tão sem graça que ninguém vai querer se casar comigo... A menos que seja um missionário estrangeiro. Imagino que um missionário estrangeiro talvez não seja muito exigente. Mas espero que um dia eu tenha um vestido branco. Esse é meu ideal mais sublime de felicidade terrena. Simplesmente adoro roupas bonitas. E nunca tive um vestido bonito na vida, não que eu me lembre... mas, é claro, eis mais uma coisa para almejar, não é mesmo? E assim posso imaginar que estou deslumbrantemente vestida. Hoje de manhã, quando deixei o orfanato, tive tanta vergonha por ter de usar este horrível e velho vestido de baetilha. Sabe, todos os órfãos eram obrigados a usar isso. Um mercador de Hopetown, no inverno passado, doou duzentos e setenta metros de baetilha ao orfanato. Algumas pessoas disseram que foi porque o homem não conseguia vender o tecido, mas prefiro acreditar que foi por bondade, e o senhor? Quando subimos no trem, achei que todos deveriam estar me olhando com pena. Mas não perdi tempo e me imaginei usando o vestido de seda azul-claro mais bonito do mundo – porque, se *é* para imaginar, então que seja alguma coisa que valha a pena – e um grande chapéu cheio de flores e plumas balouçantes, um relógio de ouro, luvas de pelica e botas. Recobrei o ânimo no mesmo instante e desfrutei a viagem até a ilha com todas as minhas forças. Não enjoei nadinha durante a travessia de barco. Nem a sra. Spencer, que geralmente se sente mal. Ela disse que não tinha tempo para ficar enjoada tendo de me vigiar para que eu não caísse na água. Disse nunca ter visto uma criança tão irrequieta quanto eu. Mas, se isso evitou que ela ficasse enjoada, não foi uma bênção eu ser tão irrequieta?

E fiz questão de ver tudo que havia para ver no barco, porque não sabia se teria uma outra oportunidade. Oh, mais uma porção de cerejeiras em flor! Não há lugar mais florido que esta ilha. Já estou encantada com ela e feliz por vir morar aqui. Sempre ouvi dizer que a Ilha Príncipe Eduardo era o lugar mais lindo do mundo e costumava me imaginar vivendo aqui, mas nunca esperei que isso realmente fosse acontecer. Não é encantador quando aquilo que imaginamos se torna realidade? Mas essas estradas vermelhas são tão engraçadas. Quando entramos no trem em Charlottetown, e as estradas vermelhas começaram a passar rapidamente por nós, perguntei à sra. Spencer por que eram vermelhas, e ela disse que não sabia, que eu tivesse piedade e não lhe fizesse mais perguntas. Disse que eu já devia ter feito umas mil àquela altura. Creio que fiz mesmo, mas, se não fizermos perguntas, como vamos descobrir as coisas? E *por que* mesmo as estradas são vermelhas?

– Bem, ora, eu não sei – respondeu Matthew.

– Ora, está aí uma coisa que precisamos descobrir um dia. Não é maravilhoso pensar em todas as coisas que ainda temos de descobrir? É o que me deixa feliz por estar viva... Este mundo é tão interessante. Não seria nem metade do que é se soubéssemos tudo, não é mesmo? Aí não haveria espaço para a imaginação, ou haveria? Estou falando demais? As pessoas vivem me dizendo que falo demais. O senhor prefere que eu não diga nada? Se preferir, posso parar. Eu *consigo*, quando estou determinada a parar, apesar de ser difícil.

Matthew, para sua própria surpresa, estava se divertindo. Como acontece com boa parte dos quietos, ele gostava das pessoas conversadeiras quando elas se dispunham a falar e não esperavam que ele correspondesse. Mas nunca lhe ocorrera apreciar a companhia de uma garotinha. As mulheres eram ruins, mas as garotinhas eram ainda piores. Ele detestava a maneira como passavam timidamente por ele, com olhares enviesados, como se esperassem que ele as engolisse de uma só vez caso se atrevessem a dizer uma palavra. Essa era a típica garotinha de boa família de Avonlea. Mas a bruxinha sardenta que tinha a seu lado era muito diferente e, embora achasse muito difícil acompanhar os efervescentes processos mentais da menina com sua inteligência mais vagarosa, ele percebeu que "meio que gostava do palavrório dela". E por isso disse, com a mesma timidez de sempre:

– Oh, pode falar quanto quiser. Eu não me importo.

– Ah, que bom. Já vi que nós dois vamos nos dar muito bem. Que alívio poder falar quando se tem vontade, sem precisar escutar que as crianças foram feitas para se ver, e não para se ouvir. Já me disseram isso pelo menos um milhão de vezes. E as pessoas riem de mim porque uso palavras grandes. Mas quando se tem grandes ideias, é preciso usar grandes palavras para expressá-las, não é mesmo?

– Bem, ora, parece razoável – disse Matthew.

– A sra. Spencer disse que minha língua deveria ter duas pontas. Nada disso: tem uma só. A sra. Spencer disse que sua casa, sr. Cuthbert, se chamava Green Gables. Perguntei-lhe de um tudo. E ela disse que era cercada por árvores. Fiquei ainda mais contente. Simplesmente adoro árvores. E não havia nenhuma perto do orfanato, a não ser umas pobres coitadas, bem mirradinhas, na parte da frente, cercadas por gaiolinhas caiadas de branco. Pareciam órfãs também, as árvores. Eu tinha vontade de chorar só de olhar para elas. Eu costumava dizer-lhes: "Oh, *pobrezinhas*! Se estivessem numa floresta bem grandona, com outras árvores em volta, e tivessem musguinhos e lineias cobrindo suas raízes, e um riacho não muito longe, e pássaros cantando em seus galhos, aí sim vocês conseguiriam crescer, não é mesmo? Mas, onde estão, não dá. Sei exatamente como vocês se sentem, arvorezinhas". Foi uma pena deixá-las para trás hoje de manhã. A gente se apega demais a essas coisas, não é? Existe algum riacho perto de Green Gables? Esqueci de perguntar à sra. Spencer.

– Bem, ora, sim, temos um perto da casa, descendo o morro.

– Fantástico! Um de meus sonhos sempre foi morar perto de um riacho. Mas nunca esperei que isso fosse acontecer. Não é sempre que os sonhos se realizam, não é mesmo? Não seria bom se fosse sempre? Mas, neste exato momento, eu me sinto perfeitamente feliz, porque... bem, para o senhor, que cor é esta?

Ela puxou uma de suas tranças lustrosas e compridas por sobre o ombro magro e a ergueu à altura dos olhos de Matthew, que não estava acostumado a opinar sobre a cor das tranças das senhoras, mas, naquele caso, não havia muita dúvida.

– É ruiva, não é?

A menina jogou a trança para trás com um suspiro que pareceu sair do fundo da alma e exalar todas as tristezas do mundo.

– É, ruiva – disse ela, resignada. – Agora o senhor entende por que não posso ser perfeitamente feliz. Ninguém que tenha cabelos ruivos pode. Não me importo tanto com o resto: as sardas, os olhos verdes e a magreza. Posso imaginar que não existem. Posso imaginar que tenho uma linda pele rosada, olhos violáceos, brilhantes e adoráveis. Mas não *consigo* me livrar dos cabelos ruivos. Faço de tudo. Penso comigo mesma: "Agora meus cabelos são negros e magníficos como as asas de um corvo". Mas nunca esqueço que são simplesmente ruivos, e isso me parte o coração. Essa será a grande tristeza de minha vida. Li uma vez, num romance, a respeito de uma moça que tinha uma grande tristeza na vida, mas não eram os cabelos ruivos. Ela tinha cabelos de ouro puro que desciam em ondas por sua fronte de alabastro. O que é uma fronte de alabastro? Nunca descobri o que era. O senhor saberia me dizer?

– Bem, ora, receio que não – disse Matthew, que já estava ficando um pouco tonto. Sentia-se como havia se sentido certa vez, em sua temerária juventude, quando um outro garoto o instigara a experimentar o carrossel durante um piquenique.

– Bem, o que quer que fosse, deveria ser algo bom, porque ela era de uma beleza divina. O senhor já imaginou como deve ser ter uma beleza divina?

– Bem, ora, não, nunca – admitiu Matthew, ingenuamente.

– Eu já, muitas vezes. Se pudesse escolher, o que o senhor preferiria ter: uma beleza divina, uma inteligência estonteante ou um coração angelical?

– Bem, ora, eu... não sei ao certo.

– Nem eu. Nunca consigo me decidir. Mas não faz muita diferença mesmo, pois não creio que eu vá ter uma dessas qualidades um dia. Com certeza não terei um coração angelical. A sra. Spencer disse que... Oh, sr. Cuthbert! Oh, sr. Cuthbert! Oh, sr. Cuthbert!!!

Não foi isso que a sra. Spencer disse, a menina não caíra da charrete nem Matthew fizera nada de extraordinário. Eles haviam simplesmente contornado uma curva da estrada e entrado na "Avenida".

A "Avenida", como era chamada pelas pessoas de Newbridge, era um trecho de estrada de trezentos e sessenta a quatrocentos e cinquenta metros de extensão, totalmente coberto por macieiras imensas, de copas vastas e em forma de arco, plantadas anos antes por um velho e excêntrico fazendeiro. No alto, formava-se um extenso dossel de flores fragrantes e brancas como a neve. Abaixo da ramagem, o ar enchia-se de lusco-fusco púrpura e, ao longe, uma nesga de céu colorida pelo crepúsculo brilhava como uma grande roseta a arrematar a nave de uma catedral.

A beleza da cena parecia ter embasbacado a criança. Ela se reclinou sobre a charrete, com as mãos postas diante do rosto, que, extasiado, se voltava para o alvo esplendor lá no alto. Nem mesmo depois de saírem da Avenida e descerem a longa encosta que levava a Newbridge, ela se dignou a falar ou mover um músculo. Ainda extasiada, ela fitava o poente distante, e seus olhos viam miragens que desfilavam esplendidamente naquele pano de fundo afogueado. E, ainda em silêncio, os dois atravessaram toda Newbridge, uma vilazinha azafamada que os recebeu com o ladrar dos cães, os apupos dos meninos pequenos e os rostos dos curiosos nas janelas. Cinco quilômetros depois, a menina nada dissera. Era evidente que sabia guardar silêncio, com a mesma energia com que falava.

– Você deve estar bem cansada e com muita fome – arriscou Matthew, por fim, atribuindo ao prolongado silêncio da menina o único motivo que lhe ocorrera. – Mas não estamos muito longe, falta apenas um quilômetro e meio.

Ela saiu de seu devaneio com um suspiro profundo e fitou Matthew com os olhos visionários de alguém que andara muito longe, guiado pelas estrelas.

– Oh, sr. Cuthbert – ela murmurou –, aquele lugar pelo qual acabamos de passar, aquele lugar todo branco, o que era aquilo?

– Bem, ora, você deve estar falando da Avenida – disse Matthew, depois de alguns instantes de profunda reflexão. – Até que é um lugar bonito.

– Bonito? Oh, *bonito* não parece ser a palavra certa. Nem lindo, por sinal. Não chegam nem perto. Oh, era maravilhoso... maravilhoso. É a primeira coisa que vejo que não há como melhorar com a imaginação. Deixou-me feliz aqui – disse, levando uma das mãos ao peito –, provocou uma dor esquisita, mas agradável. Já sentiu uma dor assim, sr. Cuthbert?

– Bem, não que eu me lembre.

– Sinto-a várias vezes: sempre que vejo algo de uma beleza régia. Mas não deviam chamar um lugar adorável como aquele de Avenida. Não há o menor significado num nome desses. Deviam chamá-lo de... deixe-me ver... a Vereda Branca do Deleite. Não é um nome bonito e imaginativo? Quando não gosto do nome de um lugar ou de uma pessoa, sempre imagino um novo, e sempre penso nele ou nela com esse nome. No orfanato, havia uma menina de nome Hepzibah Jenkins, mas eu sempre a imaginava como Rosália DeVere. As outras pessoas podem chamar aquele lugar de Avenida, mas sempre irei chamá-lo de a Vereda Branca do Deleite. Falta mesmo só mais um quilômetro e meio para chegarmos em casa? Fico feliz e também triste. Triste porque este passeio foi tão bom, e sempre fico triste quando as coisas boas acabam. Pode ser que depois venha algo ainda melhor, mas não dá para ter certeza. E geralmente o que vem não é nada melhor. Pelo menos, essa é minha experiência. Mas fico feliz de pensar que estamos chegando em casa. Sabe, nunca tive realmente uma casa, não que eu me lembre. Sinto de novo aquela dorzinha agradável só de pensar que estou chegando realmente em casa. Oh, como é bonito!

Eles haviam passado o cimo de um morro. Lá embaixo, via-se um açude que, de tão comprido e sinuoso, parecia quase um rio. Uma ponte o dividia ao meio e, dali até sua extremidade inferior, onde uma faixa âmbar de dunas o separava do golfo azul-escuro, mais adiante, a água era uma magnificência de tonalidades furta-cor: as nuanças mais imateriais de lilás, rosa e verde etéreo, e outros matizes indefiníveis, para os quais nunca haviam encontrado um nome. Acima da ponte, o açude ia ao encontro de bosques ciliares de fetos e bordos, e, nas sombras inconstantes da mata, jazia negro e translúcido. Aqui e ali uma ameixeira silvestre se inclinava desde a margem, feito uma menina vestida de branco que, nas pontas dos pés, se achegasse para fitar o próprio reflexo. Do brejo, à cabeceira do açude, vinha o coro nítido, mavioso e triste das rãs. Uma casinha cinzenta aparecia no canto de um pomar de macieiras brancas, numa encosta mais adiante, e, embora ainda não estivesse de todo escuro, havia luz numa das janelas.

– É o açude Barry – disse Matthew.

– Ah, tampouco gosto desse nome. Vou chamá-lo de... deixe-me ver... o Lago de Águas Cintilantes. Esse, sim, é o nome ideal. Sei disso por causa do arrepio. Quando encontro o nome perfeito para uma coisa, isso me dá um arrepio. O senhor tem arrepios com certas coisas?

Matthew pôs-se a matutar.

– Bem, ora, sim. Sempre fico arrepiado ao encontrar aquelas lagartas brancas e feiosas nos canteiros de pepino. Não posso nem vê-las.

– Ah, não creio que seja exatamente o mesmo tipo de arrepio. E o senhor? Não parece haver muita relação entre lagartas e lagos de águas cintilantes, não é mesmo? Mas por que as pessoas o chamam de açude Barry?

– Acho que é porque o sr. Barry mora lá em cima, naquela casa. Ladeira do Pomar é o nome do lugar. Não fosse aquele matagal atrás da casa, daria para ver Green Gables daqui. Mas temos de passar pela ponte e contornar pela estrada, o que dá quase oitocentos metros ainda.

– O sr. Barry tem filhas pequenas? Bem, nem tão pequenas assim... do meu tamanho.

– Ele tem uma menina de onze anos. O nome dela é Diana.

– Oh! – acompanhado de uma inspiração profunda. – Que nome adorável e perfeito!

– Bem, ora, não sei, não. A mim parece que o nome é pavorosamente pagão. Gosto mais de Jane, Mary ou outro nome razoável. Mas, quando Diana nasceu, havia um mestre-escola hospedado lá, pediram-lhe que escolhesse o nome, e ele a batizou Diana.

– Como eu queria que um mestre-escola assim estivesse por perto quando *eu* nasci. Oh, chegamos à ponte. Vou fechar e apertar bem os olhos. Sempre tenho medo de atravessar pontes. Não consigo deixar de imaginar que, na metade do caminho, a ponte pode desmoronar, fechar-se feito um canivete e nos esmagar. É por isso que fecho os olhos. Mas sou obrigada a abri-los de uma vez quando acho que estamos chegando ao meio. Porque, veja só, se a ponte *realmente* desmoronar como descrevi, vou querer *vê-la* fazer isso. E que barulho delicioso ela faz! Sempre gosto da parte do barulho. Não é magnífico que existam tantas coisas para se gostar neste mundo? Pronto, atravessamos. Agora vou olhar para trás. Boa noite, meu querido Lago de Águas Cintilantes. Sempre digo boa-noite para as coisas que amo, exatamente como faria às pessoas. Acho que elas gostam disso. A água parece estar sorrindo para mim.

Depois de terem subido um pouco mais a colina e feito uma curva, Matthew disse:

– Estamos bem perto de casa agora. Lá está Green Gables, em ci...

– Oh, não conte – ela o interrompeu, quase sem fôlego, puxando-lhe o braço semierguido e fechando os olhos para não ver o gesto dele. – Deixe-me adivinhar. Tenho certeza de que vou acertar.

Ela ergueu as pálpebras e olhou ao redor. Estavam sobre o cimo de uma colina. Fazia algum tempo que o sol tinha se posto, mas a paisagem ainda era nítida à luz terna do crepúsculo. No oeste, a torre escura de uma igreja erguia-se contra um céu cor de damasco. Lá embaixo havia um pequeno vale e, mais adiante, um aclive suave e comprido, pontuado por chácaras muito bem acomodadas. De uma para outra, dardejaram os olhos da menina, ansiosos e súplices. Por fim, demoraram-se numa chácara que ficava mais à esquerda, bem longe da estrada, vagamente branca, com tantas árvores em flor, em meio à penumbra dos bosques que a cercavam. Acima dela, no céu imaculado do sudoeste, uma grande estrela alva e cristalina ardia feito uma candeia que estivesse ali para guiar e dar esperança.

– É aquela, não é? – perguntou, apontando.

Matthew, deliciado, fez estalar as rédeas da égua alazã.

– Bem, ora, você acertou! Mas acho que foi porque a sra. Spencer a descreveu.

– Não... Sério, não mesmo. Pelo que ela disse, poderia ser qualquer uma daquelas chácaras. Eu não fazia ideia de como seria Green Gables. Mas, tão logo a vi, senti que ali era minha casa. Oh, parece até que estou sonhando. Sabe, meu braço deve estar todo preto e roxo do cotovelo para cima, porque eu me belisquei várias vezes hoje. De quando em quando, eu sentia uma náusea horrível e temia que tudo não passasse de um sonho. Aí eu me beliscava para ter certeza de que era real... até eu me lembrar de repente que, mesmo se fosse apenas um sonho, era melhor continuar sonhando quanto pudesse. Então, eu parava de me beliscar. Mas *é* real e estamos quase em casa.

Com um suspiro de enlevo, ela voltou a ficar em silêncio. Matthew se mexeu, todo incomodado. Que bom que caberia a Marilla, e não a ele, contar àquela criança abandonada que a casa que ela tanto desejava não seria dela. Passaram pelo Vale dos Lynde, onde já estava bem escuro, mas não o bastante para a sra. Rachel deixar de vê-los de sua janela de vigia; subiram a colina e entraram na extensa vereda de Green Gables. Quando chegaram em casa, Matthew temia a revelação iminente com uma força que não compreendia. Não estava pensando nele mesmo, nem em Marilla, nem no problema que aquele equívoco provavelmente causaria aos dois, e sim na decepção da menina. Só de imaginar aquela luz embevecida apagando-se nos olhos dela, ele tinha a sensação incômoda de que estava prestes a ajudar a matar alguma coisa – quase a mesma sensação que o acometia quando era obrigado a matar um cordeiro, um bezerro ou qualquer outra criaturinha inocente.

Quando fizeram a última curva e entraram no quintal, já estava bem escuro, e, em toda a volta, as folhas dos álamos-pretos farfalhavam suavemente.

– Escute só as árvores falando enquanto dormem – ela cochichou quando ele a ergueu em seus braços, para ajudá-la a descer da charrete. – Devem estar sonhando com coisas boas!

Em seguida, abraçada à bolsa de talagarça que continha "todos os seus bens terrenos", ela entrou na casa logo atrás dele.

III
Marilla Cuthbert é surpreendida

Animada, Marilla avançou tão logo Matthew abriu a porta. Contudo, quando seus olhos pousaram sobre a estranha figurinha, metida naquele vestido feio e sem graça, de longas tranças ruivas, olhos ávidos e luminosos, ela se deteve, admirada.

– Matthew Cuthbert, quem é essa aí? – ela exclamou. – Onde está o menino?

– Não havia menino nenhum – respondeu o pobre Matthew. – Somente *ela*.

Com um aceno de cabeça, ele apontou a menina e se lembrou de que sequer havia lhe perguntado o nome.

– Menino nenhum! Mas *era* para haver um menino – insistiu Marilla. – Mandamos um recado para a sra. Spencer pedindo que nos trouxesse um menino.

– Bom, não foi o que ela trouxe. Trouxe-nos *ela*. Eu perguntei ao agente ferroviário. E tive de trazê-la comigo. Não podia deixá-la por lá, não importa de quem tenha sido o erro.

– Ora, mas que bela encrenca! – exclamou Marilla.

Durante todo esse diálogo, a criança permanecera em silêncio, alternando o olhar entre os dois irmãos enquanto toda a animação desaparecia de seu rosto. De repente, ela pareceu entender o significado do que se dizia. Depois de soltar a bolsa de talagarça, ela deu um passo adiante e juntou as mãos.

– Vocês não me querem! – gritou. – Vocês não me querem porque não sou um menino! Eu já deveria saber. Ninguém nunca me quis. Eu deveria saber que era bom demais para ser verdade. Deveria saber que ninguém ia me querer realmente. Oh, o que vou fazer? Vou irromper em lágrimas.

E foi o que ela fez. Sentou-se numa cadeira, jogou os braços sobre a mesa, enterrou a cabeça entre eles e começou a chorar convulsivamente. Marilla e Matthew, um de cada lado do fogão, entreolharam-se com um ar deplorável. Nenhum dos dois sabia o que dizer ou fazer. Por fim, Marilla tomou desajeitadamente a iniciativa.

– Ora, ora, não precisa chorar desse jeito por causa disso.

– *Preciso*, sim! – A menina ergueu rápido a cabeça, revelando o rosto manchado de lágrimas e os lábios trêmulos. – A senhorita também choraria se fosse órfã e chegasse ao lugar em que a fizeram acreditar que seria sua casa e descobrisse que não a queriam porque a senhorita não era um menino. Oh, esta é a coisa mais *trágica* que já me aconteceu!

Algo parecido com um sorriso relutante e bem enferrujado pelo prolongado desuso suavizou a expressão severa de Marilla.

– Bem, não chore mais. Não vamos botar você para fora esta noite. Você terá de ficar aqui até descobrirmos o que aconteceu. Qual é o seu nome?

A menina hesitou um instante.

– Vocês poderiam, por favor, me chamar de Cordelia? – perguntou, ansiosa.

– Chamar *você* de Cordelia?! É esse o seu nome?

– Naaaão, não exatamente, mas eu adoraria ser chamada de Cordelia. É um nome tão perfeito e elegante.

– Não sei o que diacho você quer dizer com isso. Se não se chama Cordelia, então qual é o seu nome?

– Anne Shirley – gaguejou a detentora do nome, relutante –, mas, por favor, me chamem de Cordelia. Que diferença fará se vocês me chamarem disso ou daquilo, já que ficarei aqui pouco tempo? E Anne é um nome tão pouco romântico.

– Pouco romântico, mas que bobagem! – disse Marilla, com indiferença. – Anne é um nome muito bonito, simples e razoável. Não precisa se envergonhar dele.

– Ah, mas não me envergonho – explicou Anne –, só gosto mais de Cordelia. Sempre imaginei que meu nome fosse Cordelia... pelo menos é o que tenho feito sempre nos últimos anos. Quando era jovem, eu costumava me imaginar Geraldine, mas hoje gosto mais de Cordelia. Mas, se vão me chamar de Anne, por favor, que seja Anne com um *e* no final.

– Que diferença faz como se soletra? – perguntou Marilla, abrindo um novo sorriso enferrujado ao pegar a chaleira.

– Ah, faz *muita* diferença. *Parece* muito mais bonito. Ao ouvir um nome, a senhorita não o imagina como se estivesse impresso? Eu imagino. E A-n-n parece horrível, mas A-n-n-e tem um aspecto muito mais distinto. Se me chamarem Anne com um *e* no final, tentarei me conformar com o fato de não me chamarem de Cordelia.

– Muito bem, então, Anne com um *e* no final, sabe nos dizer como foi que se deu esse engano? Mandamos um recado para a sra. Spencer pedindo um menino. Não havia meninos no orfanato?

– Ah, sim, havia meninos em abundância. Mas a sra. Spencer disse *distintamente* que vocês queriam uma menina de mais ou menos onze anos. E a inspetora disse que achava que eu serviria. Vocês não fazem ideia de como fiquei deliciada. Não consegui dormir ontem à noite de pura alegria. Oh – acrescentou em tom de acusação, voltando-se para Matthew –, por que não me disse lá mesmo na estação que vocês não me queriam? Por que não me deixou lá? Se eu não tivesse visto a Vereda Branca do Deleite e o Lago de Águas Cintilantes, não seria tão difícil.

– De que diacho ela está falando? – indagou Marilla, encarando Matthew.

– Ela... ela está só se referindo a uma conversa que tivemos vindo para cá – precipitou-se a dizer Matthew. – Vou sair e recolher a égua, Marilla. Apronte o chá até eu voltar.

– A sra. Spencer trouxe mais alguém além de você? – continuou Marilla, depois de Matthew ter saído.

– Trouxe Lily Jones para ficar com ela. Lily só tem cinco anos e é muito bonita. Tem cabelos castanho-escuros. Se eu fosse muito bonita e tivesse cabelos castanho-escuros, vocês ficariam comigo?

– Não. Queremos um menino para ajudar Matthew na lavoura. De nada nos serviria uma menina. Tire o chapéu. Vou deixá-lo sobre a mesa do vestíbulo, e sua bolsa também.

Docilmente, Anne tirou o chapéu. Matthew voltou naquele mesmo instante, e os três se sentaram para jantar. Mas Anne não conseguiu comer. Mordiscou em vão o pão com manteiga e, em vão, beliscou a compota de maçã silvestre sobre o pires de vidro ao lado do prato. Na verdade, não fez o menor progresso.

– Você não está comendo nada – disse Marilla rispidamente, observando a menina como se tivesse encontrado um defeito grave.

Anne suspirou.

– Não consigo. Estou entregue ao desespero. A senhorita consegue comer quando está entregue ao desespero?

– Nunca me entreguei ao desespero, por isso não sei dizer – respondeu Marilla.

– Nunca? Bem, você já tentou se *imaginar* entregue ao desespero?

– Não.

– Então não creio que a senhorita consiga entender como é. É mesmo uma sensação muito incômoda. A gente tenta comer e forma-se um nó na garganta, e não se consegue engolir nada, nem mesmo uma bala de chocolate. Experimentei uma bala de chocolate uma vez, há dois anos, e foi simplesmente delicioso. Desde então, sonhei várias vezes com montes de balas de chocolate, mas sempre acordava quando estava prestes a comê-las. Espero que vocês não se ofendam porque não consigo comer. Tudo está muito bom, mas não consigo comer.

– Acho que ela está cansada – disse Matthew, que ainda não havia dito nada desde que voltara do celeiro. – É melhor colocá-la na cama, Marilla.

Marilla vinha se perguntando onde Anne deveria dormir. Ela tinha preparado uma cama na alcova da cozinha para o tão desejado e esperado menino. Contudo, embora estivesse tudo limpo e arrumado, não parecia muito direito acomodar lá uma menina. Mas o quarto de hóspedes estava fora de cogitação para uma criança abandonada como aquela e, portanto, só restava o quarto do frontão leste. Marilla acendeu uma vela e disse a Anne para segui-la, coisa que Anne fez sem entusiasmo, depois de apanhar o chapéu e a bolsa de talagarça sobre a mesa do vestíbulo. O vestíbulo estava tão limpo que chegava a dar medo. O pequeno aposento do frontão no qual ela se encontrava no momento parecia ainda mais limpo.

Marilla pousou a vela sobre uma mesa de três pernas e três cantos e puxou as cobertas da cama.

– Você tem uma camisola, não? – perguntou.

Anne fez que sim.

– Tenho duas. A inspetora do asilo as costurou para mim. São pavorosamente curtas. No orfanato, tudo é escasso, e por isso as coisas sempre são pequenas... pelo menos num orfanato pobre como o nosso. Detesto camisolas curtas. Mas é possível sonhar tão bem com uma delas quanto com uma adorável camisola longa com babados em volta do pescoço. Resta esse consolo.

– Muito bem, dispa-se o mais rápido possível e vá para a cama. Voltarei daqui a alguns minutos para cuidar da vela. Não me atrevo a deixar você mesma apagá-la. Você provavelmente botaria fogo na casa.

Depois que Marilla se foi, Anne deu uma olhada ao redor, com ar tristonho. As paredes caiadas de branco eram tão berrantes e estavam tão aflitivamente nuas que lhe ocorreu que deveriam sofrer com a própria nudez. O chão também estava nu, exceto por um tapete trançado e redondo, bem no meio do quarto, que Anne nunca vira igual. Num dos cantos ficava a cama alta e antiquada, com quatro pilares escuros baixos e torneados. No outro canto, ficava a já mencionada mesa de três pernas, adornada com uma alfineteira gorda e vermelha, dura o bastante para entortar a ponta do alfinete mais atrevido. Acima dela pendia um espelho de quinze por vinte centímetros. Entre a mesa e a cama, ficava a janela, dotada, em cima, de um babado de musselina de uma brancura glacial, e de frente para ela havia um lavatório. O quarto inteiro era de uma austeridade que não se conseguia colocar em palavras, mas que enregelou Anne até a medula dos ossos. Com um soluço, ela se livrou apressadamente das roupas, vestiu a camisola curtíssima e pulou na cama, enterrando o rosto no travesseiro e puxando as cobertas por sobre a cabeça. Quando Marilla subiu para apagar a vela, vários artigos diminutos de vestuário espalhados desordenadamente pelo chão e uma certa aparência tempestuosa da cama eram as únicas indicações de que havia ali outra pessoa além dela mesma.

Recolheu deliberadamente as roupas de Anne, colocou-as arrumadinhas sobre uma cadeira amarela e empertigada e, em seguida, apanhando a vela, aproximou-se da cama.

– Boa noite – ela disse, um pouco sem jeito, mas não sem ternura.

O rosto branco e os olhos grandes de Anne apareceram por cima das cobertas com uma brusquidão surpreendente.

– Como pode me desejar *boa*-noite sabendo que deve ser a pior noite de minha vida? – ralhou ela.

E mergulhou novamente na invisibilidade.

Marilla desceu com vagar até a cozinha e pôs-se a lavar a louça do jantar. Matthew fumava: um sinal claro de agitação. Ele raramente fumava, pois Marilla reprovava o mau hábito, mas, em certas ocasiões e épocas do ano, ele sentia vontade de fumar, e Marilla fazia vista grossa, percebendo que um homem precisava dar vazão a suas emoções.

– Ora, mas que bela embrulhada – ela disse, colérica. – É o que acontece quando mandamos recados, em vez de cuidarmos pessoalmente das coisas. Os parentes de Robert Spencer devem ter embaralhado a mensagem. Um de nós terá de pegar a charrete e visitar a sra. Spencer amanhã, não há dúvida. É preciso mandar a menina de volta ao orfanato.

– É, acho que sim – disse Matthew, relutante.

– Você *acha* que sim? Não tem certeza?

– Bem, ora, é que ela é mesmo uma gracinha de menina, Marilla. É quase uma pena mandá-la de volta sabendo que ela quer tanto ficar aqui.

– Matthew Cuthbert, você não está querendo dizer que devemos ficar com ela?!

O espanto de Marilla não teria sido maior se Matthew tivesse expressado sua predileção por andar de cabeça para baixo.

– Bem, ora, não, acho que não... não exatamente – gaguejou Matthew, incomodamente acuado ao tentar encontrar as palavras certas. – Acho que... ninguém esperaria que ficássemos com ela.

– Eu diria que não. Que bem ela nos faria?

– Talvez nós façamos algum bem a ela – disse Matthew inesperadamente.

– Matthew Cuthbert, creio que você foi enfeitiçado por essa criança! Dá para ver claramente que você quer ficar com ela.

– Bem, ora, ela é mesmo uma coisinha interessante – insistiu Matthew. – Você deveria tê-la ouvido falar na viagem para cá.

– Ah, sim, ela fala muito bem. Já vi tudo. E isso não é um elogio. Não gosto de crianças que têm tanta coisa a dizer. Não quero uma menina órfã e, se quisesse, ela não é do tipo que eu escolheria. Não consigo entender certas coisas nessa criança. Não, é preciso mandá-la imediatamente de volta ao lugar de onde veio.

– Eu poderia contratar um francesinho para me ajudar – disse Matthew –, e ela faria companhia a você.

– Não sinto falta de companhia – disse Marilla, seca. – E não vou ficar com ela.

– Bem, está claro que será como você quiser, Marilla – disse Matthew, levantando-se e guardando o cachimbo. – Vou para a cama.

E para a cama foi Matthew. E para a cama, depois de ter guardado a louça, foi Marilla, com uma carranca das mais decididas. E lá em cima, no frontão leste, uma criança solitária, carente de amor e sem amigos chorou até adormecer.

IV
Manhã em Green Gables

Já era dia claro quando Anne acordou, sentou-se na cama e, confusa, ficou olhando para a janela através da qual entrava aos borbotões a luz acerejada do sol. Lá fora, oscilava algo branco e felpudo, que varava as nesgas de céu azul.

Por um momento, não conseguiu se lembrar de onde estava. Primeiro, veio um arrepio delicioso de prazer; depois, uma recordação terrível. Ela estava em Green Gables, e eles não a queriam porque ela não era um menino!

Mas era de manhã e, sim, havia uma cerejeira completamente florida do outro lado da janela. De um salto, ela saiu da cama e atravessou o quarto. Ela ergueu a vidraça, que emperrou e rangeu no início, como se ninguém a abrisse havia um bom tempo – o que era o caso –, e depois ficou tão bem presa que não foi preciso mais nada para mantê-la suspensa.

Anne ajoelhou-se e fitou aquela manhã de junho com os olhos radiantes de prazer. Oh, mas não era lindo? Não era um lugar adorável? E pensar que ela não iria realmente ficar ali! Mas imaginaria que sim. Ali havia espaço para a imaginação.

Havia uma cerejeira enorme lá fora, tão próxima que os galhos roçavam a casa, e tão florida que mal se via uma folha. Havia pomares dos dois lados da casa, um de macieiras, outro de cerejeiras, também carregadas de flores. E a relva estava toda salpicada de dentes-de-leão. No jardim, mas abaixo, havia lilases floridos, e seu perfume, de uma doçura estonteante, chegava à janela trazido pelo vento matinal.

Abaixo do jardim, um campo verdejante e repleto de trevos descia a encosta até a valeira onde corria o regato e cresciam dezenas de bétulas brancas saídas airosamente de uma macega que, com seus fetos, musgos e outros matinhos, sugeria possibilidades deliciosas. Mais além ficava uma colina verde e felpuda de espruces e abetos. Havia uma lacuna no morro de onde se via a ponta do frontão cinzento da casinha que ela vislumbrara desde a outra margem do Lago de Águas Cintilantes.

À esquerda, ficavam os grandes celeiros e, além deles, bem longe, depois dos campos verdes e levemente inclinados, via-se de relance um pedaço azul e resplandecente de mar.

Os olhos de Anne, enamorados da beleza, demoraram-se em todas essas coisas, absorvendo avidamente tudo aquilo. Tinha visto tantos lugares desagradáveis na vida, a pobre criança; mas aquilo era a coisa mais adorável com que já sonhara.

Ficou ajoelhada ali, alheia a tudo, a não ser ao encanto que a cercava, até se sobressaltar com a mão que veio lhe pousar no ombro. Marilla entrara no quarto sem que a pequena sonhadora a tivesse visto.

– Você já deveria estar vestida – disse a mulher, lacônica.

Marilla não sabia como falar com a menina, e sua ignorância a fizera soar firme e lacônica, sem que fosse essa sua intenção.

Anne levantou-se e inspirou profundamente.

– Oh, não é maravilhoso? – disse, abarcando o mundo lá fora com um gesto largo da mão.

– É uma árvore grande – replicou Marilla – e dá muitas flores, mas as frutas são sempre poucas, pequenas e bichadas.

– Oh, mas eu não estava falando só da árvore. Claro que é adorável... adorável e *radiante.* E parece gostar de dar flores; mas eu falava de tudo, do jardim e do pomar, do regato, do bosque, deste mundo imenso e querido. Veja, não é para amar o mundo numa manhã como esta? E daqui consigo ouvir o riso do regato. Já reparou que coisinhas mais alegres são os regatos? Estão sempre rindo. Mesmo no inverno, já os ouvi rir debaixo do gelo. Que bom que há um regato perto de Green Gables. A senhorita pode pensar que não fará a menor diferença para mim, já que vocês não ficarão comigo, mas faz. Vou sempre gostar de lembrar que

Green Gables tem um regato, mesmo se nunca mais voltar a vê-lo. Se não houvesse um regato, eu seria *assombrada* pela sensação incômoda de que deveria haver um. Não estou entregue ao desespero esta manhã. Isso nunca acontece comigo de manhã. Não é magnífico existirem as manhãs? Mas estou muito triste. Estava justamente imaginando que era a mim que vocês queriam, afinal, e que eu ficaria aqui para sempre. Foi um grande consolo enquanto durou. Mas a pior parte de imaginar as coisas é que chega um momento em que é preciso parar, e isso dói.

– É melhor você se vestir, descer e não se preocupar com as coisas que imagina – disse Marilla, tão logo viu uma brecha. – O desjejum a espera. Lave o rosto e penteie os cabelos. Deixe a vidraça aberta e devolva as cobertas ao pé da cama. Seja rápida.

Anne, evidentemente, era rápida quando queria, pois desceu em apenas dez minutos, já perfeitamente vestida, de cabelos penteados e trançados, de rosto lavado e consciência tranquila por ter cumprido todas as exigências de Marilla. Na verdade, ela havia esquecido de devolver as cobertas.

– Estou com tanta fome hoje – ela anunciou ao se acomodar na cadeira oferecida por Marilla. – O mundo não parece tanto um deserto imenso como ontem à noite. Estou feliz que seja uma manhã de sol. Mas também gosto de manhãs chuvosas. Todas as manhãs são interessantes, não acham? Não se sabe o que vai acontecer durante o dia, e há tanto espaço para a imaginação. Mas que bom que não está chovendo, porque é mais fácil ficar alegre e suportar as aflições num dia de sol. Desconfio que tenho um bocado de aflições pela frente. Uma coisa é ler a respeito do sofrimento e imaginar-se resistindo heroicamente a tudo, mas ter de passar realmente por isso é bem diferente, não é mesmo?

– Tenha dó e feche o bico – disse Marilla. – Você fala demais para uma garotinha.

E Anne fechou o bico com tamanha perfeição e obediência que seu prolongado silêncio deixou Marilla bastante nervosa, como se tivesse diante de si algo não exatamente natural. Matthew também calou a boca – mas isso, pelo menos, era natural – e, portanto, foi uma refeição bastante silenciosa.

Com o andar da carruagem, Anne foi ficando cada vez mais distraída, comia mecanicamente, com aqueles olhos grandes, fixos e absortos cravados no céu que se entrevia pela janela. Isso deixou Marilla ainda mais nervosa; ela tinha a sensação incômoda de que, embora o corpo daquela estranha criança estivesse ali, à mesa, seu espírito estava longe, em algum reino de nuvens remoto e etéreo, voando nas asas da imaginação. Quem iria querer uma criança como aquela por perto?

E, no entanto, o mais inexplicável era Matthew querer ficar com ela! Marilla desconfiava de que era o que ele queria naquela manhã, tanto quanto o quisera na noite anterior, e continuaria querendo. Era este o jeito de Matthew: se metesse um capricho na cabeça, aferrava-se a ele com uma persistência das mais silenciosas, dez vezes mais forte e eficaz do que se a externasse.

Terminada a refeição, Anne saiu de seu devaneio e ofereceu-se para lavar a louça.

– Você sabe lavar louça? – perguntou Marilla, desconfiada.

– Muito bem, mas o que faço melhor é cuidar de crianças. Tenho muita experiência com isso. É uma pena que vocês não tenham crianças para eu cuidar.

– Não acho que gostaria de cuidar de mais crianças do que já tenho. *Você* já é problema suficiente, não há dúvida. Não sei o que fazer com você. Matthew é tão ridículo.

– Eu o acho adorável – ralhou Anne. – Ele é tão simpático. Não se importou com meu falatório... Pareceu até gostar. Senti que éramos espíritos afins assim que o vi.

– Vocês dois são bem esquisitos, se é isso o que quer dizer com espíritos afins – comentou Marilla, torcendo o nariz. – Sim, pode lavar a louça. Use bastante água quente, e não se esqueça de secar bem os pratos. Tenho muita coisa para fazer agora de manhã, pois à tarde terei de ir a White Sands ver a sra. Spencer. Você irá comigo e vamos decidir o que fazer com você. Quando terminar com a louça, suba e arrume a cama.

Anne lavou a louça com bastante destreza, como pôde verificar Marilla, que acompanhou de perto todo o processo. Mais tarde, ela não teve tanto êxito arrumando a cama, pois nunca aprendera a arte de lutar com um travesseiro de plumas, mas acabou dando um jeito de alisá-lo. Depois, para se livrar da menina, Marilla disse-lhe que fosse lá fora brincar até a hora do almoço.

Anne disparou até a porta, com o rosto iluminado e um brilho nos olhos. Deteve-se no limiar, girou nos calcanhares, voltou e sentou-se perto da mesa, apagados completamente o brilho e a luz, como se alguém tivesse aplicado nela um abafador.

– Que foi agora? – perguntou Marilla.

– Não me atrevo a sair – disse Anne, com a voz de um mártir que renunciou a todas as alegrias terrenas. – Se não posso ficar aqui, para que vou me apaixonar por Green Gables? E, se eu sair e conhecer todas as árvores e flores, o pomar e o regato, não vou conseguir deixar de me apaixonar. Já é difícil agora: não vou dificultar ainda mais as coisas. Quero tanto sair... Parece que estão me chamando: "Anne, Anne, venha, Anne, queremos brincar"... Mas é melhor não. Por que amar as coisas se é para nos separarmos delas? Foi por isso que fiquei tão feliz quando pensei que iria morar aqui. Achei que teria muitas coisas para amar e nada que me impedisse. Mas esse sonho momentâneo acabou. Já estou conformada com meu destino, e por isso acho melhor não sair, pois receio que acabaria inconformada novamente. A senhorita poderia me dizer o nome daquele gerânio sobre o parapeito da janela?

– Gerânio-cheiroso.

– Ah, eu não quis dizer esse tipo de nome. Estava falando de um nome que a senhorita mesma tenha lhe dado. A senhorita não lhe deu um nome? Posso dar um, então? Posso chamar a plantinha de... Deixe-me ver... Bonny está bom... Posso chamá-la de Bonny enquanto eu estiver aqui? Oh, por favor!

– Deus do céu, eu não me importo. Mas para que diacho dar nome a um gerânio?

– Ah, gosto que as coisas tenham nomes, mesmo que sejam apenas gerânios. Faz com que pareçam pessoas. Como saber se o gerânio não fica magoado por ser chamado de gerânio e nada mais? A senhorita não gostaria de ser chamada o tempo todo apenas de mulher. Sim, vou dar-lhe o nome de Bonny. Batizei a cerejeira que fica ao lado da janela de meu quarto hoje cedo. Chamei-a de Rainha da Neve, pois estava tão branquinha. É claro que nem sempre estará florida, mas podemos imaginar que sim, não é?

– Nunca vi nem ouvi nada igual a essa menina em toda a minha vida – murmurou Marilla, batendo em retirada para a despensa, à procura de batatas. – Ela é mesmo interessante, como disse Matthew. Já vi que vou ficar curiosa para saber o que ela dirá a seguir. Ela vai me enfeitiçar também. Enfeitiçou Matthew. Aquele olhar que ele me deu ao sair repetiu tudo o que ele disse ou insinuou ontem à noite. Como eu queria que ele fosse igual aos outros homens e dissesse o que pensa. Seria possível responder e fazê-lo enxergar a razão com bons argumentos. Mas o que fazer com um homem que só faz *olhar*?

Anne estava de volta a seus devaneios, com o queixo nas mãos e os olhos no céu, quando Marilla retornou da despensa. E ali Marilla a deixou até o almoço estar na mesa.

– Creio que posso ficar com a égua alazã e a charrete hoje à tarde, não é, Matthew? – disse Marilla.

Matthew fez que sim e, tristonho, olhou para Anne. Marilla interceptou o olhar e disse, com uma carranca:

– Vou a White Sands resolver isto. Levarei Anne comigo, e a sra. Spencer provavelmente providenciará para que a menina seja mandada de volta à Nova Escócia de uma vez. Deixarei seu chá preparado e estarei de volta a tempo de ordenhar as vacas.

Matthew continuou calado, e Marilla ficou com a impressão de ter desperdiçado fôlego e palavras. Não havia nada mais irritante do que um homem que não conversava, a não ser uma mulher com o mesmo hábito.

Matthew atrelou a égua alazã à charrete, quando chegou a hora, e Marilla e Anne puseram-se a caminho. Matthew abriu o portão do quintal e, enquanto as duas o cruzavam devagarzinho, disse, aparentemente para ninguém em particular:

– O pequeno Jerry Buote, lá do Creek, passou por aqui hoje cedo, e eu lhe disse que estava pensando em contratá-lo no verão.

Marilla não deu resposta, mas chicoteou a pobre égua com tamanha ferocidade que o animal indignado, acima do peso e desacostumado àquele tratamento, desceu rinchando a vereda numa velocidade alarmante. Marilla olhou para trás só uma vez, enquanto a charrete quicava pelo caminho, e viu o irritante Matthew reclinado sobre o portão, observando-as tristonhamente.

V
A HISTÓRIA DE ANNE

– Sabe – disse Anne, em tom de confidência –, estou decidida a desfrutar esta viagem. Sei, por experiência própria, que quase sempre é possível desfrutar as coisas se decidirmos firmemente a fazê-lo. Claro que é preciso decidir *com firmeza*. Não vou pensar em voltar ao asilo durante nossa viagem. Oh, veja só, ali há uma rosinha silvestre temporã! Não é adorável? Deve ser muito bom ser uma rosa, não acha? Não seria bom se as rosas falassem? Tenho certeza de que nos contariam coisas adoráveis. E rosa não é a cor mais encantadora do mundo? Eu adoro rosa, mas não posso usá-la. Gente ruiva não pode usar rosa nem na imaginação. A senhorita conhece alguém que tenha sido ruiva na infância, mas tenha ficado com os cabelos de outra cor depois de crescer?

– Não, não conheço e nunca conheci – disse Marilla, sem misericórdia –, e não acho que isso possa acontecer no seu caso.

Anne suspirou.

– Bem, lá se vai mais uma esperança. Minha vida é um cemitério de esperanças enterradas. Li essa frase num livro certa vez, e a repito como consolo sempre que me decepciono com alguma coisa.

– Não vejo onde está o consolo nisso – disse Marilla.

– Ora, é porque soa tão bem e é tão romântico, como se eu fosse a heroína de um livro, sabe? Gosto tanto de coisas românticas, e um cemitério cheio de esperanças enterradas é a coisa mais romântica que se possa imaginar, não? Fico feliz por ter um. Vamos atravessar o Lago de Águas Cintilantes hoje?

– Não vamos ao açude Barry, se é o que quer dizer com Lago de Águas Cintilantes. Vamos pela estrada da praia.

– Soa muito bem, estrada da praia – disse Anne, em devaneio. – O lugar é tão bonito quanto o nome? Quando você disse "estrada da praia", veio uma imagem em minha mente, rápido assim! E White Sands também é um nome bonito, mas gosto mais de Avonlea. Avonlea é um nome adorável. Parece música. A que distância fica White Sands?

– São oito quilômetros. E, já que você está tão disposta a falar, que seja então com alguma finalidade: conte-me o que sabe a seu respeito.

– Ah, o que *sei* a meu respeito não vale a pena contar – disse Anne, impaciente. – Se me deixar contar o que *imagino* a meu respeito, a senhorita achará muito mais interessante.

– Não quero nenhuma de suas invenções. Atenha-se aos fatos. Comece pelo começo. Onde você nasceu e quantos anos tem?

– Fiz onze anos em março – disse Anne, conformando-se, com um suspiro, em ater-se aos fatos. – E nasci em Bolingbroke, Nova Escócia. Meu pai se chamava Walter Shirley e era professor no Liceu de Bolingbroke. Minha mãe se chamava Bertha Shirley. Walter e Bertha não são nomes adoráveis? Que bom que meus pais tinham nomes bonitos. Não seria uma verdadeira desgraça ter um pai chamado... bem, por exemplo, Jedediah?

– Acho que não importa o nome da pessoa, desde que ela se dê ao respeito – disse Marilla, sentindo-se obrigada a inculcar na criança alguma moral boa e proveitosa.

– Bem, não sei. – Anne parecia pensativa. – Li num livro, certa vez, que o que chamamos de rosa, com outro nome, exalaria o mesmo perfume agradável, mas nunca consegui acreditar nisso. Não acredito que uma rosa *seria* tão bela se se chamasse cardo ou dracúnculo. Imagino que meu pai teria sido um homem bom mesmo se seu nome fosse Jedediah, mas tenho certeza de que seria sempre uma cruz. Bem, minha mãe também era professa no Liceu, mas, naturalmente, quando se casou com meu pai, ela deixou de lecionar. Um marido já era muita responsabilidade. A sra.

Thomas dizia que eram duas crianças, pobres como ratos de igreja. Foram morar numa casinha minúscula e amarela em Bolingbroke. Nunca vi a casa, mas a imaginei milhares de vezes. Acho que devia ter madressilvas sobre a janela da sala, lilases no pátio da frente e lírios-do-vale perto do portão. Sim, e cortinas de musselina nas janelas. Cortinas de musselina dão um belo ar a uma casa. Eu nasci nessa casa. A sra. Thomas disse que eu era o neném mais sem graça que ela já vira: era tão magra e pequena, só tinha olhos, mas minha mãe me achou linda e perfeita. Acho que as mães estão mais qualificadas a julgar do que uma pobre mulher que cuidava da faxina, não é? De qualquer maneira, que bom que ela estava satisfeita comigo. Eu ficaria tão triste se pensasse que fui uma decepção para ela... porque ela não viveu muito tempo depois disso, sabe? Morreu de febre quando eu tinha três meses. Como eu queria que ela tivesse vivido o suficiente para eu me lembrar de tê-la chamado de mamãe. Seria tão bom poder dizer "mamãe", não seria? E meu pai morreu quatro dias depois, também de febre, o que me deixou órfã, e as pessoas já não sabiam mais o que fazer comigo, foi o que a sra. Thomas disse. Veja só, ninguém me queria já naquela época. Parece ser minha sina. Tanto meu pai quanto minha mãe tinham vindo de muito longe, e todos sabiam que eles não tinham parentes vivos. Enfim, a sra. Thomas disse que ficaria comigo, apesar de ser pobre e ter um marido bêbado. Ela me criou a bico de mamadeira. Você sabe se as pessoas criadas a bico de mamadeira são melhores do que as outras, que não são criadas dessa maneira? Porque, sempre que eu aprontava alguma travessura, a sra. Thomas me perguntava como eu podia ser uma menina tão má sendo que ela havia me criado a bico de mamadeira... e num tom reprovador.

"O sr. e a sra. Thomas se mudaram de Bolingbroke para Marysville, e vivi com eles até os oito anos. Eu ajudava a cuidar dos filhos da sra. Thomas – eram quatro, todos mais novos do que eu – e, acredite, precisavam de muitos cuidados. Aí o sr. Thomas morreu, atropelado por um trem, e a mãe dele se ofereceu para ficar com a sra. Thomas e as crianças, mas ela não me quis. E então a *sra. Thomas* não sabia mais o que fazer comigo, foi o que ela disse. E a sra. Hammond, que morava rio acima, apareceu e disse que ficaria comigo, vendo que eu sabia lidar com crianças. E eu subi o rio para morar com ela numa pequena clareira entre tocos de árvores. Era um lugar muito solitário. Tenho certeza de que nunca conseguiria ter vivido lá sem minha imaginação. O sr. Hammond tinha um pequeno moinho lá em cima, e a sra. Hammond tinha oito filhos. Teve gêmeos três vezes. Gosto de bebês, mas sem excessos, e gêmeos três vezes seguidas é *demais*. Foi o que disse com firmeza à sra. Hammond quando os dois últimos nasceram. Eu ficava terrivelmente cansada de tanto carregá-los para lá e para cá.

"Morei com a sra. Hammond mais de dois anos, aí o sr. Hammond morreu, e a sra. Hammond desistiu da vida doméstica. Ela dividiu os filhos entre os parentes e foi para os

Estados Unidos. Tive de ir para o orfanato de Hopetown, porque ninguém me queria. E tampouco me queriam no orfanato: disseram que estavam superlotados. Mas tiveram de me aceitar e fiquei lá por quatro meses, até a sra. Spencer aparecer."

Anne terminou com mais um suspiro, dessa vez de alívio. Era evidente que não gostava de falar sobre sua vida num mundo que não a queria.

– Você chegou a frequentar a escola? – indagou Marilla, fazendo a égua alazã pegar a estrada da praia.

– Não muito. Frequentei um pouco no último ano que fiquei com a sra. Thomas. Quando subi o rio, estávamos tão longe de uma escola que, no inverno, não dava para andar até lá e, no verão, havia as férias, e por isso eu só conseguia ir na primavera e no outono. Mas, obviamente, fui à escola enquanto estive no orfanato. Sei ler muito bem e também sei de cor vários poemas: "The Battle of Hohenlinden" [A Batalha de Hohenlinden], "Edinburgh after Flodden" [Edimburgo após Flodden] e "Bingen on the Rhine" [Bingen sobre o Reno], e vários trechos de "Lady of the Lake" [A Dama do Lago] e a maior parte de "The seasons" [As estações], de James Thompson*. A senhorita não adora os poemas que provocam aquele arrepio gostoso na espinha? Há um trecho do Quinto Livro de Leitura, "The downfall of Poland" [A derrocada da Polônia], que simplesmente

* Provavelmente James Thomson (1700-1748), poeta e dramaturgo escocês. (N.T.)

tem vários momentos emocionantes. Naturalmente, eu nao estava no Quinto Livro, só no Quarto, mas as meninas grandes costumavam me emprestar os livros para eu ler.

– Essas mulheres, a sra. Thomas e a sra. Hammond, eram boas para você? – perguntou Marilla, observando Anne com o canto do olho.

– A-a-a-h – hesitou Anne. Seu rostinho sensível corou-se de repente, e o constrangimento aninhou-se em seu cenho. – Ah, elas *queriam* ser. Sei que queriam ser boas e gentis tanto quanto fosse possível. E, quando as pessoas querem ser boas, a gente não se importa muito quando elas nem sempre são... boas. Sabe, elas tinham muitas preocupações. Entenda, é duro ter um marido bêbado, e deve ser uma provação ter gêmeos três vezes seguidas, não acha? Mas tenho certeza de que queriam ser boas para mim.

Marilla não fez mais perguntas. Anne entregou-se a um arrebatamento mudo por causa da estrada da praia, e Marilla, distraída, ia conduzindo a égua alazã enquanto refletia profundamente. De súbito, um sentimento de pena pela menina começou a se agitar em seu coração. Que vida faminta e sem amor ela tinha levado: uma vida de labuta, pobreza e abandono, pois Marilla era bastante perspicaz para ler nas entrelinhas da história de Anne e adivinhar a verdade. Não era de admirar que tivesse ficado tão deliciada com a possibilidade de ter realmente um lar. Era uma pena que tivessem de mandá-la de volta. E se ela, Marilla, fizesse o capricho inexplicável de Matthew e deixasse a menina ficar? Ele estava determinado, e a menina parecia ser uma coisinha dócil e simpática.

"Ela fala demais" pensava Marilla, "mas pode aprender a não fazer isso. E não há nada grosseiro ou vulgar no que ela diz. Parece uma dama. É provável que seus pais tenham sido gente de bem."

A estrada da praia era "silvestre, selvagem e solitária"*. À direita, cresciam abetos grossos e enfezados, de espírito indômito, mesmo depois de anos de peleja com os ventos que vinham do golfo. À esquerda, ficavam os penhascos íngremes e vermelhos de arenito, tão próximos da trilha em certos pontos que um animal um pouco menos firme que a égua alazã abalaria a coragem das pessoas que vinham logo atrás. Lá embaixo, na base dos penhascos, havia um monte de pedras erodidas pela arrebentação ou pequenas enseadas de areia, adornadas com seixos à guisa de joias marinhas; depois vinha o mar, azul e cintilante, e sobre as águas pairavam as gaivotas de asas prateadas pela luz do sol.

– O mar não é maravilhoso? – disse Anne, despertando de um prolongado e estupefato silêncio. – Certa vez, quando eu morava em Marysville, a sra. Thomas alugou uma carroça e nos levou para passar um dia na praia, a uns quinze quilômetros da cidade. Aproveitei cada instante da-

* No original "woodsy, wild and lonesome". (N. T.)

quele dia, mesmo tendo de cuidar das crianças o tempo todo. Revivi aqueles momentos felizes em meus sonhos durante anos. Mas esta praia é mais bonita que a de Marysville. Aquelas gaivotas não são magníficas? Você gostaria de ser uma gaivota? Eu talvez gostaria... Quero dizer, se não pudesse ser uma menina humana. Não seria bom acordar com o sol, atirar-se num voo rasante por cima da água e depois seguir por aquele azul adorável afora o dia todo? E, então, à noite, voar de volta ao ninho? Ah, posso me imaginar fazendo isso. A senhorita poderia me dizer que casa grande é aquela ali adiante?

– É o hotel de White Sands, do sr. Kirke, mas a temporada ainda não começou. Os norte-americanos vêm aos montes passar o verão ali. Acham esta praia perfeita.

– Receei que fosse a casa da sra. Spencer – disse Anne, pesarosa. – Não quero chegar lá. Tenho a impressão de que será o fim de tudo.

VI
Marilla toma uma decisão

E, contudo, as duas chegaram lá no devido tempo. A sra. Spencer vivia numa grande casa amarela na enseada de White Sands, e ela atendeu a porta com um misto de surpresa e hospitalidade em seu rosto benevolente.

– Deus do céu! – exclamou. – Vocês são as últimas pessoas que eu esperaria ver hoje, mas fico realmente feliz em vê-las. Gostaria de recolher o cavalo? E você, Anne, como está?

– Não poderia estar melhor, obrigada – disse Anne, sem sorrir. Parecia ter lhe ocorrido uma desgraça.

– Creio que nos demoraremos um pouco, até a égua descansar – disse Marilla –, mas prometi a Matthew que voltaria cedo. O fato, sra. Spencer, é que ocorreu um engano dos mais esquisitos em algum lugar, e vim aqui tentar descobrir onde foi. Matthew e eu mandamos um recado para que a senhora nos trouxesse um menino do orfanato.

Pedimos a seu irmão Robert que lhe dissesse que queríamos um menino de dez ou onze anos.

– Marilla Cuthbert, não me diga uma coisa dessas! – disse a sra. Spencer, angustiada. – Ora, Robert mandou-me dizer, por meio da filha, Nancy, que vocês queriam uma menina. Não foi, Flora Jane? – reiterou ela, apelando para a filha que havia saído e chegado até as escadas.

– Com certeza, srta. Cuthbert – corroborou Flora Jane, com toda a honestidade.

– Sinto terrivelmente – disse a sra. Spencer. – Que pena, mas por certo não foi minha culpa, não é, srta. Cuthbert? Fiz o que pude e pensei que estivesse seguindo suas instruções. Nancy é mesmo uma avoada. Já tive de repreendê-la mais de uma vez pela falta de atenção.

– A culpa foi nossa – disse Marilla, resignada. – Deveríamos ter vindo pessoalmente, e não ter deixado uma mensagem dessa importância passar de boca em boca como se deu. De qualquer maneira, houve um erro e só nos resta agora corrigi-lo. Podemos devolver a criança ao orfanato? Imagino que a aceitariam de volta, não?

– Imagino que sim – disse a sra. Spencer, pensativa –, mas não creio que seja necessário mandá-la de volta. A sra. Peter Blewett esteve aqui ontem e me disse justamente que queria que eu lhe arranjasse uma garotinha para ajudá-la em casa. A família da sra. Blewett é grande, sabe, e ela tem dificuldade para conseguir ajuda. Anne seria perfeita. Veja se não foi providencial.

Marilla não parecia achar que a Providência tivesse algo a ver com aquela história. De repente, aparecera uma boa oportunidade para se livrar da órfã indesejada, e ela não sentia a menor gratidão.

Conhecia a sra. Peter Blewett só de vista, uma mulher pequena, com cara de fuinha, que não tinha um grama sequer de carne supérflua nos ossos. Mas tinha ouvido falar dela. Diziam que a sra. Blewett era "terrível na lida e no comando", e as serviçais dispensadas contavam histórias de arrepiar a respeito do temperamento e da sovinice da mulher e de seu bando de filhos impertinentes e briguentos. Marilla sentiu uma dor na consciência ao pensar na possibilidade de deixar Anne à mercê daquela mulher.

– Bem, vamos entrar e discutir o assunto – ela disse.

– E veja se não é a sra. Blewett quem vem subindo a vereda neste minuto! – exclamou a sra. Spencer, empurrando as duas vestíbulo adentro até a sala de visitas, onde foram recebidas por uma frialdade insuportável, como se o ar tivesse feito tanta força para passar pelas persianas verde-escuras e hermeticamente fechadas que perdera toda e qualquer partícula de calor que já possuiu. – Mas que sorte: assim poderemos resolver este assunto agora mesmo. Fique com a poltrona, srta. Cuthbert. Anne, sente-se no canapé, e não se mexa. Passem-me os chapéus, sim? Flora Jane, vá lá fora e ponha a chaleira no fogo. Boa tarde, sra. Blewett. Estávamos justamente comentando a sorte que foi a senhora aparecer. Deixem-me apresentá-las, senhoras. Sra. Blewett, srta. Cuthbert. Por favor, deem-me licença um minuto. Esqueci de dizer a Flora Jane que tirasse as broas do forno.

A sra. Spencer sumiu de vista depois de recolher as persianas. Anne, muda e calada sobre o canapé, com as mãos unidas e apertadas sobre o regaço, fitava a sra. Blewett como se estivesse fascinada. Ela seria entregue aos cuidados daquela mulher de rosto fino e olhar penetrante? Sentiu um nó formar-se na garganta, e seus olhos passaram a arder terrivelmente. Começava a temer que não conseguisse conter o choro quando a sra. Spencer voltou, corada e radiante, perfeitamente capaz de levar em conta toda e qualquer dificuldade física, mental ou espiritual e resolvê-la de imediato.

– Parece que houve um equívoco no que diz respeito a esta garotinha, sra. Blewett – ela disse. – Fizeram-me crer que o senhor e a senhorita Cuthbert queriam adotar uma menininha. Foi o que me disseram, não há dúvida. Mas parece que queriam um menino. Portanto, se de ontem para hoje a senhora não tiver mudado de ideia, creio que ela será perfeita para a senhora.

A sra. Blewett pôs-se a estudar Anne dos pés à cabeça.

– Quantos anos você tem e como se chama? – ela perguntou.

– Anne Shirley – balbuciou a criança intimidada, sem se atrever a impor condições à grafia do nome – e tenho onze anos.

– Umpf! Você não parece lá grande coisa. É magra, mas resistente. Não sei, mas parece que, no fim das contas, essas são as melhores. Bem, se eu ficar com você, terá de ser uma boa menina, entende? Boa, esperta e respeitosa. Terá de merecer seu sustento, e não se engane quanto a isso. Sim, creio que posso muito bem livrá-la desse fardo, srta. Cuthbert. Meu filhinho é irascível e estou completamente esgotada de tanto cuidar dele. Se quiser, posso levá-la comigo agora mesmo.

Marilla olhou para Anne e se enterneceu ao ver o rosto pálido da menina, com seu ar de muda aflição: a angústia de uma criaturinha indefesa que se vê novamente presa na armadilha da qual acabara de escapar. Marilla tinha a incômoda convicção de que, se não atendesse ao apelo daquele olhar, seria assombrada por ele até morrer. Além disso, ela não gostava da sra. Blewett. Entregar uma criança sensível e "tensa" a uma mulher como aquela! Não, ela não conseguiria fazer tal coisa!

– Bem, não sei – foi dizendo aos poucos. – Eu não disse que Matthew e eu decidimos em definitivo não ficar com ela. Na verdade, eu diria que Matthew está inclinado a adotá-la. Só vim até aqui descobrir como se deu o equívoco. Creio que é melhor levá-la para casa comigo e discutir o assunto com Matthew. Acho que não devo decidir nada sem antes consultá-lo. Se resolvermos não ficar com ela, nós a levaremos ou a mandaremos para a senhora amanhã à noite. Se não fizermos isso, a senhora saberá que ela ficará conosco. Está bem assim, sra. Blewett?

– Imagino que não tenho escolha – disse a sra. Blewett, com indelicadeza.

Enquanto Marilla falava, o sol parecia ir renascendo no rosto de Anne. Primeiro, o olhar de desespero foi se apagando; depois, veio um rápido rubor de esperança; os olhos tornaram-se vívidos e brilhantes como as estrelas da alvorada. A criança transfigurou-se completamente e, um instante depois, quando a sra. Spencer e a sra. Blewett saíram em busca de uma receita que esta viera pedir emprestada, ela ficou de pé num salto e, correndo, atravessou a sala até onde estava Marilla.

– Oh, srta. Cuthbert, a senhorita disse mesmo que talvez me deixasse ficar em Green Gables? – ela perguntou, num sussurro ofegante, como se pudesse destruir aquela possibilidade magnífica se falasse em voz alta. – Disse realmente? Ou foi só minha imaginação?

– Creio que é melhor você aprender a controlar essa sua imaginação, Anne, se já não consegue distinguir o que é real do que não é – disse Marilla, irritada. – Sim, você me ouviu dizer isso mesmo, e nada mais. Nenhuma decisão foi tomada e talvez resolvamos deixar a sra. Blewett ficar com você. Não há dúvida de que ela precisa de você mais do que eu.

– Prefiro voltar para o orfanato a morar com ela – disse Anne, com ardor. – Ela parece uma... uma broca.

Marilla abafou um sorriso sob a convicção de que Anne precisava ser repreendida por falar daquela maneira.

– Uma garotinha como você deveria se envergonhar de falar desse jeito de uma senhora que mal conhece – ela disse, com severidade. – Vá se sentar quietinha, fique de bico calado e comporte-se como uma boa menina.

– Tentarei ser e fazer tudo o que quiser se a senhorita ficar comigo – disse Anne, voltando docilmente para seu canapé.

De volta a Green Gables, naquele fim de tarde, Matthew foi encontrá-las na vereda. Marilla o viu de longe, andando de um lado para outro, e imaginou o motivo. Ela já esperava encontrar o alívio que adivinhava no rosto dele ao ver que ao menos ela trouxera Anne de volta. Mas, sobre o assunto, ela não lhe disse nada até os dois estarem no quintal, atrás do celeiro, ordenhando as vacas. Só então ela contou rapidamente a história de Anne e o resultado da conversa com a sra. Spencer.

– Eu não daria um cachorro de estimação a essa tal sra. Blewett – disse Matthew, com rara veemência.

– Eu mesma não gosto do jeito dela – admitiu Marilla –, mas é isso ou então ficarmos com a menina, Matthew. E, como parece que você quer adotá-la, creio que eu não me oporia... Ou melhor, não teria como me opor. Andei repensando e acho que me habituei à ideia. Parece uma espécie de obrigação. Nunca criei uma criança, principalmente uma menina, e receio que boa coisa não sairá disso. Mas farei o possível. No que me diz respeito, Matthew, ela pode ficar.

O rosto tímido de Matthew iluminou-se de alegria.

– Bem, ora, achei que você acabaria vendo as coisas por esse lado, Marilla – disse ele. – Ela é uma coisinha tão interessante.

– Eu preferiria que, em vez de interessante, você dissesse útil – retrucou Marilla –, mas vou providenciar para que ela aprenda a ter serventia. E, olhe lá, Matthew, não vá interferir nos meus métodos. Pode ser que uma velha solteirona como eu não saiba muito bem criar uma criança, mas deve saber muito mais que um velho solteirão. Então deixe que eu cuido dela. Você poderá meter o bedelho quando eu fracassar.

– Calma, Marilla, calma que será do seu jeito – disse Matthew, tentando tranquilizá-la. – Basta ser bondosa e gentil com ela, sem mimá-la demais. Creio que, se conseguir fazê-la amar você, ela irá se tornar o que você quiser.

Marilla torceu o nariz, para expressar seu desprezo pelas opiniões de Matthew a respeito de tudo o que fosse feminino, e retirou-se para a leiteria, carregando os baldes.

"Não será esta noite que direi a ela que pode ficar", pensou, despejando o leite nos coadores das desnatadeiras. "Ela ficaria tão empolgada que não conseguiria pregar o olho. Marilla Cuthbert, você está mesmo em maus lençóis. Quando é que imaginaria adotar uma garotinha órfã? É surpreendente, mas o mais surpreendente é Matthew estar por trás de tudo, logo ele que sempre pareceu ter um pavor mortal de meninas. De qualquer maneira, decidimos fazer a experiência, e só Deus sabe qual será o resultado."

VII
Anne faz sua prece

Ao colocar Anne na cama naquela noite, Marilla foi severa ao dizer:

– Muito bem, Anne, ontem reparei que você jogou suas roupas todas no chão depois de se despir. É um grande desmazelo, e não posso tolerar esse tipo de coisa. Ao tirar cada peça de roupa, dobre-a direitinho e coloque-a sobre a cadeira. Não tenho serventia para menininhas desleixadas.

– Eu estava tão atarantada ontem à noite que nem pensei nas roupas – explicou Anne. – Hoje vou dobrá-las com cuidado. Sempre nos mandavam fazer isso no orfanato. Mas, na metade das vezes, eu esquecia, tamanha era a pressa de me aconchegar na cama e imaginar coisas.

– Pois terá de se lembrar disso amiúde se ficar aqui – ralhou Marilla. – Pronto, agora sim. Reze e vá dormir.

– Eu nunca rezei – anunciou Anne.

Marilla ficou pasma e horrorizada.

– Ora, Anne, como assim? Nunca lhe ensinaram a rezar? É a vontade de Deus que as garotinhas rezem. Você não sabe quem é Deus, Anne?

– Deus é um espírito infinito, eterno e imutável em Sua existência, sabedoria, poder, santidade, justiça, bondade e verdade – respondeu a menina, com presteza e desembaraço.

Marilla ficou bastante aliviada.

– Então, alguma coisa você sabe, graças a Deus! Você não é de todo pagã. Onde aprendeu isso?

– Ah, na escola dominical do orfanato. Fizeram-nos aprender o catecismo inteiro. Eu gostava bastante. Algumas palavras têm um quê de magnífico: "infinito, eterno e imutável". Não é grandioso? Existe aí uma cadência... como a música de um órgão. Imagino que não poderíamos exatamente chamar isso de poesia, mas lembra bastante, não é?

– Não estamos falando de poesia, Anne. Estamos falando da necessidade de rezar. Você não sabia que é uma coisa perversa e terrível não rezar todas as noites? Receio que você seja uma garotinha muito má.

– Se fosse ruiva, a senhorita veria que é muito mais fácil ser má do que boa – censurou Anne. – Quem não é ruivo não sabe como é complicado. A sra. Thomas disse-me que Deus me fez ruiva *de propósito* e, desde então, nunca me importei com Ele. E, de qualquer maneira, à noite eu estava sempre cansada demais para rezar. Não se pode esperar que uma pessoa obrigada a cuidar de gêmeos faça suas preces. Sinceramente, a senhorita acha possível?

Marilla decidiu que era preciso dar início à educação religiosa de Anne naquele instante. Não havia tempo a perder.

– Enquanto estiver sob meu teto, você terá de rezar, Anne.

– Ora, claro, se é o que a senhorita deseja – assentiu a criança, toda contente. – Farei qualquer coisa para agradá-la. Mas, desta vez, a senhorita terá de me dizer como rezar. Quando eu me deitar, vou imaginar uma prece bem bonita para fazer sempre. Creio que será interessantíssimo, pensando bem.

– Você deve se ajoelhar – disse Marilla, acanhada.

Anne ajoelhou-se, com as mãos postas sobre os joelhos de Marilla, e ergueu os olhos, toda séria.

– Por que as pessoas precisam se ajoelhar para rezar? Se quisesse de fato rezar, eis o que eu faria: iria até um campo muito, muito grande, sozinha, ou então entraria numa floresta muito, muito profunda, e olharia para o céu... bem, bem, bem alto... para aquele céu tão adorável e azul que parece não ter fim. E então eu simplesmente *sentiria* uma prece. Bem, estou pronta. O que devo dizer?

Marilla nunca se sentira tão constrangida. Sua intenção era ensinar a Anne o clássico infantil: "Com Deus me deito". Mas, como já lhes contei, ela tinha uma vaga ideia de senso de humor, que é simplesmente outro nome para a consciência de que as coisas têm seu devido lugar, e ocorreu-lhe de repente que aquela prece simples, sagrada para as crianças vestidas de branco que a balbuciavam sobre os joelhos das mães, era totalmente inadequada para aquela bruxinha de sardas que desconhecia e desprezava o amor de Deus, pois nunca haviam lhe transmitido esse amor por meio do amor humano.

– Você já tem idade para rezar sozinha, Anne – disse, enfim. – Basta agradecer a Deus pelas bênçãos recebidas e pedir humildemente aquilo que deseja.

– Bem, farei o possível – prometeu Anne, enterrando o rosto no regaço de Marilla. – Misericordioso Pai celestial... É o que os pastores dizem na igreja e imagino que também sirva para uma prece particular, não é? – ela interviu, erguendo a cabeça por um instante.

Misericordioso Pai celestial. A Vós agradeço pela Vereda Branca do Deleite, o Lago de Águas Cintilantes, Bonny e a Rainha da Neve. Por eles, sou extremamente grata. E essas são todas as bênçãos de que consigo me lembrar agora e pelas quais tenho a agradecer. Quanto às coisas que desejo, são tantas que levaria muito tempo para enumerar todas elas, por isso só mencionarei as duas mais importantes. Por favor, permita que eu fique em Green Gables e, por favor, que eu seja bonita quando crescer.

Atenciosamente,
Anne Shirley

– Pronto, fiz tudo certo? – ela perguntou, ansiosa, já se levantando. – Eu poderia ter floreado bem mais se tivesse tido um pouco mais de tempo para pensar.

Marilla, coitada, só não desmaiou de vez porque se lembrou de que não era a irreverência, e sim a absoluta ignorância espiritual de Anne, a responsável por aquele pedido extraordinário. Acomodou a criança na cama e cobriu-a, prometendo mentalmente ensinar-lhe uma prece no dia seguinte mesmo, e já estava saindo do quarto, levando a luz consigo, quando Anne a chamou de volta.

– Só pensei nisto agora. Eu deveria ter dito "amém", em vez de "atenciosamente", não é? Como fazem os pastores. Eu tinha me esquecido, mas achei que era preciso terminar a prece de alguma maneira, e por isso inseri a expressão errada. Você acha que fará alguma diferença?

– Eu... eu imagino que não – disse Marilla. – Agora vá dormir como uma boa menina. Boa noite.

– Hoje posso dizer boa-noite com a consciência tranquila – disse Anne, aconchegando-se suntuosamente entre os travesseiros.

Marilla retirou-se para a cozinha, posicionou a vela firmemente sobre a mesa e fulminou Matthew com os olhos.

– Matthew Cuthbert, já era hora de alguém adotar aquela criança e ensinar-lhe alguma coisa. Mais um pouco e ela seria uma perfeita pagã. Acredita que ela nunca havia rezado na vida, até hoje? Mandarei alguém ao presbitério amanhã mesmo pedir emprestado o livro de catecismo. E ela começará a frequentar a escola dominical tão logo eu consiga lhe fazer roupas adequadas. Já vi que terei muito trabalho. Bem, ninguém passa por este mundo sem carregar uma cruz. Minha vida foi muito fácil até agora, mas chegou minha vez, e imagino que só me resta tirar algum proveito disso.

VIII
A educação de Anne tem início

Por razões que só ela conhecia, Marilla não contou a Anne que a deixariam ficar em Green Gables até a tarde do dia seguinte. De manhã, manteve a criança ocupada com várias tarefas e a vigiou de perto o tempo todo. Por volta do meio-dia, ela concluíra que Anne era esperta e obediente, tinha disposição para trabalhar e aprendia rápido; seu defeito mais grave era uma tendência a devanear no meio de uma tarefa e esquecer-se completamente dela até o momento em que era bruscamente chamada de volta à terra por uma reprimenda ou uma catástrofe.

Ao terminar de lavar a louça do almoço, sem aviso, Anne confrontou Marilla com o ar e a expressão de alguém desesperadamente determinada a ouvir o pior. Seu corpinho magro tremia dos pés à cabeça, tinha o rosto vermelho e os olhos se dilataram até ficarem quase negros. Ela apertou as mãos uma na outra e implorou:

– Oh, por favor, srta. Cuthbert, a senhorita não vai me dizer se me mandará ou não embora? Tentei ser paciente a manhã toda, mas creio que não aguentarei mais não saber. É uma sensação terrível. Por favor, diga-me.

– Você não escaldou o pano de prato em água quente e limpa como mandei – disse Marilla, impassível. – Vá fazer isso antes de perguntar qualquer outra coisa, Anne.

Anne foi cuidar do pano de prato. Em seguida, voltou-se novamente para Marilla e cravou no rosto dela seus olhos súplices.

– Bem – disse Marilla, incapaz de encontrar outra desculpa para adiar mais ainda a explicação –, imagino que é melhor contar de uma vez. Matthew e eu decidimos ficar com você... isto é, se você tentar ser uma boa menina e demonstrar gratidão. Que é isso, criança, o que aconteceu?

– Estou chorando – disse Anne, aparentemente perplexa. – Não sei dizer por quê. Eu não poderia estar mais contente. Oh, *contente* não parece ser a palavra certa. Fiquei contente com a Vereda Branca e as flores de cerejeira, mas isto! Oh, é mais do que contente. Estou tão feliz. Tentarei ser boazinha. Imagino que não será fácil, pois a sra. Thomas costumava dizer que não havia esperança para uma menina tão má quanto eu. No entanto, farei o possível. Mas a senhorita saberia me dizer por que estou chorando?

– Imagino que é porque você está toda empolgada e exaltada – disse Marilla, com ar reprovador. – Sente-se na cadeira e tente se acalmar. Creio que você ri e chora com muita facilidade. Sim, você pode ficar aqui e tentaremos tratá-la como se deve. Você terá de ir à escola; mas faltam apenas quinze dias para as férias, por isso, não vale a pena começar antes da volta às aulas, em setembro.

– Como devo chamar a senhorita? – perguntou Anne. – Devo sempre dizer srta. Cuthbert? Posso chamá-la de tia Marilla?

– Não, você vai me chamar simplesmente de Marilla. Não estou acostumada a ser chamada de srta. Cuthbert, e isso me deixaria nervosa.

– Parece um desrespeito horrível dizer simplesmente Marilla – protestou Anne.

– Acho que não haverá nenhum desrespeito nisso se você tomar o cuidado de dizê-lo com respeito. Em Avonlea, todo mundo, não importa a idade, me chama de Marilla, a não ser o pastor. Ele diz srta. Cuthbert... quando se lembra.

– Eu adoraria chamá-la de tia Marilla – desejou Anne. – Nunca tive uma tia, nem parentes... nem mesmo uma avó. Isso me faria sentir como se eu realmente fosse sua. Não posso mesmo chamá-la de tia Marilla?

– Não. Eu não sou sua tia e não acredito nessa história de chamar as pessoas por nomes que elas não têm.

– Mas poderíamos imaginar que você é minha tia.

– Eu não conseguiria – disse Marilla, franzindo o cenho.

– A senhorita nunca imagina que as coisas são diferentes do que são? – perguntou Anne, de olhos arregalados.

– Não.

– Oh! – Anne inspirou profundamente. – Oh, senhorita... Marilla, não sabe o que está perdendo!

– Não acredito nessa história de imaginar as coisas diferentes do que são na verdade – respondeu Marilla. – Quando o Senhor nos coloca em certas situações, Ele não quer que imaginemos que elas não existem. O que me faz lembrar... Vá à sala de estar, Anne... Tome o cuidado de limpar os pés, e não deixe entrar nenhuma mosca... Traga-me o cartão ilustrado que está sobre o consolo da lareira. Ali você encontrará o Pai-Nosso e dedicará todo o seu tempo livre desta tarde a decorá-lo. Não quero mais ouvir preces como aquela de ontem à noite.

– Imagino que fui um desastre – disse Anne, em tom de desculpas –, mas até aí, veja só, nunca tinha praticado. Não se pode esperar realmente que a pessoa reze muito bem na primeira tentativa, não é? Inventei uma prece magnífica depois de ir para cama, exatamente como prometi que faria. Era quase tão comprida quanto a de um pastor, e tão poética. Mas, dá para acreditar? Não consegui lembrar nem uma palavra quando acordei esta manhã. E receio que nunca mais conseguirei inventar outra tão boa. Não sei por quê, mas as coisas nunca são tão boas quando as inventamos uma segunda vez. Já reparou nisso?

– Quero que você repare numa coisa, Anne. Quando digo a você para fazer algo, quero que me obedeça imediatamente, e não que fique aí parada discursando a respeito dela. Vá e faça o que mandei.

Anne partiu prontamente em direção à sala de estar, passando o vestíbulo, e não voltou. Depois de esperar dez minutos, Marilla largou o tricô e, com uma carranca daquelas, foi atrás da menina. Encontrou Anne imóvel diante de um quadro pendurado entre duas janelas, com as mãos unidas atrás das costas, o rosto erguido e os olhos perdidos em devaneio. A luz verde e branca, filtrada pelas macieiras e pelo emaranhado de vinhas lá fora, pousava sobre a figurinha extasiada com um esplendor quase sobrenatural.

– Anne, no que está pensando? – perguntou Marilla bruscamente.

Anne voltou à terra com um sobressalto.

– Nisto – ela disse, apontando o quadro, um cromo bastante vívido intitulado *Jesus Cristo abençoa as criancinhas* –, e estava imaginando que eu era uma delas, que eu era a menininha de vestido azul, sozinha ali no canto, como se não pertencesse a ninguém, exatamente como eu. Ela parece solitária e triste, não parece? Imagino que nunca tenha tido pai nem mãe. Mas ela também queria ser abençoada, por isso esgueirou-se timidamente, um pouco longe da multidão, torcendo para que ninguém a visse... exceto Ele. Tenho certeza de que sei exatamente como ela se sentiu. O coração dela deve ter acelerado, e as mãos se enregelaram, como as minhas, quando perguntei a você se eu poderia ficar. Ela temia que Ele não a visse. Mas é provável que Ele a tenha visto, sim, não acha? Eu estava tentando imaginar a cena: ela se aproximando um pouco por vez, até estar bem perto Dele; e então Ele se volta para ela e toca-lhe os cabelos com a mão, e oh... Ela fica toda arrepiada de alegria! Que pena que o artista O pintou com um ar tão tristonho. Todos os quadros d'Ele são assim, já reparou? Mas não acredito que Ele parecesse realmente tão triste, pois, se fosse assim, as crianças teriam medo d'Ele.

– Anne – disse Marilla, perguntando-se por que demorou tanto para passar um sermão na menina –, não fale desse jeito. É desrespeitoso... definitivamente desrespeitoso.

Anne admirou-se.

– Ora, a mim pareceu que mais respeitoso seria impossível. Tenho certeza de que não quis ser desrespeitosa.

– Bem, não acho que tenha... Mas não parece certo falar disso com tanta intimidade. E mais uma coisa, Anne: quando eu mandar você buscar algo, é para trazê-lo imediatamente, e não ficar devaneando e imaginando coisas diante de quadros. Não se esqueça disso. Pegue o cartão e venha já para a cozinha. Agora, sente-se ali no canto e decore a oração.

Anne apoiou o cartão no vaso de flores de macieira que havia colhido para enfeitar a mesa de jantar – Marilla olhara de soslaio para o adorno, mas nada dissera –, segurou o queixo nas mãos e pôs-se a estudar a prece, atenta e em silêncio, durante vários minutos.

– Gostei – ela anunciou, por fim. – É linda. Já a tinha ouvido antes... Ouvi o superintendente da escola dominical do orfanato recitá-la uma vez. Mas, na ocasião, não gostei. Ele era tão desafinado e rezava com tamanha tristeza. Tenho certeza de que, para ele, rezar era uma obrigação desagradável. Não é poesia, mas me faz sentir da mesma maneira. "Pai-nosso, que estais no céu, santificado seja Vosso nome." Parece música. Oh, que bom que a senho... que você teve a ideia de me fazer aprendê-la, Marilla.

– Bem, aprenda-a e feche o bico – disse Marilla, ríspida.

Anne inclinou o vaso de flores de macieira o suficiente para beijar de leve um botão de coroa rosada e depois estudou diligentemente durante mais alguns minutos.

– Marilla – ela perguntou daí a pouco –, você acha que terei um dia uma amiga do peito em Avonlea?

– Uma... uma amiga o quê?

– Uma amiga do peito... Sabe, uma amiga do peito... um espírito afim de verdade, a quem eu possa confiar os segredos mais recônditos da alma. Sonho conhecê-la a vida toda. Nunca imaginei que isso aconteceria, mas foram tantos os sonhos, entre os mais queridos que eu tinha, que se realizaram todos de uma vez, que pode ser que esse também se realize. Você acha possível?

– Diana Barry mora em Ladeira do Pomar e tem mais ou menos sua idade. É uma garotinha muito simpática e talvez possa brincar com você quando voltar para casa. No momento, está passando uns dias com a tia em Carmody.

Mas você terá de tomar cuidado com seu comportamento. A sra. Barry é uma mulher muito peculiar. Ela só deixa Diana brincar com as garotinhas boas e educadas.

Anne fitou Marilla através das flores de macieira, com os olhos iluminados pelo interesse.

– Como é Diana? Ela não é ruiva, é? Ah, espero que não. Já é ruim que eu seja ruiva, mas não poderia tolerar tal coisa numa amiga do peito.

– Diana é uma garotinha muito bonita. Tem cabelos e olhos pretos e bochechas rosadas. E é boa e inteligente, o que é muito melhor do que ser bonita.

Marilla gostava tanto de lições morais quanto a Duquesa do País das Maravilhas e tinha a firme convicção de que era preciso acrescentar uma delas a toda e qualquer observação que se fizesse a uma criança durante sua criação.

Mas Anne, inconsequentemente, ignorou a lição moral e ateve-se apenas às deliciosas possibilidades que tinham aparecido pouco antes.

– Oh, que bom que ela é bonita. Tirando quando se é linda, o que é impossível no meu caso, não há nada melhor do que ter uma bela amiga do peito. Quando eu morava com a sra. Thomas, ela tinha na sala de estar um armário de livros com portas de vidro. Não havia livros lá dentro: a sra. Thomas guardava ali sua melhor porcelana e as compotas... quando havia alguma. Uma das portas estava quebrada. O sr. Thomas a arrebentou certa noite, quando estava ligeiramente embriagado. Mas a outra estava inteira, e eu costumava fingir que meu reflexo era uma outra garotinha que vivia dentro do armário. Eu a chamava de Katie Maurice e éramos muito chegadas. Costumava passar horas conversando com ela, principalmente aos domingos, e contava-lhe tudo. Katie era o único consolo de minha vida. Fazíamos de conta que o armário era encantado e que, se descobrisse o feitiço certo, eu poderia abrir a porta e entrar no aposento onde Katie Maurice vivia, e não no armário de compotas e pratos de porcelana da sra. Thomas. E aí Katie Maurice me tomaria pela mão e me levaria para um lugar maravilhoso, cheio de flores, sol e fadas, e lá viveríamos felizes para sempre. Quando fui morar com a sra. Hammond, partiu-me o coração abandonar Katie Maurice. Ela também sentiu tremendamente, sei que sim, pois estava chorando quando se despediu de mim com um beijo através da porta do armário. Não havia armário de livros na casa da sra. Hammond. Mas, subindo o rio, não muito longe da casa, havia um valezinho verde e extenso, e morava ali um dos ecos mais adoráveis que já vi. Repetia cada palavra que se dissesse, mesmo quando ditas em voz baixa. Então, imaginei que era uma garotinha de nome Violetta, e éramos grandes amigas, e eu a amava quase tanto quanto amara Katie Maurice... Não tanto quanto, mas quase, sabe? Uma noite antes de ir para o orfanato, fui me despedir de Violetta e, oh, o tom com que ela disse adeus foi tão, mas tão triste. Éramos tão unidas que, no orfanato, não tive ânimo para imaginar uma amiga do peito, e não teria conseguido mesmo se houvesse ali algum espaço para a imaginação.

– Acho muito bom mesmo que não houvesse – disse Marilla, seca. – Não aprovo essas maluquices. Você parece acreditar em metade do que imagina. Vai fazer-lhe bem ter uma amiga de verdade, para tirar essas bobagens da cabeça. Mas não deixe a sra. Barry ouvir essa coisa de Katie Maurice e Violetta, senão ela vai pensar que você é mentirosa.

– Oh, não vou deixar, não. Não posso falar a respeito delas com todo mundo: suas memórias são por demais sagradas. Mas achei que você deveria saber. Oh, veja só, uma abelhona acabou de cair de uma das flores de macieira. Imagine só que lugar adorável para viver: uma flor de macieira! Imagine como seria recolher-se para dormir lá dentro, embalada pelo vento. Se não fosse uma menina humana, acho que gostaria de ser uma abelha e viver no meio das flores.

– Ontem você queria ser uma gaivota – disse Marilla, torcendo o nariz. – Creio que você é muito volúvel. Mandei decorar a oração e ficar quieta. Mas a você parece impossível deixar de falar quando há alguém por perto para ouvi-la. Por isso, vá para seu quarto e decore-a.

– Ah, já a decorei quase inteira... Só falta o último verso.

– Que seja, faça o que estou mandando. Vá para seu quarto e termine de estudá-la, e fique lá em cima até eu chamar você para me ajudar a pôr o chá.

– Posso levar as flores de macieira para me fazer companhia? – implorou Anne.

– Não, você não vai entupir seu quarto de flores. Deveria tê-las deixado na árvore, para começo de conversa.

– Também achei a mesma coisa por um momento – disse Anne. – Quase senti que não deveria colhê-las e abreviar-lhes as vidas adoráveis: eu não gostaria de ser colhida se fosse uma flor de macieira. Mas a tentação foi *irresistível*. O que fazer quando deparamos com uma tentação irresistível?

– Anne, você não me ouviu dizer que fosse para seu quarto?

Anne suspirou, retirou-se para o frontão leste e sentou-se numa cadeira perto da janela.

– Pronto: já decorei a oração. Aprendi a última frase enquanto subia as escadas. Agora vou imaginar coisas dentro deste quarto, para que imaginadas estejam sempre. O piso está recoberto por um tapete de veludo branco e rosas de cor salmão, a mesma cor das cortinas nas janelas. Das paredes pendem tapeçarias feitas de brocados de ouro e prata. A mobília é de mogno. Nunca vi o mogno, mas soa *tão* suntuoso. Estou graciosamente reclinada num divã coberto de deslumbrantes almofadas de seda, cor-de-rosa, azuis, carmesins e douradas. Vejo meu reflexo naquele espelho grande e magnífico pendurado na parede. Sou alta e régia, estou vestindo uma longa camisola de renda branca; tenho uma cruz perolada sobre o peito e pérolas nos cabelos, que são escuros como a noite, e minha pele é branca como marfim. Meu nome é *lady* Cordelia Fitzgerald. Não, não é... Não consigo fazer *isso* parecer real.

Dançando, ela foi se olhar no pequeno espelho. Seu rosto afilado, cheio de sardas, e os olhos cinzentos e solenes devolveram-lhe o olhar.

– Você é tão somente Anne de Green Gables – ela disse, com seriedade –, e é você quem vejo, exatamente como agora, toda vez que tento me imaginar como *lady* Cordelia. Mas é um milhão de vezes melhor ser Anne de Green Gables do que Anne de lugar nenhum, não é mesmo?

Ela se debruçou, beijou afetuosamente o próprio reflexo e dirigiu-se à janela aberta.

– Querida Rainha da Neve, boa tarde. E boa tarde, bétulas queridas, lá embaixo na valeira. E boa tarde, querida casinha cinza no alto da colina. Gostaria de saber se Diana será minha amiga do peito. Espero que sim, e haverei de amá-la muito. Mas nunca devo esquecer Katie Maurice e Violetta. Elas ficariam tão magoadas se eu as esquecesse, e detesto a ideia de magoar alguém, até mesmo uma garotinha de armário e um eco. Preciso tomar o cuidado de me lembrar sempre delas e mandar-lhes um beijo todos os dias.

Anne soprou dois beijos etéreos, que saíram das pontas de seus dedos e passaram pelas flores de cerejeira. Depois, com o queixo nas mãos, ela divagou suntuosamente por um oceano de devaneios.

IX
A sra. Rachel Lynde fica devidamente horrorizada

Anne já estava em Green Gables havia duas semanas, quando a sra. Lynde veio inspecioná-la. Justiça seja feita, a sra. Rachel não teve culpa. Um acesso grave e desarrazoado de gripe confinou a boa senhora em sua casa desde sua última visita a Green Gables. A sra. Rachel não costumava ficar doente, e não tinha em boa conta as pessoas que adoeciam, mas a gripe, afirmava ela, era uma doença sem igual que só poderia ser interpretada como uma das provações especiais da Providência. Tão logo o médico lhe permitiu botar o pé fora de casa, ela correu até Green Gables, quase explodindo de curiosidade para ver a órfã de Matthew e Marilla, sobre quem todo tipo de histórias e suposições circulara em Avonlea.

Anne fez bom uso de cada minuto que passou acordada naqueles quinze dias. Já conhecia todas as árvores e todos os arbustos da chácara. Descobrira uma vereda que se abria abaixo do pomar de macieiras e atravessava uma faixa de floresta, e a havia explorado do começo ao fim, em cada um de seus deliciosos caprichos, o regato e a ponte, o pinheiral e a abóbada de cerejeiras silvestres, todos os recantos cheios de samambaias e a rede de caminhozinhos secundários, com seus bordos e sorveiras.

Fizera amizade com a fonte que ficava lá embaixo, na valeira: aquela fonte profunda, maravilhosa, límpida e gelada, formada por pedras de arenito, lisas e vermelhas, e rodeada por enormes moitas de samambaias aquáticas que lembravam palmeiras. E, passada a fonte, havia uma ponte de troncos que atravessava o regato.

Aquela ponte levara os pés saltitantes de Anne a subir uma colina arborizada mais à frente, onde reinava o crepúsculo perpétuo sob os abetos e espruces de troncos retos e grossos. Ali as únicas flores eram os milhares e delicados brincos-de-princesa, as mais tímidas e meigas dos bosques, e algumas leites-de-galinha, claras e etéreas, tal qual espíritos de flores do ano anterior. As teias de aranha brilhavam como fios de prata entre as árvores, e os ramos e pendões dos abetos pareciam falar de amizade.

Todas essas viagens extasiadas de exploração se davam nos momentos de folga em que lhe era permitido brincar, e Anne deixava Matthew e Marilla quase surdos contando suas descobertas. Não que Matthew reclamasse muito. Ele ouvia tudo com um sorriso mudo de contentamento estampado no rosto. Marilla deixava a "conversa" continuar até perceber que estava se interessando, quando então sempre reprimia Anne, pronta e sumariamente, mandando-a fechar o bico.

Quando a sra. Rachel chegou, Anne estava no pomar, vagando a seu bel-prazer pela relva trêmula e luxuriante, salpicada com a luz avermelhada do fim da tarde, de modo que a boa senhora teve a excelente oportunidade de falar sobre sua doença, descrevendo cada pontada de dor e cada palpitação com uma satisfação tão patente que Marilla chegou a pensar que até mesmo a gripe tinha suas compensações. Quando se esgotaram todas as minúcias, a sra. Rachel apresentou a verdadeira razão de sua visita.

– Tenho ouvido coisas surpreendentes a respeito de você e de Matthew.

– Imagino que sua surpresa não seja maior que a minha – disse Marilla. – Só agora a estou superando.

– É uma pena que tenha ocorrido tamanho equívoco – disse a sra. Rachel, solidária. – Vocês não poderiam tê-la devolvido?

– Creio que sim, mas decidimos não mandá-la de volta. Matthew acabou se afeiçoando à menina. E devo admitir que também gosto dela, embora ela tenha lá seus defeitos. A casa parece outra. Ela é realmente uma coisinha alegre.

Marilla disse mais do que pretendera dizer inicialmente, pois viu a desaprovação na expressão da sra. Rachel.

– Você assumiu uma grande responsabilidade – disse sinistramente a mulher –, ainda mais não tendo experiência com crianças. Não deve saber muita coisa a respeito da menina, e imagino que tampouco conheça a sua verdadeira índole, e não há como adivinhar no que uma criança dessas vai dar. Mas eu não quero desanimá-la, Marilla.

– Não estou desanimada – foi a resposta seca de Marilla. – Quando decido fazer uma coisa, não volto atrás. Imagino que queira ver Anne. Vou chamá-la.

Anne entrou correndo daí a pouco, com o rosto reluzente de prazer depois de seu passeio pelo pomar. No entanto, desconcertada e confusa ao se ver inesperadamente diante de uma estranha, ela se deteve no limiar da porta. Era certamente uma criaturinha bizarra, metida naquele vestido de baetilha curto e apertado do orfanato, sob o qual suas pernas finas pareciam desengonçadas e compridas. Suas sardas nunca foram tão numerosas e indiscretas. Por falta de um chapéu, o vento havia lhe despenteado os cabelos, que estavam em desordem e excessivamente brilhantes: nunca foram tão ruivos quanto naquele momento.

– Bem, não escolheram você pela aparência, não há a menor dúvida – foi o comentário enfático da sra. Rachel Lynde. A sra. Rachel era uma daquelas pessoas adoráveis e populares que se orgulhavam de dizer imparcialmente o que pensavam. – Ela é muito magra e sem graça, Marilla. Venha aqui, menina, deixe-me dar uma olhada em você. Homessa, onde já se viram tantas sardas? E os cabelos são ruivos como cenouras! Venha aqui, menina, já disse.

Anne "foi lá", mas não exatamente como a sra. Rachel esperava. De um salto, ela atravessou a cozinha e colocou-se diante da sra. Rachel, com o rosto rubro de raiva, os lábios trêmulos e todo o seu corpo esguio a tremer dos pés à cabeça.

– Odeio você – ela gritou, com voz abafada, batendo o pé no assoalho. – Odeio, odeio, odeio você – e uma batida mais forte acompanhou cada declaração de aversão. – Como ousa dizer que sou magra e feia? Como ousa dizer que sou ruiva e sardenta? Você é uma mulher rude, mal-educada e insensível!

– Anne! – exclamou Marilla, consternada.

Anne, porém, continuou a encarar a sra. Rachel impavidamente, de cabeça erguida, olhos flamejantes e punhos cerrados, exalando nuvens de indignação.

– Como ousa dizer essas coisas a meu respeito? – repetiu com veemência. – Você gostaria que dissessem isso de você? Que tal ouvir que é gorda, desajeitada e provavelmente sem um pingo de imaginação? E não me importo se, ao dizê-lo, estarei ferindo seus sentimentos! Espero mesmo que esteja. Você feriu os meus mais do que qualquer outra pessoa nesta vida, mais até que o marido bêbado da sra. Thomas. E *nunca* vou perdoar você, nunca, nunca!

Nova batida do pé. E outra.

– Onde já se viu um mau gênio desses?! – exclamou a horrorizada sra. Rachel.

– Anne, vá para o quarto e fique lá até eu subir – disse Marilla, recuperando a fala, com dificuldade.

Anne, irrompendo em lágrimas, correu para a porta do vestíbulo e a bateu com tanta força que os ladrilhos de latão da parede da varanda, do lado de fora, retiniram em solidariedade. Ela passou voando pelo vestíbulo e pela escada feito um turbilhão. Um estrondo fraco, vindo lá de cima, indicou que a porta do frontão leste tinha sido fechada com a mesma veemência.

– Bem, não invejo você, Marilla, por ter de criar *aquilo* – disse a sra. Rachel, com uma solenidade indizível.

Marilla abriu a boca para se desculpar sabia-se lá como. Ela se surpreenderia com o que acabou realmente dizendo, tanto na ocasião quanto mais tarde.

– Você não deveria tê-la criticado por causa da aparência, Rachel.

– Marilla Cuthbert, você não está querendo dizer que vai defendê-la depois dessa exibição terrível de mau gênio que acabamos de ver? – perguntou a sra. Rachel, indignada.

– Não – respondeu Marilla, devagar. – Não estou tentando desculpá-la. Ela foi muito malcriada e terei de lhe passar um sermão por conta disso. Mas precisamos fazer-lhe concessões. Nunca lhe ensinaram o que era certo. E você *foi* muito dura com ela, Rachel.

Marilla não pôde deixar de acrescentar a última frase, embora estivesse novamente surpresa consigo mesma. A sra. Rachel levantou-se com ares de dignidade ferida.

– Bem, vejo que terei de tomar cuidado com o que digo de agora em diante, Marilla, pois os sentimentos delicados das orfãzinhas, trazidas sabe Deus de onde, devem ser levados em conta antes de mais nada. Oh, não, não estou zangada, não se preocupe. Sinto tanta pena de você que não sobra espaço para a raiva. Você também vai ter problemas com aquela criança. No entanto, se aceitar meu conselho – e imagino que não aceitará, apesar de eu ter criado dez filhos e enterrado dois –, você irá "passar o sermão" que mencionou com uma boa vara de bétula. Creio que *essa* seria a linguagem mais eficaz para esse tipo de criança. O temperamento dela faz par com os cabelos, imagino. Bem, boa tarde, Marilla. Espero que você continue a me visitar como sempre. Mas não espere que eu volte a Green Gables tão cedo para ser atacada e insultada dessa maneira. Eis aí uma novidade em *minha* vida.

Com o que a sra. Rachel saiu e partiu rapidamente – se é que se podia dizer que uma mulher obesa, que a vida inteira andou como um pato, fosse capaz de se mover rapidamente –, e Marilla, com uma expressão muito solene, dirigiu-se ao frontão leste.

Subindo as escadas, apreensiva, ela ia pensando no que deveria fazer. Estava bastante consternada com a cena que acabara de presenciar. Que infelicidade fora Anne exibir tamanho mau gênio justamente diante da sra. Rachel Lynde! E, naquele momento, Marilla se deu conta de que, por mais incômodo e censurável que fosse, ela se sentia mais humilhada com a situação do que triste ao descobrir um defeito tão grave na índole de Anne. E como deveria castigar a menina? A sugestão amável da vara de bétula – cuja eficácia todos os filhos da sra. Rachel poderiam asseverar dolorosamente – não agradava Marilla. Não se via capaz de surrar uma criança. Não, era preciso encontrar outro tipo de castigo para que Anne percebesse a enormidade de seu crime.

Marilla encontrou Anne com o rosto enterrado na cama, chorando acrimoniosamente, de todo alheia às botas enlameadas que repousavam sobre a colcha limpa.

– Anne – ela disse, com uma certa delicadeza.

Não houve resposta.

– Anne – dessa vez mais severa –, saia já da cama e escute o que tenho a lhe dizer.

Anne deixou a cama, ligeiramente envergonhada, e sentou-se toda rígida numa cadeira próxima, com o rosto inchado e manchado de lágrimas e os olhos fixos no chão.

– Que bela maneira de se comportar, Anne! Você não tem vergonha do que fez?

– Ela não tinha o direito de me chamar de feia e ruiva – replicou Anne, evasiva e rebelde.

– Você não tinha o direito de se enfurecer daquela maneira e falar com ela daquele jeito, Anne. Você me envergonhou... me envergonhou completamente. Eu queria que você se comportasse bem na frente da sra. Lynde e, em vez disso, você me desmoralizou. Não sei por que perdeu a calma daquele jeito, só porque a sra. Lynde disse que você era ruiva e sem graça. Você mesma já disse isso mais de uma vez.

– Ah, mas há uma grande diferença entre dizer você mesma e ouvir isso de outra pessoa – queixou-se Anne. – Sabemos que as coisas são como são, mas sempre resta a esperança de que as outras pessoas talvez pensem diferente. Você deve estar pensando que tenho um temperamento horrível, mas não pude evitar. Quando ela disse aquelas coisas, algo simplesmente se rebelou dentro de mim. Eu *tinha* de explodir com ela.

– Bem, você fez um papelão, isso sim. Aonde for, a sra. Lynde terá uma bela história para contar sobre você. E ela contará mesmo. Foi uma coisa temerária perder a calma daquele jeito, Anne.

– Imagine como você se sentiria se alguém lhe dissesse na cara que você era magra e feia – protestou Anne, com os olhos rasos d'água.

Uma antiga recordação apareceu de repente diante de Marilla. Ela era bem pequena quando ouviu uma tia dizer a outra, a respeito dela: "Que pena ela ser uma coisinha tão morena e sem graça". Marilla já tinha cinquenta anos quando a dor daquela lembrança finalmente desapareceu.

– Não creio que a sra. Lynde tivesse exatamente razão para dizer o que disse, Anne – ela admitiu, num tom mais conciliador. – Rachel fala sem pensar. Mas isso não é desculpa para seu comportamento. Tratava-se de alguém que você não conhecia, de uma pessoa idosa e minha convidada: três bons motivos para você demonstrar respeito. Você foi rude e insolente e... – Marilla teve uma inspiração salvadora e pensou num castigo – você irá vê-la, irá dizer-lhe que sente muito ter perdido a calma e pedirá perdão.

– Não posso fazer isso – disse Anne, determinada e sorumbática. – Pode me castigar como quiser, Marilla. Pode me trancar num calabouço úmido e escuro, habitado por sapos e serpentes, e me fazer passar a pão e água que eu não me queixarei. Mas não pedirei perdão à sra. Lynde.

– Não temos o hábito de trancafiar as pessoas em calabouços úmidos e escuros – disse Marilla, com frieza –, principalmente porque as masmorras são bem raras em Avonlea. Mas você tem de se desculpar com a sra. Lynde, e o fará, e ficará aqui no quarto até me dizer que está disposta a fazê-lo.

– Ficarei aqui para sempre, então – retornou Anne, pesarosa –, porque não posso dizer à sra. Lynde que me arrependo de ter dito aquelas coisas. Como poderia? *Não* estou arrependida. Arrependo-me de ter contrariado você, mas fico *feliz* de ter dito o que disse a ela. Foi uma grande satisfação. Não posso dizer que estou arrependida quando não estou, ou posso? Não consigo nem me *imaginar* arrependida.

– Quem sabe sua imaginação não estará funcionando melhor de manhãzinha – disse Marilla, levantando-se para sair. – Você terá esta noite para repensar sua conduta e melhorar esse seu humor. Você disse que tentaria ser uma menina muito boazinha se ficássemos com você aqui em

Green Gables, mas sou obrigada a dizer que não foi bem essa a impressão que você deu esta tarde.

Com esse último comentário ferino, que exasperaria o íntimo atormentado de Anne, Marilla desceu para a cozinha, aflita, ansiosa e contrariada. Estava tão irritada consigo mesma quanto com Anne, porque, toda vez que se lembrava da expressão embasbacada da sra. Rachel, seus lábios se contorciam de graça, e ela tinha a vontade absolutamente repreensível de dar uma risada.

X
Anne pede desculpas

Marilla não contou a Matthew o caso daquela tarde, mas, quando Anne ainda se mostrou obstinada na manhã seguinte, foi preciso dar alguma explicação para a ausência da menina à mesa no desjejum. Marilla contou a história toda, dando-se ao trabalho de incutir em Matthew a noção exata da atrocidade que Anne cometera.

– Acho muito bom que Rachel Lynde tenha ouvido poucas e boas: ela é uma velha fofoqueira e intrometida – foi a resposta consoladora de Matthew.

– Matthew Cuthbert, estou abismada com você. Sabe muito bem que Anne se portou de maneira terrível e, ainda assim, você toma o partido dela! Imagino que só lhe falta dizer que ela não deveria ser castigada.

– Bem, ora, não... não exatamente – disse Matthew, constrangido. – Acho que ela precisa de um castigo leve.

Mas não seja muito dura com ela, Marilla. Não se esqueça de que ela nunca teve quem a ensinasse direito. Você vai... você vai deixá-la comer alguma coisa, não vai?

– Quando é que você me viu ensinar bons modos a alguém fazendo a pessoa passar fome? – perguntou Marilla, indignada. – Ela fará as refeições normalmente, e eu mesma vou levá-las ao quarto. Mas ela ficará lá em cima até se dispor a se desculpar com a sra. Lynde, e ponto final, Matthew.

O desjejum, o almoço e o jantar deram-se em silêncio, pois Anne continuou renitente. Depois de cada refeição, Marilla levava uma bandeja bem fornida para o frontão leste e a trazia de volta mais tarde, sem que estivesse muito mais vazia. Matthew observou o último retorno da bandeja com preocupação. Anne não teria comido nada?

Naquela tarde, quando Marilla saiu para recolher as vacas do pasto dos fundos, Matthew, que andara pelos celeiros, de olho na casa, entrou sorrateiramente, com o ar de um gatuno, e subiu as escadas. Em geral, Matthew atinha-se à cozinha e ao quartinho do outro lado do vestíbulo, onde ele dormia. Muito ocasionalmente, ele se aventurava com um certo embaraço pela sala de estar ou de visitas, quando o pastor vinha para o chá. Mas ele nunca mais subira as escadas de sua própria casa desde a primavera em que ajudara Marilla a colar o papel de parede no quarto de hóspedes, e isso já fazia quatro anos.

Ele cruzou o vestíbulo nas pontas dos pés e demorou-se vários minutos diante da porta do frontão leste, até reunir a coragem necessária para bater e, em seguida, abri-la e dar uma olhadela lá para dentro.

Anne estava sentada na cadeira amarela ao lado da janela, fitando tristemente o jardim lá fora. Ela parecia tão miúda e infeliz, e o coração de Matthew o castigou. Ele fechou a porta de mansinho e, nas pontas dos pés, foi até ela.

– Anne – sussurrou, como se temesse que alguém mais o ouvisse –, como está passando, Anne?

Anne sorriu com ar triste.

– Muito bem. Fico imaginando coisas, e isso ajuda a passar o tempo. Naturalmente, é muito solitário. Mas até aí, posso muito bem me acostumar com isso.

Anne voltou a sorrir, encarando com valentia os longos anos de cárcere solitário que tinha pela frente.

Matthew lembrou-se de que era preciso dizer o que viera dizer sem perda de tempo, pois temia que Marilla voltasse antes da hora.

– Bem, Anne, você não acha melhor fazer o que tem de fazer e acabar logo com isso? – ele sussurrou. – Sabe, mais cedo ou mais tarde, você terá de fazê-lo, pois Marilla é uma mulher tão determinada que chega a dar medo... a dar medo, Anne. Faça de uma vez e acabe com isso.

– Você quer dizer pedir desculpas à sra. Lynde?

– É... pedir desculpas... isso mesmo – disse Matthew, com impaciência. – É só botar panos quentes, por assim dizer. Era aonde eu estava tentando chegar.

– Acho que eu poderia me desculpar para agradar você – disse Anne, pensativa. – Não seria faltar muito com a verdade dizer que sinto muito, porque *estou* arrependida agora. Não estava nem um pouquinho arrependida ontem à noite. Estava furiosíssima, e continuei enfurecida a noite toda. Sei disso porque acordei três vezes e estava simplesmente furiosa em todas as ocasiões. Mas, hoje de manhã, tudo tinha passado. O mau humor tinha sumido. E deixou um vazio terrível. Senti tanta vergonha de mim mesma. Mas simplesmente não podia cogitar a ideia de dizer isso à sra. Lynde. Seria tão humilhante. Decidi que ficaria trancada aqui em cima para sempre. Contudo... eu faria qualquer coisa por você... se realmente quisesse que eu...

– Bem, é claro que quero. Está uma solidão terrível lá embaixo, sem você. É só botar panos quentes... Boa menina.

– Muito bem – disse Anne, resignada. – Direi a Marilla, tão logo ela entre, que estou arrependida.

– Isso mesmo, isso mesmo, Anne. Mas não conte a Marilla que eu falei com você. Ela pode pensar que meti o bedelho, e prometi a ela não fazer isso.

– Nem mesmo cavalos bravios arrancariam de mim o segredo – Anne prometeu solenemente. – Como é que cavalos bravios arrancariam um segredo de uma pessoa, por falar nisso?

Mas Matthew já tinha saído, assustado com o próprio êxito. Foi correndo para o canto mais remoto do pasto dos cavalos, para que Marilla não desconfiasse do que ele andara aprontando. A própria Marilla, ao voltar à casa, teve uma surpresa agradável ao ouvir uma voz dorida chamar-lhe o nome por sobre a balaustrada.

– E então? – ela disse, entrando no vestíbulo.

– Sinto muito por ter perdido a calma e dito coisas rudes, e estou disposta a ir me desculpar com a sra. Lynde.

– Muito bem. – A determinação de Marilla não deu nenhum sinal de seu alívio. Andou pensando no que diacho deveria fazer se Anne não cedesse. – Levo você até lá depois da ordenha.

Dito e feito, depois da ordenha, eis que estavam Marilla e Anne descendo a vereda, a primeira ereta e triunfante, a segunda abatida e desanimada. Mas, na metade do caminho, o desânimo de Anne desapareceu como por encanto. Ela ergueu a cabeça e passou a caminhar alegremente, com os olhos fixos no céu do crepúsculo e um ar de contentamento reprimido. Marilla contemplou a mudança com desaprovação. Não era nenhuma penitente dócil aquela que lhe cabia apresentar à ofendida sra. Lynde.

– No que está pensando, Anne? – ela perguntou abruptamente.

– Estou imaginando o que dizer à sra. Lynde – respondeu Anne, perdida em sonhos.

Foi satisfatório... ou deveria ter sido. Marilla, porém, não conseguia se livrar da ideia de que o castigo que ela planejara estava indo por água abaixo.

Extasiada e alegre, Anne continuou até se verem diante da própria sra. Lynde, que estava sentada à janela da cozinha, tricotando. Foi quando a alegria desapareceu por completo e deu lugar à penitência. Antes que se dissesse uma palavra, Anne caiu de joelhos de repente, diante da atônita sra. Rachel, e estendeu as mãos súplices.

– Oh, sra. Lynde, estou extremamente arrependida – ela disse, com voz trêmula. – Nunca conseguiria expressar todo o meu arrependimento, oh não, nem que usasse um dicionário inteiro. A senhora terá de imaginá-lo. Portei-me de maneira terrível com a senhora, e envergonhei meus caros amigos, Matthew e Marilla, que me deixaram ficar em Green Gables, apesar de eu não ser um menino. Sou uma menina terrivelmente má e ingrata, e mereço ser castigada e desterrada pelas pessoas de bem para todo o sempre. Foi muita maldade de minha parte ter um acesso de raiva só porque a senhora me disse a verdade. *Era* a verdade; cada palavra que a senhora disse era verdade. Sou ruiva, sardenta, magra e feia. O que eu disse à senhora também era verdade, mas eu não deveria tê-lo dito. Oh, sra. Lynde, por favor, por favor, perdoe-me. Se a senhora me negar isso, será uma vida inteira de tristeza para mim. A senhora não quer condenar uma pobre menininha órfã a uma vida inteira de tristeza, não é? Mesmo que ela tenha um gênio terrível? Oh, tenho certeza de que não. Por favor, diga que me perdoa, sra. Lynde.

Anne juntou as mãos, abaixou a cabeça e esperou o veredito.

Não havia como negar sua sinceridade, exalada a cada inflexão de sua voz. Tanto Marilla quanto a sra. Lynde reconheceram o timbre inconfundível. Mas a primeira percebeu, consternada, que Anne, na verdade, estava desfrutando seu vale de humilhação; deleitava-se com a perfeição de seu opróbrio. Onde estava o castigo benéfico do qual ela, Marilla, havia se vangloriado? Anne o transformara numa espécie de prazer positivo.

A boa sra. Lynde, que não tinha como saber, não viu nada disso. Notou apenas que Anne fizera um pedido de desculpas perfeito, e todo o ressentimento desapareceu de seu coração bondoso, embora um tanto intrometido.

– Que é isso, menina, levante-se – ela disse cordialmente. – Claro que eu a perdoo. De qualquer maneira, creio que fui muito dura. Mas é que não tenho papas na língua. É só não se importar comigo, é isso. Não dá para negar que você é terrivelmente ruiva, mas conheci uma menina – na verdade, fui à escola com ela – que era tão ruiva quanto você quando criança, mas, quando cresceu, seus cabelos escureceram e ganharam um belo tom castanho-avermelhado. Eu não me surpreenderia nem um pouquinho se os seus também escurecessem... nem um pouquinho.

– Oh, sra. Lynde! – Anne inspirou profundamente ao ficar de pé. – A senhora me deu uma esperança. Hei sempre de vê-la como uma benfeitora. Oh, eu suportaria qualquer coisa se ao menos soubesse que teria lindos cabelos castanho-avermelhados quando crescesse. Seria tão mais fácil ser boazinha com lindos cabelos castanho-avermelhados, não acha? E agora posso ir ao jardim me sentar naquele banco sob as macieiras enquanto a senhora e Marilla conversam? Há muito mais espaço para a imaginação lá fora.

– Claro que sim, pode ir, menina. E, se quiser, pode apanhar um ramalhete de narcisos lá naquele canto.

Quando Anne saiu e a porta se fechou, a sra. Lynde levantou-se abruptamente para acender uma lamparina.

– Ela é realmente uma coisinha singular. Tome esta cadeira, Marilla; é mais confortável do que essa aí onde está sentada, que deixo reservada para o rapazola que contratamos. Sim, ela certamente é uma criança peculiar, mas tem algo de cativante no fim das contas. Já não estou tão surpresa por você e Matthew terem ficado com ela... nem tenho mais pena de você. Pode ser que ela saia boa coisa. Naturalmente, ela tem uma maneira esquisita de se expressar: um pouco... bem, um pouco forçada, sabe. Mas é provável que ela perca esse hábito agora que viverá entre pessoas civilizadas. E, imagino, resta o fato de que é geniosa. Mas há aí um consolo, pois a criança geniosa explode e logo se acalma, e provavelmente nunca será matreira nem mentirosa. Deus nos guarde de uma criança matreira, isso sim. No geral, Marilla, acho que gosto dela.

Quando Marilla se pôs a caminho de casa, Anne saiu do crepúsculo fragrante do pomar com um ramo de narcisos brancos nas mãos.

– Desculpei-me muito bem, não foi? – disse ela, com orgulho, enquanto seguiam pela vereda. – Pensei que, como tinha de fazê-lo, o melhor era fazê-lo à perfeição.

– Você se desculpou perfeitamente, sem dúvida – foi o comentário de Marilla. Viu-se consternada ao descobrir que tinha vontade de rir da lembrança. Também tinha a incômoda sensação de que deveria repreender Anne por ter se desculpado tão bem, mas era ridículo! Chegou a um meio-termo com sua consciência ao dizer, com severidade:

– Espero que você não tenha muitas outras ocasiões para se desculpar. Espero que tente controlar esse seu gênio de agora em diante, Anne.

– Não seria tão difícil se as pessoas parassem de criticar minha aparência – disse Anne, suspirando. – Eu não me irrito com outras coisas, mas estou tão cansada de ouvir críticas aos meus cabelos, e isso simplesmente me faz ferver de raiva. Você acha que terei lindos cabelos castanho-avermelhados quando crescer?

– Você não deveria pensar tanto na aparência, Anne. Receio que você seja uma menininha muito vaidosa.

– Como posso ser vaidosa sabendo que sou sem graça? – protestou Anne. – Adoro as coisas bonitas e detesto olhar para o espelho e ver algo que não é bonito. Isso me deixa tão triste... exatamente como me sinto ao ver uma coisa feia. Tenho pena do que não é belo.

– Beleza não põe mesa – citou Marilla.

– Já me disseram isso antes, mas tenho minhas dúvidas – observou Anne, com ceticismo, cheirando os narcisos. – Oh, não são adoráveis estas flores? Foi muita gentileza da sra. Lynde deixar que eu as colhesse. Não guardo mais ressentimento com relação à sra. Lynde. É uma sensação adorável e reconfortante pedir perdão e ser perdoada, não é mesmo? As estrelas não estão brilhantes hoje? Se pudesse viver numa estrela, qual delas você escolheria? Eu ficaria com aquela grande ali, luminosa e adorável, lá longe, acima daquela colina escura.

– Anne, feche o bico – disse Marilla, completamente exausta de tanto tentar acompanhar as voltas dos pensamentos de Anne.

Anne nada mais disse até entrarem na vereda de Green Gables. Uma brisa cigana desceu por ela para encontrá-las, carregada com o perfume pungente de fetos jovens e orvalhados. Lá longe, no escuro, uma luz alegre atravessava as árvores, vinda da cozinha de Green Gables. Anne, de repente, aproximou-se de Marilla e enfiou uma das mãos na palma calejada da mulher mais velha.

– É tão bom ir para casa sabendo que é nossa casa – ela disse. – Já amo Green Gables, e nunca amei um lugar antes. Nunca me senti em casa em lugar algum. Oh, Marilla, estou tão feliz. Eu poderia rezar agora, sem dificuldade.

Algo cálido e agradável brotou no coração de Marilla ao contato daquela mãozinha magra com a sua: um eco da maternidade que ela deixara passar, talvez. Ficou transtornada com a própria falta de hábito e ternura. Apressou-se a devolver seus sentimentos ao estado normal de calma incutindo uma lição de moral.

– Se for uma boa menina, você será sempre feliz, Anne. E nunca terá dificuldade para fazer suas preces.

– Fazer uma prece não é exatamente a mesma coisa que rezar – disse Anne, pensativa. – Mas vou imaginar que sou o vento soprando lá no topo daquelas árvores. Quando me cansar das árvores, imaginarei que estou aqui embaixo, embalando as samambaias... Depois sobrevoarei o jardim da sra. Lynde e colocarei as flores para dançar... Depois, despencando lá de cima, passarei por cima do campo de trevos... Depois irei soprar no Lago de Águas Cintilantes e enchê-lo de ondinhas brilhantes. Oh, há tanto espaço para a imaginação no vento! E por isso não direi mais nada por ora, Marilla.

– Graças a Deus – suspirou Marilla, com um alívio sincero.

XI

A PRIMEIRA IMPRESSÃO QUE ANNE TEM DA ESCOLA DOMINICAL

– Bem, o que achou? – perguntou Marilla.

Anne estava de pé, no quarto do frontão, olhando solenemente para três vestidos novos estendidos na cama. O primeiro era de um riscadinho cor de rapé, que Marilla ficara tentada a comprar de um mascate, no verão anterior, por parecer tão durável; o segundo era de cetineta xadrez, preta e branca, que ela havia arranjado numa liquidação de inverno; e o terceiro era de algodão estampado e engomado, num tom feioso de azul, que ela comprara naquela semana numa loja em Carmody.

Ela mesma os fizera, e eram todos iguais: saias retas e franzidas até as cinturas retas, e mangas tão retas quanto as cinturas e as saias, apertadas como o quê.

– Vou imaginar que gosto deles – disse Anne, com ponderação.

– Não quero que imagine – disse Marilla, ofendida. – Ah, já vi que não gostou dos vestidos! Qual é o problema com eles? Não são novos, simples e benfeitos?

– São.

– Então por que não gostou deles?

– Eles... eles não são... bonitos – disse Anne, relutante.

– Bonitos! – Marilla torceu o nariz. – Não me preocupei em fazer vestidos bonitos para você. Não acredito em mimar a vaidade, Anne, já vou lhe dizer de pronto. Esses vestidos são bons, simples e duráveis, sem babados nem falbalás, e é só o que você irá ganhar neste verão. O riscadinho marrom e o estampado azul servirão para ir à escola, quando você começar. O de cetineta é para usar na igreja e na escola dominical. Espero que você os mantenha em ordem e limpos, e que não os rasgue. Pensei que você ficaria agradecida por ganhar qualquer roupa, depois daquelas minúsculas peças de baetilha que vinha usando.

– Ah, mas eu *estou* agradecida – protestou Anne. – É que eu ficaria muito mais grata se... se você tivesse feito um deles com mangas bufantes. As mangas bufantes estão na moda. Seria de arrepiar, Marilla, usar um vestido de mangas bufantes.

– Bem, você terá de passar sem o arrepio. Eu não tinha tecido para desperdiçar com mangas bufantes. E, de qualquer maneira, essas mangas são ridículas. Prefiro-as simples e razoáveis.

– Mas eu prefiro parecer ridícula como todo mundo a simples e razoável sozinha – insistiu Anne, tristonha.

– Claro que prefere! Bem, pendure com cuidado os vestidos no guarda-roupa e vá estudar a lição da escola dominical. Vou lhe dar o catecismo trimestral que o sr. Bell mandou, e você irá à escola dominical amanhã – disse Marilla, furiosa, desaparecendo escada abaixo.

Anne juntou as mãos e olhou para os vestidos.

– Eu realmente esperava que um deles fosse branco e tivesse mangas bufantes – ela murmurou, desconsolada. – Pedi um em minhas orações, mas não podia contar muito com isso. Não acho que Deus tenha tempo para se preocupar com o vestido de uma orfãzinha. Eu sabia que teria de depender de Marilla para isso. Bem, felizmente posso imaginar que um deles é de musselina branca como a neve, com adoráveis babados de renda e mangas para lá de bufantes.

Na manhã seguinte, sinais de uma enxaqueca mórbida impediram Marilla de acompanhar Anne à escola dominical.

– Você terá de descer e chamar a sra. Lynde, Anne – ela explicou. – Ela arranjará para que você entre na turma correta. Veja lá, comporte-se direitinho. Fique para o sermão no final e peça à sra. Lynde para lhe mostrar nosso banco cativo. Tome um centavo para a oferta. Não encare as pessoas e fique quietinha no lugar. Quero que me diga qual foi a leitura do dia quando você voltar.

Anne pôs-se irrepreensivelmente a caminho, vestindo a cetineta xadrez que, apesar de decente no tocante ao comprimento e, sem dúvida alguma, em nada sujeita à acusação de escassez, conspirava para ressaltar todos os ângulos de sua figura magra. O chapéu de palha era pequeno, sem abas, envernizado e novo, cuja extrema simplicidade também havia decepcionado bastante a menina, que se permitiu imaginar em segredo algumas fitas e flores. Estas, porém, foram arranjadas antes que Anne chegasse à estrada principal, pois se vendo meio caminho vereda abaixo diante de um frenesi dourado de ranúnculos agitados pelo vento e de esplêndidas rosas silvestres, Anne pronta e generosamente coroou seu chapéu com uma guirlanda densa de flores. O resultado, e não importava o que pensassem as outras pessoas, deixou Anne satisfeita, e ela saltitou alegremente estrada abaixo, ostentando com muito orgulho sua cabeça ruiva e enfeitada de rosa e amarelo.

Ao chegar à casa da sra. Lynde, descobriu que a mulher já havia saído. Nem um pouco intimidada, Anne seguiu sozinha para a igreja. No pórtico, ela encontrou um bando de garotinhas, todas mais ou menos alegremente vestidas de branco, azul e rosa, e todas fitando com curiosidade aquela estranha entre elas, com seu extraordinário adereço de cabeça. As meninas de Avonlea já tinham ouvido histórias esquisitas a respeito de Anne: a sra. Lynde dissera que ela tinha um gênio terrível; Jerry Buote, o garoto que trabalhava em Green Gables, dissera que ela falava sozinha ou então com as árvores e as flores, o tempo todo, como se fosse louca. Elas a observaram e cochicharam entre si, escondendo-se atrás dos catecismos. Ninguém tentou fazer amizade, nem naquele momento nem depois de terminada a cerimônia de abertura, quando Anne se viu na classe da srta. Rogerson.

A srta. Rogerson era uma mulher de meia-idade que lecionava na escola dominical havia vinte anos. Seu método de ensino era fazer as perguntas impressas no catecismo e olhar implacavelmente por cima do livro para a menina que ela queria que as respondesse. Olhou muitas vezes para Anne, que, graças ao ensaio de Marilla, respondia prontamente, mas era questionável se entendia de fato a pergunta ou a resposta.

Ela decidiu que não gostava da srta. Rogerson e sentiu-se muito infeliz: todas as outras meninas da turma usavam mangas bufantes. Anne pensou que não valia mesmo a pena viver sem mangas bufantes.

– E então, o que achou da escola dominical? – Marilla quis saber quando Anne voltou para casa. Como a guirlanda tivesse murchado, Anne a havia jogado na vereda e, portanto, Marilla não ficaria sabendo desse pormenor tão cedo.

– Não gostei nem um pouco. Foi horrível.

– Anne Shirley! – ralhou Marilla.

Anne sentou-se na cadeira de balanço com um longo suspiro, beijou uma das folhas de Bonny e acenou com a mão para uma fúcsia em flor.

– Elas devem ter se sentido sozinhas na minha ausência – explicou. – Quanto à escola dominical... Comportei-me bem, como você pediu. A sra. Lynde já tinha saído, mas fui para lá sozinha. Entrei na igreja, com um monte de outras meninas, e sentei-me na ponta de um banco ao lado da janela durante a cerimônia de abertura. O sr. Bell fez uma prece terrivelmente comprida. Eu teria me cansado horrores antes mesmo de chegar ao fim se não tivesse me sentado perto da janela, que dava para o Lago de Águas Cintilantes, e por isso fiquei simplesmente olhando para ele e imaginando coisas magníficas.

– Não era para você fazer nada disso. Era para ter prestado atenção ao sr. Bell.

– Mas ele não estava falando comigo – protestou Anne. – Estava falando com Deus, e tampouco parecia muito interessado no que dizia. Deve ter pensado que Deus estava longe demais e que não valia a pena. Mas eu fiz uma pequena prece. Havia uma fileira comprida de bétulas brancas debruçadas sobre o lago, e a luz do sol as atravessava e chegava bem, mas bem lá no fundo da água. Ah, Marilla, foi como um lindo sonho! Fiquei arrepiada e disse simplesmente: "Obrigada, meu Deus", duas ou três vezes.

– Espero que não tenha sido em voz alta – comentou Marilla, apreensiva.

– Ah, não, foi só para mim mesma. Bem, o sr. Bell finalmente terminou e me disseram para entrar na sala de aula com a turma da srta. Rogerson. Havia outras nove meninas na classe. Todas usavam mangas bufantes. Tentei imaginar que as minhas também eram, mas não consegui. Por que será? Foi tão fácil imaginá-las bufantes quando eu estava sozinha no frontão leste, mas foi terrivelmente difícil ali no meio de outras meninas com mangas bufantes de verdade.

– Você não deveria pensar em mangas durante o catecismo. Deveria, isso sim, cuidar da lição. Espero que a tenha decorado.

– Ah, sim, e respondi um monte de perguntas. A srta. Rogerson fez tantas. Não me pareceu justo que só ela perguntasse. Eu queria lhe perguntar tantas coisas, mas não me animei, porque não achei que ela fosse um espírito afim. Depois, todas as outras garotinhas recitaram uma paráfrase das escrituras. Ela me perguntou se eu conhecia alguma. Disse-lhe que não, mas que eu poderia recitar "The dog at his master's grave" [O cão no túmulo do dono], se ela quisesse. Está no Terceiro Livro de Leitura. Não é de fato um poema religioso, mas é tão triste e melancólico que bem poderia ser. Ela disse que não serviria e me mandou decorar a décima nona paráfrase* para domingo que vem. Eu a li durante o culto e achei-a magnífica. Dois versos em particular me deixaram arrepiada:

Rápido como tombaram os esquadrões abatidos
No dia desastroso de Madiã.

– Não sei o que significam "esquadrões" nem "Madiã", mas soa *tão* trágico. Mal posso esperar até domingo para

*Trata-se provavelmente de um hino cristão, uma paráfrase de Isaías 9:2-8. (N. T.)

recitá-la. Vou praticar a semana toda. Depois da escola, pedi à srta. Rogerson, porque a sra. Lynde estava muito longe, que me mostrasse o banco cativo de vocês. Sentei-me e fiquei o mais quietinha possível, e a leitura foi Apocalipse, terceiro capítulo, versículos segundo e terceiro. Foi uma leitura muito longa. Se eu fosse pastor, escolheria as curtas e rápidas. E o sermão também foi terrivelmente longo. Imagino que o pastor teve de fazê-lo corresponder à leitura. Não o achei nem um pouco interessante. Parece que o problema dele é não ter imaginação suficiente. Não prestei muita atenção. Simplesmente dei liberdade a meus pensamentos e imaginei as coisas mais surpreendentes.

Impotente, Marilla achava que tudo aquilo deveria ser reprovado com rigor, mas ela foi impedida pelo fato incontestável de que algumas coisas que Anne disse, principalmente no tocante aos sermões do pastor e às orações do sr. Bell, eram o que ela mesma pensava bem lá no fundo do coração havia anos, mas nunca expressou. Quase lhe parecia que aqueles pensamentos secretos, críticos e nunca revelados haviam, de repente, assumido uma forma acusadora na pessoa daquele tiquinho sincero e negligenciado de gente.

XII
Uma promessa solene

Foi só na sexta-feira seguinte que Marilla ouviu a história do chapéu florido. Voltando da casa da sra. Lynde, ela chamou Anne para dar satisfações.

– Anne, a sra. Rachel disse que você foi à igreja domingo passado com o chapéu enfeitado da maneira mais ridícula com rosas e ranúnculos. O que diacho passou por essa sua cabeça para fazer uma extravagância dessas? Deve ter ficado realmente uma beleza!

– Ah, eu sei que o rosa e o amarelo não me caem bem – começou Anne.

– Não lhe caem bem... mas que bobagem! Ridículo foi colocar flores no chapéu, não importa de que cor. Você é uma criança absolutamente irritante!

– Não vejo por que seria mais ridículo levar flores no chapéu do que no vestido – protestou Anne. – Várias meninas tinham ramalhetes presos nos vestidos. Que diferença faz?

Marilla não se deixaria arrastar da segurança do concreto para os caminhos duvidosos do abstrato.

– Não me responda desse jeito, Anne. Foi muita tolice sua fazer uma coisa dessas. E que eu nunca mais a pegue fazendo isso. A sra. Rachel disse que quase morreu de vergonha ao ver você entrar toda enfeitada daquele jeito. Quando ela conseguiu se aproximar o suficiente para mandar você tirá-las, já era tarde demais. Disse que as pessoas falaram horrores a respeito. Claro que pensaram que eu fiz a loucura de deixar você ir à igreja toda engrinaldada.

– Oh, sinto muito – disse Anne, com os olhos marejados de lágrimas. – Não imaginei que você se importasse. As rosas e os ranúnculos estavam tão bonitos e encantadores; achei que ficariam adoráveis em meu chapéu. Muitas meninas tinham flores artificiais nos chapéus. Receio que serei uma provação e tanto para você. Talvez seja melhor me mandar de volta ao orfanato. Seria terrível: creio que eu não conseguiria suportar. É bem provável que começasse a definhar, e olhe que já sou magra. Mas antes isso do que ser uma provação para você.

– Bobagem – disse Marilla, irritada consigo mesma por ter feito a criança chorar. – Não quero mandá-la de volta ao orfanato, e disso estou certa. Só quero que você se comporte como as outras garotinhas e que não banque a ridícula. Não chore. Tenho uma novidade para você. Diana Barry voltou para casa esta tarde. Vou subir e ver se consigo emprestado um molde de saia com a sra. Barry e, se você quiser, pode vir comigo e conhecer Diana.

Anne ficou de pé, de mãos postas e com algumas lágrimas ainda a brilhar em suas faces. O pano de prato que andara embainhando deslizou até o chão sem que ela o visse.

– Oh, Marilla, estou assustada... Agora que chegou a hora, estou realmente assustada. E se ela não gostar de mim?! Seria a decepção mais trágica de minha vida.

– Ora, não fique atarantada. E como eu queria que você não usasse palavras tão complicadas. Ficam tão esquisitas na voz de uma menininha. Creio que Diana irá gostar bastante de você. É com a mãe dela que terá de se ver. Se ela não gostar de você, não fará a menor diferença se Diana gosta ou não. Se já tiver ouvido falar daquele seu rompante com a sra. Lynde e que você foi à igreja com ranúnculos em volta do chapéu, não sei o que a sra. Barry pensará a seu respeito. Seja cortês e comporte-se bem, e não faça nenhum de seus discursos sensacionais. Deus tenha piedade, a menina está realmente tremendo!

Anne *estava* tremendo. Tinha o rosto lívido e tenso.

– Oh, Marilla, você também ficaria alvoroçada se estivesse prestes a conhecer a garotinha que você tanto esperava ser sua amiga do peito e cuja mãe talvez não gostasse de você – ela disse ao correr para pegar o chapéu.

Foram até a Ladeira do Pomar pelo atalho que atravessava o riacho e subia o pinheiral da colina. A sra. Barry veio atender a porta da cozinha em resposta às batidas de Marilla.

Era uma mulher alta, de cabelos e olhos negros e boca resoluta. Tinha a reputação de ser muito rígida com as filhas.

– Como vai, Marilla? – ela disse, com cordialidade. – Entre. E esta é a garotinha que vocês adotaram, pois não?

– Sim, esta é Anne Shirley – respondeu Marilla.

– Com um *e* no final – acrescentou Anne, com a voz entrecortada. Por mais trêmula e alvoroçada que estivesse, ela estava determinada a não deixar uma questão tão importante sujeita a equívocos.

A sra. Barry, sem ter ouvido ou compreendido bem, simplesmente lhe apertou a mão e disse, com toda a cortesia:

– Como está?

– Estou bem de corpo, mas de espírito consideravelmente maltratado, obrigada, senhora – disse Anne, circunspecta. Em seguida, à parte para Marilla, num sussurro audível: – Não disse nada de mais, disse, Marilla?

Diana estava sentada no sofá lendo um livro, que ela deixou de lado quando as visitas entraram. Era uma menina muito bonita, tinha os cabelos e os olhos negros da mãe e faces rosadas, além da expressão alegre que herdara do pai.

– Esta é minha filhinha Diana – disse a sra. Barry. – Diana, pode levar Anne ao jardim e mostrar-lhe suas flores. Antes isso do que esforçar a vista com aquele livro. Ela lê demais – comentou com Marilla, depois que as meninas saíram –, e não posso impedi-la, pois o pai a apoia e incentiva. Ela está sempre lendo um livro. Que bom que ela pode ter aí uma amiguinha... Talvez isso a tire um pouco mais de dentro de casa.

Lá fora, no jardim, que se enchia com a luz suave do pôr do sol que atravessava aos borbotões os abetos antigos e escuros mais a oeste, estavam Anne e Diana, fitando timidamente uma à outra por sobre uma moita de deslumbrantes lírios-tigrinos.

O jardim dos Barry era uma vastidão frondosa de flores que teria deliciado o coração de Anne não fosse aquele um momento tão predestinado. Era cercado por salgueiros velhos e imensos e pinheiros altos, sob os quais medravam flores que gostavam de sombra. Caminhos retos e perpendiculares, cuidadosamente delimitados por conchas, cruzavam-no feito faixas vermelhas e úmidas e, nos canteiros entre as flores antigas, corriam em todas as direções. Havia corações-de-maria rubros e imensas e magníficas peônias escarlates; narcisos brancos e fragrantes, e rosas escocesas, espinhosas e encantadoras; aquilégias rosadas, azuis e brancas, e saboeiras lilases; moitas de abrótano, alpiste-dos-prados e hortelã; orquídeas roxas, narcisos e grandes quantidades de trevo-de-cheiro branco, com sua ramagem felpuda, delicados e fragrantes; silenes que atiravam suas lanças flamejantes por sobre espelhos-de-vênus imaculadamente brancos. Era um jardim onde a luz do sol se demorava, as abelhas zumbiam e os ventos, persuadidos a matar o tempo, ronronavam e farfalhavam.

– Oh, Diana – disse Anne, enfim, juntando as mãos e falando quase aos sussurros –, você acha... oh, você acha que poderia gostar de mim... o bastante para ser minha amiga do peito?

Diana riu. Diana sempre ria antes de falar.

– Ora, creio que sim – ela disse, com toda a franqueza. – Fico muito contente que você tenha vindo morar em Green Gables. Será uma delícia ter alguém com quem brincar. Não há nenhuma outra menina por perto, e não tenho irmãs da minha idade.

– Você jura ser minha amiga para todo o sempre? – Anne perguntou, ansiosa.

Diana ficou chocada.

– Ora essa, é muito feio jurar – ralhou ela.

– Oh, não, não essa espécie de jura. Existem dois tipos, sabia?

– Só ouvi falar de um – duvidou Diana.

– Existe realmente um outro tipo. Ah, e não tem nada de feio. Significa apenas fazer uma promessa solene.

– Bem, isso eu não me importo de fazer – concordou Diana, aliviada. – Como se faz?

– Temos de nos dar as mãos... assim – disse Anne, com toda a seriedade. – Precisa ser sobre água corrente. Vamos simplesmente imaginar que este caminho seja água corrente. Farei o voto primeiro. Juro solenemente ser fiel a minha amiga do peito, Diana Barry, enquanto houver um sol e uma lua. Agora você dirá a mesma coisa, só que com meu nome.

Diana repetiu o "voto" com uma risada antes e outra depois.

– Você é esquisita, Anne. Já tinha ouvido falar que você era esquisita. Mas creio que vou gostar muito de você.

Quando Marilla e Anne foram para casa, Diana as acompanhou até a ponte de troncos. As duas garotinhas andaram abraçadas. Às margens do regato, elas se despediram com muitas promessas de passarem juntas a tarde seguinte.

– E então, Diana é um espírito afim? – perguntou Marilla, enquanto as duas atravessavam o jardim de Green Gables.

– Oh, sim – suspirou Anne, feliz, alheia ao sarcasmo de Marilla. – Oh, Marilla, sou a menina mais afortunada da Ilha Príncipe Eduardo neste exato momento. Garanto-lhe que hoje rezarei com toda a disposição. Diana e eu vamos fazer uma casa de brinquedo no bosque de bétulas do sr. William Bell amanhã. Posso ficar com aqueles cacos de porcelana que estão no telheiro da lenha? Diana faz anos em fevereiro e eu, em março. Não acha uma estranha coincidência? Diana vai me emprestar um livro para ler. Ela disse que o livro é absolutamente magnífico e tremendamente emocionante. Ela vai me mostrar um lugar no bosque onde crescem fritilárias. Você não acha que Diana tem olhos muito expressivos? Quem me dera ter olhos expressivos. Diana vai me ensinar uma canção chamada "Nelly in the hazel dell" [Nelly no vale das aveleiras]. Vai me dar um retrato para eu pendurar no meu quarto. Disse que é um retrato muito bonito: uma dama adorável num vestido de seda azul-claro. Foi um vendedor de máquinas de costura quem lhe deu o retrato. Como eu queria ter alguma coisa para dar a Diana. Sou um pouquinho mais alta do que Diana, mas ela é muito mais cheinha. Ela disse que gostaria de ser magra, porque é mais elegante, mas receio que só disse isso para me agradar. Um dia desses iremos à praia colher conchinhas. Concordamos em dar o nome de Brota da Dríade à fonte perto da ponte de troncos. Não é um nome elegante? Li uma história, certa vez, a respeito de uma fonte com esse nome. A dríade é uma espécie de fada crescidinha, eu acho.

– Bem, só espero que não mate Diana de tanto falar – disse Marilla. – Mas não se esqueça de uma coisa, Anne. Você não irá brincar o tempo todo nem a maior parte dele. Você tem suas tarefas, e o trabalho deve vir em primeiro lugar.

O cálice de felicidade de Anne já estava cheio, e Matthew o fez transbordar. Ele acabou de chegar de Carmody, onde fora a uma loja. Acanhado, ele tirou um pacotinho do bolso e o entregou a Anne, sob o olhar reprovador de Marilla.

– Ouvi dizer que você gostava de bombons de chocolate, e, por isso, trouxe-lhe alguns – ele disse.

– Umpf – fez Marilla, torcendo o nariz. – Vão estragar-lhe os dentes e o apetite. Que é isso, criança, não fique tão desolada. Pode comê-los, já que Matthew os trouxe. Seria melhor se ele tivesse trazido balas de menta. São mais saudáveis. Não vá ficar enjoada comendo todos de uma vez.

– Ah, pode deixar, não vou, não – disse Anne, com impaciência. – Comerei um só esta noite, Marilla. E posso dar metade deles a Diana, não posso? A outra metade será duas vezes mais doce se eu der um pouco a ela. É delicioso pensar que tenho algo para dar a ela.

– Uma coisa é certa sobre essa menina, Matthew – comentou Marilla, quando Anne já estava em seu quarto –, ela não é sovina. Fico feliz, pois se há um defeito que odeio numa criança é a sovinice. Deus meu, ela só chegou há três semanas e parece que sempre esteve aqui. Não consigo imaginar a casa sem ela. Ora, não me olhe com essa cara de "eu avisei", Matthew. Já é algo ruim de se ver numa mulher, mas num homem é insuportável. Estou perfeitamente disposta a admitir que fico feliz por ter concordado em adotar a menina e que estou me afeiçoando a ela, mas não precisa esfregar isso na minha cara, Matthew Cuthbert.

XIII
As delícias da expectativa

— Anne já deveria ter entrado e começado a costurar – disse Marilla, olhando de relance para o relógio e depois lá para fora, para a tarde amarela de agosto em que todas as coisas dormitavam no calor. – Ela ficou brincando com Diana mais de meia hora além do que eu lhe dei permissão. E agora está lá fora, empoleirada na pilha de lenha, numa conversa sem fim com Matthew, mesmo sabendo muito bem que deveria estar trabalhando. E, claro, ele a ouve como um perfeito pateta. Nunca vi um homem tão enrabichado. Quanto mais ela fala, e quanto mais estranhas são as coisas que ela diz, é evidente que mais deliciado ele fica. Anne Shirley, venha já para dentro, está ouvindo?

Uma série de passos em *staccato* na janela oeste trouxe Anne do quintal, e ela entrou correndo, com os olhos brilhantes, as faces ligeiramente coradas e os cabelos soltos ondulando atrás dela numa torrente de luz.

– Oh, Marilla – ela exclamou, esbaforida –, haverá um piquenique da escola dominical na semana que vem... no campo do sr. Harmon Andrews, bem perto do Lago de Águas Cintilantes. E a sra. Bell e a sra. Lynde ficaram de fazer sorvete... Pense só, Marilla: sorvete! E, oh, Marilla, posso ir ao piquenique?

– Dê só uma olhada no relógio, por favor, Anne. A que horas eu disse para você entrar?

– Às duas... Mas não é magnífico, o piquenique, Marilla? Por favor, eu posso ir? Oh, nunca fui a um piquenique... Já sonhei com piqueniques, mas nunca...

– Sim, eu mandei você entrar às duas horas. E já são quinze para as três. Quero saber por que não me obedeceu, Anne.

– Bem, era essa minha intenção, Marilla, era mesmo. Mas você não tem ideia de como o Recreio no Bosque é fascinante. E depois, naturalmente, eu tinha de contar a Matthew sobre o piquenique. Matthew é um ouvinte tão atencioso. Por favor, posso ir ao piquenique?

– Você vai ter de aprender a resistir ao fascínio do recreio-seja-lá-onde-for. Quando digo que é para você entrar a uma certa hora, é nessa hora que espero que entre, e não meia hora depois. E tampouco precisa se deter no caminho para conversar com ouvintes atenciosos. Quanto ao piquenique, é claro que pode ir. Você é aluna da escola dominical. E como é que eu poderia me recusar a deixar você ir quando todas as outras meninas irão?

– Mas... mas... – gaguejou Anne. – Diana disse que todo mundo deve levar uma cesta de coisas para comer. Você sabe que eu não sei cozinhar, Marilla, e... Eu não me importo tanto de ir ao piquenique sem mangas bufantes, mas seria uma humilhação terrível se eu tivesse de ir sem levar uma cesta. Isso está me afligindo desde que Diana me contou.

– Bem, não precisa mais ficar aflita. Vou preparar uma cesta para você.

– Oh, querida Marilla. Você é tão boa para mim. Oh, fico tão agradecida.

Sem mais "ohs", Anne atirou-se nos braços de Marilla e deu-lhe um beijo extasiado na face descorada. Era a primeira vez na vida que lábios infantis tocavam espontaneamente o rosto de Marilla. Mais uma vez, a sensação repentina de surpreendente ternura a deixou arrepiada. Em segredo, ela estava imensamente feliz com a carícia impulsiva de Anne, o que provavelmente a levou a dizer com rispidez:

– Que é isso, pare com essa mania de beijar. Prefiro que faça o que lhe mandam. Quanto a cozinhar, pretendo começar a lhe dar algumas aulas de culinária um dia desses. Mas você é tão estouvada, Anne, que estou esperando você criar um pouco de juízo e aprender a se controlar antes de começarmos. É preciso estar sempre alerta ao cozinhar, e não se pode parar no meio das coisas e deixar os pensamentos zanzarem por toda a criação. Agora pegue sua costura e termine de pregar o retalho antes da hora do chá.

– Eu *não* gosto de costurar retalhos – disse Anne, desconsolada, ao pegar sua cesta de costura e sentar-se, com um suspiro, diante de um montinho de retalhos quadrados, brancos e vermelhos. – Creio que certos tipos de costura são interessantes, mas não há espaço para a imaginação numa colcha de retalhos. É um ponto depois do outro, e parece que nunca se chega a lugar nenhum. Mas, claro, prefiro ser Anne de Green Gables e costurar retalhos a ser Anne de qualquer outro lugar sem nada para fazer a não ser brincar. Mas eu queria que o tempo passasse tão rápido quando estou costurando quanto quando estou brincando com Diana. Oh, e nós nos divertimos a valer, Marilla. Tenho de entrar com a maior parte da imaginação, mas isso não é problema. Quanto ao resto, Diana é simplesmente perfeita. Sabe aquele pedacinho de chão do outro lado do riacho que fica entre nossa chácara e a do sr. Barry? Pertence ao sr. William Bell e, no canto direito, há um pequeno círculo de bétulas brancas: é tão romântico, Marilla. Diana e eu fizemos lá nossa casa de brinquedo. Batizamos o lugar de Recreio no Bosque. Não é poético? Posso garantir que levei algum tempo para bolar o nome. Fiquei acordada quase uma noite inteira. E então, quando eu já estava caindo no sono, o nome surgiu como uma inspiração. Diana ficou *extasiada* quando lhe contei. Ajeitamos nossa casa com toda elegância. Você precisa vê-la, Marilla... Diga que sim, por favor? Como cadeiras temos pedras imensas, todas cobertas de musgo, e tábuas estendidas entre uma árvore e outra, no lugar das prateleiras. E ali colocamos toda a nossa louça. Naturalmente, está toda quebrada, mas é a coisa mais fácil do mundo imaginá-la inteira. Temos um caco de prato pintado com um ramo de hera vermelho e amarelo que é particularmente lindo. Nós o deixamos na sala de visitas e ali também fica o vidro das fadas. O vidro das fadas é adorável como um sonho. Diana o achou no mato, atrás do galinheiro. Vive cheio de arcos-íris... pequenos arcos-íris que ainda não cresceram... E a mãe de Diana disse-lhe que era um pedaço de um quebra-luz que tiveram um dia. Mas é melhor imaginar que as fadas o perderam certa noite, durante um baile, e por isso o chamamos de vidro das fadas. Matthew vai nos fazer uma mesa. Oh, demos o nome de Laguna dos Salgueiros àquela lagoazinha redonda que fica no campo do sr. Barry. Tirei o nome do livro que Diana me emprestou. Era um livro emocionante, Marilla. A heroína tinha cinco namorados. Eu me contentaria com um, e você? Ela era muito bonita e passou por terríveis atribulações. Desmaiava por qualquer coisa. Eu adoraria poder desmaiar assim, e você, Marilla? É tão romântico. Mas tenho uma saúde muito boa, apesar de ser tão magra. Mas creio que estou engordando. Não acha? Dou uma olhada em meus cotovelos todas as manhãs ao me levantar, para ver se apareceram covinhas. Estão fazendo um vestido novo para Diana, e as mangas chegam aos cotovelos. Ela o usará no piquenique. Oh, espero que faça tempo bom na quarta-feira. Não sei se conseguiria suportar a decepção se alguma coisa me impedisse de ir ao piquenique. Imagino que sobreviveria, mas tenho certeza de que seria uma tristeza para a vida toda. Não faria diferença se eu fosse a uns cem piqueniques depois disso: não compensariam o fato de eu ter perdido este. Vamos ter barcos no Lago de Águas Cintilantes... e sorvete, como eu já disse. Nunca tomei sorvete antes. Diana tentou explicar como era, mas acho que sorvete é uma daquelas coisas que escapam à imaginação.

– Anne, você não parou de falar durante dez minutos, contados no relógio – disse Marilla. – Agora, só para matar minha curiosidade, veja se consegue ficar esse mesmo tempo de bico fechado.

Anne fechou o bico, como lhe pediram. Mas, durante o resto da semana, ela falou do piquenique, pensou no piquenique e sonhou com o piquenique. No sábado, choveu, e ela ficou tão frenética, com medo de que continuasse a chover até a quarta-feira, que Marilla a fez costurar um retalho a mais para acalmar os nervos.

No domingo, Anne confidenciou a Marilla, quando voltavam da igreja, que ficou petrificada de emoção quando o pastor anunciou o piquenique no púlpito.

– Um arrepio e tanto subiu e desceu por minha espinha, Marilla! Acho que até aquele momento eu não acreditava realmente que teríamos um piquenique. Não pude evitar o medo de que eu tivesse apenas imaginado. Mas, quando um pastor diz uma coisa no púlpito, é preciso acreditar.

– Você deseja as coisas com muita força, Anne – suspirou Marilla. – Receio que você terá muitas decepções nesta vida.

– Oh, Marilla, metade do prazer que há nas coisas é esperar por elas! – exclamou Anne. – Pode ser que nunca as tenhamos, mas nada nos impede de nos divertir esperando por elas. A sra. Lynde diz: "Benditos aqueles que nada esperam, pois nunca ficarão decepcionados". Mas creio que seria pior não esperar nada do que se decepcionar.

Naquele dia, Marilla foi à igreja com seu broche de ametistas, como sempre fazia. Para ela, não usá-lo seria um sacrilégio, quase pior do que esquecer a Bíblia ou o dinheiro da oferta. Aquele broche de ametistas era o bem mais querido de Marilla. Era oval e antiquado, guardava uma trança dos cabelos de sua mãe e era delimitado por uma ourela de ametistas primorosas. Marilla sabia muito pouco a respeito de pedras preciosas para perceber como eram excelentes aquelas ametistas, mas ela as achava lindas, e era com prazer que nunca deixava de imaginar o brilho violeta em sua garganta, pousado sobre o bom e velho vestido de cetim marrom, muito embora não conseguisse vê-lo.

Anne ficara encantada de admiração e deleite ao ver o broche pela primeira vez.

– Oh, Marilla, que broche mais elegante. Não sei como você consegue prestar atenção ao sermão ou às orações quando o usa. *Eu* não conseguiria, sei disso. Acho as ametistas simplesmente encantadoras. São o que eu costumava pensar que eram os diamantes. Tempos atrás, antes de eu ter visto um diamante, li sobre eles e tentei imaginar como seriam. Pensei que seriam adoráveis pedras roxas e cintilantes. Quando vi um diamante de verdade no anel de uma senhora certo dia, fiquei tão decepcionada que chorei. Naturalmente, era muito bonito, mas não era a minha ideia de diamante. Posso pegar o broche um minutinho, Marilla? Você acha que as ametistas podem ser as almas de violetas boazinhas?

XIV
A confissão de Anne

No finzinho da tarde da segunda-feira que antecedia o piquenique, Marilla saiu de seu quarto e desceu as escadas com ar preocupado.

– Anne – disse àquela figurinha que descascava ervilhas junto à mesa imaculada e cantava "Nelly in the hazel dell" [Nelly no vale das aveleiras] com um vigor e uma expressividade que faziam jus a Diana, que lhe ensinara a canção. – Você viu meu broche de ametistas? Pensei que o tivesse espetado na almofada quando voltei da igreja ontem à noite, mas não consigo encontrá-lo em lugar nenhum.

– Eu... eu o vi hoje à tarde, enquanto você estava na Sociedade Beneficente – disse Anne, com um certo vagar. – Eu estava passando pela porta quando vi a almofada, daí entrei para dar uma olhada.

– Você o pegou? – indagou Marilla, com uma carranca.

– S-s-s-i-m – admitiu Anne. – Eu o peguei e o prendi em meu peito só para ver como ficaria.

– Não tinha de fazer nada disso. É muito feio uma menininha intrometida. Para começar, você não deveria ter entrado em meu quarto e, em segundo lugar, não deveria ter mexido num broche que não lhe pertence. Onde você o colocou?

– Oh, eu o pus de volta na cômoda. Não fiquei com ele nem um minuto. Eu não queria me intrometer, Marilla. Não pensei que fosse errado entrar e experimentar o broche, mas agora vejo que foi errado e nunca mais farei isso. Aí está uma coisa boa a meu respeito. Nunca faço a mesma travessura duas vezes.

– Você não o pôs de volta – disse Marilla. – O broche não está na cômoda. Você o levou lá para fora ou algo assim, Anne.

– Eu o *devolvi* – disse Anne, rápida. Atrevida, pensou Marilla. – Só não recordo se o prendi na almofada ou se o deixei na bandeja de porcelana. Mas tenho certeza absoluta de que o devolvi.

– Vou dar mais uma olhada – disse Marilla, determinada a ser justa. – Se você tiver devolvido o broche, ele ainda estará lá. Se não tiver, então saberei que não o fez, é simples assim!

Marilla foi a seu quarto e empreendeu uma busca minuciosa não só na cômoda, mas em todos os outros lugares onde lhe ocorreu que o broche poderia estar. Não o encontrou em lugar nenhum e voltou para a cozinha.

– Anne, o broche sumiu. Você mesma admitiu ter sido a última pessoa a tê-lo nas mãos. Então, o que fez com ele? Diga-me já a verdade. Você o levou lá para fora e o perdeu?

– Não – disse Anne, com ar solene, enfrentando honestamente o olhar zangado de Marilla. – Nunca tirei o broche do quarto, e essa é a verdade, mesmo que me levem ao cadafalso por isso... apesar de não saber ao certo o que é um cadafalso. Então, estamos nesse pé, Marilla.

O "estamos nesse pé" de Anne quis simplesmente enfatizar sua afirmação, mas Marilla o tomou por uma demonstração de rebeldia.

– Creio que você está mentindo, Anne – ela disse, ríspida. – Sei que está. Muito bem, não diga mais nada, a não ser para contar toda a verdade. Vá para seu quarto e fique lá até estar disposta a confessar.

– Levo as ervilhas comigo? – Anne perguntou, toda dócil.

– Não, eu mesma vou terminar de descascá-las. Faça o que mandei.

Depois que Anne se foi, Marilla pôs-se a cuidar das tarefas do fim do dia num estado de espírito bastante conturbado. Estava preocupada com seu valioso broche. E se Anne o tivesse perdido? E que maldade da menina negar que o tinha levado, quando estava claro que só ela poderia tê-lo feito! E, ainda por cima, com a carinha mais inocente deste mundo!

"Não sei o que seria pior", pensou Marilla, descascando as ervilhas, ainda nervosa. "Claro, não creio que ela o tenha roubado de propósito ou coisa assim. Ela simplesmente o pegou para brincar ou para ajudar aquela imaginaçãozinha. Só ela pode ter pegado o broche, não há dúvida, pois, pelo que ela mesma contou, não entrou uma viva alma naquele quarto depois dela, não até eu subir agora à noite. E o broche sumiu, não há a menor dúvida. Imagino que ela o tenha perdido e está com medo de confessar e ser castigada. Que coisa horrível pensar que ela é capaz de mentir. É muito pior que seus acessos de mau gênio. É uma responsabilidade terrível ter em casa uma criança na qual não se pode confiar. Dissimulação e falsidade: foi o que ela demonstrou. Sinto-me pior por isso do que por causa do broche. Se ao menos ela tivesse dito a verdade, eu não me importaria tanto."

Até o fim da noite, Marilla foi a seu quarto várias vezes procurar o broche, sem encontrá-lo. Uma última visita ao frontão leste, bem na hora de dormir, não deu o menor resultado. Anne insistiu que não sabia do broche, mas Marilla só se convencia ainda mais de que a menina sabia, sim, de alguma coisa.

Ela contou a história a Matthew na manhã seguinte. Matthew ficou confuso e perplexo: não perderia tão rápido a fé em Anne, mas tinha de admitir que as circunstâncias depunham contra ela.

– Tem certeza de que o broche não caiu atrás da cômoda? – foi a única sugestão que ele ofereceu.

– Movi a cômoda e tirei fora as gavetas, procurei em todos os cantos – foi a resposta categórica de Marilla. – O broche sumiu, a menina o pegou e mentiu. Essa é a verdade incontestável, Matthew Cuthbert, e temos de encará-la de frente, por mais feia que seja.

– Bem, o que você vai fazer? – Matthew perguntou, desanimado, agradecendo em segredo que Marilla, e não ele, tivesse de lidar com a situação. Ele não tinha a menor vontade de meter o bedelho dessa vez.

– Ela ficará no quarto até confessar – disse Marilla, carrancuda, recordando o êxito do método da primeira vez. – Depois veremos. Talvez consigamos encontrar o broche se ela ao menos nos disser aonde foi com ele. Mas, de qualquer maneira, é preciso castigá-la com rigor, Matthew.

– Bem, você terá de castigá-la – lembrou Matthew, apanhando o chapéu. – Não tenho nada a ver com isso, não se esqueça. Você mesma me mandou ficar de fora.

Marilla sentiu-se abandonada por todos. Sequer podia se aconselhar com a sra. Lynde. Ela subiu as escadas e entrou no frontão leste com uma expressão muito séria, e de lá saiu com outra mais séria ainda. Anne recusava-se terminantemente a confessar. Insistia em afirmar que não havia levado o broche. Era óbvio que a menina andara chorando, e Marilla sentiu uma pontada de pena, que ela reprimiu duramente. À noite ela estava, a seu dizer, "em pandarecos".

– Você ficará neste quarto até confessar, Anne. Pode ir se conformando com a ideia – ela disse, com firmeza.

– Mas o piquenique é amanhã, Marilla – chorou Anne. – Você não vai me impedir de ir, vai? Vai me deixar sair à tarde, não vai? Depois ficarei aqui todo o tempo que você quiser, e *de bom grado*. Mas *tenho de* ir ao piquenique.

– Você não irá ao piquenique nem a lugar algum até confessar, Anne.

– Oh, Marilla – disse Anne, com a voz entrecortada.

Mas Marilla já havia saído e trancado a porta.

A manhã de quarta-feira chegou tão luminosa e bonita como se tivesse sido explicitamente encomendada para o piquenique. Os pássaros cantavam ao redor de Green Gables; os lírios brancos do jardim exalavam um perfume que, carreado por brisas invisíveis, entrava na casa por todas as portas e janelas e percorria vestíbulos e cômodos tal qual um espírito benfazejo. As bétulas da valeira acenavam com suas mãozinhas joviais, como se aguardassem a costumeira saudação matutina de Anne desde o quarto do frontão leste. Mas Anne não estava à janela. Quando Marilla levou-lhe o desjejum, encontrou a menina sentada sobre a cama, toda empertigada, pálida e decidida, de lábios apertados e olhos brilhantes.

– Marilla, estou disposta a confessar.

– Oh! – Marilla pousou a bandeja. Seu método havia funcionado novamente, mas o êxito era-lhe muito amargo. – Vejamos o que você tem a dizer então, Anne.

– Eu peguei o broche de ametistas – disse Anne, como se repetisse a lição aprendida. – Eu o peguei, exatamente como você disse. Não era essa minha intenção quando entrei. Mas ficou tão lindo, Marilla, preso a meu peito, que fui tomada por uma tentação irresistível. Imaginei que seria de arrepiar levá-lo ao Recreio no Bosque e fazer de conta que eu era *lady* Cordelia Fitzgerald. Seria muito mais fácil imaginar que eu era *lady* Cordelia se tivesse um verdadeiro broche de ametistas. Diana e eu fizemos colares com os frutinhos das roseiras, mas o que são frutinhos em comparação com ametistas? Por isso levei o broche. Imaginei que o devolveria antes de você voltar para casa. Dei a volta toda pela estrada para fazer o tempo passar mais devagar. Quando estava atravessando a ponte sobre o Lago de Águas Cintilantes, tirei o broche para dar mais uma olhada. Oh, como brilhava ao sol. E então, quando me debrucei sobre a ponte, o broche escorregou por entre meus dedos... deste jeito... e caiu, caiu, caiu, todo púrpura e refulgente, e afundou para todo o sempre no Lago de Águas Cintilantes. E essa é a melhor confissão que posso fazer, Marilla.

Marilla sentiu novamente seu coração se encher de fúria. Aquela criança havia levado e perdido seu querido broche de ametistas, e agora, sentada ali, recitava com toda a calma os pormenores, sem dar o menor sinal de pesar ou de arrependimento.

– Anne, isso é terrível – ela disse, tentando manter a calma. – Você é a menina mais perversa de que já ouvi falar.

– Sim, imagino que seja – concordou Anne, serena. – E sei que tenho de ser castigada. É seu dever me castigar, Marilla. Por favor, vamos logo com isso, pois eu gostaria de ir ao piquenique sem essa preocupação.

– Piquenique, pois sim! Você não vai a piquenique nenhum hoje, Anne Shirley. Essa será sua punição. E não é nem a metade do castigo que você merece por ter feito o que fez!

– Não vou ao piquenique?! – Anne ficou de pé num salto e agarrou a mão de Marilla. – Mas você *prometeu* que me deixaria ir! Oh, Marilla, eu tenho de ir ao piquenique. Foi por isso que confessei. Castigue-me como quiser, mas não desse jeito. Oh, Marilla, por favor, por favor, deixe-me ir ao piquenique. Pense no sorvete! Pode ser que eu nunca mais tenha a oportunidade de tomar sorvete.

Impassível, Marilla desvencilhou-se das mãos crispadas de Anne.

– Não precisa implorar, Anne. Você não vai ao piquenique e ponto final. Não, nem mais uma palavra.

Anne percebeu que não havia como fazer Marilla mudar de ideia. Ela juntou as mãos, soltou um gritinho agudo e atirou-se de bruços sobre a cama, chorando e contorcendo-se no mais absoluto abandono, decepcionada e tomada pelo desespero.

– Misericórdia! – espantou-se Marilla, apressando-se a sair do quarto. – Creio que a menina é louca. Nenhuma criança, em sã consciência, se comportaria dessa maneira. Isso se não for simplesmente má. Oh, meu Deus, receio que Rachel tivesse razão desde o início. Mas, já que lancei mão do arado, não olharei para trás*.

* Referência a Lucas 9,62. (N. T.)

Foi uma manhã muito triste. Marilla trabalhou furiosamente e esfregou o chão da varanda e as prateleiras da leiteria quando não encontrou mais nada para fazer. Nem as prateleiras nem a varanda precisavam de limpeza, mas Marilla as limpou assim mesmo. Depois saiu para varrer o quintal.

Quando o almoço já estava servido, ela foi até as escadas e chamou Anne. Um rostinho manchado de lágrimas e de ar trágico apareceu sobre a balaustrada.

– Venha almoçar, Anne.

– Não quero almoçar, Marilla – disse Anne, aos soluços. – Não conseguiria comer. Meu coração está partido. Espero que você, um dia desses, ainda sinta remorsos por tê-lo partido, Marilla, mas eu a perdoo. Lembre-se, quando chegar a hora, de que eu a perdoo. Mas, por favor, não me peça para comer nada, principalmente carne de porco cozida e legumes. Porco cozido e legumes não têm nada de romântico quando se está aflita.

Exasperada, Marilla voltou à cozinha e desabafou com Matthew, que, dividido entre seu senso de justiça e sua simpatia desmedida por Anne, se sentiu muito infeliz.

– Bem, ela não deveria ter levado o broche, Marilla, nem mentido – ele admitiu, observando com tristeza o prato cheio de carne de porco e legumes, nada românticos, como se ele, da mesma maneira que Anne, visse aquilo como uma refeição inapropriada para crises sentimentais –, mas ela é tão pequenininha... uma coisinha tão interessante. Não acha muito severo proibi-la de ir ao piquenique pelo qual ela esperou tanto?

– Matthew Cuthbert, estou abismada com você. Creio até que o castigo foi muito brando. E ela não parece ter entendido como foi má... isso é o que mais me preocupa. Se ela realmente estivesse arrependida, não seria tão ruim. E você tampouco parece ter entendido: está inventando razões para desculpá-la aí dentro de sua cabeça... Sei que está.

– Bem, ela é tão pequenininha – reiterou Matthew. – E precisamos fazer concessões, Marilla. Você sabe que ela nunca teve uma criação decente.

– Está tendo agora – retorquiu Marilla.

A réplica fez Matthew se calar, embora não tivesse se convencido. O almoço foi desolador. A única pessoa animada à mesa era Jerry Buote, o empregado, e Marilla tomou a animação do rapaz como um insulto.

Depois de lavada a louça, pronta a massa do pão e alimentadas as galinhas, Marilla lembrou-se de ter visto um pequeno rasgo em seu melhor xale preto de renda ao tirá-lo na segunda-feira à tarde, quando voltou da Beneficência. Decidiu remendá-lo.

O xale estava numa caixa, dentro do baú. Quando Marilla o retirou, a luz do sol, atravessando as videiras que se amontoavam em volta da janela, atingiu alguma coisa presa no xale: uma coisa de facetas lilases que cintilou e refulgiu. Ofegante, Marilla a apanhou no ar. Era o broche de ametistas, pendurado pela presilha num fio de renda!

– Por tudo o que há de mais sagrado – Marilla disse estupidamente –, mas o que é isto? É meu broche, são e salvo, o broche que eu pensava estar no fundo do açude dos Barry. Por que a menina disse que o havia levado e perdido? Creio que Green Gables está enfeitiçada. Lembro-me agora de que, quando tirei meu xale segunda-feira à tarde, eu o deixei na cômoda um minuto. Imagino que o broche se enredou nele de algum jeito. Que coisa!

Marilla dirigiu-se ao frontão leste, com o broche numa das mãos. Anne havia parado de chorar e estava sentada à janela, desanimada.

– Anne Shirley – disse Marilla, com solenidade. – Acabei de encontrar o broche pendurado em meu xale preto de renda. Agora quero saber que história maluca foi aquela que você me contou hoje de manhã.

– Ora, você disse que me deixaria trancada aqui até eu confessar – respondeu Anne, abatida –, daí resolvi confessar porque estava decidida a ir ao piquenique. Pensei numa confissão ontem à noite, depois de me deitar, e a deixei o mais interessante possível. E a repeti várias vezes para não esquecê-la. Mas, no fim das contas, você não me deixou ir ao piquenique, e meu esforço todo foi em vão.

Marilla foi obrigada a rir, apesar de tudo. Mas sua consciência a incomodava.

– Anne, você realmente é desconcertante! Mas eu estava errada... e vejo isso agora. Não deveria ter duvidado de sua palavra, pois você nunca mentiu para mim. É claro que você não deveria ter confessado uma coisa que não fez... Foi muito errado de sua parte. Mas eu a levei a isso. Sendo assim, se você me perdoar, Anne, eu perdoarei você, e estaremos quites. E agora vá se aprontar para o piquenique.

Anne saltou no ar feito um foguete.

– Oh, Marilla, não é tarde demais?

– Não, são apenas duas horas. As pessoas ainda devem estar chegando e o chá só será servido daqui a uma hora. Lave o rosto, penteie os cabelos e ponha o vestido de riscadinho. Vou preparar a cesta para você. Temos bastante comida em casa. E vou pedir a Jerry para atrelar a alazã e levar você ao piquenique.

– Oh, Marilla – exclamou Anne, voando na direção do lavatório. – Há cinco minutos eu estava tão infeliz que desejei nunca ter nascido, e agora eu não trocaria de lugar com um anjo!

Naquela noite, Anne voltou para Green Gables completamente feliz e exausta, num estado indescritível de beatitude.

– Oh, Marilla, diverti-me formidavelmente. Formidável é uma palavra nova que aprendi hoje. Ouvi Mary Alice Bell usá-la. Não é expressiva? Foi tudo tão adorável. O chá foi magnífico, depois o sr. Harmon Andrews nos levou para passear de barco no Lago de Águas Cintilantes: seis meninas de cada vez. E Jane Andrews quase caiu dentro d'água. Ela se debruçou para apanhar nenúfares e, se o sr. Andrews não a tivesse segurado pelo cinto bem a tempo, ela teria caído e provavelmente se afogado. Como eu queria que tivesse sido eu. Seria uma experiência tão romântica quase se afogar. Eu teria uma história arrepiante para contar. E tomamos sorvete. Não tenho palavras para descrever aquele sorvete. Marilla, garanto-lhe que foi sublime.

Naquela noite, Marilla contou a história toda a Matthew, enquanto cerzia meias.

– Estou disposta a admitir que cometi um erro – ela concluiu com toda a franqueza –, mas aprendi uma lição. Não posso deixar de rir ao pensar na "confissão" de Anne, mas acho que não deveria, pois foi de fato uma mentira. Mas, sei lá por quê, não parece ser tão ruim quanto a outra seria e, de qualquer maneira, sou a responsável. É difícil entender aquela menina em certos pontos. Mas creio que ela ainda será uma boa pessoa. E uma coisa é certa: nenhuma casa jamais será monótona com ela por perto.

XV
Uma tempestade no copo d'água da escola

– Que dia magnífico! – disse Anne, inspirando profundamente. – Não é uma delícia simplesmente estar viva num dia como este? Tenho pena das pessoas que ainda não nasceram e que irão perdê-lo. Claro que terão bons dias, mas nunca terão este. E é ainda mais magnífico ter um caminho tão adorável para nos levar à escola, não é?

– É bem melhor do que dar a volta pela estrada, que é tão poeirenta e quente – disse Diana, a prática, xeretando a cesta do almoço e calculando mentalmente se as três tortas suculentas e saborosas de framboesa que ali estavam fossem divididas entre dez meninas quantas mordidas caberiam a cada uma.

As meninas da escola de Avonlea sempre dividiam a merenda, e comer três tortas de framboesa sozinha ou dividi-las apenas com a melhor amiga seria marcar para todo o sempre a garotinha que o fizesse com o rótulo de "mão de vaca". Por outro lado, quando as tortas fossem divididas entre dez garotinhas, cada uma só teria o suficiente para querer mais.

O caminho que Anne e Diana tomavam para ir à escola *era* bonito. Para Anne, era impossível melhorar aquelas idas e vindas ao lado de Diana, mesmo com a imaginação. Contornar pela estrada principal teria sido tão pouco romântico, mas não havia nada mais romântico do que seguir pela Vereda dos Namorados e a Laguna dos Salgueiros, pelo Vale das Violetas e a Trilha das Bétulas.

A Vereda dos Namorados começava logo abaixo do pomar de Green Gables e estendia-se até o bosque que ficava na extremidade da chácara dos Cuthbert. Era o caminho pelo qual tangiam as vacas até o pasto dos fundos e por onde, no inverno, arrastavam a lenha até a casa. Anne dera-lhe o nome de Vereda dos Namorados antes de completar um mês em Green Gables.

– Não que passem realmente namorados por lá – ela explicou a Marilla –, mas Diana e eu estamos lendo um livro magnífico, e há uma Vereda dos Namorados na história. Daí queríamos ter uma também. E é um nome muito bonito, não acha? Tão romântico! Dá para imaginar os namorados passando, sabe? Gosto dessa vereda porque ali podemos pensar em voz alta sem que as pessoas nos chamem de loucas.

Anne seguia sozinha de manhã e descia a Vereda dos Namorados até o regato. Ali encontrava Diana, e as duas meninas subiam o caminhozinho sob a abóbada frondosa dos bordos – "os bordos são árvores tão sociáveis", dizia Anne, "estão sempre farfalhando e sussurrando coisas" – até chegarem a uma ponte rústica. Aí deixavam a vereda, atravessavam o campo dos fundos do sr. Barry e passavam pela Laguna dos Salgueiros. Depois da laguna, ficava o Vale das Violetas – uma covinha verde na sombra do grande bosque do sr. Andrew Bell.

– Claro que não há nenhuma violeta por lá agora – Anne contou a Marilla –, mas Diana disse que há milhões delas na primavera. Oh, Marilla, consegue imaginá-las? Chega realmente a me tirar o fôlego. Dei-lhe o nome de Vale das Violetas. Diana disse que nunca viu ninguém igual a mim para arranjar nomes bonitos para os lugares. É bom ser esperta em alguma coisa, não é? Mas Diana batizou a Trilha das Bétulas. Ela quis, então deixei, mas tenho certeza de que teria encontrado um nome mais poético do que Trilha das Bétulas. Qualquer um pensaria nesse nome. Mas a Trilha das Bétulas é um dos lugares mais lindos do mundo, Marilla.

E era mesmo. Outras pessoas além de Anne pensavam a mesma coisa ao deparar com o lugar. Era uma trilhazinha estreita e cheia de meandros que descia uma colina extensa e atravessava diretamente o bosque do sr. Bell, onde a luz passava por tantos filtros cor de esmeralda que chegava ao chão tão perfeita quanto o cerne de um diamante. Era margeada em toda a sua extensão por bétulas esguias e jovens de troncos brancos e galhos flexíveis. Samambaias, leites-de-galinha, lírios-do-vale silvestres e erva--do-canadá, com seus cachos escarlates, eram numerosos em todo o percurso. E sempre havia algo de vívido e delicioso no ar, a música dos passarinhos, o murmúrio e o riso dos ventos silvestres nas copas das árvores. Vez ou outra, se se fizesse silêncio, via-se um coelho atravessar o caminho aos saltos, o que, no caso de Anne e Diana, era algo que acontecia muito raramente. Lá embaixo, no vale, a trilha dava na estrada principal, e depois era só subir o morro de espruces até a escola.

A escola de Avonlea era uma casa caiada de branco, de beiral baixo e janelas amplas, mobiliada com carteiras confortáveis e consideravelmente antiquadas, que se abriam e fechavam e tinham entalhadas nos tampos as iniciais e os hieróglifos de três gerações de alunos. A escola ficava longe da estrada e, atrás dela, havia um escuro bosque de abetos e um regato, onde todas as crianças deixavam suas garrafas de leite pela manhã, para mantê-las frescas até a hora do almoço.

Marilla vira Anne ir para a escola no primeiro dia de setembro com muitos receios secretos. Anne era uma menina tão estranha. Como ela se daria com as outras crianças? E, diacho, como é que conseguiria ficar de bico fechado durante a aula?

Contudo, as coisas não foram tão ruins quanto Marilla temera. Anne voltou para casa muito bem-humorada naquele fim de tarde.

– Creio que vou gostar da escola daqui – anunciou. – Mas não achei o mestre grande coisa. Ele passa o tempo todo torcendo o bigode e paquerando Prissy Andrews. Prissy já é adulta, sabe? Ela tem dezesseis anos e está estudando para o exame vestibular da Queen's Academy, em Charlottetown, no ano que vem. Tillie Boulter disse que o mestre está *caidinho* por ela. Tem uma bela tez, cabelos castanhos e encaracolados, e penteia-os com tanta elegância. Senta-se no banco comprido no fundo da sala, e o mestre também fica sentado lá boa parte do tempo, para explicar a ela as lições, ele diz. Mas Ruby Gillis disse que o viu escrevendo uma coisa na lousa da moça e, quando leu o que era, Prissy ficou vermelha feito uma beterraba e deu uma risadinha. E Ruby Gillis disse não acreditar que aquilo tivesse algo a ver com a lição.

– Anne Shirley, que eu nunca mais ouça você falar desse jeito de seu professor – disse Marilla, ríspida. – Você não vai à escola para criticar o mestre. Creio que ele tem algo a ensinar a *você*, e seu dever é aprender. E quero que você entenda de uma vez que não é para voltar contando histórias a respeito dele. Não vou encorajar esse tipo de coisa. Espero que tenha sido uma boa menina.

– E fui – disse Anne, à vontade. – E nem foi tão difícil como você imagina. Sentei-me com Diana. Nossa carteira fica bem ao lado da janela e dali podemos ver o Lago de Águas Cintilantes. A escola tem muitas meninas simpáticas, e nos divertimos formidavelmente na hora do almoço. É tão bom ter um monte de meninas com quem brincar. Mas é claro que gosto mais de Diana, e sempre vou gostar. *Adoro* Diana. Estou terrivelmente atrasada com relação aos outros. Estão todos no quinto livro, e eu estou apenas no quarto. Que desgraça. Mas nenhum deles tem uma imaginação igual à minha, e logo descobri isso. Hoje tivemos Leitura, Geografia, História do Canadá e um ditado. O sr. Phillips disse que minha ortografia é um desastre e mostrou minha lousa para todo mundo, cheia de correções. Fiquei tão mortificada, Marilla. Creio que ele poderia ter sido um pouco mais educado com alguém que acabou de conhecer. Ruby Gillis deu-me uma maçã, e Sophia Sloane emprestou-me um adorável cartão rosa, onde se lia "Posso visitá-la?". Tenho de devolvê-lo amanhã. E Tillie Boulter deixou-me usar seu anel de contas a tarde inteira. Posso ficar com uma daquelas contas peroladas que caíram da almofada velha da água-furtada e fazer um anel para mim? E, oh, Marilla, Jane Andrews contou-me que Minnie MacPherson disse a ela que ouviu Prissy Andrews comentar com Sara Gillis que eu tenho um nariz muito bonito. Marilla, esse é o primeiro elogio que recebi na vida, e você não pode imaginar a sensação esquisita que isso me causou. Marilla, meu nariz é bonito? Sei que você dirá a verdade.

– Não há nada errado com seu nariz – disse Marilla, em poucas palavras. Ali com seus botões, ela achava o nariz de Anne extraordinariamente bonito, mas não tinha a intenção de dizer-lhe o que pensava.

E isso acontecera três semanas antes, e as coisas tinham ido muito bem até então. E agora, naquela manhã cintilante de setembro, Anne e Diana, duas das meninas mais felizes de Avonlea, saltitavam alegremente pela Trilha das Bétulas.

– Creio que Gilbert Blythe virá à escola hoje – disse Diana. – Passou todo o verão com os primos em New Brunswick e só voltou para casa na noite de sábado. Ele é *muito* bonito, Anne. E provoca as meninas que é uma coisa. Ele simplesmente é um tormento em nossas vidas.

A voz de Diana deu a entender que ela preferia ter um tormento em sua vida.

– Gilbert Blythe? – perguntou Anne. – Não é o nome dele que está escrito na varanda da escola, ao lado do de Júlia Bell, com um enorme "Reparem só" em cima?

– Sim – respondeu Diana, atirando a cabeça para trás –, mas tenho certeza de que ele não gosta tanto assim de Júlia Bell. Eu o ouvi dizer que estudava as tabuadas contando-lhe as sardas.

– Oh, não me fale em sardas – implorou Anne. – Não é nada cortês, considerando que tenho tantas. Mas eu realmente acho que deixar recados nas paredes para as pessoas repararem em certos meninos e meninas é a maior bobagem de todos os tempos. Quero ver alguém ter a audácia de escrever o meu nome e o de um garoto. Claro, não que alguém fosse fazer isso – ela se apressou a acrescentar.

Anne suspirou. Ela não queria ver seu nome escrito na parede. Mas era um tanto quanto humilhante saber que não havia o menor risco de algo assim acontecer.

– Besteira – disse Diana, cujos olhos negros e madeixas lustrosas haviam causado tamanha devastação nos corações dos estudantes de Avonlea que o nome dela figurava nas paredes da varanda em meia dúzia daqueles recados. – É para ser apenas uma piada. E não tenha tanta certeza de que seu nome não aparecerá escrito. Charlie Sloane está *caidinho* por você. Ele contou para a mãe dele – veja bem, para a *mãe* dele – que você era a garota mais inteligente da escola. É melhor do que ser bonita.

– Não é, não – disse Anne, feminina até a alma. – Antes ser bonita do que esperta. E detesto Charlie Sloane. Não suporto meninos de olhos esbugalhados. Se alguém escrevesse meu nome e o dele, eu *nunca* esqueceria, Diana Barry. Mas *é* muito bom ser a melhor da classe.

– Gilbert estará em sua classe de agora em diante – disse Diana –, e ele costumava ser o melhor da turma, isso eu lhe garanto. Ele está apenas no quarto livro, apesar de ter quase catorze anos. Há quatro anos, o pai dele adoeceu e teve de ir a Alberta cuidar da saúde, Gilbert foi com ele. Ficaram lá três anos, e Gil mal foi à escola até voltar para cá. Você verá que não será tão fácil ser a melhor da turma de agora em diante, Anne.

– Fico feliz – Anne respondeu rapidamente. – Não poderia de fato me orgulhar de ser a melhor numa turma de meninos e meninas de nove ou dez anos. Cheguei ao topo ontem, quando soletrei "ebulição". Josi Pye era a melhor e, veja você, ela colou do livro. O sr. Phillips não viu... estava olhando para Prissy Andrews... mas eu vi. Lancei-lhe um olhar enregelante de desprezo. Ela ficou vermelha feito uma beterraba e acabou soletrando errado.

– As irmãs Pye são umas trapaceiras – disse Diana, indignada, enquanto as duas galgavam a cerca da estrada principal. – Ontem, Gertie Pye chegou a colocar a garrafa de leite dela no meu lugar à beira do regato. Onde já se viu uma coisa dessas? Não falo mais com ela.

Enquanto o sr. Phillips estava no fundo da sala tomando o Latim de Prissy Andrews, Diana sussurrou para Anne:

– Aquele é Gilbert Blythe, sentado bem a sua frente, do outro lado do corredor, Anne. Dê uma olhada nele e diga-me se não o acha bonito.

E Anne deu mesmo uma olhada. Teve uma boa oportunidade para fazer isso, pois o tal Gilbert Blythe estava distraído, tentando furtivamente, com um alfinete, prender a longa trança loura de Ruby Gillis, que se sentava à frente dele, ao encosto da carteira. Era um garoto alto, de cabelos castanhos e encaracolados, olhos marotos e castanho-claros, e a boca retorcida num sorriso provocador. Naquele momento, Ruby Gillis levantou-se para mostrar uma conta ao mestre; ela caiu, de volta ao assento, com um gritinho agudo, acreditando que tivera os cabelos arrancados pelas raízes. Todos se voltaram para ela, e o sr. Phillips lançou-lhe um olhar tão penetrante e severo que Ruby começou a chorar. Gilbert tinha escondido rapidamente o alfinete e estudava seu livro de História com a cara mais séria deste mundo, mas, quando a comoção passou, ele olhou para Anne e piscou com uma graça inexprimível.

– Acho que seu Gilbert Blythe *é* bonito – Anne confidenciou a Diana –, mas também o acho muito atrevido. Não é de bom-tom piscar para uma menina desconhecida.

Mas foi só à tarde que as coisas começaram a acontecer.

O sr. Phillips estava de volta ao canto mais remoto da sala, explicando um problema de Álgebra para Prissy Andrews, e o resto dos alunos estava praticamente fazendo o que bem entendia, comendo maçãs verdes, cochichando, desenhando em suas lousas e conduzindo grilos, atrelados a linhas, de um lado a outro do corredor. Gilbert Blythe tentava fazer Anne Shirley olhar para ele, sem êxito, pois Anne, naquele momento, estava absolutamente alheia não só à existência de Gilbert Blythe, como também à de todos os outros estudantes de Avonlea e à própria escola. Com o queixo apoiado nas mãos e os olhos fixos no vislumbre azul do Lago de Águas Cintiliantes, propiciado pela janela oeste, ela estava longe, muito longe, numa deslumbrante terra de sonhos, ouvindo e enxergando apenas seus próprios devaneios maravilhosos.

Gilbert Blythe não estava acostumado a fazer tanta força para uma menina olhar para ele, e tudo em vão. Ela *tinha* de olhar para ele, aquela tal de Anne, de cabelos ruivos, queixinho afilado e olhos grandes, incomparáveis aos de qualquer outra menina da escola de Avonlea.

Gilbert atravessou o corredor, segurou a ponta da trança ruiva e comprida de Anne, esticou o braço e disse, num sussurro agudo:

– Cenoura! Cenoura!

Anne o encarou com a vingança nos olhos.

Fez mais do que encarar. Ficou de pé num salto, com suas esplêndidas fantasias irremediavelmente arruinadas. Lançou um olhar indignado para Gilbert, mas a faísca de raiva em seus olhos foi logo extinta por lágrimas igualmente raivosas.

– Seu malvado, seu abominável! – exclamou, irascível. – Como se atreve?

E então... Pá! Anne deu com sua lousa na cabeça de Gilbert e a rachou – a lousa, não a cabeça – de cima a baixo.

Os estudantes de Avonlea adoravam um escândalo. E aquele foi especialmente saboroso. Todos disseram "Oh", deliciados de horror. Diana ficou sem ar. Ruby Gillis, que tinha uma certa inclinação para a histeria, começou a chorar. Tommy Sloane deixou sua parelha de grilos escapar enquanto olhava boquiaberto para o *tableau*.

O sr. Phillips, furioso, avançou pelo corredor e pousou a mão pesada no ombro de Anne.

– Anne Shirley, o que foi isso? – ele disse, irritado.

Anne não respondeu. Era pedir demais de uma simples mortal que contasse, diante de toda a escola, que a haviam chamado de "cenoura". Foi Gilbert quem se pronunciou, intrépido:

– A culpa foi minha, sr. Phillips. Eu a provoquei.

O sr. Phillips não deu atenção a Gilbert.

– É lamentável ver uma aluna minha exibir tamanho mau gênio e espírito vingativo – ele disse, em tom solene, como se o mero fato de serem alunos dele pudesse erradicar todas as paixões perniciosas dos corações daqueles pequenos e imperfeitos mortais. – Anne, você ficará de pé ali no tablado, de frente para o quadro negro, o resto da tarde.

Anne teria preferido infinitamente o açoite àquele castigo, que fez seu espírito sensível estremecer como se tivesse levado uma chicotada. De rosto lívido e resoluto, ela obedeceu. O sr. Phillips pegou um pedaço de giz e escreveu no quadro, acima da cabeça da menina: "Ann Shirley tem muito mau gênio. Ann Shirley precisa aprender a controlar seu temperamento". Depois leu as frases em voz alta, para que ficassem claras até mesmo para os alunos da cartilha, que ainda não sabiam ler.

Anne ali ficou o resto da tarde com o letreiro pairando acima dela. Não chorou nem baixou a cabeça. A raiva ainda ardia demasiadamente em seu coração e foi o que a amparou em meio à agonia da humilhação. Com os olhos ressentidos e as faces rubras de emoção, ela confrontou o olhar solidário de Diana, os meneios indignados da cabeça de Charlie Sloane e os sorrisos maliciosos de Josie Pye. Quanto a Gilbert Blythe, ela sequer olhou para ele. Ela *nunca* mais olharia para ele! Nunca mais falaria com ele!!

Terminada a aula, Anne saiu da escola de cabeça erguida e ruiva. Gilbert Blythe tentou interceptá-la à porta da varanda.

– Sinto muitíssimo por ter zombado de seus cabelos, Anne – ele sussurrou, arrependido. – Estou falando sério. Não vá ficar com raiva para sempre.

Anne, desdenhosa, passou de roldão por ele, sem dar sinal de tê-lo visto ou escutado.

– Oh, Anne, como você pôde? – murmurou Diana, enquanto as duas desciam a estrada, meio em tom de censura e meio admirada. Diana achava que *ela* nunca teria resistido ao pedido de Gilbert.

– Nunca perdoarei Gilbert Blythe – disse Anne, decidida. – E o sr. Phillips escreveu meu nome sem um *e* no final. Entraram-me os grilhões na alma, Diana.

Diana não tinha a menor ideia do que Anne queria dizer com aquilo, mas entendeu que se tratava de uma coisa terrível.

– Não se importe se Gilbert zombar de seus cabelos – ela comentou, tentando apaziguar. – Ora, ele zomba de todas as meninas. Ri dos meus por serem tão pretos. Já me chamou de corvo umas dez vezes; e nunca o vi pedir desculpas por alguma coisa.

– Há uma grande diferença entre ser chamada de corvo e ser chamada de cenoura – disse Anne, com dignidade. – Gilbert Blythe me magoou de maneira *excruciante*, Diana.

É possível que o assunto morresse ali, sem que ninguém mais fosse excruciado, se nada mais tivesse acontecido. Mas, quando começam a acontecer, as coisas têm a propensão de continuar.

Os estudantes de Avonlea costumavam passar a hora mais quente do dia mascando goma no bosque de espruces do sr. Bell, que ficava sobre a colina, do outro lado do pasto grande. Dali era possível ficar de olho na casa de Eben Wright, onde o mestre-escola se hospedava. Ao ver o sr. Phillips sair, eles corriam para a escola; mas, sendo a distância aproximadamente três vezes maior que a vereda do sr. Wright, a tendência era chegarem lá, sem ar e ofegantes, três minutos atrasados.

No dia seguinte, o sr. Phillips foi tomado por um de seus ataques espasmódicos de reforma disciplinar e anunciou, antes de sair para almoçar, que esperava encontrar todos os alunos em suas carteiras quanto voltasse. Quem chegasse atrasado seria castigado.

Todos os meninos e parte das meninas foram ao bosque de espruces do sr. Bell como de costume, com a intenção de ficar apenas o suficiente para "dar uma mascadinha". Mas os bosques de espruces são sedutores e as nozes amarelas de goma, uma grande distração. Eles mascaram, tardaram e divagaram. E, como sempre, a primeira coisa que os fez lembrar que o tempo voava foi o grito de Jimmy Glover, do alto de um espruce velho e patriarcal:

– Aí vem o mestre.

As meninas, que estavam no chão, saíram na dianteira e conseguiram chegar à escola a tempo, mas foi por um triz. Os meninos, que tiveram de descer às pressas das árvores, atrasaram-se um pouco. E Anne, que não estivera mascando goma, e sim passeando alegremente na outra ponta do bosque, com samambaias até a cintura, cantando baixinho para si mesma, com uma guirlanda de fritilárias nos cabelos, como se fosse alguma divindade silvestre dos lugares sombreados, foi a última a correr. Mas Anne era rápida como um gamo, e a diabinha acabou alcançando os meninos à porta e foi arrastada para dentro junto com eles no exato momento em que o sr. Phillips pendurava seu chapéu.

A breve decisão do sr. Phillips de disciplinar a turma já tinha passado: ele não queria se dar ao trabalho de castigar mais de dez alunos. Mas era necessário fazer alguma coisa para não perder a autoridade, por isso ele procurou um bode expiatório e o encontrou em Anne, que despencara em sua carteira, sem fôlego, com a guirlanda de fritilárias esquecida e inclinada por sobre uma orelha, o que lhe dava uma aparência particularmente dissoluta e desgrenhada.

– Anne Shirley, já que você, aparentemente, gosta da companhia dos meninos, vamos matar sua vontade – ele disse, sarcástico. – Tire essas flores da cabeça e sente-se ao lado de Gilbert Blythe.

Os outros meninos riram baixinho. Diana, lívida de pena, tirou a guirlanda dos cabelos de Anne e apertou-lhe a mão. Anne fitou o mestre-escola como se estivesse petrificada.

– Ouviu o que eu disse, Anne? – indagou o sr. Phillips, severo.

– Sim, senhor – disse Anne, com vagar –, mas não achei que falasse sério.

– Garanto-lhe que estou falando sério – ainda com a mesma inflexão sarcástica que todas as crianças, e principalmente Anne, odiavam. Era irritante. – Obedeça-me de uma vez.

Por um momento, pareceu que Anne tinha a intenção de desobedecer. Depois, percebendo que não havia nada a fazer, ela se levantou altivamente, atravessou o corredor, se sentou ao lado de Gilbert Blythe e, sobre a carteira, enterrou o rosto nos braços. Ruby Gillis, que viu de relance a face de Anne, contaria aos colegas, ao voltarem para casa, que "nunca tinha visto nada parecido antes: ela estava tão branca e tinha uns pontinhos vermelhos horríveis no rosto".

Para Anne, parecia o fim. Já era péssimo ter sido a única a ser castigada, quando pelo menos outros dez eram igualmente culpados. Pior ainda foi ter de se sentar ao lado de um menino, mas, sendo o menino Gilbert Blythe, isso já era um insulto sem tamanho e absolutamente insuportável. Anne achou que *não* aguentaria, e nada adiantaria tentar. Todo o seu ser ardia de vergonha, raiva e humilhação.

No início, os outros alunos não paravam de olhar, cochichar, rir baixinho e cutucar uns aos outros. Mas, já que Anne não erguia a cabeça, e Gilbert calculava suas frações como se toda a sua alma estivesse absorta nisso, e somente nisso, eles não demoraram a voltar a suas próprias tarefas, e Anne foi esquecida. Quando o sr. Phillips anunciou a aula de História, Anne deveria ter acompanhado os outros alunos, mas ela não se mexeu, e o sr. Phillips, que andou escrevendo alguns versos "Para Priscilla" antes de começar a aula, pensava numa rima rebelde, e não deu por falta da menina. Em certo momento, quando ninguém estava olhando, Gilbert tirou de sua carteira um coraçãozinho de açúcar todo rosa, com a frase "Você é um doce", escrita em dourado, e passou-a por baixo da curva do braço de Anne. Então Anne ergueu a cabeça, pegou o coração rosa com todo o cuidado, entre as pontas dos dedos, deixou-o cair no chão, pulverizou-o com o calcanhar e retomou sua posição, sem se dignar a lançar um olhar que fosse a Gilbert.

Quando a turma foi dispensada, Anne foi até sua carteira, tirou ostensivamente todas as coisas que havia lá dentro – os livros, a tabuinha de escrever, pena e tina, o testamento e a aritmética – e empilhou-as caprichosamente em cima da lousa partida.

– Para que levar tudo isso para casa, Anne? – Diana quis saber, tão logo se viram na estrada. Ela não tivera coragem de perguntar antes.

– Não voltarei mais à escola – disse Anne.

Diana ficou de boca aberta e encarou Anne para ver se ela estava falando sério.

– E Marilla deixará você ficar em casa? – ela perguntou.

– Ela terá de deixar – respondeu Anne. – *Nunca* mais voltarei à escola enquanto aquele homem estiver lá.

– Oh, Anne! – Diana parecia prestes a chorar. – Como você é malvada. O que vou fazer? O sr. Phillips me fará sentar ao lado da desagradável Gerti Pye... Sei que sim, porque ela não divide a carteira com ninguém. Volte, Anne, por favor.

– Eu faria quase qualquer coisa por você, Diana – disse Anne, tristonha. – Eu deixaria que me esquartejassem, um membro por vez, se isso fosse ajudar você. Mas não posso fazer isso e, sendo assim, por favor, não me peça tal coisa. Você me aflige a alma.

– Pense só em toda a diversão que irá perder – lamentou-se Diana. – Vamos construir uma casa nova às margens do riacho, e mais bonita ainda. E vamos jogar bola na semana que vem, e você nunca jogou bola, Anne. É tão empolgante. E vamos aprender uma canção nova: Jane Andrews já a está praticando. E Alice Andrews vai trazer um livro novo da Pansy* na semana que vem, e vamos todas lê-lo em voz alta, um capítulo cada uma, perto do riacho. E você sabe como gosta de ler em voz alta, Anne.

Nada disso comoveu Anne. Ela estava decidida. Não voltaria à escola enquanto o sr. Phillips fosse o professor; foi o que disse a Marilla ao chegar em casa.

– Que absurdo – disse Marilla.

---

* Apelido da escritora norte-americana Isabell Macdonald Alden (1841-1930). (N. T.)

– Não é absurdo, não – disse Anne, fitando Marilla com um olhar solene e reprovador. – Você não entende, Marilla? Fui insultada.

– Insultada, mas que bobagem! Você irá à escola amanhã, como sempre.

– Oh, não – Anne chacoalhou de leve a cabeça. – Não voltarei, Marilla. Estudarei em casa, farei de tudo para ser boazinha e ficarei de bico fechado o tempo todo, se possível. Mas não voltarei à escola, garanto-lhe.

Marilla viu algo extraordinariamente semelhante a uma teimosia inflexível no rostinho de Anne. Compreendeu que seria difícil vencê-la, mas decidiu, muito sabiamente, não dizer mais nada naquele momento.

– Vou descer e pedir a opinião de Rachel – ela pensou. – De nada adianta argumentar com Anne agora. Ela está muito irritada, e tenho a impressão de que consegue ser terrivelmente teimosa quando lhe dá na telha. Se entendi bem o que Anne contou, o sr. Phillips foi um tanto arbitrário. Mas não se pode dizer isso a ela. Vou é conversar com Rachel. Ela mandou dez filhos à escola e deve saber o que fazer. Além disso, a essa altura, ela já deve ter ouvido a história toda.

Marilla encontrou a sra. Lynde tricotando colchas com a mesma alegria e diligência de sempre.

– Imagino que você já saiba por que vim – ela disse, um tantinho envergonhada.

A sra. Rachel assentiu e disse:

– Creio que por causa do estardalhaço que Anne fez na escola. Tillie Boulter passou por aqui ao voltar da escola e me contou.

– Não sei o que fazer com ela – disse Marilla. – Afirma que não voltará mais à escola. Nunca vi uma criança tão agitada. Estava esperando problemas desde que ela começou a frequentar a escola. Sabia que as coisas estavam correndo bem demais e que isso não iria durar. Ela é tão sensível. O que me aconselha, Rachel?

– Bem, já que pediu meu conselho, Marilla – disse a sra. Lynde, amavelmente, pois adorava que lhe pedissem conselhos –, eu faria um pouco a vontade dela no início, é o que eu faria. Acredito que o tal sr. Phillips errou. Naturalmente, não se pode dizer uma coisa dessas às crianças, você sabe. E, claro, ele fez bem ao puni-la ontem, por ter dado vazão ao mau gênio. Mas hoje foi diferente. Os outros que também chegaram atrasados deveriam ter sido castigados tanto quanto Anne, isso sim. E não acho que seja um bom castigo fazer as meninas se sentarem com os meninos. Não é decente. Tillie Boulter estava indignadíssima. Ela tomou o partido de Anne inteiramente e disse que todos os alunos fizeram a mesma coisa. Anne parece muito popular entre eles, sabe-se lá por quê. Nunca pensei que ela fosse se dar tão bem com essas crianças.

– Então você realmente acha melhor que eu a deixe ficar em casa? – disse Marilla, admirada.

– Sim. Isto é, eu não voltaria a mencionar a escola na frente dela, a menos que ela mesma o fizesse. Pode contar com isso, Marilla, ela irá se acalmar daqui mais ou menos uma semana e estará mais do que pronta para voltar de livre e espontânea vontade, isso sim. Ao passo que, se você a obrigasse a voltar de imediato, só Deus sabe que espécie de capricho ou acesso de raiva ela teria da próxima vez, e se isso não causaria a maior encrenca deste mundo. Na minha opinião, quanto menos estardalhaço se fizer, melhor. E, para ser *sincera*, ela não perderá muita coisa deixando de ir à escola. O sr. Phillips não presta como professor. É um escândalo: ele não sabe manter a ordem e abandona a criançada para dar toda a atenção aos alunos crescidos que ele anda preparando para o vestibular de Queen's. Ele nunca teria sido designado professor por mais um ano se o tio dele não fosse um dos conselheiros da diretoria, aliás, *o* conselheiro, pois este simplesmente arrasta os outros dois pelo nariz, isso sim. Não sei onde irá parar a educação nesta ilha.

A sra. Rachel chacoalhou a cabeça, como se dissesse que, se ela estivesse à frente do sistema educacional da província, as coisas andariam muito melhores.

Marilla seguiu o conselho da sra. Rachel e não disse nem mais uma palavra a Anne a respeito de voltar à escola. A menina estudava em casa, cuidava de suas tarefas e brincava com Diana nos crepúsculos purpúreos e friorentos de outono. No entanto, ao encontrar Gilbert Blythe na estrada ou na escola dominical, passava por ele com um desdém glacial, que não se deixava derreter nem um pouquinho pelo desejo evidente que ele tinha de reconciliar-se com ela. Nem mesmo o empenho de Diana como mediadora adiantou alguma coisa. Anne havia obviamente se decidido a odiar Gilbert Blythe pelo resto da vida.

No entanto, ela detestava Gilbert tanto quanto amava Diana, com todo o amor de seu coraçãozinho apaixonado, igualmente intenso no gostar e no desgostar. Certo fim de tarde, Marilla, ao voltar do pomar com uma cesta de maçãs, encontrou Anne sozinha, sentada à janela leste, à luz do crepúsculo, chorando amargamente.

– O que foi isso agora, Anne? – ela perguntou.

– É Diana – soluçou Anne, com total abandono. – Amo tanto Diana, Marilla. Nunca conseguirei viver sem ela. Mas sei muito bem que, quando crescermos, Diana irá se casar, partir e me deixar. E, oh, o que vou fazer? Odeio o marido dela... Simplesmente o odeio encarniçadamente. Estava imaginando essas coisas, o casamento e tudo mais, Diana vestida de branco, com um véu, bela e régia feito uma rainha. E eu, a dama de honra, usando também um vestido adorável, de mangas bufantes, mas de coração partido, disfarçado sob um sorriso. E depois dizendo adeus Diana-a-a-a...

E, com isso, Anne sucumbiu de vez e chorou com uma amargura ainda maior.

Marilla virou-se rapidamente para esconder as contorções do rosto, mas nada adiantou: ela desabou na cadeira mais próxima e irrompeu numa risada tão estrondosa, entusiástica e rara, que Matthew, que atravessava o quintal lá fora, estacou, admirado. Quando é que ouvira Marilla rir daquele jeito antes?

– Bem, Anne Shirley – disse Marilla, tão logo conseguiu falar –, se é para se preocupar sem motivo, então, em nome de Deus misericordioso, preocupe-se com algo mais útil. Eu já deveria saber que você é muito imaginativa.

XVI
Diana é convidada para o chá, e o resultado é trágico

Outubro era um mês belíssimo em Green Gables: as bétulas da valeira ficavam douradas como a luz do sol; os bordos atrás do pomar, de um carmesim majestoso; e as cerejeiras silvestres que margeavam a vereda se vestiam com os tons mais adoráveis de vermelho escuro e verde bronzeado, ao passo que o restolho dos campos dourava ao sol.

Anne deleitava-se com o mundo de cores a seu redor.

– Oh, Marilla – ela exclamou numa manhã de sábado, ao entrar dançando, com os braços tomados por ramos deslumbrantes –, fico tão feliz por viver num mundo onde existem outubros. Seria terrível se simplesmente passássemos de setembro a novembro, não seria? Veja só estes ramos de bordo. Não são de arrepiar? Um arrepio atrás do outro? Vou decorar meu quarto com eles.

– Sujeira – disse Marilla, cujo senso estético não era lá dos mais desenvolvidos. – Você entulha seu quarto com esse monte de coisas que traz lá de fora, Anne. Os quartos foram feitos para dormir.

– Oh, e para sonhar também, Marilla. E, sabe de uma coisa, sonha-se muito melhor num quarto com coisas bonitas. Vou colocar estes ramos na velha jarra azul e deixá-los em cima de minha mesa.

– Não vá deixar cair folhas na escada, então. Anne, vou a Carmody hoje à tarde, a uma reunião da Sociedade Beneficente, e provavelmente só voltarei depois de escurecer. Você terá de servir o jantar a Matthew e Jerry, por isso não se esqueça de preparar o chá antes de se sentar à mesa, como fez da última vez.

– Que coisa terrível de minha parte ter esquecido – disse Anne, desculpando-se –, mas naquela noite eu estava tentando pensar num nome para o Vale das Violetas, e isso excluiu todas as outras coisas. Matthew foi tão bonzinho. Não resmungou nem um pouco. Ele mesmo colocou o chá na água e disse que podíamos muito bem esperar um pouco. E narrei-lhe um conto de fadas adorável enquanto aguardávamos, por isso ele não achou a espera muito longa. Era um belo conto de fadas, Marilla. Esqueci como terminava, por isso eu mesma inventei um final, e Matthew disse que não dava para dizer onde foi que fiz a emenda.

– Matthew não veria problema, Anne, nem mesmo se você metesse na cabeça levantar no meio da noite para almoçar. Mas fique atenta desta vez. E... Não sei se estou fazendo a coisa certa... Pode ser que isso deixe você mais atarantada do que nunca... Mas pode convidar Diana para passar a tarde aqui com você e tomar chá.

– Oh, Marilla! – Anne juntou as mãos. – Que adorável! Você *é* capaz de imaginar, afinal de contas, do contrário nunca teria entendido como eu ansiava justamente por isso. Será tão bom, tão adulto. Não se preocupe: não esquecerei de preparar o chá tendo uma visita em casa. Oh, Marilla, posso usar o aparelho de chá com os botões de rosa?

– De jeito nenhum! O aparelho de chá com os botões de rosa! O que mais irá pedir? Você sabe que só o uso para servir o pastor ou as senhoras da Sociedade Beneficente. Você vai usar o velho aparelho marrom. Mas pode abrir o potinho amarelo de compota de cereja. Já está mesmo na hora de comê-la: acho que está começando a fermentar. E pode cortar umas fatias de bolo de frutas e comer uns biscoitos e umas bolachinhas.

– Já posso me imaginar sentada à cabeceira da mesa, servindo o chá – disse Anne, fechando os olhos de êxtase. – E perguntando a Diana se ela vai querer açúcar. Sei que não vai, mas, claro, perguntarei como se não soubesse. E depois insisto para que ela coma mais um pedaço de bolo de frutas e sirva-se de um pouco mais de compota. Oh, Marilla, só pensar nisso já é uma sensação maravilhosa. Posso levá-la ao quarto de hóspedes para deixar o chapéu quando ela entrar? E depois à sala de visitas para se sentar?

– Não. A sala de estar já basta para você e sua amiga. Mas tenho uma meia garrafa de licor de framboesa* que sobrou do encontro eclesiástico da outra noite. Está na segunda prateleira da copa, e você e Diana podem tomá-lo se quiserem, e comer um biscoito para acompanhar. Creio que Matthew chegará tarde para o chá, pois está embarcando as batatas.

Anne desceu voando até a valeira, passou pela Brota da Dríade e subiu a trilha de espruces que levava à Ladeira do Pomar, a fim de convidar Diana para o chá. Então, logo depois de Marilla sair com a charrete rumo a Carmody, Diana chegou, metida em seu segundo melhor vestido e com a aparência exata que cabe a uma convidada para o chá. Em outras ocasiões, era seu costume entrar correndo na cozinha, sem bater. Mas, dessa vez, ela bateu com toda a formalidade à porta da frente. E quando Anne, usando também *seu* segundo melhor vestido, a abriu com a mesma formalidade, as duas meninas apertaram-se as mãos, sérias, como se não se conhecessem. Essa solenidade nada natural continuou até Diana ter sido levada ao frontão leste para deixar o chapéu e sentar-se dez minutos na sala de estar, com os dedos dos pés alinhados.

– Como está sua mãe? – perguntou Anne educadamente, como se não tivesse visto a sra. Barry de manhã, colhendo maçãs, com uma saúde e um humor excelentes.

---

* Apesar do que o nome indica, não parece se tratar de uma bebida alcoólica. (N. T.)

– Está muito bem, obrigada. Imagino que o sr. Cuthbert esteja embarcando as batatas no *Lily Sands* esta tarde, não? – disse Diana, que seguira de carona na carroça de Matthew até a casa do sr. Harmon Andrews naquela manhã.

– Sim, nossa safra de batatas foi muito boa este ano. Espero que a de seu pai também tenha sido.

– Foi sim, obrigada. Colheram muitas maçãs?

– Oh, mais do que esperávamos – disse Anne, esquecendo a dignidade e levantando-se de um salto. – Vamos ao pomar colher maçãs doces, Diana. Marilla disse que podemos ficar com todas que sobraram no pé. Marilla é uma mulher muito generosa. Disse que poderíamos ter bolo de frutas e compota de cereja para o chá. Mas não é de bom-tom dizer à convidada o que será servido, portanto não vou contar o que ela disse que poderíamos beber. Só que começa com um *l* e um *f*, e é vermelho vivo. Adoro bebidas dessa cor, e você? São duas vezes mais gostosas do que as de outras cores.

O pomar, com seus grandes galhos vergados, que, carregados de frutas, quase tocavam o chão, estava tão delicioso que as meninas passaram ali boa parte da tarde, sentadas num cantinho coberto de relva onde o frio tinha poupado o verde e a luz suave do outono se demorava e aquecia, comendo maçãs e falando pelos cotovelos. Diana tinha tanta coisa para contar a Anne sobre a escola. Ela teve de se sentar ao lado de Gertie Pye e detestou a experiência. Gertie fazia o lápis chiar o tempo todo, e isso deixava Diana arrepiada. Ruby Gillis livrou-se de todas as verrugas com uma simpatia, verdade verdadeira, usando uma pedrinha mágica que a velha Mary Joe do Creek tinha lhe dado. Era só esfregar a pedra nas verrugas e depois jogá-la fora, por sobre o ombro esquerdo, durante a lua nova, para todas as verrugas sumirem. Escreveram os nomes de Charlie Sloane e Em White na parede da varanda, e Em White ficou *louca da vida*. O desbocado do Sam Boulter tinha "respondido" ao sr. Phillips em sala de aula e foi açoitado pelo professor. O pai de Sam foi à escola desafiar o sr. Phillips a encostar de novo um dedo que fosse nos filhos dele. E Mattie Andrews andava usando uma nova capa vermelha e um casaquinho azul trespassado, com borlas, e a cara que fazia por causa disso era de dar nojo. E Lizzie Wright não falava mais com Mamie Wilson, porque a irmã mais velha de Mamie Wilson havia roubado o namorado da irmã mais velha de Lizzie Wright. E todos sentiam tanta falta de Anne e queriam que ela voltasse à escola. E Gilbert Blythe...

Mas Anne não queria ouvir falar de Gilbert Blythe. Ficou de pé num salto, toda apressada, e sugeriu que as duas entrassem para tomar um pouco de licor de framboesa.

Anne vasculhou a segunda prateleira da copa, mas ali não havia nenhuma garrafa de licor de framboesa. A busca revelou que a bebida estava na última prateleira superior. Anne colocou-a numa bandeja e a depositou sobre a mesa ao lado de um copo.

– Sirva-se, por favor, Diana – ela disse, com educação. – Creio que não vou beber por ora. Não quero mais nada depois de todas aquelas maçãs.

Diana encheu um copo, deu uma olhada no tom vermelho vivo do líquido, depois se regalou ao prová-lo.

– Que licor de framboesa delicioso, Anne – ela comentou. – Não sabia que era tão gostoso.

– Que bom que gostou. Beba quanto quiser. Vou à cozinha avivar o fogo. São tantas as responsabilidades de quem cuida da casa, não?

Quando Anne voltou da cozinha, Diana estava tomando o segundo copo de licor e, estimulada por Anne, não fez objeção a tomar um terceiro. As doses foram generosas, e não havia dúvida de que o licor de framboesa era delicioso.

– O melhor que já tomei – disse Diana. – Muito melhor do que o da sra. Lynde, que se gaba tanto dele. Não parece nadinha com o dela.

– Creio que o licor de framboesa de Marilla deve ser, provavelmente, muito melhor do que o da sra. Lynde – disse Anne, sempre leal. – Marilla é uma cozinheira famosa. Ela está tentando me ensinar a cozinhar, mas garanto-lhe, Diana, é uma tarefa árdua. É tão pouco o espaço para a imaginação na culinária. É preciso seguir as regras. Da última vez que fiz um bolo, esqueci de colocar a farinha. Estava pensando numa história adorável a respeito de nós duas, Diana. Imaginei que você estava muito doente, atacada de varíola, e foi abandonada por todos, mas eu, muito corajosa, fiquei ao lado do leito e cuidei de você até devolver-lhe a vida. E peguei varíola, morri e fui enterrada sob os álamos do cemitério, e você plantou uma roseira ao lado do túmulo e regou-a com suas lágrimas. E nunca, nunca esqueceu a amiga de infância que deu a vida por você. Oh, era uma história tão comovente, Diana. As lágrimas simplesmente escorriam pelo rosto enquanto eu misturava a massa do bolo. Mas esqueci a farinha, e o bolo foi um fracasso terrível. A farinha é essencial para o bolo, sabe? Marilla ficou muito zangada, o que não me admira. Sou uma provação imensa para ela. Ficou mortificada por causa da calda de pudim semana passada. Comemos pudim de passas no almoço de terça-feira, e sobraram metade do pudim e um jarro cheio de calda. Marilla disse que havia o suficiente para outro almoço e me pediu para cobrir a calda e colocá-la na prateleira da copa. Eu tinha toda a intenção de cobri-la, Diana, mas, quando entrei com a calda, estava imaginando que eu era uma freira – claro, sou protestante, mas me imaginei católica – que usava o hábito para enterrar um coração partido na solidão do claustro. E me esqueci completamente de cobrir a calda do pudim. Só me lembrei na manhã seguinte e corri para a copa. Diana, imagine, se puder, meu extremo horror ao encontrar um camundongo afogado na calda do pudim! Tirei o camundongo com uma colher e o joguei no quintal, depois lavei a colher três vezes. Marilla estava lá fora, na ordenha, e eu tinha toda a intenção de lhe perguntar, tão logo entrasse, se queria que eu desse a calda aos porcos. Mas, quando ela finalmente entrou, eu estava imaginando que era uma fadinha do inverno a percorrer o bosque, pintando as árvores de vermelho e amarelo, da cor que elas quisessem, e não pensei mais na calda de pudim, e Marilla me mandou colher maçãs. Bem, o sr. e a sra. Chester Ross, de Spencervale, nos visitaram naquela manhã. Você sabe que eles são pessoas muito elegantes, principalmente a sra. Chester Ross. Quando Marilla me mandou entrar, o almoço já estava pronto e todos se encontravam à mesa. Tentei ser o mais digna e cortês possível, pois queria que a sra. Ross pensasse que eu era uma pequena dama, mesmo não sendo bonita. Tudo estava indo muito bem até eu ver Marilla trazendo o pudim de passas numa das mãos e o jarro de calda, *aquecida*, na outra. Diana, foi um momento terrível. Lembrei-me de tudo e simplesmente me levantei e gritei: "Marilla, não use essa calda. Havia um camundongo afogado nela. Esqueci-me de contar antes". Oh, Diana, não esquecerei aquele momento nem que eu viva cem anos. A sra. Ross só fez *olhar* para mim, e pensei que morreria de vergonha de tão mortificada que fiquei. Ela é uma dona de casa tão perfeita, imagine só o que deve ter pensado de nós. Marilla ficou vermelha em brasa, mas não disse uma palavra... na hora. Saiu com a calda e o pudim e voltou trazendo compotas de morango. Chegou a me oferecer um pouco, mas não consegui engolir nadinha. Foi como se amontoasse brasas sobre minha cabeça*. Depois que a sra. Chester Ross partiu, Marilla passou-me um pito terrível. Ora, Diana, o que foi?

Diana levantara-se, nada firme. Em seguida, sentou-se novamente, levando as mãos à cabeça.

– Estou... estou me sentindo muito mal – ela disse, com a fala um tantinho enrolada. – Eu... eu... preciso ir já para casa.

– Oh, nem sonhe em ir para casa sem tomar chá – gritou Anne, aflita. – Tratarei disso agora mesmo... Vou preparar o chá neste instante.

– Preciso ir para casa – repetiu Diana, com estupidez e determinada.

– Deixe-me trazer-lhe o lanche pelo menos – implorou Anne. – Deixe-me servir um pedaço de bolo de frutas e compota de cereja. Deite-se um pouco no sofá e você se sentirá melhor. O que está sentindo?

– Preciso ir para casa – disse Diana, e era só o que ela dizia.

Anne implorava em vão.

– Nunca ouvi falar de uma visita que voltasse para casa sem tomar o chá – lamentou-se. – Oh, Diana, será possível que irá mesmo contrair varíola? Se for, cuidarei de você, pode contar com isso. Nunca a abandonarei. Mas eu queria realmente que você ficasse para o chá. O que está sentindo?

– Estou tonta – disse Diana.

---

* Referência a Provérbios 25:21-22. (N. T.)

E, de fato, ela cambaleava bastante ao caminhar. Anne, com lágrimas de decepção, pegou o chapéu de Diana e acompanhou a amiga até a cerca do quintal dos Barry. Depois voltou chorando para Green Gables, onde guardou com tristeza o licor na copa e, completamente desanimada, preparou o chá para Matthew e Jerry.

O dia seguinte foi um domingo e, como chovesse torrencialmente do nascer ao pôr do sol, Anne não saiu de Green Gables. Na tarde de segunda-feira, Marilla a mandou à casa da sra. Lynde. Num curtíssimo intervalo de tempo, Anne voltou correndo vereda acima, com lágrimas a descer-lhe pelas faces. Entrou precipitadamente na cozinha e, agoniada, atirou-se de bruços no sofá.

– O que foi agora, Anne? – indagou Marilla, confusa e consternada. – Espero que não tenha sido insolente com a sra. Lynde de novo.

Nenhuma resposta de Anne, a não ser novas lágrimas e soluços ainda mais convulsos!

– Anne Shirley, quando faço uma pergunta, quero que me responda. Sente-se direito agora mesmo e diga-me por que está chorando.

Anne sentou-se: era a tragédia em pessoa.

– A sra. Lynde foi ver a sra. Barry hoje, e a sra. Barry se encontrava num estado terrível – ela se queixou. – Disse que eu tinha *embebedado* Diana no sábado e a mandado para casa num estado lastimável. E disse que eu devo ser uma menina absolutamente má e perversa, e nunca, nunca mais irá me deixar brincar com Diana. Oh, Marilla, estou simplesmente assoberbada pelo pesar.

Marilla só fazia olhar, perplexa.

– Embebedou Diana?! – ela disse ao recuperar a voz. – Anne, foi você ou a sra. Barry quem enlouqueceu? Que diacho você deu à menina?

– Nada além de licor de framboesa – soluçou Anne. – Nunca pensei que licor de framboesa pudesse embebedar as pessoas, Marilla... Nem se bebessem três copos grandes, como fez Diana. Oh, parece até... até... o marido da sra. Thomas. Eu não queria embebedá-la.

– Embebedá-la, mas que bobagem! – disse Marilla, a caminho da copa. Ali, na prateleira, havia uma garrafa que ela reconheceu na hora: um resto de seu vinho caseiro de groselha, envelhecido três anos, pelo qual era festejada em Avonlea, apesar de certos moradores mais rígidos, entre eles a sra. Barry, verem aquilo com muito maus olhos. E, ao mesmo tempo, Marilla lembrou-se de ter colocado a garrafa de licor de framboesa lá embaixo, na despensa, e não na copa, como dissera a Anne.

Ela voltou à cozinha com a garrafa de vinho na mão. Seu rosto se contorcia, malgrando a si mesma.

– Anne, você certamente leva jeito para se meter em enrascadas. Você deu vinho de groselha a Diana, e não licor de framboesa. Não notou a diferença?

– Não cheguei a prová-lo – explicou Anne. – Pensei que fosse o licor. Queria tanto ser... uma boa anfitriã. Diana sentiu-se muito mal e teve de ir para casa. A sra. Barry disse a sra. Lynde que a filha estava caindo de bêbada. Ela riu feito uma tonta quando a mãe lhe perguntou qual era o problema e foi se deitar, dormiu horas e horas. A mãe examinou-lhe o hálito e foi assim que soube que Diana estava bêbada. Ela teve uma dor de cabeça terrível ontem, o dia inteiro. A sra. Barry está tão indignada. Nunca acreditará que não fiz isso de propósito.

– Creio que ela deveria castigar Diana pela gulodice de beber três copos cheios de qualquer coisa – disse Marilla, seca. – Ora, três daqueles copos grandes a deixariam enjoada, mesmo se fosse apenas licor. Bem, essa história vai dar o que falar às pessoas que me olham torto por fazer o vinho de groselha, embora eu já não o faça mais há uns três anos, desde que descobri que o pastor não aprovava. Só guardei aquela garrafa para fins medicinais. Ora, ora, criança, não chore. Não vejo como a culpa poderia ser sua, mas lamento o que aconteceu.

– Tenho de chorar – disse Anne. – Estou de coração partido. Em seu curso, as próprias estrelas pelejam contra mim*, Marilla. Diana e eu fomos separadas para sempre. Oh, Marilla, não foi isso que sonhei quando fizemos nossos votos de amizade.

– Não seja tola, Anne. A sra. Barry mudará de ideia quando descobrir que você não teve culpa realmente. Imagino que

---

*Referência a Juízes 5,20. (N. T.)

ela esteja pensando que você fez isso por troça ou algo do gênero. É melhor ir até lá ainda esta noite e contar-lhe o que aconteceu.

– Falta-me a coragem só de pensar em confrontar a mãe ofendida de Diana – suspirou Anne. – Queria que você fosse, Marilla. Você é tão mais digna do que eu. É provável que ela lhe dê ouvidos bem mais rápido do que daria a mim.

– Bem, irei então – disse Marilla, pensando que provavelmente seria a coisa mais ajuizada a fazer. – Não chore mais, Anne. Tudo acabará bem.

Marilla tinha mudado de ideia quanto à possibilidade de tudo acabar bem ao voltar da Ladeira do Pomar. Anne a esperava e correu em direção à porta da varanda para encontrá-la.

– Oh, Marilla, já vi pela sua expressão que nada adiantou – ela se lamentou. – A sra. Barry não irá me perdoar?

– A sra. Barry, pois sim! – devolveu Marilla. – De todas as mulheres irracionais que já vi, ela é a pior. Contei-lhe que foi apenas um equívoco, e que você não tinha culpa, mas ela simplesmente não acreditou. E me esfregou na cara o vinho de groselha e como eu sempre dissera que pouco efeito a bebida faria. Disse-lhe com todas as letras que não era para se beber três copos cheios de vinho de groselha de uma só vez e que, se uma criança sob meus cuidados fosse tão gulosa assim, eu a deixaria sóbria com uma boa surra.

Marilla correu para a cozinha, deploravelmente transtornada, deixando atrás de si, na varanda, uma pessoinha muito aflita. No mesmo instante, de cabeça descoberta, Anne saiu no crepúsculo gélido de outono e, com muita determinação e firmeza, pôs-se a caminho: atravessou o campo de trevos secos, passou sobre a ponte de troncos e subiu a colina, através do bosque de espruces iluminado por uma luazinha pálida que pairava baixa sobre a mata a oeste. A sra. Barry, ao atender a porta em resposta à batida fraca, encontrou uma suplicante de lábios lívidos e olhos ávidos.

Seu rosto se enrijeceu. A sra. Barry era uma mulher de birras e preconceitos fortes, e sua raiva era daquele tipo frio e taciturno que é sempre o mais difícil de vencer. Justiça seja feita, ela realmente acreditava que Anne embebedara Diana com premeditação, e era autêntica sua ânsia de não deixar que a filhinha fosse contaminada ainda mais por qualquer intimidade com aquela criança.

– O que você quer? – ela perguntou, inflexível.

Anne juntou as mãos.

– Oh, sra. Barry, por favor, perdoe-me. Não era minha intenção... embebedar Diana. E como poderia ser? Imagine só se a senhora fosse uma pobre orfãzinha, adotada por pessoas bondosas, e tivesse apenas uma amiga do peito no mundo. A senhora a embebedaria de propósito? Pensei que fosse apenas licor de framboesa. Era minha firme convicção de que não passava de licor de framboesa. Oh, por favor, não me diga que não me deixará mais brincar com Diana. Se o fizer, cobrirá minha vida com uma nuvem negra de tristeza.

Esse discurso, que teria amolecido o coração da boa sra. Lynde num piscar de olhos, não teve outro efeito sobre a sra. Barry, a não ser o de irritá-la ainda mais. Ela desconfiou das palavras complicadas e dos gestos dramáticos de Anne e imaginou que a menina estivesse de zombaria. E, por isso, disse com frieza e crueldade:

– Não creio que você esteja à altura de Diana. É melhor ir para casa e se comportar.

O lábio de Anne tremeu.

– A senhora me deixaria ver Diana só mais uma vez para dizer adeus? – ela implorou.

– Diana foi a Carmody com o pai – disse a sra. Barry, entrando e fechando a porta.

Anne voltou para Green Gables com a tranquilidade dos desesperados.

– Minha última esperança se foi – ela disse a Marilla. – Fui ver a sra. Barry pessoalmente, e ela me tratou de uma maneira muito ofensiva. Marilla, *não* creio que ela tenha berço. Não há nada mais a fazer, a não ser rezar, e não espero que isso ajude muito, Marilla, pois não acredito que Deus possa fazer alguma coisa no caso de uma pessoa tão obstinada quanto a sra. Barry.

– Anne, não diga uma coisa dessas – ralhou Marilla, esforçando-se para vencer a tendência perversa de rir que, para seu espanto, crescia dentro dela. E, de fato, ao contar a história toda a Matthew naquela noite, ela riu vigorosamente das aflições de Anne.

Mas, ao entrar de mansinho no frontão leste antes de ir para a cama e descobrir que Anne havia chorado até adormecer, uma brandura incomum se insinuou em seu rosto.

– Coitadinha – ela murmurou, tirando um cacho solto de cabelos da face manchada de lágrimas da criança. Em seguida, inclinou-se e beijou o rostinho corado sobre o travesseiro.

XVII
Um novo interesse na vida

Na tarde do dia seguinte, Anne, debruçada sobre sua colcha de retalhos à janela da cozinha, olhou de relance lá para fora e viu Diana na Brota da Dríade, acenando misteriosamente. Num instante, Anne saiu e correu para a valeira, com o espanto e a esperança se digladiando em seus olhos expressivos. Mas a esperança se apagou quando ela viu a fisionomia abatida de Diana.

– Sua mãe não cedeu? – ela perguntou, ofegante.

Diana sacudiu a cabeça pesarosamente.

– Não. E, oh, Anne, ela me disse para nunca mais brincar com você. Chorei, chorei e disse que não era sua culpa, mas nada adiantou. Foi uma dificuldade convencê-la a me deixar descer para me despedir de você. Ela me disse para ficar apenas dez minutos e está contando o tempo no relógio.

– Dez minutos não bastam para um adeus eterno – disse Anne, com lágrimas nos olhos. – Oh, Diana, prometa que nunca me esquecerá, que nunca esquecerá sua amiga de infância, não importa que amigas mais queridas venham a te mimar?

– Prometo – soluçou Diana –, e nunca mais terei outra amiga do peito... Não quero ter. Não conseguiria amar ninguém como amo você.

– Oh, Diana – gritou Anne, juntando as mãos –, você me *ama*?

– Ora, claro que sim. Não sabia?

– Não – Anne inspirou fundo. – Achei que você *gostasse* de mim, naturalmente, mas nunca sonhei que me *amasse*. Ora, Diana, eu nunca pensei que alguém pudesse me amar. Ninguém jamais me amou, desde que me conheço por gente. Oh, é maravilhoso! É um raio de luz que brilhará para sempre nas trevas de um caminho apartado de ti, Diana. Oh, repita, por favor.

– Amo-a de todo o coração, Anne – disse Diana, com firmeza –, e sempre a amarei, pode ter certeza.

– E eu sempre te amarei, Diana – replicou Anne, estendendo solenemente a mão. – Nos anos que virão, tua lembrança brilhará feito uma estrela sobre minha vida solitária, como dizia aquela última história que lemos juntas. Diana, dar-me-ias, como despedida, um cacho de tuas tranças negras para que eu possa guardar para todo o sempre?

– Tem aí alguma coisa para cortá-lo? – indagou Diana, limpando as lágrimas que a entonação comovente de Anne fizera cair mais uma vez e voltando aos aspectos práticos.

– Sim, felizmente tenho a tesoura de costura aqui no bolso do avental – respondeu Anne, e cortou solenemente um dos cachos de Diana. – Adeus, minha querida amiga. Doravante teremos de ser como estranhas, apesar de viver lado a lado. Mas meu coração será sempre fiel a ti.

Anne ficou e viu Diana sumir de vista, acenando tristemente com a mão toda vez que a amiga se virava e olhava para trás. Em seguida, voltou à casa, por ora nem um pouco consolada com aquela despedida romântica.

– Está tudo acabado – ela informou Marilla. – Nunca terei outra amiga. Na verdade, nunca estive em situação pior, pois agora não tenho Katie Maurice nem Violetta. E, mesmo que tivesse, não seria a mesma coisa. Não sei por quê, mas as meninas imaginárias já não bastam depois de uma amiga de verdade. Diana e eu tivemos uma despedida tão comovente lá na fonte. Será uma lembrança sagrada para todo o sempre. Empreguei a linguagem mais comovente na qual consegui pensar e usei "tu" e "ti". "Tu" e "ti" parecem tão mais românticos que "você". Diana me deu um cacho de seus cabelos, e vou costurá-lo dentro de um saquinho e usá-lo em volta do pescoço pelo resto da vida. Por favor, cuide para que seja enterrado comigo, pois não creio que eu vá viver muito. Talvez, ao me ver morta e fria, estendida diante dela, a sra. Barry se arrependa do que fez e deixe Diana vir a meu funeral.

– Não acho que você correrá o risco de morrer de pesar enquanto for capaz de falar, Anne – disse Marilla, nada simpática.

Na segunda-feira seguinte, Anne surpreendeu Marilla ao descer de seu quarto trazendo a cesta de livros no braço e os lábios aprumados num rasgo de determinação.

– Vou voltar à escola – anunciou. – É tudo que me resta na vida, agora que minha amiga foi impiedosamente separada de mim. Na escola posso olhar para ela e contemplar os dias que se foram.

– É melhor você contemplar suas contas e lições – disse Marilla, disfarçando seu deleite com o desenrolar da situação. – Se vai voltar à escola, espero não ouvir mais falar de lousas quebradas na cabeça das pessoas nem de rebuliços desse gênero. Comporte-se e faça exatamente o que o professor mandar.

– Tentarei ser uma aluna-modelo – concordou Anne, desconsolada. – Imagino que não será nada divertido. O sr. Phillips disse que Minnie Andrews é uma aluna-modelo, e ela não tem um pingo de imaginação. Ela é sem graça e enfadonha, parece que nunca se diverte. Mas estou tão deprimida que talvez seja fácil. Vou contornar pela estrada. Não suportaria ir sozinha pela Trilha das Bétulas. Derramaria lágrimas amargas se o fizesse.

Anne foi recebida na escola de braços abertos. Sua imaginação fez muita falta nas brincadeiras, sua voz no canto e sua habilidade dramática na leitura em voz alta na hora do almoço. Ruby Gillis passou-lhe clandestinamente três ameixas pretas durante a leitura do testamento. Ella May MacPherson deu-lhe um enorme amor-perfeito amarelo, recortado das capas de um catálogo floral, uma espécie de adorno de carteira muito apreciado na escola de Avonlea. Sophia Sloane ofereceu-se para ensinar a ela um padrão novo e muito elegante de bico de crochê, *tão* bonito para enfeitar aventais. Katie Boulter deu-lhe um frasco de perfume para guardar água de lousa e Júlia Bell copiou com todo o esmero, num pedaço de papel rosa claro e de bordas rendilhadas, a seguinte efusão:

Para Anne

Quando o sol se põe e cai o pano,
Para um astro o arrematar,
Lembre-se: tens uma amiga
Por mais distante que possa estar.

– É tão bom ser querida – suspirou Anne, enlevada, ao conversar com Marilla naquela noite.

As meninas não eram as únicas na escola que a "queriam bem". Quando Anne voltou a seu assento depois do almoço – o sr. Phillips a mandou sentar-se com a modelar Minnie Andrews –, encontrou sobre a carteira uma grande e lustrosa "maçã moranga". Anne a apanhou, pronta para dar uma mordida, quando se lembrou de que o único lugar em Avonlea onde cresciam aquelas macieiras era no velho pomar dos Blythe, do outro lado do Lago de Águas Cintilantes. Anne largou a maçã, como se esta fosse um pedaço de carvão em brasa, e limpou ostensivamente os dedos no lenço. A maçã continuou intocada sobre a carteira até a manhã seguinte, quando o pequeno Timothy Andrews, que varria a escola e acendia o fogo, acrescentou-a a sua remuneração. O lápis de lousa de Charlie Sloane – lindamente engalanado com um papel de listras vermelhas e amarelas, e que custava dois centavos, ao passo que os lápis comuns custavam só um –, que ele mandou entregar a ela depois do almoço, foi recebido com mais simpatia. Anne demonstrou com toda a graça sua satisfação ao aceitar o presente e premiou o remetente com um sorriso que elevou o jovem apaixonado ao sétimo céu das delícias e o fez cometer erros tão terríveis no ditado que o sr. Phillips o obrigou a ficar na escola depois da aula para reescrevê-lo.

Mas, da mesma maneira que

O corso de César, do busto de Bruto despojado,
Do melhor filho de Roma só a fazia recordar,

a ausência marcante de um presente ou de qualquer gesto de reconhecimento por parte de Diana Barry, que se sentava com Gertie Pye, amargou o pequeno triunfo de Anne.

– Acho que Diana poderia ter ao menos me cumprimentado com um sorriso – ela se lamentou com Marilla naquela noite.

Mas, na manhã seguinte, um bilhete – torcido e dobrado de um modo tão admirável e maravilhoso* – e um pacotinho foram passados a Anne. Dizia o primeiro:

Querida Anne, minha mãe disse para eu não brincar nem conversar com você, nem mesmo na escola. Não é culpa minha e não fique brava comigo, porque eu a amo tanto quanto antes. Sinto terrivelmente sua falta, não tenho para quem contar todos os meus segredos e não gosto nem um pouco de Gertie Pye. Fiz para você um dos novos marcadores de página de papel de seda vermelho. Estão muito na moda agora e somente três meninas na escola sabem fazê-los. Ao vê-lo, lembre-se de

Sua amiga de verdade,
DIANA BARRY

Anne leu o bilhete, beijou o marcador e despachou uma resposta imediata para o outro lado da sala.

Minha queridíssima Diana,

Claro que não estou brava com você por ter de obedecer a sua mãe. Nossos espíritos podem comungar. Guardarei para sempre seu adorável presente. Minnie Andrews é uma menina muito simpática – apesar de não ter imaginação –, mas de-

* Referência a Salmo 139:14. (N. T.)

pois de ter sido amiga intima de Diana, não posso ser de Minnie. Por favor, perdoe-me os erros, pois minha ortografia ainda não é muito boa, apesar de ter melhorado bastante.

Sua amiga, até que a morte nos separe,

Anne ou Cordelia Shirley

P.S.: Dormirei com sua carta debaixo do travesseiro esta noite.

A. ou C. S.

Pessimista, Marilla esperava mais problemas depois da volta de Anne à escola. Mas nada aconteceu. Talvez Anne tivesse se contagiado com um pouco do espírito "modelar" de Minnie Andrews: pelo menos ela se deu muito bem com o sr. Phillips daí em diante. Entregou-se aos estudos de corpo e alma, determinada a não ser superada em nenhuma matéria por Gilbert Blythe. A rivalidade entre eles logo ficou patente. Da parte de Gilbert, era algo totalmente jovial, mas temo que não se pudesse dizer o mesmo de Anne, que tinha, sem dúvida alguma, uma tenacidade nada louvável para guardar ressentimentos. Era tão veemente no odiar quanto no amar. Ela não se rebaixaria a admitir que tinha a intenção de competir com Gilbert nos estudos, pois seria reconhecer a existência dele, que Anne ignorava insistentemente. Mas a rivalidade existia, e as distinções acadêmicas eram divididas entre os dois. Ora Gilbert era o primeiro da turma no soletrar; ora Anne, com um meneio de suas longas tranças ruivas, soletrava melhor do que ele. Em um dia, Gilbert acertava todas os cálculos e tinha o nome escrito no quadro negro, no rol de honra; no dia seguinte, Anne, depois de se digladiar furiosamente com os decimais na noite anterior, seria a primeira. Num dia terrível, eles empataram e tiveram seus nomes escritos lado a lado. Foi quase tão ruim quanto um "Reparem só", e a mortificação de Anne era tão evidente quanto a satisfação de Gilbert. Quando chegavam as provas escritas ao final de cada mês, o suspense era terrível. No primeiro mês, Gilbert destacou-se com três notas de vantagem. No segundo, Anne o venceu por cinco. Mas Gilbert estragou-lhe o triunfo ao parabenizá-la, com toda a sinceridade, diante da turma toda. Teria sido tão mais delicioso se ele tivesse sentido a dor da derrota.

O sr. Phillips podia não ser um bom professor, mas uma aluna como Anne, determinada de maneira tão inflexível a aprender, dificilmente deixaria de progredir, fosse quem fosse o mestre-escola. Ao final do período letivo, Anne e Gilbert foram aprovados para o quinto ano e receberam permissão para estudar os elementos dos "ramos", com o que se queria dizer Latim, Geometria, Francês e Álgebra. E na Geometria Anne encontrou sua Waterloo.

– É tão horrível, Marilla – ela se lamentou. – Tenho certeza de que nunca conseguirei entender patavina dessa matéria. Não há nela nenhum espaço para a imaginação. O sr. Phillips diz que sou a aluna mais lerda que ele já viu. E Gil... digo, alguns alunos são tão bons nisso. É extremamente mortificante, Marilla. Até mesmo Diana está se saindo melhor do que eu. Mas não me importo de Diana ser melhor.

Apesar de nos tratarmos como estranhas hoje, ainda a amo com um amor *inextinguível*. Às vezes me entristece muito pensar nela. Mas, na verdade, Marilla, é impossível ficar triste muito tempo num mundo tão interessante, não é?

XVIII
Anne ao resgate

Todos os grandes acontecimentos se entrelaçam com os pequenos. À primeira vista, não pareceria que a decisão de um certo primeiro-ministro canadense de incluir a Ilha Príncipe Eduardo numa excursão política pudesse ter algo a ver com as vicissitudes da pequena Anne Shirley em Green Gables. Mas teve.

Foi em janeiro que o primeiro-ministro veio discursar para seus partidários leais e para os não partidários que decidiram aparecer no monstruoso comício em Charlottetown. Uma grande parcela da gente de Avonlea tomava o partido do primeiro-ministro; portanto, na noite do comício, quase todos os homens e uma boa parte das mulheres tinham ido à cidade, a 45 quilômetros de distância. A sra. Rachel Lynde também tinha ido. A sra. Rachel Lynde era uma militante apaixonada, e não acreditava que o comício pudesse acontecer sem ela, apesar de ser da oposição. E por isso ela foi à cidade e levou consigo o marido – Thomas poderia cuidar do cavalo – e Marilla Cuthbert. A própria Marilla tinha um interesse secreto pela política e, pensando que poderia ser sua única oportunidade de ver ao vivo um primeiro-ministro de verdade, ela a aproveitou sem pestanejar, deixando Anne e Matthew para cuidar da casa até ela voltar no dia seguinte.

Assim, enquanto Marilla e a sra. Rachel se divertiam a valer no comício, Anne e Matthew tinham a alegre cozinha de Green Gables só para eles. Chamas vívidas ardiam no antiquado fogão estilo Waterloo, e cristais de gelo branco-azulados cintilavam nas janelas de vidro. Matthew, no sofá, cabeceava de sono sobre um exemplar da revista *Farmer's Advocate* [Defensor do Agricultor], e Anne, à mesa, estudava com uma determinação implacável, apesar dos diversos olhares ávidos que lançava para a estante do relógio, onde se encontrava um livro novo, emprestado por Jane Andrews naquele mesmo dia. Jane lhe garantira que a leitura causaria muitos arrepios, não exatamente com essas palavras, e os dedos de Anne formigavam de vontade de pegar o livro. Mas isso implicaria o triunfo de Gilbert Blythe no dia seguinte. Anne deu as costas à estante e tentou imaginar que ela não existia.

– Matthew, você estudou Geometria na escola?

– Bem, ora, não – disse Matthew, acordando da soneca com um sobressalto.

– Como eu queria que tivesse – suspirou Anne –, porque assim você poderia me ajudar. Não dá para me ajudar quando não se estudou a matéria. Está obscurecendo toda a minha vida. Sou tão burra nisso, Matthew.

– Bem, ora, não sei – disse Matthew, tentando consolá-la. – Acho você boa em tudo. O sr. Phillips me contou na semana passada, na loja do Blair, em Carmody, que você era a aluna mais inteligente da escola e que estava progredindo rápido. "Progredindo rápido" foram as exatas palavras que usou. Há quem faça pouco de Teddy Phillips e diga que ele não é lá grande coisa como professor, mas eu o acho uma boa pessoa.

Matthew teria julgado "boa pessoa" qualquer um que elogiasse Anne.

– Tenho certeza de que me sairia melhor em Geometria se ele parasse de mudar as letras – queixou-se Anne. – Decoro a proposição, e então ele a desenha no quadro negro e usa letras diferentes das do livro, e eu fico toda confusa. Não acho que um professor deva se aproveitar dos alunos de maneira tão mesquinha, e você? Estamos estudando agricultura agora, e enfim descobri por que as estradas são vermelhas. É um grande consolo. Imagino como Marilla e a sra. Lynde estão passando. A sra. Lynde diz que o Canadá acabará levando a breca da maneira que conduzem as coisas em Ottawa, e eis aí um alerta terrível para os eleitores. Ela diz que, se as mulheres pudessem votar, logo veríamos uma mudança para melhor. Em qual partido você vota, Matthew?

– Conservador – disse Matthew de imediato. Votar nos conservadores era parte da religião de Matthew.

– Então sou conservadora também – disse Anne, decidida. – Fico feliz, porque Gil... porque alguns meninos da escola são liberais. Imagino que o sr. Phillips seja um liberal também, porque o pai de Prissy Andrews é, e Ruby Gillis diz que o homem, quando faz a corte, tem sempre de concordar com a mãe da moça na religião e com o pai na política. É verdade, Matthew?

– Bem, ora, não sei – disse Matthew.

– Você já fez a corte, Matthew?

– Bem, ora, não que eu saiba – disse Matthew, que certamente nunca cogitara uma coisa dessas em toda a sua vida.

Anne pôs-se a pensar com o queixo nas mãos.

– Deve ser bem interessante, não acha, Matthew? Ruby Gillis diz que, quando crescer, terá muitos namorados na coleira, todos loucos por ela. Eu acho que seria emoção demais. Prefiro ter um só e com a cabeça no lugar. Mas Ruby Gillis sabe bem dessas coisas, pois tem muitas irmãs mais velhas, e a sra. Lynde disse que as filhas dos Gillis vendem mais que água no deserto. O sr. Phillips sobe para ver Prissy Andrews quase toda noite. Ele diz que é para ajudá-la nas lições, mas Miranda Sloane também está estudando para o vestibular da Queen's, e acho que ela precisa muito mais de ajuda do que Prissy, porque é muito mais burra, mas ele nunca vai ajudá-la à noite. Existem tantas coisas neste mundo que não consigo entender muito bem, Matthew.

– Bem, ora, não sei se eu mesmo entendo – admitiu Matthew.

– Bem, acho que tenho de terminar minha lição. Não vou me permitir abrir o livro novo que Jane me emprestou até acabar. Mas é uma tentação terrível, Matthew. Mesmo quando me viro para o outro lado, posso vê-lo claramente. Jane disse que ficou doente de tanto chorar por causa dele. Adoro livros que me fazem chorar. Mas acho que vou levar aquele livro para a sala de estar, trancá-lo no armário de geleias e deixar a chave com você. E, Matthew, *não* me entregue a chave até eu ter terminado a lição, nem mesmo se eu implorar de joelhos. É muito bom poder dizer que resistimos à tentação, mas é muito mais fácil resistir quando não se pode ter a chave. Quer que eu vá à despensa pegar umas maçãs de inverno, Matthew? Que tal umas maçãs?

– Bem, ora, acho que cairiam bem – disse Matthew, que nunca comia maçãs de inverno, mas sabia que Anne tinha um fraco por elas.

No exato momento em que Anne voltava triunfante da despensa, com um prato cheio de maçãs, ouviu-se o som de passos rápidos no assoalho de tábuas coberto de gelo lá fora. No instante seguinte, a porta da cozinha se escancarou, e correndo entrou Diana Barry, com o rosto branco, sem fôlego e um xale enrolado às pressas em volta da cabeça. Anne, surpresa, largou prontamente a vela e o prato. E prato, vela e maçãs desceram estrondosamente a escada da despensa e, no dia seguinte, incrustados em sebo derretido, foram encontrados lá embaixo por Marilla, que os recolheu e deu graças pela casa não ter pegado fogo.

– Qual é o problema, Diana? – gritou Anne. – Sua mãe cedeu por fim?

– Oh, Anne, venha rápido – implorou Diana, nervosa. – Minnie May está terrivelmente doente... Pegou crupe, diz a pequena Mary Joe... E meu pai e minha mãe estão na cidade, e não há ninguém que possa buscar o médico. Minnie May está muito mal, e a pequena Mary Joe não sabe o que fazer... E, oh, Anne, estou com tanto medo!

Matthew, sem dizer palavra, apanhou o gorro e o casaco, passou por Diana e saiu quintal afora, no escuro.

– Ele foi atrelar a égua alazã para ir a Carmody buscar o médico – disse Anne, que correu para pegar uma capa e um casaquinho. – É como se tivesse me dito. Matthew e eu somos espíritos tão afins que consigo ler os pensamentos dele, sem que as palavras se façam necessárias.

– Não creio que ele vá encontrar um médico em Carmody – disse Diana, aos soluços. – Sei que o dr. Blair foi à cidade e imagino que o dr. Spencer também tenha ido. A pequena Mary Joe nunca viu um caso de crupe e a sra. Lynde está fora. Oh, Anne!

– Não chore, Di – disse Anne, animada. – Sei exatamente como tratar a crupe. Você esqueceu que a sra. Hammond teve gêmeos três vezes. Depois de cuidar de três pares de gêmeos, a gente ganha muita experiência. Todos eles viviam pegando crupe. Espere aqui que eu vou buscar a garrafa de ipecacuanha: pode ser que vocês não tenham o remédio em casa. Vamos.

As duas meninas saíram correndo, de mãos dadas, e atravessaram às pressas a Vereda dos Namorados e o campo empedernido logo depois, pois havia neve demais para que tomassem o atalho pelo bosque. Anne, apesar da pena que sinceramente sentia por Minnie May, estava longe de ser insensível ao romantismo da situação e ao encanto de compartilhar mais uma vez aquele romantismo com um espírito afim.

A noite estava límpida e gelada, toda feita do ébano das sombras e da prata da encosta coberta de neve. Estrelas enormes brilhavam sobre os campos silentes. Aqui e ali surgiam os abetos pontudos e escuros, com a neve a polvilhar seus ramos e o vento a soprar através deles. Anne achou verdadeiramente delicioso atravessar todo aquele mistério e encanto com sua amiga do peito, que estivera tanto tempo afastada.

Minnie May, de três anos, estava de fato muito doente. Estava deitada no sofá da cozinha, febril e inquieta, e podia-se ouvir sua respiração roufenha por toda a casa. A pequena Mary Joe – uma moça francesa, rechonchuda e de rosto largo, moradora do Creek –, que a sra. Barry contratara para cuidar das crianças durante sua ausência, estava desamparada e aturdida, completamente incapaz de pensar em alguma coisa e, mesmo que conseguisse imaginar algo, não seria capaz de fazer nada.

Anne pôs-se a trabalhar com habilidade e diligência.

– Minnie May tem mesmo crupe: está muito mal, mas já vi casos piores. Primeiro, precisamos de um bocado de água quente. Veja só, Diana, não resta mais do que uma xícara de água na chaleira! Pronto, já a enchi e, Mary Joe, pode colocar lenha no fogão. Não quero magoá-la, mas me parece que você poderia ter pensado nisso antes se tivesse um pingo de imaginação. Agora, vou tirar as roupas de Minnie May e colocá-la na cama; e você, Diana, tente encontrar uns panos de flanela macia. A primeira coisa que farei é dar a ela uma dose de ipecacuanha.

Minnie May não gostou nada da ipecacuanha, mas Anne não tinha criado três pares de gêmeos à toa. Descer, a ipecacuanha desceu, não só uma vez, mas várias, durante a noite comprida e nervosa em que as duas meninas cuidaram pacientemente da pobre Minnie May, e a pequena Mary Joe, sinceramente ansiosa para fazer tudo o que estava a seu alcance, manteve aceso um fogo exuberante e aqueceu mais água do que seria necessário para um hospital inteiro de criancinhas atacadas de crupe.

Eram três da manhã quando Matthew chegou com o médico, pois fora obrigado a ir até Spencervale procurar por um. Mas a necessidade urgente de cuidados já havia passado. Minnie May estava muito melhor e dormia profundamente.

– Cheguei bem perto de desistir e me desesperar – explicou Anne. – Ela só fazia piorar, até ficar mais doente do que os gêmeos Hammond já haviam ficado, mesmo os dois últimos. Pensei realmente que ela fosse morrer sufocada. Dei-lhe até a última gota de ipecacuanha da garrafa e, na última dose, eu disse comigo mesma – não para Diana nem para a pequena Mary Joe, pois não queria deixá-las ainda mais preocupadas –, mas tive de comentar comigo mesma, só para desabafar: "É a última esperança que resta e receio que seja vã." Mas, em coisa de três minutos, ela tossiu e expeliu o catarro, e começou a melhorar na hora. Imagine só meu alívio, doutor, porque não consigo colocá-lo em palavras. O senhor sabe que algumas coisas não se podem colocar em palavras.

– Sei, sim – concordou o médico.

Ele olhava para Anne como se pensasse coisas a respeito da menina que não se poderiam colocar em palavras. Mais tarde, porém, ele as colocou, para o sr. e a sra. Barry:

– Aquela garotinha ruiva dos Cuthbert é tão inteligente quanto dizem que é. Estou dizendo que ela salvou a vida da criancinha, pois teria sido tarde demais quando cheguei aqui. Ela parece ter uma habilidade e uma presença de espírito prodigiosas para uma criança dessa idade. Nunca tinha visto nada parecido com aqueles olhos quando ela me explicou o caso.

Anne voltara para casa naquela maravilhosa manhã branquinha de inverno com os olhos vermelhos de sono, mas sem que isso a impedisse de conversar infatigavelmente com Matthew, enquanto os dois cruzavam o extenso campo branco e passavam sob a abóbada mimosa e cintilante dos bordos da Vereda dos Namorados.

– Oh, Matthew, não está maravilhosa a manhã? Não parece até que o mundo é algo que Deus imaginou só para Seu prazer? Sinto-me capaz até mesmo de derrubar aquelas árvores com um sopro... Puf! Fico tão feliz por viver num mundo em que existem geadas, e você? E, no fim das contas, fico muito feliz por a sra. Hammond ter tido três pares de gêmeos. Se não tivesse tido, talvez eu não soubesse o que fazer com Minnie May. Arrependo-me de ter ficado brava com a sra. Hammond por causa dos gêmeos. Mas, oh, Matthew, estou com tanto sono. Não posso ir à escola. Sei que não conseguiria ficar de olhos abertos e faria papel de boba. Mas detesto ficar em casa e deixar Gil... alguns alunos serem os primeiros da turma, e é tão difícil chegar de novo ao topo, embora, naturalmente, quanto mais difícil for, maior será a satisfação de chegar lá, não é mesmo?

– Bem, ora, acho que você conseguirá – disse Matthew, observando o rosto pálido de Anne e as sombras escuras sob seus olhos. – Vá direto para a cama e durma bastante. Eu cuidarei das tarefas.

E, assim, Anne foi para a cama e dormiu tanto, e tão bem, que já era de tarde, uma tarde branca e rosada de inverno, quando ela acordou e desceu até a cozinha, onde Marilla, que voltara para casa nesse meio-tempo, estava sentada, tricotando.

– Oh, você viu o primeiro-ministro?! – exclamou Anne de imediato. – Como era ele, Marilla?

– Bem, ele não chegou a primeiro-ministro por causa da aparência – disse Marilla. – Que nariz tinha aquele homem! Mas ele sabe falar. Fiquei orgulhosa por ser conservadora. Rachel Lynde, naturalmente, sendo liberal, não gostou dele. Seu almoço está no forno, Anne, e você pode se servir de um pouco da compota de ameixa preta que está na copa. Imagino que esteja com fome. Matthew andou me contando o que aconteceu ontem à noite. Que sorte você saber o que fazer. Eu mesma não saberia, pois nunca vi um caso de crupe. Pronto, não diga nada até depois do almoço. Só de olhar para você, sei que deve estar cheia de histórias para contar, mas elas terão de esperar.

Marilla tinha algo a contar a Anne, mas nada disse naquele momento, pois sabia que, se o fizesse, o consequente alvoroço de Anne a levaria para bem longe de questões materiais como fome e almoço. Foi só quando Anne terminou o pires de ameixas pretas que Marilla disse:

– A sra. Barry passou aqui hoje à tarde, Anne. Ela queria ver você, mas achei melhor não acordá-la. Ela disse que você salvou a vida de Minnie May e está muito arrependida de ter feito o que fez no caso do vinho de groselha. Disse saber que você não teve a intenção de embebedar Diana e espera que você a perdoe, que volte a ser amiga de Diana. Pode ir à casa dela esta noite, se quiser, pois Diana não pode sair devido ao resfriado que pegou ontem à noite. Ora, Anne Shirley, tenha piedade, e não saia voando.

A advertência não pareceu desnecessária, tão exaltadas e etéreas eram a expressão e a postura de Anne quando ela se levantou de um salto, com o rosto a irradiar o fogo de seu espírito.

– Oh, Marilla, posso ir agora mesmo, antes de lavar a louça? Vou lavá-la quando voltar, mas não consigo me prender a algo tão pouco romântico quanto lavar a louça neste momento emocionante.

– Está bem, está bem, pode ir – disse Marilla, indulgente. – Anne Shirley, você enlouqueceu? Volte agora mesmo e vista alguma coisa. É como falar com o vento. Ela saiu sem gorro nem agasalho. Vejam só a menina atravessando o pomar com os cabelos soltos logo atrás dela. Será um milagre se não apanhar um resfriado mortal.

Anne voltou para casa dançando no crepúsculo purpúreo de inverno, atravessando os montes de neve. Longe, no sudoeste, avistava-se o lampejo tremeluzente e perolado de uma estrela vespertina, num céu dourado claro e rosa etéreo, acima de espaços brancos e cintilantes e de escuras ravinas de espruces. O tilintar dos sinos dos trenós nas colinas nevadas soava como carrilhões élficos no ar gelado, mas sua música não era tão melodiosa quanto a canção que tomava o coração e os lábios de Anne.

– Você tem diante de si uma pessoa perfeitamente feliz, Marilla – ela anunciou. – Estou perfeitamente feliz... Sim, apesar de ser ruiva. Neste exato momento, minha alma superou os cabelos ruivos. A sra. Barry me beijou, chorou e disse que sentia muito, e que nunca conseguiria retribuir o que fiz. Senti-me terrivelmente constrangida, Marilla, mas disse com toda a educação possível: "Não guardo ressentimentos com relação à senhora, sra. Barry. Garanto-lhe de uma vez por todas que não tive a intenção de embebedar Diana e, de agora em diante, cobrirei o passado com o manto do esquecimento". Não foi uma maneira digna de falar, Marilla? Senti como se amontoasse brasas sobre a cabeça da sra. Barry*. E Diana e eu passamos uma tarde adorável. Diana me mostrou um novo e elegante ponto de crochê que sua tia de Carmody lhe ensinou. Ninguém mais o conhece em Anvolea, só nós duas, e fizemos um voto solene de nunca revelá-lo a viva alma. Diana deu-me um belo cartão com uma guirlanda de rosas e um poema:

Se me amas como me sói te amar
Só a morte há de nos separar.

– E é verdade, Marilla. Vamos pedir ao sr. Phillips que nos deixe sentar na mesma carteira de novo, e Gertie Pye pode ficar com Minnie Andrews. Tomamos chá e foi tão elegante. A sra. Barry usou seu melhor aparelho de porcelana, Marilla, como se eu fosse uma visita de verdade. Não

* Referência a Provérbios 25:21-22. (N. T.)

sei explicar como isso me deixou arrepiada. Ninguém antes tinha usado sua melhor porcelana por minha causa. E comemos bolo de frutas, bolo inglês, sonhos e dois tipos de compotas, Marilla. E a sra. Barry me perguntou se eu aceitava um pouco de chá e disse: “Querido, passe os biscoitos a Anne, sim?”. Deve ser ótimo ser adulta, Marilla, pois só o fato de ser tratada como uma já é tão bom.

– Não sei, não – disse Marilla, com um breve suspiro.

– Bem, de qualquer maneira, quando for adulta – continuou Anne, decidida –, sempre tratarei as meninas como se elas também fossem, e nunca darei risada quando elas usarem palavras complicadas. Sei por experiência própria como isso magoa. Depois do chá, Diana e eu fizemos puxa-puxa. Não saíram lá muito bons, talvez porque nem Diana nem eu os tínhamos feito antes. Diana me deixou mexer a massa enquanto besuntava as formas com manteiga, e eu me esqueci e a deixei queimar. E então, quando a despejamos no estrado para esfriar, o gato pisou numa das formas, que teve de ser jogada fora. Mas foi muito divertido fazer puxa-puxa. E depois, quando eu estava de saída, a sra. Barry me pediu para voltar sempre que pudesse, e Diana ficou à janela, mandando-me beijos até eu chegar à Vereda dos Namorados. Garanto-lhe, Marilla, que tenho vontade de rezar esta noite, e vou criar uma oração especial, novinha em folha, em homenagem à ocasião.

XIX
Um recital, uma catástrofe e uma confissão

– Marilla, posso ir ver Diana só um minutinho? – pediu Anne, descendo às pressas e ofegante do frontão leste numa noite de fevereiro.

– Não entendo por que você quer sair depois de escurecer – disse Marilla, ríspida. – Você e Diana voltaram juntas da escola e depois ficaram lá embaixo na neve mais meia hora tagarelando sem parar, blá-blá-blá-blá. Não é possível que esteja tão desesperada assim para vê-la de novo.

– Mas ela quer me ver – implorou Anne. – Tem uma coisa muito importante para me contar.

– Como é que você sabe?

– Porque ela acabou de me mandar um sinal pela janela. Arranjamos um jeito de enviar sinais com nossas velas e um pedaço de papelão. Colocamos a vela no parapeito da janela e fazemos sinais luminosos passando o papelão de um lado para outro. Um determinado número de sinais significa uma certa coisa. Foi ideia minha, Marilla.

– Tenho certeza de que foi – disse Marilla, enfática. – E você acabará ateando fogo às cortinas com essa história absurda de mandar sinais.

– Oh, tomamos muito cuidado, Marilla. E é tão interessante. Dois sinais significam "Você está aí?". Três, "sim", e quatro, "não". Cinco significam "Venha me ver tão logo puder, porque tenho algo importante a revelar". Diana acabou de mandar cinco sinais, e estou realmente agoniada para saber o que é.

– Bem, não precisa mais ficar agoniada – disse Marilla, sarcástica. – Pode ir, mas não se esqueça de voltar em dez minutos.

Anne não se esqueceu e voltou no prazo estipulado, apesar de que, muito provavelmente, nenhum mortal jamais viria a saber como foi custoso restringir a discussão do importante comunicado de Diana a dez minutos. Mas ao menos ela os aproveitou muito bem.

– Oh, Marilla, o que você acha? Sabe que amanhã é o aniversário de Diana. Bem, a mãe dela disse que Diana poderia me convidar para ir à casa dela depois da escola e ficar lá a noite toda. E seus primos e primas virão de Newbridge num grande trenó para ir ao recital do Clube de Debates amanhã à noite, no teatro. E levarão Diana e a mim ao recital... se você me deixar ir, claro. Você vai deixar, não vai, Marilla? Oh, estou tão entusiasmada.

– Pode ir se acalmando, porque você não irá a lugar algum. É melhor ficar em casa e dormir em sua própria cama. E, quanto ao recital do clube, além de ser uma grande bobagem, não é lugar para garotinhas.

– Tenho certeza de que o Clube de Debates é uma associação das mais respeitáveis – protestou Anne.

– Não estou dizendo que não seja. Mas você não vai começar a perambular por aí, indo a recitais e passando a noite toda fora de casa. Não é coisa para crianças. Fico surpresa que a sra. Barry deixe Diana ir.

– Mas é uma ocasião tão especial – lamentou Anne, à beira das lágrimas. – Diana só faz aniversário uma vez por ano. Os aniversários não são coisas comuns, Marilla. Prissy Andrews vai recitar "Curfew must not ring tonight" [Que esta noite não soe o toque de recolher]. É um poema edificante e tão bom, Marilla. Tenho certeza de que me faria muito bem ouvi-lo. E o coro irá cantar quatro belas canções comoventes, que são quase tão boas quanto os hinos. E, oh, Marilla, o pastor vai participar. Sim, vai sim: ele fará um discurso. Será quase a mesma coisa que um sermão. Por favor, posso ir, Marilla?

– Você ouviu o que eu disse, ou não, Anne? Tire as botas agora mesmo e vá para a cama. Já passa das oito.

– Só mais uma coisa, Marilla – disse Anne, pelo jeito usando sua última carga de munição. – A sra. Barry disse a Diana que poderíamos dormir no quarto de hóspedes. Pense só quanta honra para sua pequena Anne ser acomodada no quarto de hóspedes.

– É uma honra sem a qual terá de passar. Vá para a cama, Anne, e que eu não ouça nem mais uma palavra sua.

Depois de Anne, com lágrimas a escorrer-lhe pelas faces, ter subido tristemente as escadas, Matthew, que aparentara dormir profundamente na espreguiçadeira durante todo o diálogo, abriu os olhos e disse, decidido:

– Bem, ora, Marilla, acho que você deveria deixar Anne ir.

– Eu não acho – retorquiu Marilla. – Quem é que está criando a menina, Matthew? Você ou eu?

– Bem, ora, você – admitiu Matthew.

– Pois então não interfira.

– Bem, ora, não estou interferindo. Não é interferir ter a própria opinião. E minha opinião é que você deveria deixar Anne ir.

– Em sua opinião, eu deveria deixar Anne ir à lua se ela quisesse, não tenho dúvida – foi a réplica afável de Marilla. – Eu poderia deixá-la passar a noite com Diana, se fosse só isso. Mas não aprovo essa ideia do recital. Se for, ela acabará pegando um resfriado e voltará alvoroçada, com a cabeça cheia de bobagens. Ela ficaria agitada durante uma semana. Entendo a índole daquela criança e o que é bom para ela muito melhor do que você, Matthew.

– Acho que você deveria deixar Anne ir – repetiu Matthew, com firmeza. A argumentação não era seu forte, mas a insistência certamente era. Marilla soltou um suspiro impotente e refugiou-se no silêncio.

Na manhã seguinte, quando Anne lavava a louça do desjejum na copa, Matthew deteve-se ao sair, a caminho do celeiro, para dizer mais uma vez a Marilla:

– Acho que você deveria deixar Anne ir, Marilla.

Por um momento, Marilla cogitou dizer coisas impronunciáveis. Depois se rendeu ao inevitável e disse com mordacidade:

– Muito bem, ela pode ir, já que só assim você ficará satisfeito.

Anne saiu correndo da copa, com o pano de prato encharcado numa das mãos.

– Oh, Marilla, Marilla, repita essas santas palavras, por favor.

– Acho que uma vez já basta. Isso é coisa do Matthew, eu lavo minhas mãos. Se você pegar pneumonia por dormir numa cama estranha ou por sair do teatro quente no meio da noite, não bote a culpa em mim, e sim no Matthew. Anne Shirley, você está deixando água engordurada pingar no chão. Nunca vi uma criança tão descuidada.

– Oh, sei que sou uma grande provação para você, Marilla – disse Anne, em tom de desculpas. – Cometo tantos erros. Mas pense só em todos os erros que eu poderia cometer, mas não cometo. Vou pegar um pouco de areia e esfregar as manchas antes de ir para a escola. Oh, Marilla, eu queria tanto ir ao recital. Nunca fui a um recital na vida e, quando as outras meninas falam disso na escola, me sinto tão excluída. Você não entendia como eu me sentia, mas, veja só, Matthew, sim. Matthew me compreende, e é tão bom ser compreendida, Marilla.

Anne estava empolgada demais para manter seu bom desempenho na escola naquela manhã. Gilbert Blythe soletrou melhor do que ela e a deixou bem para trás nos cálculos mentais. No entanto, a consequente humilhação de Anne foi bem menor do que poderia ter sido, diante do recital e da acomodação no quarto de hóspedes. Ela e Diana não pararam de falar nisso o dia todo e, se tivessem um professor mais rígido do que o sr. Phillips, teria lhes cabido um castigo terrível.

Anne pensou que, se não pudesse ir ao recital, não teria suportado aquele dia, pois não se falou em outra coisa na escola. O Clube de Debates de Avonlea, que se reunia a cada quinze dias durante todo o inverno, organizara vários espetáculos gratuitos e de pouca monta, mas o recital era um evento grande, e o ingresso custava dez centavos, para ajudar a biblioteca. Os jovens de Avonlea vinham ensaiando havia semanas, e todos os estudantes estavam particularmente interessados no recital, pois seus irmãos e irmãs mais velhos iriam participar. Todos os alunos com mais de nove anos planejavam ir, exceto Carrie Sloane, cujo pai tinha a mesma opinião de Marilla a respeito de garotinhas que saíam à noite para ir a recitais. Carrie Sloane chorou em cima do livro de gramática a tarde toda e pensou que a vida não valia a pena.

Para Anne, a verdadeira emoção começou ao final da aula e, daí em diante, só fez aumentar num crescendo até chegar a um estrondo de êxtase incontestável durante o recital propriamente dito. Desfrutaram de um "chá perfeitamente elegante", seguido da deliciosa ocupação de se vestir no quartinho de Diana, no andar de cima. Diana fez a franja de Anne no estilo *pompadour**, Anne amarrou os laços de Diana com seu jeitinho especial, e as duas experimentaram pelo menos meia dúzia de penteados diferentes. Por fim, estavam prontas, de faces coradas e olhos brilhantes de entusiasmo.

É verdade que Anne não pôde evitar uma pontadinha de inveja ao comparar seu gorro preto e simples e o casaco cinzento de pano feio e de mangas apertadas, feito em casa, com a elegante boina de pele e o casaquinho requintado de Diana. Mas ela se lembrou bem a tempo de que tinha imaginação e podia usá-la.

Aí chegaram os primos de Diana, os Murray de Newbridge. Apinharam-se todos no grande trenó, aninhados entre palha e mantas de pele. Anne ficou deliciada com a viagem até o teatro, deslizando pelas estradas acetinadas, com a neve a crepitar sob os patins. O pôr do sol foi magnífico, e as colinas cobertas de neve e a água azul-escura do golfo de São Lourenço pareciam cercar todo aquele esplendor, feito uma imensa bacia de pérolas e safiras, cheia de

* Cabelos bem fofos, penteados com a ajuda de enchimentos, para compor coques elaborados. (N. T.)

vinho e fogo. O tilintar dos sinos do trenó e o riso distante que lembravam a alegria dos elfos silvestres vinham de todos os lados.

– Oh, Diana – suspirou Anne, apertando a mão enluvada de Diana sob a manta de pele –, será que tudo não passa de um lindo sonho? Pareço realmente a mesma de sempre? Sinto-me tão diferente que acho até que está transparecendo.

– Você está ótima – disse Diana, que, tendo acabado de receber um elogio de uma de suas primas, julgou ser sua obrigação passá-lo adiante. – Está com uma cor adorável.

O programa daquela noite foi uma série de "arrepios" para pelo menos uma ouvinte da plateia e, como Anne asseguraria a Diana, foi um arrepio mais arrepiante do que o outro. Quando Prissy Andrews, trajando seu novo corpete de seda cor-de-rosa, com um colar de pérolas em volta do pescoço liso e branco e cravos de verdade nos cabelos – diziam os boatos que o mestre-escola mandara-os buscar na cidade –, "galgou os degraus escorregadios, escuros, sem um raio de luz"*, Anne estremeceu de compaixão e volúpia. Quando o coro cantou "Far above the gentle daisies" [Muito acima das meigas margaridas], Anne fitou o teto como se ali houvesse afrescos de anjos. Quando Sam Sloane se pôs a explicar e ilustrar "How Sockery set a hen" [Como Zaca-

* Trata-se provavelmente de verso do poema "Curfew must not ring tonight", da norte-americana Rose Hartwick Thorpe (1850–1939). (N. T.)

rias pôs uma galinha no choco]*, Anne riu até as pessoas dos assentos próximos rirem também, mais por solidariedade do que por graça diante de uma coletânea que era batidíssima até mesmo em Avonlea. E quando o sr. Phillips recitou o discurso de Marco Antônio no funeral de César da maneira mais comovente – olhando para Prissy Andrews ao final de cada sentença –, Anne achou que seria capaz de se insurgir e se amotinar ali mesmo se um cidadão romano tomasse a liderança.

Somente uma apresentação do programa não a interessou. Quando Gilbert Blythe recitou "Bingen on the Rhine" [Bingen sobre o Reno], Anne apanhou o livro que Rhoda Murray retirara da biblioteca e o leu até o rapaz terminar, quando então continuou sentada, rígida, ereta e imóvel, enquanto Diana aplaudia até as palmas das mãos arderem.

Eram onze horas quando voltaram para casa, fartas de licenciosidade, mas ainda lhes restava o deliciosíssimo prazer de comentar o recital. Todos pareciam estar dormindo, e a casa estava às escuras e em silêncio. Pé ante pé, Anne e Diana entraram na sala de visitas, um cômodo comprido e estreito que dava para o quarto de hóspedes. O aposento agradável era aquecido e levemente iluminado pelas brasas da lareira.

– Vamos nos despir aqui – disse Diana. – Está tão gostoso e quentinho.

---

* Uma espécie de anedota do final do século XIX, comum em recitais. (N. T.)

– Não foi encantadora esta noite? – suspirou Anne, extasiada. – Deve ser magnífico subir ao tablado e recitar. Você acha que um dia seremos convidadas, Diana?

– Sim, naturalmente, um dia desses. Sempre pedem aos estudantes mais velhos para recitar. Gilbert Blythe já o fez muitas vezes, e ele só tem dois anos a mais do que nós. Oh, Anne, como você pôde fingir que não o ouvia? Quando chegou ao verso

Há mais alguém, não *uma irmã,*

ele olhou diretamente para você.

– Diana – disse Anne, com toda a dignidade –, você é minha amiga do peito, mas não posso permitir que nem mesmo você me fale dessa pessoa. Está pronta para dormir? Vamos apostar corrida e ver quem chega à cama primeiro.

A sugestão agradou Diana. As duas figurinhas de branco atravessaram correndo a sala comprida, passaram pela porta do quarto de hóspedes e pularam na cama ao mesmo tempo. E aí... uma coisa... se mexeu debaixo delas, ouviu-se um arfar e um grito... e alguém disse, com voz abafada:

– Misericórdia divina!

Anne e Diana nunca conseguiram explicar como saíram da cama e do quarto. Depois de uma arrancada frenética, viram-se subindo as escadas nas pontas dos pés, tremendo de medo.

– Oh, quem era... *o que* era aquilo? – sussurrou Anne, batendo os dentes de frio e susto.

– Era minha tia Josephine – disse Diana, ofegante de tanto rir. – Oh, Anne, era a tia Josephine, e não tenho ideia de como ela foi parar lá. Oh, e sei muito bem que ela ficará furiosa. É terrível, realmente terrível, mas você já viu coisa mais engraçada, Anne?

– Quem é a tia Josephine?

– É tia de meu pai que mora em Charlottetown. É muito velha, tem uns setenta anos, e não acredito que ela tenha sido criança *um dia*. Esperávamos que ela nos fizesse uma visita, mas não tão cedo. Ela é muito formal e respeitável, e bem sei que irá resmungar que será um horror por conta disso. Bem, teremos de dormir com Minnie May... E você nem imagina como ela dá pontapés.

A srta. Josephine Barry não deu o ar da graça no desjejum da manhã seguinte. A sra. Barry sorriu gentilmente para as duas meninas.

– Vocês se divertiram ontem à noite? Tentei ficar acordada até vocês chegarem, pois queria lhes dizer que a tia Josephine viera e que vocês teriam de dormir lá em cima no fim das contas, mas estava tão cansada que caí no sono. Espero que não tenham incomodado sua tia, Diana.

Diana guardou um silêncio discreto, mas trocou com Anne sorrisos furtivos de graça e cumplicidade por cima da mesa. Anne correu para casa depois do desjejum e, portanto, continuou ditosamente alheia à confusão que se instalou na casa dos Barry até o fim da tarde, quando foi à casa da sra. Lynde a mando de Marilla.

– Quer dizer que você e Diana quase mataram a pobre srta. Barry de susto ontem à noite? – perguntou a sra. Lynde, séria, mas com um brilho no olhar. – A sra. Barry parou aqui alguns minutos, a caminho de Carmody. Está realmente preocupada com a situação. A boa e velha srta. Barry estava num mau humor terrível quando se levantou hoje de manhã: e o mau humor de Josephine Barry não é brincadeira, pode acreditar. Recusou-se a falar com Diana.

– Diana não teve culpa – disse Anne, arrependida. – A culpa foi minha. Fui eu quem sugeri que apostássemos corrida para ver quem chegaria à cama primeiro.

– Eu sabia! – disse a sra. Lynde, com o enlevo dos bons palpiteiros. – Sabia que a ideia só poderia ter saído dessa sua cabeça! Bem, pois causou muitos problemas, isso sim. A srta. Barry veio para ficar um mês, mas declarou que não ficaria nem mais um dia e voltaria para a cidade amanhã mesmo, apesar de ser domingo. Teria ido hoje se houvesse alguém para levá-la. Tinha prometido pagar três meses de aulas de música para Diana, mas agora está determinada a não mover uma palha por uma moleca como aquela. Oh, imagino que tenham passado maus bocados hoje de manhã. Os Barry devem estar aflitos. A srta. Barry é rica, e eles prefeririam continuar nas boas graças da mulher. Claro que a sra. Barry não me contou nada disso, mas acontece que sou capaz de julgar muito bem a natureza humana, oh se sou.

– Que má sorte a minha – lamentou-se Anne. – Estou sempre me metendo em enrascadas e arrastando comigo meus amigos, pessoas por quem eu daria minha vida. Saberia me dizer o motivo, sra. Lynde?

– Porque você é muito imprudente e impulsiva, criança, oh se é. Você nunca para para pensar: você diz ou faz o que lhe dá na telha dizer ou fazer, sem um momento de reflexão.

– Oh, mas essa é a melhor parte – protestou Anne. – Quando nos ocorre uma coisa simplesmente estimulante, é preciso externá-la. Se pararmos para pensar, acabaremos estragando tudo. A senhora nunca se sentiu assim, sra. Lynde?

Não, nunca. A sra. Lynde balançou sabiamente a cabeça.

– Você precisa aprender a parar e pensar, Anne, é isso. Ouça o ditado: "Pense duas vezes antes de agir"... Ou de pular na cama de um quarto de hóspedes.

A sra. Lynde riu à vontade de sua piadinha, mas Anne continuou acabrunhada. Não via nada risível na situação, que, a seus olhos, parecia muito séria. Ao deixar a casa da sra. Lynde, ela atravessou os campos empedernidos, a caminho da Ladeira do Pomar. Diana a encontrou à porta da cozinha.

– Sua tia Josephine ficou muito zangada, não ficou? – murmurou Anne.

– Sim – respondeu Diana, abafando uma risadinha com uma olhadela apreensiva por sobre o ombro, na direção da porta fechada da sala de estar. – Estava praticamente pulando de raiva, Anne. Oh, como ela resmungou.

Disse que eu era a menina mais malcomportada que já tinha visto, que meus pais deveriam se envergonhar da maneira como me criaram. Disse que não ficará aqui, e eu não me importo nem um pouco. Mas minha mãe e meu pai se importam.

– Por que você não lhes contou que a culpa foi minha? – indagou Anne.

– Era de esperar que eu fizesse uma coisa dessas, não? – disse Diana, com justificada ironia. – Não sou mexeriqueira, Anne Shirley, e, de qualquer modo, eu sou tão culpada quanto você.

– Bem, então eu mesma vou contar – disse Anne, convicta.

Diana a encarou.

– Anne Shirley, nem pense nisso! Ora, ela a comerá viva!

– Não me assuste ainda mais – implorou Anne. – Preferiria enfrentar a boca de um canhão. Mas tenho de fazê-lo, Diana. Foi minha culpa e tenho de confessar. Infelizmente, tenho prática nisso.

– Bem, ela está ali na sala – disse Diana. – Pode entrar se quiser. Eu não me atreveria. E não creio que isso vá resolver alguma coisa.

Com essas palavras encorajadoras, Anne foi enfrentar o leão em sua cova, ou seja, caminhou resolutamente até a porta da sala de estar e bateu de leve. Ouviu-se um agudo "Entre".

A srta. Josephine Barry, magra, empertigada e austera, tricotava ferozmente ao pé da lareira, sem que sua ira tivesse se aplacado, e seus olhos fuzilavam através dos óculos de aro dourado. Ela se virou na cadeira, esperando ver Diana, e contemplou uma menina de rosto lívido, com os olhos enormes transbordando de coragem desesperada e pavor hesitante.

– Quem é você? – perguntou a srta. Josephine Barry, sem fazer cerimônia.

– Sou Anne de Green Gables – disse a pequena visitante, tremendo e unindo as mãos em seu gesto característico –, e vim aqui me confessar, se a senhorita não se importar.

– Confessar o quê?

– Que foi minha culpa pularmos em sua cama daquele jeito ontem à noite. Foi sugestão minha. Diana nunca teria pensado numa coisa dessas. Tenho certeza. Diana é uma menina muito educada, srta. Barry. Sendo assim, a senhorita não pode deixar de ver como seria injusto culpá-la.

– Oh, não posso? Pelo que sei, Diana também pulou na cama. Onde já se viu tamanha licenciosidade numa casa de respeito!

– Mas estávamos só brincando – insistiu Anne. – Creio que a senhorita deveria nos perdoar, srta. Barry, agora que nos desculpamos. E, de qualquer maneira, por favor, perdoe Diana e deixe-a cursar as aulas de música. Diana quer tanto as aulas de música, srta. Barry, e sei muito bem o que é querer tanto uma coisa e não tê-la. Se é para a senhorita se zangar com alguém, que seja comigo. Já estou tão acostumada, desde a tenra infância, a ver as pessoas se zangarem comigo, que sou capaz de suportar tal coisa muito melhor do que Diana.

Àquela altura, os olhos da velha senhora já tinham desistido de boa parte da fuzilaria, que fora substituída por um lampejo de interesse divertido. Ainda assim, ela disse com rigor:

– Não creio que seja desculpa o fato de estarem brincando. As meninas não brincavam desse jeito quando eu era jovem. Você não sabe o que é ser acordada de um sono profundo, depois de uma viagem longa e penosa, por duas meninas crescidas que correram para pular em cima de você.

– Eu não *sei*, mas consigo *imaginar* – disse Anne, impaciente. – Tenho certeza de que deve ter sido muito perturbador. Mas e nosso lado da história? A senhorita tem imaginação, srta. Barry? Se tiver, coloque-se em nosso lugar. Não sabíamos que havia alguém na cama, e a senhorita quase nos matou de susto. A sensação foi simplesmente horrível. E aí não pudemos dormir no quarto de hóspedes, como nos prometeram. Imagino que a senhorita esteja acostumada a dormir em quartos de hóspedes. Mas imagine só como se sentiria se fosse uma orfãzinha que nunca teve essa honra.

Àquela altura, os olhos já não mais fuzilavam. Na verdade, a srta. Barry riu: um som que fez Diana – à espera lá fora, na cozinha, em muda ansiedade – soltar um grande suspiro de alívio.

– Receio que minha imaginação esteja um pouco enferrujada: já faz tempo que não a uso – ela respondeu. – Eu diria que você é digna de pena tanto quanto eu. Tudo depende de como se vê a coisa. Sente-se aqui e me fale de você.

– Sinto muito, mas não posso – disse Anne, firme. – Bem que eu gostaria, porque a senhorita parece interessante e talvez seja até mesmo um espírito afim, apesar de não aparentar muito. Mas é meu dever voltar para casa, pois a srta. Marilla Cuthbert me espera. A srta. Marilla Cuthbert é uma dama muito bondosa que me adotou e está me criando como se deve. Ela está fazendo o possível, mas a empreitada não é nada encorajadora. Não a culpe por eu ter pulado na cama. Mas, antes de ir, eu gostaria realmente que a senhorita me dissesse se vai perdoar Diana e ficar em Avonlea tanto quanto tinha planejado.

– Acho que talvez eu fique se você vier conversar comigo de quando em quando – disse a srta. Barry.

Naquela noite, a srta. Barry deu a Diana um bracelete de prata e contou aos adultos da casa que desfizera sua mala.

– Decidi ficar simplesmente para conhecer melhor a tal menina Anne – explicou ela, com toda a franqueza. – Ela me diverte e, na minha idade, as pessoas divertidas são uma raridade.

O único comentário de Marilla ao ouvir a história foi um "Eu avisei", dirigido a Matthew.

A srta. Barry ficou um mês e mais um pouco. Foi uma hóspede mais agradável do que de costume, pois Anne a manteve de bom humor. Elas se tornaram grandes amigas.

Ao partir, a srta. Barry disse:

– Lembre-se, ó menina Anne, quando for à cidade, você terá de me visitar, e eu acomodarei você na cama mais hospitaleira de meu quarto de hóspedes.

– No final das contas, a srta. Barry era um espírito afim – Anne confidenciou a Marilla. – Não se pode dizer isso à primeira vista, mas ela é. Não dá para descobrir logo de cara, como foi o caso de Matthew, mas, depois de algum tempo, a gente começa a ver. Os espíritos afins não são tão raros como eu costumava pensar. É magnífico descobrir que há tantos deles neste mundo.

XX
Uma boa imaginação dá errado

A primavera chegara novamente em Green Gables – a primavera canadense cheia de caprichos, relutante e maravilhosa, que, durante os meses de abril e maio, perdurava numa sucessão de dias amenos, frescos e gelados, com pores do sol rosados e milagres de ressurreição e crescimento. Os bordos da Vereda dos Namorados estavam cobertos de brotos vermelhos, e pequenas samambaias onduladas surgiam ao redor da Brota da Dríade. Lá no alto, nos campos empedernidos que ficavam atrás da propriedade do sr. Silas Sloane, as flores de maio brancas e cor-de-rosa floresciam como estrelas perfumadas sob a folhagem marrom. Todas as alunas e todos os alunos da escola passaram uma tarde dourada colhendo flores e depois retornaram entre os reflexos do entardecer límpido, com os braços e as cestas carregados de espólios floridos.

– Sinto tanta pena das pessoas que vivem em lugares onde não há flores de maio – comentou Anne. – Diana disse que elas talvez tenham algo melhor, mas não pode haver nada melhor do que uma flor de maio, pode, Marilla? E Diana disse que se não sabem como elas são, não podem sentir falta delas. Mas eu acho isso muito triste. Marilla, eu acho que seria *trágico* não saber como são as flores de maio e *não* sentir falta delas. Sabe o que eu acho que as flores de maio são, Marilla? Eu acho que elas devem ser as almas das flores que morreram no verão passado, e que o céu delas é aqui. Mas, *Marilla*, hoje nós tivemos um momento maravilhoso. Almoçamos perto de um velho poço, numa vala enorme coberta de musgo... um lugar tão *romântico*. Charlie Sloane desafiou Arty Gillis para pular por cima do buraco, e Arty pulou porque ele não recusa desafios. Ninguém recusa desafios na escola. Desafiar *está muito na moda*. O sr. Phillips deu todas as flores de maio que encontrou para Prissy Andrews, e eu ouvi quando disse: "Para a fragrância, mais perfume."* Ele tirou isso de um livro, eu sei; mas pelo menos mostra que tem um pouco de imaginação. Eu também ganhei algumas flores de maio, mas não as aceitei, por desprezo. Eu não posso dizer quem é porque jurei que nunca permitiria que o nome dele saísse da minha boca. Fizemos grinaldas com as flores de maio e as colocamos nos nossos chapéus; e

* Trecho de *Hamlet*, de William Shakespeare. (N. T.)

quando chegou a hora de voltar para casa, marchamos em procissão pela estrada, em duplas, com nossos buquês e grinaldas, cantando "Minha casa na colina". Oh, Marilla, foi tão emocionante. A família inteira do sr. Silas Sloane correu para nos ver, e todas as pessoas que encontrávamos na estrada paravam e olhavam enquanto passávamos. Causamos uma verdadeira sensação.

– Não é de se espantar. Quanta bobagem! – foi a resposta de Marilla.

Depois das flores de maio era a vez das violetas, e o Vale das Violetas ficava coberto do roxo das flores. Quando ia para a escola, Anne caminhava por elas com passos reverentes e olhos adoradores, como se pisasse em solo sagrado.

– De alguma forma – disse para Diana –, quando eu passo por ali, eu realmente não me importo se Gil... se qualquer um passar na minha frente na escola, ou não. Mas tudo muda quando estou na escola, e eu me importo tanto como sempre. Existem tantas Annes diferentes dentro de mim. Às vezes acho que é por isso que sou uma pessoa tão problemática. Se houvesse apenas uma Anne, seria tão mais confortável, mas aí eu não seria tão interessante.

Numa tarde de junho, quando os pomares estavam de novo floridos e rosados, os sapos coaxavam sons doces e prateados nos pântanos em volta do pontal do Lago de Águas Cintilantes e o ar estava prenhe do aroma dos campos de cravos e dos bosques de pinheiros balsâmicos, Anne estava sentada junto à janela do frontão. Ela estivera estudando o dever de casa, mas agora estava escuro demais para enxergar o livro, então, sonhava de olhos abertos, olhando para além das copas da Rainha da Neve, que, mais uma vez, estava estrelada e florida.

O pequeno quarto do frontão não mudara na sua essência. As paredes continuavam tão brancas como antes, a almofada de alfinetes tão dura como sempre e o piano tão vertical como de hábito. No entanto, todas as suas características haviam mudado. O quarto estava impregnado de uma personalidade – nova, vital, latejante – que parecia se infiltrar nele e ser totalmente independente dos livros, dos vestidos e das fitas da colegial, e até mesmo da jarra azul rachada em cima da mesa, cheia de botões em flor de macieira. Era como se todos os sonhos, os adormecidos e os acordados, do seu enérgico ocupante tivessem adquirido uma forma visível, embora imaterial, e atapetado o quarto vazio com tecidos maravilhosos feitos de arco-íris e raios de luar. Naquele instante, Marilla entrou apressada com alguns aventais de Anne que acabara de passar. Pendurou-os por cima de uma cadeira, e sentou-se com um pequeno suspiro. Naquela tarde, tivera uma das suas dores de cabeça e, apesar da dor ter sumido, sentia-se fraca e "nas últimas", como costumava dizer. Anne olhou para ela com olhos transparentes de simpatia.

– Eu realmente gostaria ter sentido a dor de cabeça no seu lugar, Marilla. Eu a teria aguentado com alegria por você.

– Acho que você fez sua parte deixando que eu descansasse e cuidando das tarefas – respondeu Marilla. – Parece que conseguiu terminar tudo e que errou menos do que de costume. Claro que não era exatamente necessário engomar os lenços de Matthew! E a maioria das pessoas coloca um empadão no forno para esquentá-lo no almoço e o tiram e comem quando está quente ao invés de deixá-lo lá para queimar até torrar. Mas é claro que você prefere fazer do seu jeito.

As dores de cabeça sempre deixavam Marilla um pouco sarcástica.

– Oh, eu sinto muito – respondeu Anne, arrependida. – Depois que coloquei o empadão no forno não pensei mais nele até agora, embora sentisse *instintivamente* que faltava alguma coisa na mesa do almoço. Hoje de manhã, quando você me encarregou de preparar tudo, eu estava firmemente decidida em manter meus pensamentos na realidade, e não imaginar nada. Até colocar o empadão no forno, tudo ia bem, mas depois senti uma tentação irresistível de imaginar que eu era uma princesa encantada trancada numa torre solitária e que um belo cavaleiro, cavalgando em cima de um corcel tão negro como o carvão, vinha me socorrer. E foi assim que acabei esquecendo do empadão. Nem percebi que havia engomado os lenços. Durante todo o tempo que estava passando a ferro, tentei não pensar num nome para uma nova ilha que Diana e eu descobrimos lá no arroio. Marilla, o lugar é dos mais encantadores. A ilha tem dois bordos, e o arroio corre bem em volta dela. Finalmente, ocorreu-me que seria esplêndido chamá-la de Ilha Vitória, porque a descobrimos no dia do aniversário da rainha. Diana e eu somos súditas muito leais. Mas eu sinto muito pelo empadão e os lenços. Você lembra o que aconteceu nessa data no ano passado, Marilla?

– Não, não consigo me lembrar de nada especial.

– Oh, Marilla, foi o dia que eu vim para Green Gables. Eu nunca vou esquecer desse dia. Minha vida mudou completamente. Claro que para você não deve parecer importante. Estou aqui há um ano e tenho sido tão feliz. Claro que tive meus problemas, mas os problemas podem ser superados. Você lamenta ter ficado comigo, Marilla?

– Não, não posso dizer que lamento – respondeu Marilla, que às vezes se perguntava como vivera antes da chegada de Anne a Green Gables. – Não, lamentar propriamente, não. Anne, se você terminou o dever de casa eu preciso que você dê um pulo na casa da sra. Barry e peça a ela se não pode me emprestar o padrão do avental de Diana.

– Oh... está... está muito escuro – gritou Anne.

– Muito escuro? Ora, está apenas entardecendo. E Deus sabe que você já esteve lá muitas vezes depois que escureceu.

– Irei amanhã bem cedo – respondeu Anne, ansiosa. – Levantarei assim que amanhecer e irei até lá, Marilla.

– O que deu na sua cabeça agora, Anne Shirley? Eu preciso daquele padrão para cortar seu novo avental hoje à noite. Vá de uma vez, e não demore.

– Então vou dar a volta pela estrada – disse Anne, pegando o chapéu com relutância.

– Se for pela estrada você gastará meia hora a mais! Você quer apanhar?

– Eu não posso passar pela Floresta Mal-Assombrada, Marilla – gritou Anne, desesperada.

Marilla olhou para ela fixamente.

– A Floresta Mal-Assombrada! Você ficou maluca? O que, diachos, é a Floresta Mal-Assombrada?

– É o bosque de espruces que fica do lado do riacho – explicou Anne num sussurro.

– Mas que bobagem! Não existe essa coisa de floresta mal-assombrada em lugar nenhum. Quem andou contando essas histórias para você?

– Ninguém – confessou Anne. – Diana e eu só imaginamos que a floresta era mal-assombrada. Todos os lugares por aqui são tão... tão... *comuns*. Inventamos isso para nos divertirmos. Começamos em abril. Uma floresta mal-assombrada é tão mais romântica, Marilla. Escolhemos o bosque de espruces porque é muito escuro. Oh, imaginamos as coisas mais tenebrosas. Tem uma mulher vestida de branco que caminha ao longo do riacho mais ou menos a esta hora da noite, torcendo as mãos e emitindo sons cheios de lamentos. Ela aparece quando vai acontecer uma morte na família. E o fantasma de uma criança assassinada assombra a esquina que fica lá perto de Idlewild; ela se aproxima bem devagar atrás de você e acaricia sua mão com dedos gelados... pronto. Oh, Marilla, eu fico toda arrepiada só de pensar nisso. E tem um homem sem cabeça que fica de tocaia, andando para cima e para baixo pela vereda, e esqueletos que espiam você com olhares ameaçadores entre os galhos. Oh, Marilla, eu não passaria pela Floresta Mal-Assombrada depois de escurecer por nada neste mundo. Tenho certeza de que aquelas coisas brancas esticariam suas mãos e me agarrariam.

– Onde já se ouviu uma coisa dessas! – proferiu Marilla, que escutara tudo pasma de espanto. – Anne Shirley, você está querendo me dizer que acredita em todas essas bobagens horríveis que brotam da sua própria imaginação?

– Acreditar, não, não *exatamente* – respondeu Anne, hesitando. – Pelo menos não durante o dia. Mas depois que escurece é diferente, Marilla. É quando os fantasmas caminham.

– Essas coisas de fantasmas não existem, Anne.

– Oh, mas existem sim, Marilla! – gritou Anne com veemência. – Eu conheço pessoas que viram fantasmas. E são pessoas respeitáveis. Charlie Sloane contou que uma noite sua avó viu seu avô tanger as vacas depois que já havia sido enterrado há um ano. Você sabe que a avó de Charlie Sloane não contaria uma história à toa. Ela é uma mulher muito religiosa. E outra noite um carneiro em chamas com a cabeça cortada e pendurada num fiapo de pele perseguiu o pai da sra. Thomas até ele chegar em casa. Ele disse que sabia que era a alma do seu irmão, e que era um aviso de que ia morrer dentro de nove dias. Ele não morreu logo, mas morreu dois anos depois, então, você vê que é verdade. E Ruby Gillis disse que...

– Anne Shirley – interrompeu Marilla com firmeza –, eu nunca mais quero ouvir você falar assim outra vez. Eu tive dúvidas sobre essa sua imaginação desde o início, e, se o resultado é este, eu não vou tolerar esse tipo de coisa. Você vai agora mesmo até a casa dos Barry, e vai passar por aquele bosque de espruces, para que isso lhe sirva de lição e aviso. E eu nunca mais quero ouvir uma única palavra da sua boca sobre florestas mal-assombradas.

Anne podia suplicar e chorar como e quanto quisesse – e o fez, porque seu terror era muito real. Sua imaginação levara a melhor, e para ela o bosque de espruces representava um terror mortal depois do entardecer. Mas, Marilla foi inexorável. Ela saiu marchando com a vidente de fantasmas até a fonte, mandou-a seguir imediatamente pela ponte, e para mais além, para os recessos escuros de mulheres que gemiam e espectros sem cabeça.

– Oh, Marilla, como pode ser tão cruel? – soluçou Anne. – Como se sentiria se uma coisa branca me agarrasse e me levasse com ela?

– Vou correr esse risco – respondeu Marilla friamente. – Você sabe que eu sempre digo o que penso. Vou curar você de ficar imaginando fantasmas por aí. Anda, em marcha!

Anne marchou. Isto é, ela foi tropeçando pela ponte de troncos e depois subiu, toda arrepiada, pela vereda escura e horrível. Anne nunca mais esqueceu aquela caminhada e se arrependeu amargamente ter dado trela à sua imaginação. Os duendes da sua fantasia espiavam em volta dela atrás de cada sombra e estendiam suas mãos frias e descarnadas para agarrar aquela menina apavorada que os chamara de volta à vida. Seu coração parou quando o vento soprou uma tira branca da casca de uma bétula por cima de uma cavidade no chão escuro do arvoredo. O gemido distante de dois velhos galhos roçando um no outro provocou gotas de suor na sua testa. Por cima da sua cabeça, as batidas das asas dos morcegos na escuridão pareciam asas de criaturas sobrenaturais. Quando chegou no campo do sr. William Bell, ela passou voando por ele, como se estivesse sendo perseguida por um exército de coisas brancas, e chegou na cozinha dos Barry tão sem fôlego que mal conseguiu expressar o pedido do padrão do avental. Como Diana não estava em casa, ela não tinha nenhum motivo para se demorar. Ela teria de enfrentar a pavorosa jornada de volta. Anne a fez de olhos fechados e preferiu correr o risco de arrebentar os miolos contra os galhos do que ver uma daquelas coisas brancas. Quando finalmente tropeçou sobre a ponte de troncos, ela soltou um longo e trêmulo suspiro de alívio.

– E então, alguma coisa pegou você? – perguntou Marilla, sem fazer muito caso.

– Oh, Mar... Marilla – gaguejou Anne –, depois dessa eu v...vou m...me c... c... cont...tentar com lug...gares comuns.

XXI
Uma nova modalidade em sabores

– Como a sra. Lynde costuma dizer: "ó céus, este mundo é feito apenas de encontros e partidas" – lembrou Anne num lamento, enquanto colocava a lousa e os livros em cima da mesa da cozinha, naquele último dia de junho, e enxugava os olhos avermelhados com um lenço muito úmido. – Marilla, não foi uma sorte ter levado mais de um lenço para a escola hoje? Eu tive um pressentimento que o lenço seria necessário.

– Eu nunca pensei que você gostasse tanto assim do sr. Phillips para precisar de dois lenços para enxugar as lágrimas porque ele estava indo embora – revidou Marilla.

– Eu não acho que chorei porque gostava tanto dele assim – ponderou Anne. – Eu só chorei porque todos os outros choraram. Quem começou foi Ruby Gillis. Ruby Gillis sempre afirmou que detestava o sr. Phillips, mas assim que ele levantou para fazer seu discurso de despedida ela explodiu em lágrimas. Aí, todas as meninas começaram a chorar, uma depois da outra. Eu tentei me segurar para não chorar, Marilla. Tentei lembrar daquela vez que o sr. Phillips me fez sentar ao lado de Gil... ao lado de um menino; e quando soletrou meu nome sem o *e* no quadro-negro; e quando disse que eu era a pior aluna em Geometria que ele jamais encontrou e quando riu da minha ortografia; e de todas as vezes que ele foi tão horrível e sarcástico; mas, de alguma forma, Marilla, eu não consegui me segurar e tive de chorar também. Há um mês Jane Andrews não para de dizer como ficaria feliz depois que o sr. Phillips partisse, e jurou que nunca derramaria nem uma lágrima. Bem, ela foi a pior de todas e precisou pedir um lenço emprestado ao irmão – claro que meninos não choram –, porque não trouxe o seu, ela não esperava que fosse precisar de um. Oh, Marilla, foi de cortar o coração. O início do discurso de despedida do sr. Phillips foi tão bonito: "O momento da nossa separação chegou...". Foi muito comovente. E ele também tinha lágrimas nos olhos, Marilla. Oh, como eu lamentei e senti remorsos por todas as vezes que falei mal dele e o desenhei na minha lousa, e fiz pouco dele e de Prissy. Eu garanto a você que eu queria ter sido uma aluna exemplar como Minnie Andrews. Ela não tem nenhum problema na consciência. As garotas choraram durante todo o caminho da escola para casa. A cada instante, Carrie Sloane dizia: "O momento da nossa separação chegou...", e cada vez que surgia o perigo de ficarmos alegres, todas recomeçavam a chorar. Marilla, eu estou tão horrivelmente triste. Mas as pessoas não podem se sentir exatamente como se estivessem nas profundezas do desespero quando elas têm dois meses de férias pela frente, podem, Marilla? Além disso, encontramos o novo pastor e sua esposa, que vinham da estação. Apesar de estar me sentindo péssima por causa da partida do sr. Phillips, eu não podia deixar de me interessar um pouquinho pelo novo pastor, podia? A esposa dele é muito bonita. Claro que ela não tem uma beleza régia. Acho que seria muito inconveniente para um pastor ter uma esposa de uma beleza régia porque poderia servir de mau exemplo. A sra. Lynde disse que a esposa do pastor de Newbridge dá um mau exemplo porque ela se veste sempre na última moda. A esposa do nosso novo pastor usava um vestido de musselina azul com lindas mangas bufantes e um chapéu com arremates de rosas. Jane Andrews disse que achava mangas bufantes mundanas demais para a esposa de um pastor, mas eu não fiz nenhum comentário pouco caridoso, Marilla, porque eu sei o que significa ansiar por mangas bufantes. Além disso, ela é a esposa do pastor há bem pouco tempo, então todos deveriam ser um pouco tolerantes, não deveriam? Eles vão morar na casa da sra. Lynde enquanto o presbitério não fica pronto.

Se Marilla foi levada até a casa da sra. Lynde por qualquer outro motivo além de o de devolver as armações para as colchas de *patchwork* que tomara emprestadas no último inverno, isso era uma fraqueza amigável compartilhada pela maioria das pessoas de Avonlea. Naquela noite, muitas das coisas que a sra. Lynde emprestara, às vezes sem jamais esperar vê-las de novo, voltaram para sua casa sob os cuidados dos emprestadores. Um novo pastor, ainda mais um pastor com uma esposa, era um assunto legítimo numa pequena e tranquila aldeia campestre, onde as emoções eram poucas e espaçadas.

O velho sr. Bentley, o pastor que Anne considerava sem imaginação, serviu como pastor de Avonlea durante dezoito anos. Era viúvo quando chegou e viúvo permaneceu, apesar de as fofocas o casarem com regularidade com essa, aquela, ou aquela outra a cada ano da sua estadia. Ele pediu sua demissão em fevereiro passado e partiu entre as lamentações dos membros da sua congregação, a maioria dos quais sentiam por ele uma afeição que nasceu do longo relacionamento com seu bom e velho pastor, apesar das suas falhas como orador. Desde então, a igreja de Avonlea passou por uma variedade de desagregações religiosas, enquanto ouvia os muitos e diferentes candidatos e "suplentes" que vinham pregar em caráter experimental, domingo após domingo. Estes se mantinham ou eram dispensados segundo o julgamento dos anciões e anciãs da Bíblia; porém uma certa menininha de cabelos ruivos, que costumava ficar docilmente sentada no cantinho do banco da igreja do velho Cuthbert, também tinha suas opiniões a respeito, e as discutia por extenso com Matthew, porque Marilla sempre se negou, por princípio, a criticar pastores de qualquer tipo ou feitio.

– Eu não acredito que o sr. Smith teria servido, Matthew – foi a palavra final de Anne. – A sra. Lynde disse que sua elocução foi pobre, mas eu acho que seu pior defeito era exatamente o mesmo do sr. Bentley: ele não tinha imaginação. E o sr. Terry tinha demais; ele deixou que ela se apoderasse dele exatamente como eu deixei a minha se apoderar de mim no caso da Floresta Mal-Assombrada. Além do mais, a sra. Lynde disse que seu conhecimento de teologia não era sólido. O sr. Gresham era uma pessoa excelente e um homem muito religioso, mas contava muitas histórias engraçadas e fazia as pessoas rirem na igreja; ele não tinha dignidade, e você precisa sentir que um pastor tem um mínimo de dignidade, não precisa, Matthew? Eu certamente achei o sr. Marshall atraente; mas a sra. Lynde disse que ele não era casado nem ao menos estava noivo – ela havia feito pesquisas especiais sobre sua pessoa –, e que um pastor jovem e solteiro nunca daria certo em Avonlea, porque ele poderia casar com alguma moça da congregação, o que causaria problemas. A sra. Lynde é uma mulher muito previdente, não é, Matthew? Estou muito contente por terem chamado o sr. Allan. Gostei dele porque seu sermão foi interessante, e porque ele disse as orações como se realmente acreditasse nelas, e não apenas como se o fizesse por hábito. A sra. Lynde disse que ele não é perfeito, mas que não se pode esperar um pastor perfeito por USD 750,00 por ano, e que, de qualquer forma, seu conhecimento de teologia era sólido, porque ela o interrogara minuciosamente sobre todos os pontos da doutrina. E ela conhece a família da esposa, e todos são pessoas muito respeitáveis. As mulheres são todas ótimas donas de casa. A sra. Lynde disse que uma doutrina sólida no homem e um bom conhecimento dos trabalhos domésticos na mulher é uma combinação ideal para a família de um pastor.

O novo pastor e sua mulher eram um casal de feições agradáveis que ainda estavam em lua de mel e repletos de todos aqueles bons e maravilhosos entusiasmos pelo trabalho que haviam escolhido para toda vida. Avonlea abriu seu coração para eles desde o início. Tanto os mais velhos como os mais jovens gostaram daquele rapaz honesto e alegre, com seus altos ideais, e daquela senhora pequena, gentil e animada, que assumiu a direção do presbitério. Anne apaixonou-se pela sra. Allan imediatamente de todo coração. Ela descobriu outro espírito afim.

– A sra. Allan é perfeitamente adorável – anunciou numa tarde de domingo. – Ela assumiu nossa classe e é uma professora esplêndida. Ela disse imediatamente que achava injusto que o professor fizesse todas as perguntas; e, sabe, Marilla, eu sempre pensei exatamente a mesma coisa. Ela disse que podíamos perguntar qualquer coisa que quiséssemos, e eu fiz um monte de perguntas. Eu sou boa em fazer perguntas, Marilla.

– Não duvido – foi o comentário enfático de Marilla.

– Com exceção de Ruby Gillis, que perguntou se neste verão haveria o piquenique dominical da escola, ninguém mais fez perguntas. Eu achei que não era uma boa pergunta porque não tinha nada a ver com a lição – a lição era sobre Daniel na cova dos leões –, mas a sra. Allan apenas sorriu e respondeu que haveria sim. A sra. Allan tem um sorriso muito bonito; ela tem umas covinhas muito *delicadas* nas bochechas. Eu queria ter covinhas nas minhas bochechas, Marilla. Eu já não sou mais tão magrela como quando cheguei aqui, mas ainda não tenho covinhas. Se tivesse, talvez eu pudesse influenciar as pessoas a fazerem o bem. A sra. Allan disse que nós deveríamos sempre tentar influenciar as pessoas a fazerem o bem. Ela falou sobre tudo de um modo tão agradável. Antes dela, eu nunca conseguiria imaginar que a religião pudesse ser algo tão divertido. Eu sempre achei que era um pouco melancólica, mas a religião da sra. Allan não é, e, se eu pudesse ser como ela, gostaria de ser uma pessoa cristã, e não como o sr. Superintendente Bell.

– Você não deve falar assim do sr. Bell – advertiu-a Marilla com severidade. – O sr. Bell é um homem muito bom.

– Oh, claro que é bom – concordou Anne –, mas ele não parece tirar proveito disso. Se eu fosse boa, eu dançaria e cantaria o dia todo de tão contente que eu ia ficar. Eu imagino que a sra. Allan seja velha demais para cantar e dançar, e claro que não seria digno para a mulher de um pastor. Mas eu posso sentir exatamente como ela está feliz por ser uma cristã, e que ela também o seria mesmo se conseguisse ir para o céu sem nada disso.

– Acho que teremos de convidar o sr. e a sra. Allan para tomar chá em breve – ponderou Marilla. – Eles já passaram por todas as casas, menos aqui. Vejamos... quarta-feira próxima seria um bom dia para recebê-los. Mas não diga nem uma palavra para Matthew, porque se ele souber encontrará alguma desculpa para se ausentar neste dia. Ele estava tão habituado com o sr. Bentley que não se importava com ele, mas terá alguma dificuldade para se familiarizar com um novo pastor, e vai morrer de medo da esposa dele.

– Levarei o segredo para o túmulo – prometeu Anne. – Mas, oh, Marilla, me deixa fazer um bolo para essa ocasião? Eu gostaria de fazer alguma coisa para a sra. Allan, e você sabe que agora eu já sei fazer um bolo bem gostoso.

– Você pode fazer um bolo recheado – concordou Marilla.

Segunda e terça-feira foram dias de grandes preparativos em Green Gables. Receber o pastor e sua mulher para um chá era um empreendimento sério e importante, e Marilla estava decidida a não ser suplantada por nenhuma das outras donas de casa de Avonlea. Anne não se aguentava de tanta excitação e prazer. Ela comentou tudo com Diana durante o cair da tarde de terça-feira, enquanto estavam sentadas nas grandes pedras vermelhas da Brota da Dríade desenhando arco-íris na água com pequenos galhos embebidos em bálsamo de espruce.

– Está tudo pronto, Diana, menos meu bolo, que eu vou fazer amanhã de manhã, e os bolinhos de farinha de trigo, que Marilla vai fazer pouco antes de servir o chá. Diana, eu posso assegurar a você que Marilla e eu tivemos dois dias muito ocupados. Receber a família de um pastor para o chá é uma responsabilidade enorme. Eu nunca passei por isso antes. Você deveria ver nossa copa. É uma visão impressionante. Teremos galinha em gelatina e língua de boi fria; serão dois tipos de gelatina: uma vermelha e outra amarela; creme batido; torta de limão e torta de cereja; três tipos de biscoitos; bolo de frutas; as famosas compotas de ameixas amarelas de Marilla, que ela costuma guardar especialmente para pastores; um bolo inglês e um bolo recheado; e, como já mencionei, bolinhos de farinha de trigo; e pão dormido e fresco, para o caso do pastor sofrer de dispepsia, e não poder comer pão fresco. A sra. Lynde disse que os pastores sofrem de dispepsia, mas eu acho que o sr. Allan ainda não foi pastor tempo suficiente para que o pão fresco tenha um efeito ruim sobre ele. Eu tremo só de pensar no meu bolo recheado. Oh, Diana, e se não ficar bom? Ontem à noite sonhei que um duende horroroso com uma cabeça em forma de um enorme bolo recheado não parava de me perseguir.

– Claro que vai ficar bom – garantiu Diana, que era do tipo de amiga que adorava reconfortar. – Eu posso garantir a você que aquele bolo que comemos quando almoçamos em Idlewild há duas semanas era perfeitamente elegante.

– É verdade; mas os bolos têm esse hábito horroroso de não ficarem bons justamente quando você quer que eles fiquem especialmente bons – suspirou Anne, fazendo flutuar um galho especialmente bem coberto de bálsamo de espruce. – Mas eu imagino que terei de confiar na Providência e prestar atenção quando for acrescentar a farinha. Oh, olhe, Diana, que lindo arco-íris! Você acha que depois que formos embora a dríade virá e o usará como um lenço em volta do pescoço?

– Você sabe que essa coisa de dríade não existe – respondeu Diana.

A mãe de Diana ficou muito aborrecida quando descobriu tudo sobre a Floresta Mal-Assombrada. Desde então, Diana se absteve de quaisquer outros voos da imaginação semelhantes, e considerava uma imprudência cultivar um espírito de convicção, mesmo no caso de dríades inofensivas.

– Mas é tão fácil acreditar que elas existem – revidou Anne. – Todas as noites eu olho pela janela antes de ir para a cama e fico imaginando a dríade sentada lá, penteando seus cachos e usando a fonte como espelho. Às vezes procuro suas pegadas no orvalho da manhã. Oh, Diana, não desista de sua fé na dríade!

A manhã de quarta-feira chegou. Excitada demais para dormir, Anne levantou ao amanhecer. Ela pegou um forte resfriado porque se molhou na fonte na noite anterior; mas, naquela manhã, nada que não se assemelhasse a uma pneumonia seria capaz de apagar seu interesse por assuntos culinários. Ela começou a fazer seu bolo logo depois do desjejum. Quando finalmente o enfiou no forno, ela respirou profundamente e fechou a porta atrás dele.

– Eu tenho certeza de que desta vez não esqueci nada, Marilla. Mas você acha que ele vai crescer? E se o fermento não for bom? Usei aquele da lata nova. A sra. Lynde disse que hoje em dia é impossível ter certeza se o fermento é bom porque tudo está tão adulterado. A sra. Lynde disse que o Governo deveria se ocupar dessas coisas, mas que ela nunca verá o dia que um Governo Tory* tratará disso. Marilla, e se o bolo ficar solado?

– Não fará falta, temos muitas outras coisas – foi como Marilla encarou o assunto, despreocupada.

No entanto, o bolo não ficou solado, e saiu do forno tão macio e leve como uma espuma dourada. Com o rosto ruborizado de prazer, Anne arrumou-o em camadas com geleia vermelha e, na sua imaginação, viu a sra. Allan comendo o bolo, e até pedindo mais um pedaço!

– Claro que você vai usar o seu melhor jogo de chá, Marilla... Posso decorar a mesa com rosas silvestres e galhos de samambaias?

– Eu acho tudo isso uma bobagem – fungou Marilla. – Na minha opinião, o importante é o que será servido, e não essas paspalhices decorativas.

---

* Fundado em 1854, o Partido Conservador do Canadá é popularmente conhecido como os "Tories", ou "Tory", no singular. (N. T.)

– A sra. Barry decorou a mesa *dela* – respondeu Anne, a quem não faltava um fiapo da sabedoria da serpente –, e o pastor fez um belo elogio para ela. Ele disse que era tanto uma festa para os olhos como para o paladar.

– Ora, faça como quiser – replicou Marilla, muito decidida a não ser superada pela sra. Barry ou por qualquer outra pessoa. – Só preste atenção para deixar espaço suficiente para os pratos e a comida.

Anne planejava decorar de uma maneira e com um estilo que faria a mesa da sra. Barry sumir do mapa. Com rosas e samambaias em abundância, e um excelente senso estético, ela transformou a mesa do chá em algo tão bonito que, quando o pastor e sua mulher se sentaram, ambos soltaram uma exclamação em coro por causa da beleza.

– Foi Anne quem decorou – informou Marilla muito séria, mas fazendo justiça; e Anne sentiu que o sorriso aprovador da sra. Allan era felicidade demais para este mundo.

Matthew estava lá, depois de ter sido aliciado para a festa, só Deus e Anne sabiam como. Ele ficou num tal estado de timidez e nervosismo que Marilla, em desespero de causa, desistiu da presença dele, mas o sucesso de Anne em convencê-lo foi tamanho que agora ele estava sentado à mesa usando suas melhores roupas, e o colarinho branco, e até conversava muito interessado com o pastor. Ele nunca dirigia a palavra para a sra. Allan, mas talvez isso não fosse esperado.

Tudo ressoava tão alegre como um sino de casamento até o instante que o bolo recheado de Anne começou a ser servido. A sra. Allan, que já comeu uma variedade impressionante de tudo, recusou-o. Porém, ao ver o desapontamento no rosto de Anne, Marilla disse, sorrindo:

– Oh, mas a senhora precisa provar um pedaço do bolo, sra. Allan. Anne o fez especialmente para a senhora.

– Nesse caso, vou prová-lo – concordou a sra. Allan sorrindo e servindo-se de um triângulo rechonchudo; o pastor e Marilla fizeram o mesmo.

Quando a sra. Allan colocou um pedaço na boca, seu rosto foi tomado por uma expressão das mais estranhas; no entanto, ela não disse uma só palavra, e continuou mastigando sem parar. Ao ver aquela expressão, Marilla se apressou em experimentar o bolo.

– Por Deus, Anne Shirley! – exclamou. – O que você colocou no bolo?

– Apenas o que estava na receita, Marilla – esgarniçou Anne com um olhar angustiado. – Oh, não ficou bom?

– Bom? Está simplesmente horrível! Sra. Allan, não tente comê-lo. Prove você mesma, Anne. Que condimento você usou?

– Baunilha – respondeu Anne, com o rosto todo vermelho de vergonha depois de experimentar o bolo. – Só baunilha. Oh, Marilla, deve ter sido o fermento. Eu tinha minhas suspeitas que o fer...

– Fermento! Mas que bobagem! Vá buscar a garrafa de baunilha que você usou.

Anne correu até a copa e voltou com uma pequena garrafa parcialmente cheia com um líquido marrom e uma etiqueta amarelada colada nele onde se lia: "Baunilha *Best*".

Marilla pegou-a, tirou a rolha e cheirou.

– Meu Deus, Anne, você aromatizou o bolo com *linimento para dores*. Eu quebrei a garrafa de linimento na semana passada e coloquei o que sobrou na antiga garrafa vazia de baunilha. Acho que uma parte da culpa é minha... eu devia ter avisado você... mas, tenha dó, Anne, você não poderia ter cheirado a garrafa antes?

Depois dessa desgraça em dobro Anne se desfez em lágrimas.

– Eu não podia... eu estava muito resfriada! – e com isso saiu correndo para o quarto no frontão, onde se jogou em cima da cama e chorou como uma pessoa que recusa ser reconfortada.

Naquele instante, passos leves ressoaram na escada, e alguém entrou no aposento.

– Oh, Marilla – soluçou Anne, sem levantar a cabeça –, estou desonrada para sempre. Nunca conseguirei me redimir. As pessoas vão saber... em Avonlea sempre se acaba sabendo de tudo. Diana vai me perguntar como ficou o bolo, e eu vou ter de dizer a verdade. E eu sempre serei apontada como a menina que aromatizou um bolo com linimento para dores. Gil... os meninos na escola nunca vão parar de rir de mim. Oh, Marilla, se você tem um pingo de piedade cristã não me diga que depois do que aconteceu eu tenho de descer e lavar a louça. Lavarei a louça depois que o pastor e sua esposa tiverem ido embora, mas eu nunca mais poderei olhar para a cara da sra. Allan. Ela deve estar pensando que tentei envenená-la. A sra. Lynde disse que conhece uma menina órfã que tentou envenenar seu benfeitor. Mas o linimento não é venenoso. É para ser ingerido... apesar de não em bolos. Marilla, você não pode dizer isso para a sra. Allan?

– Acho melhor você levantar e dizer você mesma – sugeriu uma voz alegre.

Anne levantou-se com um pulo e deparou com a sra. Allan de pé ao lado da cama, olhando para ela com olhos risonhos.

– Minha querida menina, você não deve chorar desse jeito – pediu, muito preocupada com a expressão trágica no rosto de Anne. – Ora, tudo não passou de um erro bobo que qualquer pessoa poderia ter cometido.

– Oh, não, quem comete erros como esses sou eu – respondeu Anne muito infeliz. – Eu queria que o bolo ficasse ótimo para você, sra. Allan.

– Sim, eu sei, minha querida. E eu garanto a você que sou grata pela sua gentileza e atenção tanto quanto se o bolo tivesse ficado ótimo. Agora você precisa parar de chorar; desça comigo e me mostre seu jardim de flores. A srta. Cuthbert me contou que você tem um pedacinho de terra que é só seu. Eu quero vê-lo, eu me interesso muito por flores.

Anne permitiu que a sra. Allan a levasse para baixo e a reconfortasse, e pensou que era realmente uma sorte ela ser um espírito afim. Não se falou mais nada sobre o bolo de linimento e, quando as visitas foram embora, Anne descobriu que, levando-se em conta o terrível incidente, ela tinha se divertido mais do que poderia esperar. Mesmo assim soltou um profundo suspiro.

– Marilla, não é maravilhoso pensar que amanhã será um novo dia livre de erros?

– Eu aposto que você fará um monte amanhã – respondeu Marilla. – Eu ainda não vi você deixar de cometer erros, Anne.

– É verdade, e eu sei disso – admitiu Anne com tristeza. – Mas você já observou uma coisa encorajadora em mim, Marilla? Eu nunca cometo o mesmo erro duas vezes.

– Não sei como isso pode ser uma grande vantagem se você está sempre cometendo novos.

– Oh, mas não percebe, Marilla? Tem de haver um limite para os erros que uma pessoa pode cometer, e quando eu chegar no final deles então terei cometido todos. É um pensamento muito reconfortante.

– Ora, é melhor ir agora e dar aquele bolo para os porcos – resmungou Marilla. – Ele não serve para ser comido por nenhum ser humano, nem mesmo por Jerry Buote.

XXII
Anne é convidada para um chá

– E o que foi agora? Por que seus olhos estão tão arregalados? – perguntou Marilla, quando Anne voltou do correio. – Descobriu outro espírito afim?

A excitação envolvia Anne como uma roupa, brilhava em seus olhos, animava cada uma de suas feições. Ela viera debaixo do sol aprazível e das sombras compridas daquela tarde de agosto saltitando pela vereda como um elfo levado pelo vento.

– Não, Marilla, mas, oh, sabe o quê? Eu fui convidada para tomar chá no presbitério amanhã! A sra. Allan deixou uma carta para mim no correio. Olhe, Marilla: "Senhorita Anne Shirley, Green Gables". É a primeira vez que me chamam de "senhorita". Fiquei toda arrepiada! Guardarei esta carta com todo carinho entre os meus tesouros mais queridos para sempre.

– A sra. Allan me disse que ela pretende convidar todos os participantes da escola dominical para tomar chá com ela – contou Marilla, encarando o evento maravilhoso com muita frieza. – E não precisa ficar tão excitada. Você precisa aprender a aceitar as coisas com calma, menina.

Para Anne poder aceitar as coisas com calma, ela teria de mudar sua natureza. Toda "espírito, fogo e orvalho" como era, os prazeres e os sofrimentos da vida a atingiam com uma intensidade tríplice. Marilla os percebia, e isso a preocupava vagamente, pois ela sabia que os altos e baixos da vida provavelmente quase não pesariam nessa alma impulsiva, e que sua insuficiência para entendê-los seria mais do que compensada por uma enorme e idêntica capacidade de sentir prazer. Portanto, Marilla considerava seu dever treinar Anne para ter um temperamento tranquilo e uniforme, tão inviável e estranho para ela como para um raio de sol dançando nas águas rasas do riacho. Marilla não podia deixar de admitir, embora com um certo desânimo, que não estava fazendo muito progresso. A destruição de algum plano, ou esperança, amado mergulhava Anne em "poços de aflição". E a materialização dele a exaltava e a transportava para reinos estonteantes de alegria. Marilla quase começara a desistir de, um dia, conseguir moldar aquela criança abandonada no mundo na sua menina modelo, com maneiras recatadas e um comportamento correto. Tampouco teria acreditado que, na realidade, gostava muito mais de Anne como ela era.

Naquela noite, Anne foi dormir muda de tristeza porque Matthew dissera que, como o vento soprava do nordeste, achava que no dia seguinte iria chover. O farfalhar das folhas dos choupos ao redor da casa, tão semelhante ao tamborilar das gotas de chuva, a preocupava, e o bramido forte e longínquo do golfo, que costumava ouvir com prazer em outras ocasiões, e de cujo ritmo sonoro, estranho e fantasmagórico gostava, agora lembrava a profecia de uma tempestade e de um desastre para aquela jovenzinha que desejava muito que amanhã fosse um belo dia. Anne achou que a manhã nunca chegaria.

Mas todas as coisas chegam ao fim, até as noites antes do dia que você foi convidada para tomar um chá no presbitério. Apesar das previsões de Matthew, o dia amanheceu bonito, e o ânimo de Anne subiu às alturas.

– Oh, Marilla, hoje eu sinto algo em mim que me faz amar todas as pessoas que encontro – comentou, enquanto lavava a louça do desjejum. – Você não pode imaginar como estou me sentindo bem! Não seria ótimo se durasse? Eu acho que poderia me tornar uma menina modelo se fosse convidada para tomar chá todos os dias. Mas, oh, Marilla, a ocasião também é solene. Estou tão ansiosa. E se eu não me comportar direito? Você sabe que nunca tomei chá num presbitério antes, e não tenho certeza se conheço todas as regras de etiqueta, apesar de estudar as regras do Boletim do Departamento de Etiqueta da Família desde que cheguei. Estou com tanto medo de fazer uma bobagem ou de esquecer alguma coisa que deveria fazer. Seria de boas maneiras eu me servir pela segunda vez de tudo, se eu desejasse *muito*?

– O problema com você, Anne, é que você pensa demais sobre você mesma. Você deveria pensar na sra. Allan e no que seria melhor e mais agradável para ela – disse Marilla, por uma vez na vida acertando em cheio ao dar um conselho fundamental e muito sensato.

Anne entendeu imediatamente.

– Você tem razão, Marilla. Eu vou tentar não pensar nem um pouco em mim.

Evidentemente a visita de Anne ocorreu sem nenhuma quebra de "etiqueta" mais séria, porque, ao entardecer, ela voltou para casa feliz da vida debaixo de um céu glorioso, vasto e profundo, coberto de rastros de nuvens cor-de-rosa e cor de açafrão, e num estado de espírito bem-aventurado, quando sentou na grande pedra vermelha da soleira da porta da cozinha e apoiou a cabeça cacheada e cansada no avental quadriculado que cobria o colo de Marilla, para contar-lhe o que havia acontecido.

Um vento frio vindo das cristas das montanhas sólidas ao leste soprava através dos choupos. Uma estrela cristalina brilhava por cima do pomar, e os vaga-lumes esvoaçavam do lado da Vereda dos Namorados, indo e vindo entre as samambaias e os galhos que farfalhavam. Anne os observava enquanto falava e, de alguma maneira, sentia que o vento e as estrelas e os vaga-lumes estavam todos unidos e imbricados em algo indizivelmente encantador e maravilhoso.

– Oh, Marilla, passei um momento dos mais *fascinantes*. Sinto que não vivi em vão e que sempre me sentirei assim, mesmo se nunca mais me convidarem para tomar chá no presbitério. Quando cheguei, a sra. Allan estava à minha espera na porta. Ela usava o vestido mais lindo de organdi rosa pálido, com dezenas de babados e mangas até o cotovelo, e parecia um ser celestial. Acho que quando eu crescer quero ser a esposa de um pastor, Marilla. Um pastor não pensa nessas coisas mundanas, e não ligará para meu cabelo ruivo. Mas, depois, é claro que eu teria de ser boa por natureza, o que nunca serei, então acho que não vale a pena ficar pensando nisso. Eu sei que algumas pessoas são boas por natureza e outras não. Eu sou uma das outras. A sra. Lynde disse que eu estou repleta do pecado original. Por mais que eu queira ser boa, eu nunca consigo transformar isso num sucesso como aquelas pessoas que são boas por natureza. É muito parecido com a Geometria, acho. Mas você não acha que tentar com tanto afinco deveria valer alguma coisa? A sra. Allan é uma dessas pessoas que são boas por natureza. E eu a amo de paixão. Você sabe que há algumas pessoas, como Matthew e a sra. Allan, que você pode amar desde o início sem nenhum problema. E há outras, como a sra. Lynde, que você precisa fazer um grande esforço para tentar amá-las. Você sabe que *deve* amá-las porque elas sabem tantas coisas e trabalham com tanto vontade na igreja, mas você precisa ficar se lembrando disso o tempo todo senão acaba esquecendo. No presbitério, havia outra menina, ela era da escola dominical de White Sands. Ela se chama Lauretta Bradley, e é muito simpática. Sabe, ela não é exatamente um espírito afim, mas ainda assim muito simpática. Serviram um chá muito elegante, e eu acho que segui muito bem todas as regras de etiqueta. Depois do chá, a sra. Allan tocou piano e cantou, e fez Lauretta e eu cantarmos também. A sra. Allan disse que eu tenho uma boa voz, e que depois dessa apresentação eu preciso cantar no coro da escola dominical. Você não imagina como fiquei arrepiada só de pensar nisso. Eu queria tanto cantar no coro da escola dominical como Diana, mas eu tinha medo que fosse uma honra que jamais poderia almejar. Lauretta precisou ir para casa cedo porque hoje à noite vão apresentar um grande recital no Hotel White Sands, e a irmã dela vai declamar um poema. Lauretta disse que os americanos que estão hospedados no hotel apresentam um recital de duas em duas semanas em benefício do hospital de Charlottetown, e que chamam um monte de pessoas de White Sands para declamarem. Lauretta disse que esperava ser chamada qualquer dia desses. Eu só conseguia olhar para ela pasma de admiração. Depois que ela foi embora, a sra. Allan e eu tivemos uma conversa muito íntima. Eu contei para ela tudo sobre a sra. Thomas e as gêmeas, Katie Maurice e Violetta, como vim parar em Green Gables e as minhas dificuldades em Geometria. E sabe o quê? A sra. Allan me disse que ela também era uma ignorante em Geometria. Você não imagina como isso me animou. A sra. Lynde chegou no presbitério pouco antes de eu ir embora, e sabe o quê, Marilla? A diretoria da escola contratou um novo professor, uma mulher. Ela se chama srta. Muriel Stacy. Não é um nome romântico? A sra. Lynde disse que Avonlea nunca teve uma mulher como professor antes, e que achava essa inovação perigosa. Mas eu acho que será esplêndido termos uma professora, e eu realmente não sei como vou aguentar as duas semanas que faltam para o início das aulas. Estou tão impaciente para conhecê-la.

XXIII
Anne fracassa numa questão de honra

No final, Anne teve de aguentar mais de duas semanas. Já se passou quase um mês desde o episódio do bolo de linimento, o que era tempo mais do que suficiente para que acontecesse algum novo tipo de problema, porque os pequenos erros, tais como esvaziar uma panela de leite desnatado dentro de uma cesta de novelos de linha na copa, ao invés de na caçamba dos porcos, e caminhar até a beirada da ponte de troncos sem parar e despencar no riacho enquanto estava mergulhada em sonhos imaginários, não merecem ser levados em consideração.

Uma semana depois do chá no presbitério, Diana Barry deu uma festa.

– Pequena e selecionada – informou Anne para Marilla. – Apenas para as meninas da nossa classe.

Elas se divertiram muito, e nada aconteceu até depois de o chá terminar, quando saíram para o jardim dos Barry, um pouco cansadas de todas as brincadeiras e prontas para qualquer tipo de travessura excitante que surgisse. Naquele momento, a travessura surgiu sob a forma de "desafio".

Desafiar era a diversão atual que estava na moda entre as pessoinhas sem importância de Avonlea. Ela começou entre os meninos, mas logo se espalhou entre as meninas, e todas aquelas bobagens que aconteceram em Avonlea naquele verão, decorrentes dos "desafiados", seriam suficientes para encher um livro.

Em primeiro lugar, Carrie Sloane desafiou Ruby Gillis a subir até uma certa altura do imenso e velho salgueiro que ficava diante da porta que dava para o vestíbulo da casa; o que, para a decepção da acima mencionada Carrie Sloane, Ruby Gills cumpriu com agilidade, apesar do terror mortal que tinha das lagartas verdes e gordas que infestavam a tal da árvore e do medo estampado nos olhos só de pensar na reação da mãe se rasgasse o novo vestido de musselina.

Depois, Josie Pye desafiou Jane Andrews a saltar em volta do jardim numa perna só, e em cima da perna esquerda, sem parar uma única vez nem apoiar o pé direito no chão; um desafio que Jane Andrews aceitou com muita coragem, embora tivesse de desistir no terceiro canto da casa e confessar que havia sido derrotada.

Como Josie manifestou seu triunfo além do permitido pelo bom gosto, Anne Shirley a desafiou a caminhar em cima da cerca de madeira que limitava o jardim do lado oeste. Ora, "caminhar" em cima de cercas de madeira requer mais habilidade e firmeza de mente, e de pisadas, do que alguém que nunca tentou antes pode imaginar. No entanto, se lhe faltavam algumas das qualidades necessárias para ser popular, pelo menos Josie Pye possuía o dom inato e natural, e devidamente aperfeiçoado, de caminhar em cima de cercas de madeira. Josie caminhou pela cerca dos Barry com tamanha leveza e despreocupação que parecia implicar que uma coisinha daquelas não valia um "desafio". Sua façanha foi saudada por uma admiração relutante, e a maioria das outras meninas a aprovou, pois elas mesmas haviam passado por muitas coisas nos seus esforços de caminharem em cima de cercas. Ruborizada pela vitória, Josie desceu do seu poleiro e lançou um olhar desafiador para Anne.

Anne jogou suas tranças ruivas para trás e disse:

– Eu acho que não é algo tão maravilhoso caminhar em cima de uma cerca de madeira pequena e baixinha. Conheci uma menina em Marysville que conseguia caminhar em cima da viga mestra de um telhado.

– Eu não acredito – retrucou Josie, secamente. – Não acredito que alguém possa caminhar em cima de uma viga mestra. *Você* certamente não poderia.

– Eu não poderia? – gritou Anne impetuosamente.

– Então, eu desafio você a fazê-lo – respondeu Josie, em tom provocador. – Eu desafio você a subir até a viga mestra do telhado da cozinha do sr. Barry e caminhar por cima dela.

Anne empalideceu, mas era evidente que não podia recusar. Ela foi até a casa, onde havia uma escada encostada no teto da cozinha. Todas as meninas da quinta série exclamaram "Oh!", em parte por excitação, em parte por consternação.

– Não faça isso, Anne – suplicou Diana. – Você vai cair e morrer. Não ligue para Josie Pye. Não é justo desafiar alguém para fazer algo tão perigoso.

– Eu preciso aceitar o desafio – respondeu Anne, com uma expressão solene. – Eu vou caminhar por cima daquela viga mestra, Diana, ou morrer tentando. Se eu morrer, você pode herdar meu anel de pérolas.

Anne subiu pela escada em meio a um silêncio total, e todas as meninas prenderam a respiração quando ela alcançou a viga mestra, ficou em pé e, equilibrando-se naquele espaço precário, começou a caminhar por ela um pouco tonta e consciente de que estava a uma altura extremamente desconfortável neste mundo, e que caminhar em cima de vigas mestras não era algo em que sua imaginação era de grande ajuda. Mesmo assim, conseguiu dar vários passos antes da catástrofe. Foi quando ela oscilou, perdeu o equilíbrio, tropeçou, cambaleou e caiu, escorregando pelo teto quente de sol e arrastando atrás de si o emaranhado de trepadeiras da Virginia até se espatifar no chão – tudo isso antes que o círculo angustiado que acompanhava tudo lá de baixo pudesse soltar um grito simultâneo de horror.

Se Anne tivesse caído do telhado do lado que subira, provavelmente Diana teria herdado o anel de pérolas naquele mesmo instante. Mas, por sorte, ela caiu do outro lado, onde o teto se estendia por cima da varanda e ficava tão perto do chão que um tombo daquela altura não era algo muito sério. Contudo, quando Diana e as outras meninas deram a volta correndo pela casa – com exceção de Ruby Gillis, que estava histérica e parecia ter criado raízes no chão –, elas encontraram uma Anne toda trêmula, e tão branca como uma folha de papel, deitada no meio da destruição e das ruínas da trepadeira da Virginia.

– Anne, você morreu? – gritou Diana, caindo de joelhos ao lado da amiga. – Oh, Anne, querida Anne, fale comigo, diga se morreu.

Para o imenso alívio de todas as meninas, especialmente de Josie Pye, que, apesar da falta de imaginação, havia sido invadida por visões horrorosas de um futuro marcado como a menina que causara a morte trágica e prematura de Anne Shirley, Anne se sentou ainda meio tonta e respondeu hesitante:

– Não, Diana, eu não morri, mas acho que estou sofrendo um desmaio.

– Onde? – soluçou Diana. – Oh, Anne, onde?

Antes que Anne pudesse responder, a sra. Barry apareceu no meio daquela cena. Quando Anne a viu ela tentou ficar em pé, mas deixou-se cair sentada novamente com um gritinho agudo de dor.

– O que aconteceu? Você se machucou? – perguntou a sra. Barry.

– Meu tornozelo – arfou Anne. – Oh, Diana, por favor, vá buscar seu pai, e peça a ele para me levar para casa. Eu nunca vou conseguir andar até lá. Eu tenho certeza de que não vou conseguir saltitar tão longe num pé só, se Jane não conseguiu saltitar nem em volta do jardim.

Marilla estava no pomar enchendo uma panela com maçãs do verão, quando viu sr. Barry se aproximando pela ponte de troncos e pela ladeira com a sra. Barry ao seu lado, e uma procissão inteira de menininhas atrás dele. Ele carregava Anne nos braços, cuja cabeça estava molemente recostada no seu ombro.

Naquele momento, Marilla teve uma revelação. Durante a pontada de medo que penetrou fundo no seu coração, ela soube o que Anne passou a significar para ela. Ela admitia que gostava de Anne – mais que isso, que ela estava muito afeiçoada a Anne. Mas agora, enquanto descia pela ladeira numa corrida desenfreada, ela sabia que a amava mais do que qualquer coisa na face da terra.

– Sr. Barry, o que aconteceu? – arfou, mais branca e trêmula do que a Marilla sensata e autocontida havia sido há anos.

Anne levantou a cabeça e tranquilizou-a:

– Não se assuste, Marilla. Eu estava caminhando por cima da viga mestra e caí lá de cima. Acho que torci o tornozelo. Mas, Marilla, eu poderia ter quebrado o pescoço. É preciso ver o lado positivo das coisas.

– Eu devia saber que você acabaria aprontando algo parecido, se eu a deixasse ir àquela festa – disse Marilla, perspicaz e aborrecida em meio ao seu alívio. – Sr. Barry, traga ela para cá e a deite no sofá. Minha nossa, a criança perdeu os sentidos, ela desmaiou!

O que era verdade. Não aguentando mais a dor do ferimento, Anne conseguira realizar mais um dos seus desejos. Ela desmaiara de vez.

Chamado às pressas do campo da colheita, Matthew foi enviado imediatamente atrás do médico, que chegou no tempo devido e diagnosticou que o ferimento era mais sério do que se pensava. Anne quebrou o tornozelo.

Naquela noite, quando Marilla subiu até o frontão leste, onde uma menina muito pálida estava deitada na cama, uma voz queixosa cumprimentou-a:

– Não está com pena de mim, Marilla?

– A culpa foi sua – ralhou Marilla, fechando a persiana e acendendo a lâmpada.

– É exatamente por isso que devia sentir pena de mim – respondeu Anne –, porque a ideia de que tudo foi culpa minha torna tudo mais difícil. Eu me sentiria muito melhor se pudesse jogar a culpa em qualquer outra pessoa. Mas o que você faria, Marilla, se alguém desafiasse você a caminhar por cima de uma viga mestra?

– Eu teria ficado na boa terra firme e deixado que desafiassem o quanto quisessem. Que absurdo! – revidou Marilla.

Anne suspirou.

– Mas você é muito forte, Marilla. Eu não sou. Eu senti que não aguentaria o desprezo de Josie Pye. Ela teria se vangloriado pelo resto da minha vida. E eu acho que fui castigada demais, você não precisa ficar muito aborrecida comigo, Marilla. Afinal, desmaiar não é tão agradável assim. E o médico me machucou muito quando colocou o tornozelo no lugar. Eu não vou poder caminhar durante seis ou sete semanas, e não vou conhecer a nova professora. E quando voltar para a escola a professora já não será mais nova. E Gil... e todos estarão mais adiantados do que eu na classe. Oh, eu sou uma mortal tão sofrida. Mas eu posso tentar aguentar tudo com coragem, se você não ficar zangada comigo, Marilla.

– Pronto, pronto, não estou zangada – acalmou-a Marilla. – Você é realmente uma criança sem sorte; mas, como você mesma disse, agora você tem de sofrer por isso. Pronto, vamos, tenta comer um pouco do jantar.

– Não é uma sorte eu ter uma imaginação dessas? – perguntou Anne. – Acho que ela me será de uma ajuda esplêndida. Marilla, o que você acha que as pessoas sem nenhuma imaginação fazem quando quebram os ossos?

Durante as próximas sete semanas cheias de tédio, Anne teve boas razões para abençoar sua imaginação muitas vezes e com frequência. No entanto, ela não dependia apenas da imaginação. Recebeu muitas visitas, e não houve um dia, ou mais, que as colegas do colégio não passassem para vê-la, trazendo flores e livros, para contar a ela tudo o que estava acontecendo no mundo juvenil de Avonlea.

– Todo mundo tem sido tão bom e doce comigo, Marilla – suspirou Anne, feliz da vida quando conseguiu capengar pelo quarto pela primeira vez. – Ficar de cama não é muito agradável; mas tem o seu lado bom, Marilla. Você descobre quantos amigos você tem. Ora, até o Superintendente Bell veio me visitar, ele é realmente um bom homem. Claro que não é um espírito afim; mas eu gosto dele e sinto muito ter criticado tanto suas orações. Agora sei que ele realmente acredita nelas, só que ficou com a mania de dizê-las como se não acreditasse. Ele poderia superar isso se fizesse um pequeno esforço. Eu dei uma excelente sugestão importante para ele. Contei como fazia para tornar minhas orações pessoais interessantes. E ele me contou sobre aquela vez que quebrou o tornozelo quando era menino. É muito estranho pensar que o Superintendente Bell já foi menino alguma vez. Até minha imaginação tem limites, porque eu não consigo imaginar *isso*. Quando tento imaginá-lo como ele era, eu o vejo de bigodes brancos e óculos, exatamente como é na escola dominical, só que menor. Agora, imaginar a sra. Allan como uma menina é muito fácil. A sra. Allan me visitou catorze vezes. Isso não é algo do que se orgulhar, Marilla? Quando o tempo da mulher de um pastor é tão ocupado! Ela também é uma pessoa muito alegre para se ter como visita. Ela nunca diz que a culpa é sua, e espera que você seja uma menina melhor por causa disso. A sra. Lynde repetiu isso cada vez que esteve aqui; e ela disse de uma maneira que me fez sentir que ela esperava que eu me tornasse uma menina melhor, mas que na verdade não acreditava que me tornaria. Até Josie Pye veio me visitar. Eu a recebi tão educadamente quanto pude, porque acho que ela está arrependida por ter me desafiado a caminhar por cima de uma viga mestra. Se eu tivesse morrido, ela teria de carregar o peso negro do remorso pelo resto da vida. Diana tem sido uma amiga fiel. Ela veio todos os dias para apalpar meu travesseiro solitário. Mas, oh, eu ficarei tão feliz quando puder voltar para a escola, porque ouvi tantas coisas excitantes a respeito da nova professora. Todas as meninas acham que ela é perfeitamente adorável. Diana contou que ela tem cabelos louros, cacheados e lindos, e seus olhos são maravilhosos. Ela se veste maravilhosamente bem, e suas mangas bufantes são maiores do que de qualquer outra pessoa em Avonlea. Sexta-feira sim, sexta-feira não, ela apresenta um recital, e todos os alunos precisam declamar um trecho ou participar de um diálogo. Oh, como é glorioso só de pensar nisso. Josie Pye disse que detesta recitais, mas isso é só porque Josie tem tão pouca imaginação. Diana, Ruby Gillis e Jane Andrews estão preparando um diálogo chamado “Uma visita matinal”, para sexta-feira que vem. E nas tardes das sextas-feiras, quando não tem recital, a srta. Stacy leva todos os alunos para a floresta para um dia de "estudo em campo", e eles estudam as samambaias e as flores e os pássaros. E elas têm exercícios de educação física todas as manhãs e todas as tardes. A sra. Lynde comentou que ela nunca ouviu falar de comportamentos como esses, e que tudo é consequência de termos uma mulher como professor. Mas eu acho que deve ser esplêndido, e que vou descobrir que a srta. Stacy é um espírito afim.

– Uma coisa é certa, Anne – disse Marilla –, o tombo que você levou do telhado da casa dos Barry não machucou nem um pouco sua língua.

XXIV
Srta. Stacy e seus alunos preparam um recital

Outubro chegou novamente quando Anne estava apta para voltar à escola – um outubro glorioso, todo em vermelho e dourado, com manhãs amenas e vales cobertos de nevoeiros delicados, como se o espírito do outono os tivesse derramado em tons ametistas, aperolados, prateados, róseos e azuis esfumaçados para que o sol os drenasse. As gotas de orvalho eram tão pesadas que os campos reluziam como um tecido prateado, e havia tantos montes de folhas farfalhantes nas valas dos bosques carregados de galhos que se podia passar correndo por cima delas. A Trilha das Bétulas era um dossel amarelo, e as samambaias estavam chamuscadas e marrons ao longo de todo o caminho. O ar tinha um sabor que inspirava os corações das pequenas donzelas, que, ao contrário dos caracóis, caminhavam com passos ligeiros e com determinação a caminho da escola; e *era* excelente estar de volta e sentar ao lado de Diana na pequena carteira marrom, com Ruby Gillis balançando a cabeça na primeira fila, Carrie Sloane mandando bilhetinhos e Julia Bell passando um "chicle" de goma lá de trás. Anne inspirou profundamente de felicidade enquanto apontava o lápis e arrumava seus cartões de imagens em cima da carteira. A vida era muito interessante, sem dúvida.

Ela encontrou na nova professora mais uma amiga verdadeira e prestativa. A srta. Stacy era uma moça inteligente e compreensiva, que tinha o dom alegre de angariar e manter as afeições dos seus alunos, extraindo deles o que tinham de melhor, tanto moral como mentalmente. Anne desabrochou como uma flor sob essa influência saudável e levou para casa, para um Matthew admirado e uma Marilla crítica, relatos brilhantes dos trabalhos e objetivos escolares.

– Amo a srta. Stacy de todo coração, Marilla. Ela é tão elegante, e sua voz é tão doce. Quando ela diz meu nome, eu sinto *instintivamente* que ela o pronuncia com um *e*. Hoje à tarde recitamos. Você deveria estar lá para me ouvir declamar "Mary, rainha dos escoceses*". Eu coloquei toda minha alma no texto. Quando voltamos para casa, Ruby Gillis disse que a frase "Agora para os braços do meu pai, meu coração de mulher se despede" gelou o sangue nas suas veias, foi o que ela disse.

---

* Do poema "Mary, queen o' scots" [Mary, rainha dos escoceses], publicado em 1877. (N. T.)

– Bem, ora, um desses dias você poderá recitar o texto para mim lá no celeiro – sugeriu Matthew.

– Claro que vou – respondeu Anne pensativa –, mas não recitarei muito bem, eu sei que não. Não será tão excitante quanto recitar para um monte de alunos diante de você, que prende a respiração enquanto você fala. Eu sei que não vou conseguir gelar o sangue nas suas veias.

– A sra. Lynde disse que o sangue *dela* ficou gelado sexta-feira passada quando viu os meninos trepando até o topo daquelas árvores enormes na colina dos Bell para pegar ninhos de corvos – informou Marilla. – Fiquei surpresa que a srta. Stacy tenha incentivado aquilo.

– Mas nós queríamos os ninhos de corvos para a aula de ciência natural – explicou Anne. – Era nossa tarde de estudo em campo. As tardes de estudos em campo são esplêndidas, Marilla. E a srta. Stacy explica tudo de maneira tão maravilhosa. Temos de escrever composições sobre nossas tardes de estudos em campo, e eu escrevo as melhores.

– Falar assim é muito vaidoso. Você deveria deixar isso para sua professora.

– Mas ela *disse*, Marilla. E eu realmente não sinto nenhuma vaidade a respeito. Como posso ser vaidosa se sou tão burra em Geometria? Apesar de estar conseguindo entender um pouco de Geometria também. A srta. Stacy torna tudo tão claro. Mesmo assim, eu nunca serei boa em Geometria, e eu garanto a você que esse é um pensamento muito humilde. Mas eu adoro escrever composições. Na maioria das vezes, a srta. Stacy nos deixa escolher nossos próprios temas; mas, na semana que vem, nós teremos de escrever uma composição sobre uma pessoa notável. É difícil escolher uma pessoa notável entre várias que já viveram. Não deve ser algo esplêndido ser uma pessoa notável, e que as pessoas escrevam composições sobre você depois que morreu? Oh, eu gostaria tanto de ser uma pessoa notável. Acho que eu vou ser uma enfermeira diplomada quando crescer, e irei com a Cruz Vermelha para os campos de batalha como mensageira de caridade. Isso é, se eu não me tornar uma missionária no exterior. Isso seria muito romântico, mas eu teria de ser muito boa para ser uma missionária, e isso seria uma pedra no meu caminho. Também temos aula de Educação Física todos os dias. Os exercícios físicos fazem você ficar graciosa e favorecem a digestão.

– Favorecem... mas que bobagem! – exclamou Marilla, que, francamente, achava tudo aquilo uma tolice.

Mas todas as tardes em campo e todas as sextas-feiras de recitação e contorções físicas empalideceram diante do projeto que a srta. Stacy apresentou em novembro. O projeto era que os alunos da escola de Avonlea preparassem um recital que seria apresentado no salão do vestíbulo da escola na noite de Natal, e cujo objetivo louvável era contribuir para ajudar a pagar a bandeira da escola. Todos e cada um dos alunos aceitaram o projeto de boa vontade, e os preparativos começaram imediatamente. De todos os intérpretes eleitos, ninguém estava mais excitada do que Anne

Shirley, que se lançou na tarefa de corpo e alma, apesar dos entraves desaprovadores de Marilla. Marilla achava tudo aquilo uma bobagem sem tamanho.

– Só enche suas cabeças de tolices e ocupa um tempo que vocês deveriam dedicar aos estudos – resmungou. – Eu desaprovo que crianças participem de recitais e saiam correndo por aí para ensaios. Isso as torna vaidosas e presunçosas, e elas acabam gostando de badalações.

– Mas, Marilla, pense no objetivo louvável – suplicou Anne. – Uma bandeira ajudará a cultivar o espírito de patriotismo.

– Besteira! Não há uma ponta de patriotismo nos pensamentos de qualquer uma de vocês. Tudo o que vocês querem é se divertir.

– Bem, a gente pode combinar patriotismo e diversão, você não concorda? Claro que é ótimo poder apresentar um recital. Nós teremos seis coros, e Diana vai cantar um solo. Eu vou participar de dois diálogos: "A sociedade para a supressão da fofoca" e "A rainha das fadas". Os meninos também terão um diálogo. Eu vou declamar dois textos, Marilla. Tremo toda só de pensar nisso, mas é um tipo de tremor excitante. E, por último, apresentaremos um quadro ao vivo: "Fé, esperança e caridade". Diana e Ruby e eu estaremos nele, drapejadas de branco e com o cabelo esvoaçante. Eu vou ser a Esperança, com as mãos juntas... e os olhos erguidos para o teto. Vou ensaiar minhas récitas no frontão. E não se assuste se me ouvir gemer. Numa das récitas terei de gemer e parecer muito angustiada, e é realmente muito difícil soltar um bom gemido artístico, Marilla. Josie Pye ficou chateada porque não conseguiu o papel que queria no diálogo. Ela queria ser a Rainha das Fadas. Teria sido ridículo, porque onde já se viu uma Rainha das Fadas tão gorda como Josie? As Rainhas das Fadas precisam ser magras. Jane Andrews será a Rainha e eu, uma de suas damas de honra. Josie disse que ela acha que uma fada de cabelos ruivos é tão ridícula quanto uma gorda, mas eu não me importo com o que Josie diz. Vou usar uma grinalda de rosas brancas no meu cabelo, e Ruby Gillis vai me emprestar seus chinelos, porque eu não tenho nenhum. Sabe, as fadas têm de usar chinelos. Não dá para imaginar uma fada de botas, não é? Especialmente com bicos de cobre? Nós vamos decorar o salão com motivos de trepadeiras de espruce e samambaias misturadas com rosas de papel crepom. E depois que o público estiver sentado, marcharemos duas a duas, enquanto Emma White toca uma marcha no órgão. Oh, Marilla, eu sei que você não está tão entusiasmada como eu, mas você não tem esperanças que sua pequena Anne se saia bem?

– Tudo o que eu espero é que você se comporte. E ficarei muito contente quando todo esse rebuliço terminar e você conseguir se acalmar. No momento, você não serve para nada com essa sua cabeça cheia de diálogos e gemidos e quadros. Quanto à sua língua, é um espanto que ela não se desgaste de vez.

Anne suspirou e saiu para o quintal dos fundos, onde, através dos galhos desfolhados do choupo, no alto de um céu da cor de maçã verde, uma Lua Nova brilhava no leste e Matthew cortava lenha. Anne acocorou-se em cima de uma tora e conversou sobre o recital com ele, certa de encontrar um ouvinte simpatizante e apreciativo, pelo menos naquele momento.

– Bem, ora, parece que vai ser um recital muito bonito. Eu tenho certeza de que você interpretará seu papel muito bem – disse, sorrindo para o rostinho animado e ansioso.

Anne retribuiu o sorriso. Aqueles dois eram grandes amigos, e Matthew agradeceu às estrelas muitas e tantas vezes por não ter nada a ver com sua educação. Isso era um dever exclusivo de Marilla; se tivesse sido o seu, ele teria ficado preocupado com os conflitos frequentes entre a propensão e o dever em si. Assim, ele estava livre para "mimar Anne" – como Marilla costumava dizer – tanto quanto queria. Afinal, não era um acordo tão ruim assim; às vezes um pouco de "apreciação" fazia tão bem quanto uma "criação" conscienciosa no mundo.

XXV
Matthew insiste em mangas bufantes

Matthew estava passando por uns maus dez minutos por causa daquilo. Ele foi para a cozinha ao entardecer de uma tarde fria e cinzenta de domingo e sentou no canto, em cima da caixa de madeira, para tirar as botas pesadas, sem ligar para o fato de que Anne e um grupo de colegas da escola estavam ensaiando "A Rainha das Fadas" na sala de estar. Naquele instante, o bando passou pela porta e entrou na cozinha, rindo e tagarelando alegremente. Elas não viram Matthew, que, envergonhado, se encolheu nas sombras atrás da caixa de madeira segurando numa mão uma das botas e o descalçador de botas na outra, e que as observara timidamente durante os dez minutos já mencionados acima, enquanto elas colocavam os bonés e os casacos e conversavam sobre o diálogo e o recital. Anne estava no meio delas, e seus olhos estavam tão brilhantes e animados como os delas; – de repente, Matthew sentiu que havia nela algo diferente das outras meninas. O que preocupou Matthew foi que a diferença que o impressionara era algo que não deveria existir. O rosto de Anne era mais alegre, e seus olhos eram maiores, mais deslumbrados, e suas feições, mais delicadas do que qualquer uma das outras meninas; mesmo Matthew, que era tímido e pouco observador, aprendera a notar essas coisas; mas a diferença que o perturbava não se referia a nenhum desses aspectos. A que se referia, então?

Matthew continuou obcecado com a pergunta muito tempo depois que as meninas haviam ido embora de braços dados pela vereda congelada e Anne voltado para seus livros. Ele não podia conversar com Marilla a respeito, porque sentia que ela certamente fungaria de desprezo e diria que a única diferença que via entre Anne e as outras meninas é que estas, às vezes, mantinham suas línguas em repouso. Matthew pressentia que isso não seria de nenhuma grande ajuda.

Para a grande indignação de Marilla, naquela noite ele apelou para seu cachimbo para ajudá-lo a examinar o assunto. Depois de passar duas horas fumando e refletindo profundamente, Matthew encontrou a solução para o problema. Anne não estava vestida como as outras meninas!

Quanto mais Matthew pensava a respeito, mais ficava convencido de que Anne nunca usara vestidos como os das outras meninas – nunca, desde que viera para Green Gables. Marilla a vestia com vestidos simples, de cor escura, todos cortados do mesmo molde invariável. Se Matthew sabia que havia algo como uma moda para os vestidos, isso era tudo o que sabia; porém, tinha certeza de que as mangas dos vestidos de Anne não se pareciam em nada com as mangas dos vestidos das outras meninas. Ele recordou o grupo de menininhas que vira em volta dela naquela tarde – todas usavam blusas de cores alegres, vermelho, azul, cor-de-rosa, branco – e se perguntou por que Marilla a mantinha sempre vestida de forma tão simples e discreta.

Claro que Marilla devia estar certa. Marilla sabia o que era melhor para Anne, e quem estava criando a menina era Marilla. E era muito provável que o fizesse por algum motivo impenetrável e sábio. Mas certamente não haveria mal nenhum em permitir que a criança tivesse um vestido bonito – alguma coisa parecida com aqueles que Diana Barry sempre usava. Matthew decidiu que daria um vestido de presente para ela; isso certamente não poderia ser considerado uma intromissão injustificada da sua parte. O Natal seria dali a duas semanas. Um vestido novo e bonito era exatamente a coisa certa para dar de presente. Matthew soltou um suspiro de satisfação, guardou o cachimbo e foi para cama, enquanto Marilla abria todas as portas e arejava a casa.

Decidido a pôr um fim àquele tormento de uma vez por todas, Matthew se pôs a caminho de Carmody na tarde do dia seguinte para comprar o vestido. Ele tinha certeza de que não seria uma tarefa fácil. Havia algumas coisas que Matthew podia comprar, quando demonstrava ser um pechincheiro avarento; mas ele sabia que, quando se tratava de comprar um vestido para uma menina, ele estaria à mercê dos lojistas.

Depois de muita reflexão Matthew resolveu passar na loja de Samuel Lawson ao invés de ir à loja de William Blair. Era verdade que os Cuthbert sempre haviam comprado na loja de William Blair; para eles, era um caso de consciência, como ir à igreja presbiteriana e votar nos Conservadores. Mas as duas filhas de William Blair muitas vezes serviam os fregueses na loja, e Matthew tinha pavor delas. Ele podia tratar com elas quando sabia exatamente o que queria e apontar para a mercadoria; mas, num caso como esse, que exigia uma explicação e uma consulta, Matthew sentia que era necessário que um homem estivesse atrás do balcão. Portanto, iria à loja de Lawson, onde Samuel, ou o filho, o atenderia.

Pobre Matthew! Ele não sabia que Samuel expandira seu negócio recentemente e contratara uma vendedora. Ela era a sobrinha da sua esposa e, de fato, uma jovem muito elegante; usava o cabelo penteado para cima num coque enorme, ao estilo *pompadour*, tinha grandes olhos castanhos e salientes, e um sorriso amplo e atordoante. Ela se vestia com extrema elegância e usava vários braceletes com penduricalhos que brilhavam e chocalhavam e tiniam cada vez que movimentava as mãos. Matthew ficou completamente atordoado quando se deparou com ela de forma tão inesperada; aqueles penduricalhos o fizeram perder a razão com uma única tacada.

– Em que posso servi-lo esta tarde, sr. Cuthbert? – perguntou a srta. Lucilla Harris, enérgica e obsequiosa, dando um tapa no balcão com as duas mãos.

– A senhorita tem um... um... um... bem, ora, vejamos, um ancinho para o jardim? – gaguejou Matthew.

A srta. Harris pareceu um pouco surpresa, como era de se supor, ao ouvir um homem pedir um ancinho para o jardim em pleno mês de dezembro.

– Acho que sobraram um ou dois – respondeu –, mas estão lá em cima no depósito de madeira. Vou dar uma olhada.

Durante sua ausência, Matthew reuniu seus sentidos dispersos para fazer mais um esforço.

Quando a srta. Harris voltou com o ancinho e perguntou alegremente "Deseja mais alguma coisa, sr. Cuthbert?", Matthew pegou sua coragem entre as duas mãos e respondeu:

– Bem, ora, já que a senhorita perguntou, eu também quero... levar... isso é... dar uma olhada... comprar um pouco de... um pouco de sementes de feno.

Srta. Harris ouvia as pessoas chamarem Matthew Cuthbert de esquisito. Agora chegava à conclusão de que ele era completamente maluco.

– Só temos sementes de feno na primavera – explicou, com altivez. – No momento estamos em falta.

– Oh, claro... claro... a senhorita tem razão – gaguejou Matthew muito infeliz e, pegando o ancinho, começou a sair da loja.

Quando já estava na soleira da porta, lembrou-se de que não pagara pela compra, e voltou cabisbaixo para dentro. Enquanto a srta. Harris contava o troco, ele reuniu todas as suas forças numa última e desesperada tentativa.

– Bem, ora... se não for muito trabalho... eu queria aproveitar para... isso é... eu queria um pouco... de... açúcar.

– Branco ou mascavo? – indagou srta. Harris pacientemente.

– Oh... bem, ora... mascavo – respondeu Matthew, quase sem forças.

– Tem um barril ali – disse a srta. Harris, apontando o dedo e balançando os penduricalhos naquela direção. – Só temos daquele tipo.

– Eu... eu... vou levar nove quilos – pediu Matthew, com a testa coberta de gotas de suor.

Matthew só conseguiu voltar a ser o mesmo de sempre quando já estava na metade do caminho para casa. A experiência fora pavorosa, mas era bem feito para ele, pensou, por ter cometido a heresia de entrar numa loja desconhecida. Quando chegou em casa, escondeu o ancinho no barraco das ferramentas, mas levou o açúcar para Marilla.

– Açúcar mascavo! – exclamou Marilla. – O que deu em você para comprar tanto assim? Você sabe que só uso açúcar mascavo para fazer o mingau do empregado ou o bolo escuro de frutas. Jerry já foi embora, e meu bolo já está pronto há muito tempo. E nem é açúcar dos bons... é grosso e escuro... William Blair não costuma vender esse tipo.

– Eu... eu achei que poderia ser útil um dia – respondeu Matthew, conseguindo se safar dessa.

Quando Matthew pensou no assunto novamente, ele decidiu que só uma mulher poderia resolver essa situação. Marilla estava fora de questão. Matthew tinha certeza de que ela jogaria um balde de água fria no seu projeto sem pestanejar. Restava apenas a sra. Lynde; porque Matthew não ousaria aconselhar-se com nenhuma outra mulher de Avonlea. E, assim, ele foi à casa da sra. Lynde, e aquela boa senhora transferiu o problema das mãos atormentadas de Matthew para as suas imediatamente.

–Você quer que eu escolha um vestido para você dar de presente para Anne? Claro que escolho. Irei a Carmody amanhã e tratarei disso. Você tem algo especial em mente? Não? Então vou escolher o que achar melhor. Acho que Anne ficaria bem num marrom bem fechado, e William Blair recebeu um tecido mesclado de algodão e seda muito bonito. Talvez você queira que eu mande fazer o vestido também, porque se Marilla o costurar, Anne vai acabar sabendo antes da hora e estragar a surpresa. Bom, eu mesma farei o vestido. Não, não é trabalho nenhum. Eu gosto de costurar. Vou pedir a Jenny Gillis, minha sobrinha, para experimentá-lo, ela e Anne têm exatamente o mesmo corpo.

– Bem, ora, eu fico muito agradecido – disse Matthew – e... e... não... mas eu gostaria... eu acho que hoje em dia fazem as mangas diferentes do que elas costumavam ser. Se não for pedir muito eu... eu gostaria que fossem feitas do jeito novo.

– Bufantes? Mas é claro. Você não precisa se preocupar com mais nada, Matthew. Farei o vestido de acordo com a última moda – garantiu a sra. Lynde. E acrescentou para si mesma depois que Matthew foi embora:

"Será realmente uma satisfação ver aquela pobre menina usar algo decente uma vez na vida. Marilla a veste de um jeito completamente ridículo, isso sim, e eu já morri de vontade de dizer isso a ela um monte de vezes. Mas eu não disse nada porque dá para perceber que Marilla não aceita conselhos e acha que sabe mais sobre como criar os filhos do que eu, mesmo sendo uma solteirona. Mas as coisas são assim mesmo. As pessoas que criaram seus próprios filhos sabem que não há um método rápido, seguro e adequado no mundo para cada criança. Mas elas acham sempre que tudo é tão simples e fácil como uma Regra de Três, ou seja, basta adicionar suas três condições ao seu modo que o resultado sairá perfeito. Mas nem a carne nem o sangue funcionam sob o domínio da aritmética, e é aqui que Marilla Cuthbert se engana. Eu acho que ela está tentando inculcar um sentimento de humildade em Anne vestindo-a daquele jeito; mas a única coisa que vai conseguir inculcar é inveja e descontentamento. Eu tenho certeza de que aquela criança deve perceber a diferença entre suas roupas e a das outras meninas. Mas eu nunca podia imaginar que Matthew perceberia! Aquele homem está acordando agora depois de permanecer adormecido por mais de sessenta anos."

Durante as próximas duas semanas, Marilla pressentiu que alguma coisa rondava a cabeça de Matthew, mas não conseguiu atinar com o que era, até a véspera do Natal, quando a sra. Lynde apareceu com o vestido novo. No geral, Marilla até que se comportou bastante bem, embora seja bem possível que tenha desconfiado da explicação diplomática da sra. Lynde, quando ela disse que fizera o vestido porque Matthew tinha receio de que Anne o descobrisse cedo demais se Marilla o costurasse.

– Então foi por isso que Matthew ficou com um ar tão misterioso, e não parou de rir sozinho durante duas semanas? – comentou um pouco secamente, porém com alguma tolerância. – Eu sabia que ele ia aprontar alguma tolice. Bem, eu devo dizer que no meu entendimento, Anne não precisa de mais vestidos. Costurei três vestidos para ela neste outono, todos de boa qualidade, quentes e práticos, e qualquer outra coisa não passa da mais pura extravagância. Só nessas mangas, há material suficiente para fazer uma blusa, eu garanto que tem. Você só vai mimar a vaidade de Anne, Matthew, e ela já está vaidosa como um pavão. Bem, eu espero que ela finalmente fique satisfeita, porque só eu sei como ela tem desejado essas bobagens de mangas desde que foram lançadas, embora ela não tenha dito mais nada a respeito. Os enchimentos estão ficando cada vez maiores e mais ridículos; já estão do tamanho de balões. Ano que vem todas as moças que usam essas mangas terão de passar de través pelas portas.

A manhã de Natal desabrochou para um mundo branco maravilhoso. O mês de dezembro havia sido muito ameno, e as pessoas comentavam que iam passar um Natal verde; mas a neve caíra durante a noite suavemente, o suficiente para transformar Avonlea. Anne espiou para fora da janela congelada do frontão, os olhos cheios de encantamento. As samambaias na Floresta Mal-Assombrada pareciam cobertas de penugem, e estavam maravilhosas; as bétulas e as cerejeiras selvagens estavam ornadas de pérolas; os campos arados eram extensões de covinhas enevadas; e no ar pairava um aroma fresco e glorioso. Anne desceu as escadas correndo e cantando até sua voz ecoar por toda Green Gables.

– Feliz Natal, Marilla! Feliz Natal, Matthew! Não é um Natal maravilhoso? Estou feliz porque é branco. Qualquer outro tipo de Natal não parece real, não concordam? Eu não gosto de natais verdes. Ele nem são verdes... são apenas de um marrom desbotado horroroso e cinzento. Por que as pessoas os chamam de verdes? Mas... mas... Matthew! É para mim? Oh, Matthew!

Com um ar maroto, Matthew havia desembrulhado o vestido envolto em folhas de papel, e o levantou sob o olhar desaprovador de Marilla, que fingia preparar o bule do chá com desprezo, mas que, porém, observava a cena pelo canto do olho com uma expressão bastante interessada.

Anne pegou o vestido e olhou para ele num silêncio carregado de reverência. Oh, como era bonito... o tecido mesclado de algodão e seda fulgurava como a seda; a saia tinha babados e plissados delicados; na blusa havia pregas bem finas costuradas de maneira muito delicada; e a gola era orlada com uma tira estreita de renda finíssima. Mas as mangas... eram o máximo da glória! Punhos compridos até os cotovelos e, acima deles, duas lindas mangas bufantes com detalhes em fileiras de laços e fitas de seda marrom plissadas.

– É seu presente de Natal, Anne – disse Matthew, timidamente. – Ora... ora... Anne, você não gostou do vestido? Bem, ora... bem, ora.

Porque, de repente, os olhos de Anne se encheram de lágrimas.

– *Gostar*! Oh, Matthew! – Anne colocou o vestido por cima de uma cadeira e bateu palmas. – Matthew, é perfeitamente requintado. Eu nunca vou poder parar de agradecer a você. Olhe para essas mangas! Oh, até parece que estou tendo um sonho feliz.

– Bom, bom, vamos tomar o desjejum – interrompeu Marilla. – Eu tenho de dizer, Anne, que eu acho que você não precisa do vestido; mas já que Matthew o comprou para você, trate de cuidar muito bem dele. A sra. Lynde deixou uma fita para o cabelo para você. É marrom, para combinar com o vestido. Agora, sente-se.

– Eu não sei como vou conseguir tomar o desjejum – respondeu uma Anne embevecida. – O desjejum parece ser tão lugar-comum num momento tão excitante. Eu prefiro me deliciar com o vestido. Estou tão feliz porque as mangas bufantes ainda estão na moda. Eu achei que não ia aguentar se elas saíssem de moda antes que eu tivesse um vestido desses. Eu nunca mais me sentiria completamente satisfeita, sabe? Foi muito gentil da sra. Lynde ter dado a fita também. Eu devo ter sido uma boa menina de verdade. É nesses momentos que eu lamento não ser um modelo de menina; e eu sempre tomo a decisão de ser uma boa menina no futuro. Mas, de alguma forma, é difícil manter suas decisões quando surgem as tentações irresistíveis. Mesmo assim, depois disso, eu garanto que farei um esforço extra.

Quando o desjejum lugar-comum terminou, Diana apareceu na ponte branca de madeira que passava por cima da vala; uma pequena figura alegre vestida no seu casaco carmesim. Anne desceu a ladeira correndo para ir ao seu encontro.

– Feliz Natal, Diana! E, oh, é um Natal maravilhoso. Eu tenho algo esplêndido para mostrar para você. Matthew me deu de presente o vestido mais maravilhoso, com *umas* mangas... Eu não conseguiria imaginar algo mais bonito.

– Eu trouxe algo para você – disse Diana, sem fôlego – Isso... essa caixa. A tia Josephine mandou uma caixa enorme para nós com muitas coisas diferentes dentro dela... e essa caixa é para você. Eu a teria trazido ontem à noite, mas a caixa só chegou no final da tarde, e eu não me sinto muito confortável de passar pela Floresta Mal-Assombrada no escuro.

Anne abriu a caixa e deu uma espiada no interior. Primeiro, viu um cartão com os dizeres: "Para a menina-Anne e Feliz Natal"; depois, encontrou um par de chinelos para criança dos mais graciosos, cobertos de contas e laços de cetim e fivelas brilhantes.

– Oh – disse Anne. – Diana, isso é demais. Eu devo estar sonhando.

– *Eu* chamo isso de oportuno – afirmou Diana. – Agora você não precisa mais pedir os chinelos de Ruby emprestados, e teria sido horrível se tivéssemos de ouvir uma fada arrastando os pés. Josie Pye ficaria encantada. Você soube que Rob Wright acompanhou Gertie Pye até em casa depois do ensaio há duas noites atrás? Você já viu uma coisa dessas?

Naquele dia, todos os alunos de Avonlea estavam febris de excitação, porque o salão seria decorado, e haveria um grande e último ensaio.

O recital foi apresentado naquela noite e foi um grande sucesso. O pequeno vestíbulo do colégio estava apinhado de gente; todos os intérpretes se saíram muito bem, mas Anne foi a estrela principal que brilhou nessa ocasião, e até mesmo a inveja, personificada em Josie Pye, não ousou negá-lo.

– Oh, não foi uma noite brilhante? – suspirou Anne, depois que tudo terminou; ela e Diana caminhavam juntas para casa debaixo de um céu escuro e estrelado.

– Tudo correu muito bem – respondeu Diana, muito prática. – Eu acho que conseguimos coletar quase dez dólares. E o sr. Allan vai mandar um artigo sobre o evento para os jornais.

– Oh, Diana, nós vamos mesmo ver nossos nomes nos jornais? Fico toda arrepiada só de imaginar isso. Seu solo foi perfeitamente elegante, Diana. Eu fiquei mais orgulhosa do que você quando pediram um *bis*. Eu disse para mim mesma: "É minha amiga do peito que está sendo tão honrada."

– Ora, Anne, a casa veio abaixo quando você recitou. Aquele trecho melancólico foi simplesmente esplêndido.

– Oh, eu estava tão nervosa, Diana. Eu realmente não sei como consegui subir naquele tablado quando o sr. Allan chamou meu nome. Eu me sentia como se milhares de olhos estivessem olhando para mim, através de mim, e, por um momento horrível, eu tive certeza de que nunca iria conseguir começar. Então pensei nas minhas lindas mangas bufantes e criei coragem. Eu sabia que teria de mostrar que merecia aquelas mangas, Diana. Então, comecei, e minha voz parecia que vinha de muito, muito longe. Eu me senti como um papagaio. Eu nunca teria conseguido terminar se não tivesse ensaiado os textos muitas vezes lá no frontão. Eu gemi bem?

– Sim, certamente, você gemeu graciosamente – tranquilizou-a Diana.

– Quando sentei, a velha sra. Sloane estava enxugando as lágrimas. Foi esplêndido saber que havia tocado o coração de alguém. Participar de um recital é tão romântico, não é mesmo? Oh, realmente foi uma ocasião memorável.

– O diálogo dos meninos não foi ótimo? – perguntou Diana. – Gilbert Blythe foi simplesmente esplêndido. Anne, eu realmente acho uma maldade a maneira como você trata o Gil. Espere até eu dizer por quê. Depois do diálogo das fadas, quando você saiu correndo do tablado, uma das rosas caiu do seu cabelo. Eu vi Gil apanhá-la e enfiá-la no bolsinho da frente do casaco. Entendeu? Você é tão romântica que tenho certeza de que ficará satisfeita por isso.

– O que essa pessoa faz não me diz respeito – respondeu Anne com altivez. – Eu apenas nunca perco meu tempo pensando nele, Diana.

Naquela noite, depois que Anne havia ido para a cama, Marilla e Matthew, que haviam comparecido a um recital pela primeira vez em vinte anos, ficaram sentados durante um momento ao lado da lareira da cozinha.

– Bem, ora, eu acho que nossa Anne se saiu tão bem quanto qualquer um dos outros – comentou Matthew, orgulhoso.

– Sim, saiu – admitiu Marilla. – Ela é uma menina esperta, Matthew. E também estava muito bonita. Eu era um pouco contra essa história de recital, mas agora acho que não faz tanto mal assim, afinal. De qualquer forma, hoje à noite fiquei orgulhosa de Anne, embora não vá dizer isso a ela.

– Bem, ora, eu fiquei orgulhoso dela, e disse isso para ela antes que ela subisse para o quarto – disse Matthew. –

Qualquer dia desses vamos ter de pensar no que a gente pode fazer por ela, Marilla. Eu acho que aos poucos ela vai precisar de algo melhor do que aquela escola de Avonlea.

– Temos tempo de sobra para pensar nisso – respondeu Marilla. – Ela só vai completar treze anos em março. Embora hoje à noite eu tenha percebido que ela estava se tornando uma menina bem crescida. A sra. Lynde fez aquele vestido um pouco comprido demais, o que fez Anne parecer tão alta. Ela aprende rápido, e eu acho que o melhor que podemos fazer é mandá-la para o Queen's depois de um tempo. Mas não precisamos comentar nada com ela até daqui a um ano ou dois.

– Bem, ora, não faz mal nenhum pensar nisso de vez em quando – respondeu Matthew. – Essas coisas são ótimas para a gente ficar pensando nelas de vez em quando.

XXVI
A fundação do Clube de Histórias

Os jovens de Avonlea tiveram dificuldade para se habituarem novamente à vida cotidiana. Depois de tomar algumas doses de excitação durante semanas a fio, algumas coisas pareciam extremamente insossas, mofadas e sem valor nenhum para Anne. Conseguiria voltar para os prazeres daqueles dias longínquos antes do recital? No início, como disse para Diana, ela não achava que conseguiria.

– Eu tenho certeza absoluta, Diana, que a vida nunca mais voltará a ser a mesma, como naqueles velhos tempos – lamentou-se Anne, como se estivesse se referindo a uma época de pelo menos cinquenta anos atrás. – Pode ser que eu me habitue depois de um tempo, mas temo que os recitais estraguem as pessoas para a vida do dia a dia. Deve ser por isso que Marilla não aprova os recitais. Marilla é uma mulher tão sensata. Deve ser muito melhor ser sensata, mas acho que eu realmente não gostaria de ser uma pessoa sensata, elas não são nem um pouco românticas. A sra. Lynde garantiu que eu não corro perigo de me tornar uma pessoa sensata, jamais. Mas, neste instante, eu sinto que ainda posso me tornar uma. Talvez seja apenas porque estou cansada. Ontem demorei muito para pegar no sono. Fiquei deitada acordada, e não conseguia parar de pensar no recital. Isto é uma das coisas esplêndidas desse tipo de evento – são tão maravilhosos de recordar.

Contudo, com o passar dos dias, a escola de Avonlea retomou seu velho ritmo e seus antigos interesses. No entanto, o recital deixou marcas. Ruby Gillis e Emma White, que haviam discutido sobre quem tinha precedência nos assentos no tablado, já não sentavam juntas na mesma carteira, e uma amizade promissora de três anos foi rompida. Josie Pye e Julia Bell não se "falaram" durante três meses porque Josie Pye disse para Bessie Wright que, quando Julia Bell se levantou para declamar, sua reverência a fez lembrar de uma galinha balançando a cabeça, o que Bessie transmitiu para Julia. Nenhum dos Sloane quis mais saber dos Bell, porque os Bell reclamaram que os Sloane participavam demais no programa, e os Slone haviam respondido que os Bell não eram capazes sequer de dar conta do pouco que tinham para fazer de maneira correta. Por fim, Charlie Sloane brigou com Moody Spurgeon MacPherson, porque Moody Spurgeon disse que Anne Shirley ficara toda prosa por causa das suas recitações, e Moody Spurgeon acabou levando "uma surra"; por conseguinte, Ella May, a irmã de Moody Spurgeon, não "falou" com Anne Shirley durante o resto do inverno. Com exceção desses atritos sem importância, o trabalho no pequeno reino da srta. Stacy prosseguiu com regularidade e sem maiores percalços.

As semanas de inverno passaram. Um inverno ameno, incomum, com tão pouca neve que Anne e Diana podiam ir a pé para a escola quase todos os dias pela Trilha das Bétulas. No aniversário de Anne, elas estavam andando com passos ligeiros e leves pela trilha, com olhos e ouvidos atentos, mas sem parar de tagarelar, porque a srta. Stacy havia dito que logo teriam de escrever uma composição sobre "Uma caminhada pela floresta no inverno", e elas precisavam prestar atenção.

– Imagine só, Diana, hoje completei treze anos – observou Anne num tom de voz de admiração. – Eu quase não consigo acreditar que sou uma adolescente. Quando acordei hoje de manhã, tive a impressão de que tudo estava diferente. Mas já faz um mês que você completou treze anos, então acho que não deve parecer uma novidade para você como é para mim. Isso torna a vida tão mais interessante. Mais dois anos e estarei crescida de verdade. É muito reconfortante pensar que poderei usar aquelas palavras de gente grande sem que as pessoas riam de mim.

– Ruby Gillis disse que pretende ter um namorado assim que completar quinze anos – informou Diana.

– Ruby Gillis só pensa em namorados – respondeu Anne com desdém. – Na verdade, ela adora quando qualquer pessoa escreve seu nome num "Reparem só", apesar de fingir que fica muito aborrecida. Mas eu acho que esse discurso não é nem um pouco caridoso. A sra. Allan disse que nunca deveríamos fazer discursos pouco caridosos; mas, muitas vezes, eles escapam antes que você possa pensar no que vai dizer, não é mesmo? Como eu simplesmente não consigo falar de Josie Pye sem fazer um discurso pouco caridoso, então eu nem a menciono. Você deve ter percebido isso. Eu estou tentando ser tão parecida com a sra. Allan quanto posso, porque eu acho que ela é perfeita. O sr. Allan também pensa como eu. A sra. Lynde disse que ele simplesmente beija o chão que ela pisa, e que não acha muito correto um pastor colocar tanto suas afeições num ser humano mortal. Mas sabe, Diana, até os pastores são humanos, e estão sujeitos a falhas como qualquer outra pessoa. Na tarde do domingo passado, eu tive uma conversa muito interessante sobre defeitos. Há apenas alguns assuntos, poucos, sobre os quais é apropriado conversar aos domingos, e este é um deles. Meu defeito é imaginar demais e esquecer meus deveres. Estou me esforçando muito para superar isso, e agora que tenho treze anos talvez consiga melhorar.

– Mais quatro anos e poderemos usar o cabelo preso – disse Diana. – Alice Bell só tem dezesseis anos e usa o cabelo preso. Eu acho ridículo. Vou esperar até completar dezessete anos.

– Se eu tivesse o nariz torto de Alice Bell, eu não usaria o cabelo daquele jeito – opinou Anne sem hesitar –, mas, fazer o quê... Não vou dizer o que ia dizer porque seria extremamente pouco caridoso. Além do mais, eu estava comparando o nariz dela com o meu, e isso é vaidade. Acho que fico pensando demais no meu nariz desde que ouvi aquele elogio. Ele é realmente um grande conforto para mim. Oh, Diana, olhe, um coelho! Aí está algo para lembrar para a composição sobre a floresta. Eu realmente acho que as florestas são tão bonitas no inverno quanto no verão. Elas ficam tão brancas e imóveis, como se estivessem dormindo e sonhando lindos sonhos.

– Eu não vou me importar de escrever a composição quando chegar a hora – suspirou Diana. – Eu consigo escrever sobre florestas, mas a composição que precisamos entregar segunda-feira é terrível. Que ideia da srta. Stacy pedir que escrevamos uma história inventada das nossas cabeças!

– Ora, mas isso é tão fácil como piscar um olho – respondeu Anne.

– É fácil para você, que tem imaginação – replicou Diana –, mas o que faria se tivesse nascido sem imaginação? Suponho que você já terminou a sua?

Anne balançou a cabeça afirmativamente, tentando não parecer virtuosa e compassiva, e falhando redondamente.

– Eu a escrevi na segunda-feira passada de tarde. Chama-se "O rival ciumento, ou Inseparáveis na morte". Eu a li para Marilla, e ela disse que era um completo absurdo. Depois a li para Matthew, e ele disse que estava muito boa. Esse é o tipo de crítica que eu gosto. É uma história triste, bem bonita. Chorei como um bebê enquanto escrevia. É sobre duas lindas donzelas chamadas Cordelia Montmorency e Geraldine Seymour que viviam na mesma aldeia e eram muito devotadas uma à outra. Cordelia era morena régia, usava um diadema no cabelo preto e tinha olhos brilhantes e escuros. Geraldine era loura, com um porte de rainha, cabelos dourados trançados e olhos aveludados cor de púrpura.

– Eu nunca vi ninguém com olhos cor de púrpura – comentou Diana, meio em dúvida.

– Nem eu. Eu apenas os imaginei. Eu queria algo que fosse incomum. Geraldine também tem uma testa de alabastro. Eu descobri o que é uma testa de alabastro. Essa é uma das vantagens de ter treze anos. Você sabe muito mais do que quando tinha doze anos.

– E, então, o que aconteceu com Cordelia e Geraldine? – perguntou Diana, que começava a se interessar muito pelo seu destino.

– Elas cresceram lado a lado, cada dia mais bonitas, até completarem dezesseis anos. Então, Bertram DeVere veio morar na aldeia e se apaixonou pela bela Geraldine. Ele salvou sua vida quando o cavalo desembestou com ela dentro da carruagem; ela desmaiou nos seus braços, e ele a carregou até sua casa, durante cinco quilômetros; porque, sabe, Diana, a carruagem ficou toda despedaçada. Achei um pouco difícil imaginar a proposta de casamento porque eu não tinha nenhuma experiência em que me basear. Perguntei a Ruby Gillis se ela sabia de alguma coisa sobre como os homens propõem casamento, porque achei que ela seria uma autoridade no assunto com tantas irmãs casadas. Ruby me contou que ela estava escondida na entrada da copa quando Malcolm Andrews propôs casamento para sua irmã Susan. Ela contou que Malcolm disse para Susan que seu pai colocara a fazenda no seu nome, e depois acrescentou: "O que você acha, benzinho, da gente juntar os trapos neste outono?". E Susan respondeu: "Sim... não... não sei... vou pensar" – e lá ficaram eles noivos assim, tão rápido. Mas eu achei que esse tipo de proposta de casamento não era nem um pouco romântica, então acabei imaginando-a da melhor forma que pude. Eu fiz a proposta muito poética e floreada e, apesar de Ruby Gillis ter dito que não se usa mais hoje em dia, Bertram se ajoelhou para fazer o pedido de casamento. Geraldine aceitou com um discurso do tamanho de uma página. Eu garanto a você que o discurso me deu muito trabalho. Eu o reescrevi cinco vezes, e o considero minha obra-prima. Bertram deu um anel de diamantes e um colar de rubis para Geraldine, e disse que iriam para a Europa numa viagem de núpcias, porque ele era muito rico. Mas aí, infelizmente, seus caminhos começaram a ficar sombrios. Cordelia estava secretamente apaixonada por Bertram, e, quando Geraldine contou a ela sobre o noivado, ela ficou furiosa, principalmente quando viu o colar e o anel de diamantes. Toda a afeição que sentia por Geraldine se transformou num ódio cruel, e ela jurou que Geraldine nunca se casaria com Bertram. Mas ela continuou fingindo que era a mesma amiga de sempre. Uma tarde, as duas estavam paradas na ponte que passava por cima de um riacho turbulento, cheio de corredeiras, quando Cordelia, achando que estavam sozinhas, empurrou Geraldine por cima do parapeito com um "Ha, ha, ha" selvagem e zombeteiro. Mas Bertram viu tudo e mergulhou imediatamente dentro da água, exclamando: "Salvarei vosmecê, minha inigualável Geraldine!". Infelizmente, ele esqueceu que não sabia nadar, e os dois morreram abraçados e afogados. Pouco depois, seus corpos foram levados para a margem pelas águas. Eles foram enterrados juntos dentro de um túmulo, e o enterro foi muito imponente, Diana. É muito mais romântico terminar uma história com um enterro do que com um casamento. Quanto a Cordelia, ela enlouqueceu de remorso e foi trancafiada num hospício. Eu achei que era uma retribuição poética para seu crime.

– Mas é perfeitamente adorável! – suspirou Diana, que pertencia à escola dos críticos de Matthew. – Eu não vejo como minha cabeça conseguirá inventar coisas tão arrepiantes, Anne. Eu queria que minha imaginação fosse tão boa quanto a sua.

– Ela seria se você a cultivasse – respondeu Anne para animá-la. – Eu acabo de imaginar um plano, Diana. Nós vamos criar um Clube de Histórias só nosso e escrever histórias para praticar. Eu ajudarei você até que consiga escrever sozinha. Sabe, você precisa cultivar sua imaginação. É o que diz a srta. Stacy. Só precisamos começar pelo lado certo. Eu contei a ela sobre a Floresta Mal-Assombrada, e ela disse que, naquele caso, nós começamos pelo lado errado.

E foi assim que o Clube de Histórias nasceu. No início, limitou-se a Diana e Anne, mas logo foi ampliado para incluir Jane Andrews e Ruby Gillis, e mais uma ou duas outras meninas que sentiam que sua imaginação necessitava de cultivo. Nenhum menino foi admitido no Clube – apesar de Ruby Gillis opinar que a admissão de meninos o tornaria mais excitante –, e cada membro tinha de produzir uma história por semana.

– É extremamente interessante – contou Anne para Marilla. – Cada menina lê sua história em voz alta, e depois a discutimos. Nós vamos guardar todas como uma coisa sagrada para um dia poder lê-las para nossos descendentes. Cada uma escreve sob um pseudônimo. Mine é Rosamond Montmorency. Nós todas escrevemos muito bem. Ruby Gillis é um pouco sentimental. Ela coloca beijos e abraços demais nas suas histórias, e você sabe que demais é pior do que muito pouco. Jane nunca coloca beijos e abraços porque se sentiria ridícula demais quando tivesse de ler em voz alta. As histórias de Jane são extremamente sensatas. E Diana coloca assassinatos demais nas dela. Ela diz que não sabe o que fazer com as pessoas a maior parte do tempo, então as mata para livrar-se delas. Geralmente preciso dizer o assunto sobre o qual terão de escrever, mas isso não é difícil porque eu tenho milhões de ideias.

– Eu acho que esse negócio de contar histórias é a maior tolice de todas até hoje – disse Marilla num tom de voz zombeteiro. – Vocês vão botar um monte de besteiras nas suas cabeças e ocupar um tempo que deveria ser usado para estudarem suas lições. Ler histórias já é ruim, mas escrevê-las é pior ainda.

– Mas, Marilla, nós temos muito cuidado para colocar uma moral em todas – explicou Anne. – Eu insisto nisso. Todas as pessoas boas são recompensadas e todas as más, punidas de acordo. Eu tenho certeza de que o efeito é muito sadio. A moral é uma grande coisa. Foi o que o sr. Allan disse. Eu li uma das minhas histórias para ele e para a sra. Allan, e ambos concordaram que a moral estava excelente. Só que riram nos lugares errados. Eu gosto mais quando as pessoas choram. Jane e Ruby quase sempre choram quando chego nas partes comoventes. Diana escreveu para a tia Josephine sobre nosso Clube, e ela respondeu que devemos mandar algumas das nossas histórias para ela. Então copiamos quatro que achávamos que eram as melhores e mandamos para ela. A srta. Josephine Barry escreveu de volta dizendo que ela nunca lera algo tão engraçado na sua vida. Isso nos deixou um pouco intrigadas, porque todas as histórias eram muito comoventes, e quase todo mundo morre. Mas fico contente que a srta. Barry tenha gostado delas.

Isso prova que nosso Clube está fazendo algum bem no mundo. A sra. Allan disse que nosso objetivo deve ser fazer o bem sempre. Eu realmente tento fazer com que este seja meu objetivo, mas muitas vezes esqueço dele quando estou me divertindo. Eu espero ser um pouco como a sra. Allan quando crescer. Você acha que há alguma perspectiva disso acontecer, Marilla?

– Não posso dizer que tenha muita – foi a resposta incentivadora de Marilla. – Eu tenho certeza de que a sra. Allan nunca foi uma menina tão tola e esquecida como você.

– Não, mas ela também não foi sempre tão boa como é hoje – replicou Anne muito séria. – Ela me contou, isto é, ela disse que, quando era menina, ela era tremendamente levada, e que estava sempre se metendo em enrascadas. Eu me senti tão estimulada quando ouvi isso. Marilla, é muito errado da minha parte me sentir estimulada quando ouço outras pessoas dizerem que foram más ou levadas? A sra. Lynde diz que é. A sra. Lynde disse que ela sempre fica chocada quando alguém conta que foi levado alguma vez, não importa se são crianças muito pequenas. A sra. Lynde disse que uma vez ouviu um pastor confessar que, quando era um menino, roubou uma torta de morangos da copa da casa da tia dele, e ela nunca mais sentiu qualquer respeito por aquele pastor. Agora, eu não teria me sentido dessa forma. Eu teria pensado que tinha sido muito nobre da parte dele confessar isso, e que seria uma coisa muito animadora para os meninos de hoje que cometem travessuras e depois as lamentam saber que apesar disso poderão se tornar pastores um dia. Isso é como eu me sentiria, Marilla.

– O jeito que eu sinto agora, Anne – respondeu Marilla –, é que é hora de lavar a louça. Você perdeu mais de meia hora com toda essa sua falação. Aprenda a trabalhar primeiro e falar depois.

XXVII
A vaidade e uma alma contrariada

No final de uma tarde de abril, quando Marilla voltava para casa depois de um encontro beneficente, ela percebeu que o inverno chegara ao fim e sentiu o arrepio de prazer que sempre se manifestava entre os mais velhos e tristes, e os mais jovens e alegres. Marilla não costumava fazer análises subjetivas sobre seus pensamentos e sentimentos. Ela provavelmente imaginou que estava pensando sobre a beneficência e sua caixa para os missionários, e o novo tapete para a sacristia, porém, debaixo dessas reflexões, havia uma consciência harmoniosa em relação aos campos vermelhos que exalavam nevoeiros em tons de lilás claro no sol poente, às sombras compridas dos espruces tombando sobre os prados além do riacho, aos bordos imóveis cobertos de brotos vermelhos em volta do lago espelhado da floresta, ao despertar do mundo e aos torrões de grama acinzentados. A primavera chegara na Terra e, por causa da sua alegria primal e profunda, os passos sóbrios de meia-idade de Marilla estavam mais leves e mais rápidos.

Seus olhos pousaram afetuosamente em Green Gables, que estava parcialmente visível entre sua rede de árvores, e das janelas refletia a luz do sol em várias pequenas centelhas gloriosas. Enquanto caminhava com passos rápidos pela vereda úmida, Marilla pensou que realmente era uma satisfação saber que estava indo para casa, para o calor de uma lareira onde as toras queimavam e estalavam, e para uma mesa bem posta para o chá, ao invés das antigas tardes frias e sem conforto dos encontros beneficentes antes da chegada de Anne em Green Gables.

Por conseguinte, quando Marilla entrou na cozinha e viu o fogo apagado, e nem sinal de Anne em parte alguma, ela se sentiu, com toda justiça, desapontada e irritada. Ela havia dito a Anne para não esquecer de deixar tudo pronto para o chá às cinco horas, e agora ela teria de se apressar, tirar seu segundo melhor vestido e preparar ela mesma a refeição antes que Matthew voltasse da aradura.

–Vou acertar umas contas com a srta. Anne quando ela voltar para casa – disse muito aborrecida enquanto raspava uns gravetos com a faca de cortar carne com mais energia do que o estritamente necessário.

Matthew chegara, e esperava pacientemente pelo seu chá no seu canto.

– Ela deve estar por aí com a Diana, escrevendo histórias ou ensaiando diálogos ou fazendo qualquer outra tolice sem pensar uma única vez nos seus deveres. Ela vai ter de parar com esse tipo de comportamento de uma vez por todas. Eu não me importo se a sra. Allan diz que ela é a criança mais simpática e esperta que já conheceu em toda a sua vida. Ela pode ser muito esperta e simpática, mas sua cabeça está cheia de besteiras, e a gente nunca sabe o que vai acontecer no momento seguinte. Mal termina com um capricho e já começa outro. Ora veja! Estou repetindo exatamente as mesmas palavras que me aborreceram tanto quando Rachel Lynde disse isso hoje na beneficência. Eu realmente fiquei muito contente quando a sra. Allan defendeu Anne, porque se ela não o tivesse feito eu teria dito algo desagradável para Rachel diante de todo mundo. Deus sabe que Anne tem muitos defeitos, e longe de mim negar isso. Mas quem a está criando sou eu, e não Rachel Lynde. Ela encontraria defeitos até no próprio Anjo Gabriel, se ele morasse em Avonlea. Mesmo assim, Anne não deveria ter deixado a casa desse jeito, quando eu disse que ela tinha de estar aqui hoje à tarde para cuidar dos afazeres. É verdade que, apesar de todas as suas falhas, eu nunca achei que ela fosse desobediente, ou que não pudesse confiar nela, e lamento muito que agora ela seja assim.

– Bem, ora, sei não – disse Matthew, que, sendo um homem paciente e sábio e estava, acima de tudo, faminto, achou melhor deixar Marilla desabafar sua raiva sem interrupções, pois sabia por experiência que ela terminaria o que tivesse de fazer mais depressa se ninguém a atrasasse com um argumento fora de hora. – Talvez você a esteja julgando depressa demais, Marilla. Não diga que não pode confiar nela até ter certeza de que ela a desobedeceu. Pode ser que tudo tenha uma explicação. Anne é muito boa em dar explicações.

– Ela não estava aqui quando eu mandei que não saísse daqui – replicou Marilla. – Eu acho que ela terá muita dificuldade para explicar *isso* até eu ficar satisfeita. Claro que eu sabia que você ia ficar do lado dela, Matthew. Mas não é você quem a está criando, sou eu.

Já escurecera quando o jantar ficou pronto, e nenhum sinal de Anne vindo apressada pela ponte de troncos ou pela Vereda dos Namorados, sem fôlego e arrependida, certa de que havia negligenciado seus deveres. Aborrecida, Marilla lavou e guardou a louça. Depois, como queria acender uma vela para iluminar o caminho até a despensa, subiu até o frontão leste para buscar a que geralmente ficava em cima da mesa de Anne. Depois que a acendeu, Marilla voltou-se e se deparou com a própria Anne deitada em cima da cama, com a cabeça enfiada debaixo dos travesseiros.

– Misericórdia! – exclamou Marilla espantada. – Você estava dormindo, Anne?

– Não – veio a resposta abafada.

– Está doente? – perguntou Marilla ansiosa, aproximando-se da cama.

Anne enfiou-se ainda mais debaixo dos travesseiros, como se quisesse se esconder para sempre dos olhos dos mortais.

– Não. Por favor, Marilla, vá embora, não olhe para mim. Eu estou nas profundezas do desespero, e não me importo se alguém passar na minha frente na classe, ou escrever a melhor composição, ou cantar no coro da escola dominical. Essas coisinhas não têm mais a menor importância agora, porque eu acho que nunca mais vou poder ir a lugar nenhum. Minha carreira chegou ao fim. Por favor, Marilla, vá embora, e não olhe para mim.

– Onde já se ouviu uma coisa dessas? – quis saber uma Marilla que não estava entendendo nada. – Anne Shirley, o que está acontecendo com você? O que você fez? Saia dessa cama já e me conte! Eu disse já! Pronto, e então, o que foi?

Anne escorregou da cama para o chão num silêncio desesperador.

– Olhe para meu cabelo, Marilla – murmurou.

Marilla atendeu ao seu pedido, levantou a vela para o alto e olhou para o cabelo de Anne, que caía solto e grosso pelas suas costas. Ele certamente estava esquisito.

– Anne Shirley, o que fez com seu cabelo? Ora, ele está *verde*!

Poderia ser chamado de verde, se a cor fosse deste planeta: um verde estranho, meio bronzeado, sem brilho, com algumas mechas do ruivo original aqui e ali para acentuar o efeito pavoroso. Marilla nunca havia visto algo tão grotesco em toda sua vida como o cabelo de Anne naquele instante.

– É, está verde – gemeu Anne. – Eu achava que nada podia ser pior do que cabelo ruivo. Mas agora sei que cabelo verde é dez vezes pior. Oh, Marilla, você não pode imaginar como estou infeliz.

– Eu não posso imaginar é como você se meteu nessa enrascada, mas pretendo descobrir – respondeu Marilla. – Desça imediatamente para a cozinha, aqui está muito frio, e me conte exatamente o que aconteceu. Já faz algum tempo que eu desconfiava de que algo esquisito ia acontecer. Você não se mete em nenhuma confusão há mais de dois meses, e eu tinha certeza de que era tempo de acontecer uma. Bom, então, o que fez com seu cabelo?

– Pintei.

– Pintou! Você pintou o cabelo! Anne Shirley, você não sabia que estava fazendo uma coisa terrivelmente errada?

– Sabia... sabia que era um pouco errado – admitiu Anne. – Mas eu pensei que valia a pena errar terrivelmente um pouco e me livrar do cabelo ruivo. Eu sabia que pagaria por isso, Marilla. Eu prometo que serei boa em dobro no resto para compensar isso.

– Ora – respondeu Marilla, muito sarcástica –, se eu tivesse decidido que valia a pena pintar meu cabelo pelo menos o teria pintado de uma cor decente. Eu não o teria pintado de verde.

– Mas eu não quis pintá-lo de verde, Marilla – protestou Anne desanimada. – Se errei, é porque tinha a intenção de errar por algum motivo. Ele disse que meu cabelo ia ficar lindo, de um preto brilhante maravilhoso!... Ele realmente garantiu que ficaria. Como eu podia duvidar da sua palavra, Marilla? Eu sei como uma pessoa se sente quando duvidam da sua palavra. E a sra. Allan disse que nós nunca devemos desconfiar que uma pessoa não está dizendo a verdade a menos que tenhamos prova do contrário. Agora eu tenho uma prova... cabelos verdes são prova suficiente para qualquer pessoa. Mas eu ainda não tinha cabelos verdes, e acreditei em cada palavra que ele disse de modo *implícito*.

– Quem disse? De quem você está falando?

– Do mascate que passou aqui hoje à tarde. Comprei a tinta dele.

– Anne Shirley, quantas vezes eu já disse para você nunca deixar um daqueles italianos entrar aqui em casa! Na minha opinião, o melhor a fazer seria desencorajá-los para nunca passarem por Avonlea.

– Oh, eu não deixei que ele entrasse em casa. Eu lembrei o que você disse, saí, fechei a porta cuidadosamente e examinei a mercadoria dele na escada. Além disso, ele não era italiano. Era um judeu alemão. Ele tinha uma caixa enorme cheia de coisas muito interessantes e disse que estava trabalhando muito para conseguir dinheiro suficiente para mandar vir a esposa e as crianças da Alemanha. Ele falou sobre a família com tanta emoção que tocou meu coração. Eu quis comprar alguma coisa dele para ajudá-lo nessa finalidade tão justa. Aí, de repente, vi a garrafa de tintura para cabelos. O mascate disse que garantia que pintava qualquer cabelo de uma linda cor preta e brilhante, e que não sairia quando o lavasse. Num piscar de olhos, eu me vi com lindos cabelos pretos e brilhantes, e não consegui resistir à tentação. Mas a garrafa custava setenta e cinco *cents* e eu só tinha cinquenta *cents* que haviam sobrado da minha mesada. Eu acho que o coração do mascate devia ser muito bondoso, porque ele disse que, como era eu quem estava comprando, ele me venderia a garrafa por cinquenta *cents*, o que era quase de graça. Então comprei a garrafa e, assim que ele foi embora, vim para cá e apliquei a tinta com uma velha escova para cabelos, como estava escrito na etiqueta. Usei toda a garrafa e, oh, Marilla, quando vi a cor horrível que meu cabelo ficou, eu me arrependi de ter cometido um erro, isso eu garanto. E continuo me arrependendo desde então.

– Ora, eu espero que seu arrependimento seja realmente por um bom motivo – ralhou Marilla num tom de voz severo –, e que agora você perceba até onde essa sua vaidade a levou, Anne. Só Deus sabe o que se pode fazer agora. Eu acho que a primeira coisa é dar uma boa lavada no cabelo para ver se ajuda.

Dito e feito, Anne foi lavar o cabelo; esfregou-o vigorosamente com sabão e água, mas daria no mesmo se ela tivesse esfregado o cabelo ruivo original. O mascate certamente dissera a verdade quando avisou que a tinta não sairia, por mais que sua veracidade pudesse ser desacreditada em relação a outros assuntos.

– Oh, Marilla, e agora, o que vou fazer? – perguntou Anne chorando. – Vou morrer de vergonha. As pessoas quase conseguiram esquecer meus outros erros, como o bolo de linimento, e quando deixei Diana se embriagar, e quando perdi a calma com a sra. Lynde. Mas elas nunca esquecerão isso. Elas vão pensar que não sou respeitável. Oh, Marilla, "quando começamos a mentir, em que teia cada vez mais confusa nos enredamos". Isso é poesia, mas é verdade. E, oh, como Josie Pye vai rir! Marilla, eu *não posso* encarar Josie Pye. Eu sou a menina mais infeliz da Ilha Príncipe Eduardo.

A infelicidade de Anne continuou por mais uma semana. Durante esse tempo, ela não saiu de casa e lavou o cabelo com xampu todos os dias. De todas as pessoas, Diana era a única que conhecia o segredo fatal, mas ela prometera solenemente não contá-lo para ninguém, e não podemos deixar de assinalar aqui e agora que ela manteve sua palavra. No final da semana, Marilla disse sem fazer rodeios:

– Não adianta, Anne. Se há uma tinta indelével, essa é uma. Vamos ter de cortar o cabelo, não há outro jeito. Você não pode continuar assim.

Os lábios de Anne tremeram, mas ela percebeu a dura verdade das observações de Marilla. Com um suspiro de tristeza, foi buscar a tesoura.

Por favor, Marilla, vamos acabar logo com isso. Oh, eu sinto que meu coração está despedaçado. É uma aflição nada romântica. Nos livros, as meninas perdem seus cabelos por causa de febres, ou o vendem para conseguir algum dinheiro para uma boa ação, e eu tenho certeza de que eu não me incomodaria nem um pouco se perdesse meu cabelo por qualquer um desses motivos. Mas não há nada de reconfortante em ter de cortar o cabelo porque você o pintou de uma cor horrorosa, não é mesmo? Se não for incomodar você, eu vou chorar o tempo todo. Parece algo tão trágico.

Então Anne chorou, mas depois, quando subiu para seu quarto e se olhou no espelho, ela estava calma de tão desesperada. O cabelo teve de ser aparado o mais rente possível, e Marilla fizera seu trabalho minuciosamente. O resultado não era bonito, para dizer o mínimo. Anne virou o espelho para a parede imediatamente.

– Nunca mais, nunca, vou me olhar no espelho enquanto meu cabelo não crescer – afirmou com veemência.

Depois, virou o espelho novamente.

– Não, vou me olhar sim. Farei penitência por ter cometido esse erro. Olharei para mim cada vez que vier para o quarto para ver como sou feia. E nem tentarei imaginar que não sou assim. Eu nunca pensei que fosse vaidosa por causa do meu cabelo, mas agora sei que era porque ele era tão comprido e grosso e cacheado, apesar de ser ruivo. Acho que não vai demorar para alguma coisa acontecer com meu nariz...

Na segunda-feira seguinte, a cabeça aparada de Anne causou sensação na escola, mas, para seu alívio, ninguém descobriu o motivo verdadeiro, nem mesmo Josie Pye, que, no entanto, não deixou de informar Anne que ela estava igual a um perfeito espantalho.

– Fiquei calada quando Josie disse aquilo para mim – confidenciou Anne naquela noite para Marilla, que estava deitada no sofá com uma das suas dores de cabeça –, porque achei que era parte do meu castigo e que devia aguentar pacientemente. Não é fácil ouvir que você está igual a um espantalho e eu bem que quis revidar. Mas não revidei. Somente lancei um olhar de desprezo para ela, e depois a perdoei. Perdoar as pessoas faz a gente se sentir muito virtuosa, não é? Depois disso, pretendo dedicar todas as minhas energias em ser boa e nunca mais tentarei ser bonita. Claro que é melhor ser boa. Eu sei que é, mas às vezes é difícil acreditar numa coisa mesmo quando você a conhece. Marilla, eu realmente quero ser boa como você, a sra. Allan e a srta. Stacy, e crescer, e você se orgulhar de mim. Diana sugeriu que eu amarrasse uma fita de veludo preto em volta da cabeça, com um laço num dos lados, quando meu cabelo começar a crescer. Ela disse que acha que ficarei muito bem assim. Vou chamar de turbante... Soa muito romântico. Estou falando demais, Marilla? A cabeça dói quando eu falo?

– Minha cabeça já está melhor. Mas hoje à tarde estava muito mal. Essa minhas dores de cabeça estão ficando cada vez piores. Vou ter de ir a um médico para dar uma olhada. Quanto à sua tagarelice, eu não me importo... já me acostumei a ela.

O que era o jeito de Marilla dizer que gostava de ouvir Anne tagarelando.

XXVIII
Uma donzela pura e desafortunada

– Claro que você tem de ser Elaine, Anne – exclamou Diana. – Eu não teria coragem de flutuar lá no fundo.

– Nem eu – acrescentou Ruby Gillis, toda arrepiada. – Eu não me importo de flutuar quando estamos em duas ou três dentro do bote, e podemos sentar. Então é divertido. Mas deitar lá no fundo e fingir que morri... eu jamais poderia. Eu acabaria morrendo de medo de verdade.

– Claro que seria romântico – admitiu Jane Andrews –, mas eu sei que não conseguiria ficar imóvel. Eu levantaria a cada instante para ver onde estava, e se não estava sendo arrastada para longe. E sabe, Anne, isso estragaria o efeito.

– Mas uma Elaine ruiva é tão ridícula – reclamou Anne. – Eu não tenho medo de flutuar lá no fundo, e adoraria ser Elaine. Mesmo assim não deixa de ser ridículo. Ruby deveria ser Elaine, porque ela tem a pele muito clara e lindos cabelos compridos e louros... Sabe, Elaine tinha "um cabelo luminoso que caía em cascatas"*. E Elaine era a donzela do lírio branco. Ora, uma pessoa ruiva não pode ser uma donzela do lírio branco.

– Sua pele é tão clara quanto a de Ruby – interveio Diana muito séria –, e seu cabelo está muito mais escuro depois que você o cortou.

– Oh, você acha mesmo? – exclamou Anne, ruborizando sensivelmente de prazer. – Eu às vezes também acho que está... mas nunca tive coragem de perguntar a ninguém porque tinha medo que dissessem que não estava. Você acha que ele agora pode ser chamado de castanho-avermelhado, Diana?

– Pode, e acho que está muito bonito – disse Diana, olhando com admiração para os cachos curtos e sedosos que se agrupavam ao redor da cabeça de Anne e que eram mantidos no lugar por uma fita com um laço de veludo preto muito elegante.

Elas estavam paradas na margem do lago, no início da Ladeira do Pomar, onde um pequeno promontório debruado de bétulas se projetava da margem; na ponta havia uma pequena plataforma de madeira construída por cima da água, que os pescadores e os caçadores de patos costumavam utilizar. Ruby e Jane estavam passando a tarde do meio do verão com Diana, e Anne viera brincar com elas.

---

* Trecho de "Lancelot e Elaine", do poeta inglês lorde Alfred Tennyson (1809-1892). (N. T.)

Naquele verão, Anne e Diana haviam passado a maior parte dos seus momentos de recreio entre idas e vindas ao lago. Depois que o sr. Bell havia cortado, sem dó nem piedade, o pequeno círculo de bétulas brancas do seu pedacinho de chão na primavera, o Recreio no Bosque pertencia ao passado. Anne sentou entre os tocos de madeira e chorou, sempre com um olho no que havia de romântico naquilo; mas ela logo se consolou porque, afinal, como ela e Diana disseram, meninas grandes, de treze, quase catorze anos, eram velhas demais para diversões tão infantis, como casas de brinquedo, quando havia lugares mais fascinantes para se descobrir ao redor do lago. O lago era esplêndido para pescar truta da ponte, e as duas meninas aprenderam a remar sozinhas no pequeno bote de fundo chato que o sr. Barry usava para caçar patos.

Anne foi quem teve a ideia de dramatizar Elaine. No inverno passado, elas haviam estudado o poema de Tennyson na escola, porque o ministro da Educação o havia incluído no curso de inglês de todas as escolas da Ilha Príncipe Eduardo. Elas o haviam analisado, desmembrado e esmiuçado, até poder ser considerado um milagre que ainda sobrasse qualquer significado para elas, mas pelo menos a donzela do lírio branco, Lancelot, Guinevere e o rei Arthur haviam se tornado pessoas reais, e Anne foi consumida por um desapontamento secreto de não ter nascido em Camelot. Como ela mesma disse, as pessoas naqueles dias eram muito mais românticas do que as de hoje.

O plano de Anne foi recebido com entusiasmo. As meninas haviam descoberto que, se empurrassem o bote do atracadouro, ele seria levado pela correnteza por baixo da ponte e acabaria parando sozinho no outro promontório, que se projetava de uma curva do lago lá embaixo. Elas haviam remado muitas vezes até lá, e nada poderia ser mais conveniente para interpretar Elaine.

– Está bem, eu vou ser Elaine – concordou Anne, relutante, porque, embora estivesse encantada por interpretar a personagem principal, seu sentido artístico exigia um preparo físico que, segundo ela, suas limitações tornavam impossível.

– Ruby, você será o rei Arthur, Jane será Guinevere, e Diana será Lancelot. Mas primeiro teremos de ser o pai e os irmãos. Não teremos o velho servo mudo, porque não há espaço para duas pessoas no bote, quando uma está deitada. Precisamos cobrir o bote todo com samito* bem preto. Diana, aquele velho xale preto da sua mãe é exatamente do que precisamos.

Depois que o xale preto foi obtido, Anne o esticou por cima do bote, e deitou no fundo, de olhos fechados, com as mãos dobradas em cima do peito.

– Oh, parece que ela morreu de verdade – sussurrou Ruby Gillis, muito nervosa, observando o rostinho branco e imóvel debaixo das sombras trêmulas das bétulas. – Me-

* Tecido pesado de seda, às vezes entrelaçado de fios de ouro ou de prata, usado na Idade Média. (N. T.)

ninas, eu estou com medo. Vocês têm certeza de que fazer de conta desse jeito está certo? A sra. Lynde disse que qualquer faz de conta é abominavelmente errado.

– Ruby, você não deveria mencionar a sra. Lynde – reclamou Anne, muito séria. – Estraga o efeito, pois tudo aconteceu cem anos antes da sra. Lynde nascer. Jane, dá um jeito aqui. E é uma tolice Elaine estar falando, quando deveria estar morta.

Jane acatou a ordem de maneira admirável. Não havia nenhum pano dourado para servir de colcha, mas uma velha coberta de crepe japonesa amarela foi um substituto excelente. Conseguir um lírio branco naquela época do ano era impossível, mas o efeito de um íris de talo comprido colocado entre as mãos dobradas de Anne era tudo o que podia ser desejado.

– Bom, ela está pronta – disse Jane. – Agora, temos de beijar sua fronte imóvel. Diana, você diz: "Irmã, adeus para sempre"; e Ruby, você diz: "Doce irmã, adeus"; e vocês precisam parecer tão tristes quanto conseguirem. Pelo amor de Deus, Anne, sorria um pouco. Você sabe que Elaine "estava deitada como se sorrisse". Assim está melhor. Agora, empurrem o bote.

O bote foi devidamente empurrado e passou arranhando por cima de uma velha estaca fincada no fundo do lago durante o processo. Diana, Jane e Ruby esperaram até que fosse levado pela correnteza, depois saíram correndo pela floresta, atravessaram a estrada e continuaram para o outro promontório onde, assim como Lancelot e Guinevere e o rei Arthur, estariam preparadas para receber a donzela do lírio branco.

Durante alguns minutos, enquanto vogava lentamente riacho abaixo, Anne aproveitou o romance da sua situação em toda a sua plenitude. Então, aconteceu algo nada romântico. O bote começou a vazar. Elaine só teve tempo para ficar em pé o mais rápido que pôde, levantar a colcha dourada e o pano de samito pretíssimo e olhar estarrecida para a grande fenda no fundo do bote através da qual a água jorrava, literalmente. A estaca pontuda do ancoradouro arrancara um pedaço do forro pregado no bote. Anne não sabia disso, mas não demorou para perceber que a situação era perigosa. Nesse ritmo, o bote logo ficará cheio de água e afundará muito antes de chegar no outro promontório. Onde estavam os remos? Esquecidos no ancoradouro!

Anne soltou um pequeno grito agonizante que ninguém nem sequer ouviu; seus lábios estavam brancos, mas ela não perdeu o autodomínio. Havia uma possibilidade... apenas uma.

– Fiquei terrivelmente assustada – contou para a sra. Allan no dia seguinte – e tive a impressão de que muitos anos passavam enquanto o bote flutuava debaixo da ponte e ficava cada vez mais cheio de água. Eu rezei, sra. Allan, com toda força, mas não fechei os olhos enquanto rezava porque sabia que o único jeito que Deus teria para me salvar seria permitindo que o bote boiasse para perto de uma das estacas da ponte, perto o suficiente para que eu pudesse subir por ela. A senhora sabe que as estacas são troncos de velhas árvores, e que elas estão cobertas de protuberâncias e galhos velhos. Rezar era correto, mas eu sabia muito bem que tinha de fazer minha parte também e tomar muito cuidado. Eu só repetia sem parar: "Meu bom Deus, por favor, leve o bote para perto de uma estaca e deixe o resto por minha conta." Nessas circunstâncias, você não pensa em fazer uma oração floreada. Mas a minha foi atendida, porque, um instante depois, o bote bateu numa das estacas. Pendurei o pano e o xale por cima do ombro e comecei a subir por um enorme toco de madeira providencial. E lá estava eu, sra. Allan, agarrada naquela velha estaca escorregadia sem poder subir nem descer. A posição não era nem um pouco romântica, mas eu não pensei nisso naquele momento. Você não pensa muito sobre romances quando acaba de escapar de um túmulo aguado. Rezei uma oração de agradecimento imediatamente, depois concentrei toda minha atenção em me agarrar com força na estaca, porque eu sabia que provavelmente teria de depender de ajuda humana para voltar para terra.

O bote flutuou debaixo da ponte e pouco depois afundou na correnteza. Quando Ruby, Jane e Diana, que já estavam esperando no promontório, viram o bote desaparecer diante dos seus olhos, elas não tiveram nenhuma dúvida de que Anne afundara junto. Por um momento, ficaram imóveis, brancas como uma folha de papel, paralisadas pelo horror e pela tragédia; depois, começaram a gritar como loucas e a correr freneticamente pela floresta e, quando cruzaram a estrada, nem pararam para olhar para o caminho que levava até a ponte. Anne agarrava-se desesperadamente na estaca com os pés e as mãos quando viu suas formas esvoaçantes e ouviu seus gritinhos de pavor. Logo chegaria ajuda, mas enquanto isso sua posição era das mais desconfortáveis.

Os minutos passaram, e cada minuto parecia uma hora para a donzela desafortunada do lírio branco. Por que não vinha alguém? Onde estavam as meninas? E se todas tivessem desmaiado em conjunto? E se ninguém viesse! E se ela ficasse tão cansada e cheia de câibras e não conseguisse aguentar mais? Anne olhou para as profundezas verdes e malignas debaixo dela, onde oscilavam sombras oleosas e compridas, e sentiu um arrepio. Sua imaginação começara a sugerir todo tipo de possibilidades horrendas.

Então, no exato momento que ela achava que realmente não conseguiria mais aguentar a dor nos braços e nos pulsos nem mais por um instante, Gilbert Blythe apareceu remando debaixo da ponte no bote de Harmon Andrew!

Gilbert ergueu os olhos e, para seu espanto, deparou-se com um rostinho branco com uma expressão muito desdenhosa, que olhava para ele com grandes olhos cinzentos assustados, mas igualmente cheios de desprezo.

– Anne Shirley! Como foi que você foi parar aí? – exclamou.

Sem esperar uma resposta, Gilbert se aproximou da estaca e estendeu a mão. Não havia como escapar dessa situação; Anne agarrou-a, subiu com alguma dificuldade no bote e sentou na popa, aborrecida e furiosa, com os braços carregados com o xale que pingava sem parar e a crepe encharcada. Como era extremamente difícil manter a dignidade nessas circunstâncias!

– O que aconteceu, Anne? – perguntou Gilbert, recomeçando a remar.

– Estávamos interpretando Elaine – explicou Anne, fria como o gelo, sem nem ao menos olhar para seu salvador –, e eu tinha de flutuar até Camelot na barcaça, isso é, no bote. O bote começou a vazar, e eu me agarrei na estaca. As meninas foram buscar ajuda. Você faria a gentileza de me levar até o ancoradouro?

Gilbert remou gentilmente até o ancoradouro, onde Anne recusou qualquer ajuda, pulando agilmente em terra firme.

– Estou muito agradecida a você – disse com altivez, e deu as costas para Gilbert.

Mas Gilbert, que também pulara do barco, segurou-a pelo braço com uma das mãos.

– Anne – disse, falando rápido –, olhe para mim. Não podemos ser bons amigos? Eu sinto muito ter caçoado do seu cabelo aquela vez. Eu não quis chatear você; só fiz por brincadeira. Além disso, já aconteceu há muito tempo. Eu acho seu cabelo muito bonito agora... estou falando sério. Vamos ser amigos.

Anne hesitou por um momento. Debaixo da sua dignidade ultrajada, ela estava consciente, de uma forma estranha e recém-despertada, que a expressão meio tímida, meio ansiosa, nos olhos cor de avelã de Gilbert era algo muito bom de ver. Seu coração deu uma batidinha rápida, estranha. Mas o rancor da antiga ofensa paralisou imediatamente sua determinação vacilante. A cena de dois anos atrás passou como um raio pela sua mente, tão vívida como se tivesse acontecido ontem. Gilbert a chamara de... cenoura..., e a desgraçou diante de toda a escola. Seu ressentimento, cuja causa poderia parecer ridícula para as outras pessoas mais velhas, aparentemente não havia sido nem um pouco acalmado ou suavizado pela passagem do tempo. Ela odiava Gilbert Blythe! Ela nunca o perdoaria!

– Não – respondeu com frieza –, nós nunca seremos amigos, Gilbert Blythe; e eu nem quero!

– Pois muito bem! – respondeu Gilbert, saltando para dentro do bote com uma cor raivosa nas faces. – Eu nunca mais pedirei a você para sermos amigos, Anne Shirley. E também não me importo!

Gilbert se afastou com remadas rápidas e desafiadoras, e Anne seguiu pela pequena trilha íngreme coberta de samambaias debaixo dos bordos. Ela mantinha a cabeça muito ereta, mas estava consciente de uma sensação estranha de remorso. Ela quase desejava ter respondido de outra forma. Claro que Gilbert a insultara horrivelmente, mas, ainda assim... Somando tudo, Anne pensou que seria um alívio sentar e derramar umas boas lágrimas. Ela realmente estava muito frágil emocionalmente, e o susto e a força que fez para permanecer agarrada na estaca começavam a ser sentidos.

Quando estava na metade do caminho, ela se deparou com Jane e Diana, que voltavam correndo para o lago num estado bem próximo a um desvario real. O sr. e a sra. Barry haviam saído, e elas não haviam encontrado ninguém na Ladeira do Pomar. Ruby Gillis sucumbira à histeria enquanto estavam na casa dos Barry, e elas a haviam deixado lá para recuperar-se do ataque como podia, enquanto Jane e Diana iam até Green Gables e passavam voando pela Floresta Mal-Assombrada e o riacho. Lá também não haviam encontrado ninguém, porque Marilla havia ido para Carmody e Matthew estava cuidando do feno nos campos dos fundos.

– Oh, Anne – ofegou Diana, praticamente caindo em volta do pescoço da amiga, chorando de alívio e alegria. – Oh, Anne... nós pensamos... que você... tinha se... afogado... e nos sentimos... como assassinas... porque obrigamos... você... a ser... Elaine. E Ruby está... histérica... Oh, Anne, como foi que se salvou?

– Subi numa das estacas – explicou Anne exausta –, e Gilbert Blythe passou no bote do sr. Andrews e me trouxe até a margem.

– Oh, Anne, que esplêndido da parte dele! Ora, é tão romântico! – interveio Jane, que finalmente havia recuperado fôlego suficiente para falar. – Claro que depois disso você vai falar com ele.

– Claro que não vou – revidou Anne, num retorno momentâneo ao seu antigo ímpeto. – E nunca mais quero ouvir a palavra "romântico" outra vez, Jane Andrews. Sinto muito que vocês tenham ficado tão assustadas, meninas. A culpa foi toda minha. Eu tenho certeza de que nasci sob uma estrela de mau agouro. Tudo o que faço me coloca, ou coloca minhas amigas mais queridas, numa enrascada. Destruímos o bote do seu pai, Diana, e tenho o pressentimento de que não teremos mais permissão para remar no lago.

O pressentimento de Anne provou ser mais confiável do que os pressentimentos costumam ser. Quando ficaram sabendo dos eventos daquela tarde, o descontentamento nas casas das famílias Barry e Cuthbert foi enorme.

– Anne, será que você *nunca* vai criar juízo? – gemeu Marilla.

– Ah, vou, acho que vou, Marilla – respondeu Anne otimista.

Ela se permitiu a uma boa choradeira na solidão gratificante do frontão leste que acalmou seus nervos e restaurou sua alegria costumeira.

– Acho que minhas perspectivas de criar juízo são maiores agora do que nunca.

– Não sei como – objetou Marilla.

– Bem – explicou Anne –, hoje aprendi uma lição nova e valiosa. Eu venho cometendo erros desde que vim para

Green Gables, e cada erro me ajudou a me curar de alguma imperfeição. O caso do broche de ametista me curou de me meter com coisas que não me pertencem. O erro da Floresta Mal-Assombrada me curou de permitir que minha imaginação levasse a melhor. O bolo de linimento me curou de ser descuidada quando cozinho. Pintar o cabelo me curou da vaidade. Agora, nunca mais penso no meu cabelo nem no meu nariz – isso é, só de vez em quando. E o erro de hoje vai me curar de ser romântica demais. Cheguei à conclusão de que não adianta ser romântica em Avonlea. Provavelmente, devia ser muito fácil há cem anos, entre as muralhas e as torres de Camelot, mas o romance não é valorizado hoje em dia. Marilla, eu tenho certeza absoluta de que você logo perceberá uma grande melhora em mim.

– Eu certamente espero que sim – respondeu Marilla com ceticismo.

Quando Marilla saiu, Matthew, que permanecera calado, sentado no seu canto, colocou uma das mãos no ombro de Anne.

– Não desista de todo seu romance, Anne – murmurou timidamente. – Um pouquinho de romance é uma coisa boa... não demais, é claro... mas guarde um pouquinho, Anne, guarde um pouquinho.

XXIX
Uma época na vida de Anne

Anne estava tangendo as vacas dos pastos dos fundos de volta para casa pela Vereda dos Namorados. Era uma tarde de setembro, e todos os espaços e todas as clareiras da floresta transbordavam com a luminosidade da cor do rubi do entardecer. Respingada de luz aqui e ali, a vereda estava, na sua maior parte, bem escura debaixo dos bordos, e os espaços entre os espruces cobertos de um crepúsculo violeta escuro, como se fosse um vinho etéreo. Os ventos passavam pelos topos das árvores, e não havia música mais doce do que aquela que o vento tocava nas árvores dos espruces naquela tarde.

As vacas ondulavam placidamente pela vereda, e Anne as seguia sonhadora, enquanto repetia o canto de batalha de *Marmion* – que também fora incluído no curso de Inglês no inverno passado, e que a srta. Stacy obrigou seus alunos a aprender de cor –, deleitando-se com os versos rápidos e com o entrechocar das lanças imaginárias. Quando chegou nas linhas:

O lanceiro teimoso ainda resistia
Na floresta escura, impenetrável,

Anne parou extasiada para fechar os olhos e se imaginar melhor como um dos lanceiros daquele círculo heroico. Quando os reabriu, viu Diana, que passava pelo portão que dava para o campo dos Barry e caminhava com um ar tão importante que Anne adivinhou imediatamente que ela trazia uma notícia. Porém, ela se conteve, e não manifestou nenhuma curiosidade ansiosa.

– Você não acha que esta tarde se parece com um sonho cor de púrpura, Diana? Ela me faz ficar tão feliz por estar viva. Eu sempre acho que não há nada melhor do que as manhãs; mas eu acho ainda mais maravilhoso quando entardece.

– A tarde está muito bonita – concordou Diana –, mas, oh, eu tenho grandes notícias, Anne. Adivinha. Você tem três chances.

– Charlotte Gillis vai casar na igreja, e a sra. Allan quer que nós a decoremos – gritou Anne.

– Não. O noivo de Charlotte não concordou porque até hoje ninguém casou na igreja, e porque ele acha muito parecido com um enterro. É muita maldade da parte dele, porque seria muito divertido. Tente de novo.

– A mãe de Jane vai permitir que ela dê uma festa para comemorar o seu aniversário?

Diana sacudiu a cabeça, os olhos negros dançando de felicidade.

– Não consigo imaginar o que possa ser – disse Anne meio desesperada –, a não ser que Moody Spurgeon MacPherson tenha acompanhado você até em casa depois do encontro religioso ontem à noite. Acompanhou?

– Mas que ideia! – exclamou Diana indignada. – Mesmo se aquela criatura horrorosa tivesse me acompanhado até em casa eu certamente não me vangloriaria a respeito! Eu sabia que você não ia adivinhar. Hoje mamãe recebeu uma carta de tia Josephine, e tia Josephine nos convidou, você e eu, para irmos à cidade na próxima terça-feira e ficarmos na casa dela para vermos a Exposição. Pronto!

– Oh, Diana – sussurrou Anne, precisando se encostar contra um dos bordos para não desabar no chão –, você está falando sério? Mas eu temo que Marilla não me deixará ir. Ela vai dizer que não pode incentivar essas coisas de ficar badalando por aí. Foi o que ela disse na semana passada, quando Jane me convidou para ir com eles no carro esporte de dois lugares para assistir ao concerto dos americanos no Hotel White Sands. Eu queria ir, mas Marilla disse que eu faria melhor se ficasse em casa e estudasse minhas lições, e Jane também. Fiquei tão desapontada, Diana. Fiquei tão triste que nem disse minhas orações quando fui dormir. Mas depois me arrependi, levantei no meio da noite e rezei.

– Sabe o quê? – perguntou Diana. – Vamos pedir à minha mãe para ela pedir a Marilla. É possível que assim ela deixe você ir; e se ela deixar nós vamos nos divertir como nunca, Anne. Eu nunca estive numa Exposição, e é tão irritante ouvir as outras meninas contarem sobre suas viagens. Jane e Ruby já foram duas vezes, e este ano vão novamente.

– Eu não vou pensar nem um pouco sobre isso até saber se posso ir ou não – respondeu Anne decidida. – Se o fizer agora e depois ficar desapontada, eu não aguentarei. Mas, se eu for, ficarei muito contente, porque meu novo casaco ficará pronto a tempo. Marilla achou que eu não precisava de um casaco novo. Ela disse que o antigo aguentaria muito bem mais um inverno, e que eu tinha de me dar por satisfeita por ter um vestido novo. O vestido é muito bonito, Diana – é azul marinho e muito elegante. Agora Marilla sempre faz meus vestidos muito elegantes, porque ela diz que não quer que Matthew peça a sra. Lynde. Estou tão contente. É tão mais fácil ser boa quando suas roupas são tão elegantes. Pelo menos é mais fácil para mim. Acho que não faz muita diferença para as pessoas que são boas naturalmente, mas Matthew disse que eu preciso de um casaco novo, então Marilla comprou um tecido lindo de *broadcloth** azul, e ele está sendo confeccionado em Carmody por uma costureira de verdade. Deve ficar pronto no

* Lã para ternos, de trama bem fechada, com pelo liso e brilhoso. (N. T.)

sábado à noite, e eu estou tentando não me imaginar caminhando pela nave da igreja no domingo na minha roupa nova e gorro novo porque temo que seja errado imaginar essas coisas. Mas elas entram na minha mente de maneira sorrateira, mesmo que eu não queira. Meu gorro é tão bonito. Matthew o comprou para mim no dia em que estivemos em Carmody. É um daqueles pequenos, de veludo azul, que estão no auge da moda, com um cordão dourado e borlas. Seu novo chapéu é muito elegante, Diana, e você fica tão bem nele. No domingo passado, quando vi você entrando na igreja, meu coração se encheu de orgulho só de pensar que você é minha amiga mais querida. Você acha que é errado pensarmos tanto nas nossas roupas? Marilla disse que é um pecado muito grande. Mas *é* um assunto tão interessante, não é?

Marilla concordou em deixar Anne ir à cidade e ficou combinado que o sr. Barry levaria as meninas na próxima terça-feira. Como Charlottetown ficava a cinquenta quilômetros de distância, e o sr. Barry queria ir e voltar no mesmo dia, precisariam sair bem cedo de manhã. Mas para Anne tudo era alegria, e na terça-feira de manhã ela levantou da cama antes do amanhecer. Um olhar rápido pela janela garantiu que o dia seria bonito, porque no leste, atrás dos espruces da Floresta Mal-Assombrada, o céu estava prateado e sem nuvens. Através dos espaços entre as árvores, uma luz brilhava no frontão leste da Ladeira do Pomar, um sinal de que Diana também já acordara.

Quando Matthew acendeu o fogão, Anne já estava vestida, e o desjejum já estava pronto quando Marilla desceu, mas ela também estava excitada demais para comer. Depois do desjejum, o novo casaco e gorro foram colocados, e Anne caminhou com passos apressados por cima do riacho, através dos espruces até a Ladeira do Pomar. O sr. Barry e Diana estavam à sua espera, e pouco depois todos partiram.

Era uma viagem longa, mas Anne e Diana aproveitaram cada minuto. Era tão prazeroso passar rapidamente pelas estradas banhadas de orvalho no sol vermelho da manhã que se arrastava por cima dos campos das colheitas. O ar estava fresco e seco, e pequenos nevoeiros esfumaçados se encacheavam pelos vales e flutuavam das colinas. Às vezes, a estrada passava pela floresta, onde os bordos começavam a estender suas faixas vermelhas; outras vezes, a estrada passava por cima de pontes e os rios lá embaixo faziam a pele de Anne se encolher com um medo antigo, meio delicioso; outras vezes, ela se enroscava pelas margens de um porto e passava por pequenos conjuntos de cabanas de pescadores acinzentadas; depois, desaparecia novamente pelas colinas, de onde se entrevia a extensão distante e curva de um planalto ou de um céu azul esfumaçado; mas, por onde passasse, sempre havia muitas coisas interessantes para discutir. Era quase meio-dia quando chegaram à cidade e encontraram o caminho para chegar a Beechwood. Beechwood era uma mansão antiga, muito bonita, recuada e isolada da rua por olmos verdes e galhos de faias. A srta. Barry os recebeu na porta com olhos pretos espertos e brilhantes.

– Então, você finalmente veio me visitar, menina-Anne – disse. – Minha nossa, menina, como você está grande! Puxa, está mais alta do que eu. E também está muito mais bonita do que antes. Mas eu tenho certeza de que você sabe disso sem que ninguém precise dizer para você.

– Eu certamente não sabia – respondeu Anne radiante. – Eu sei que não estou mais tão sardenta como costumava ser, então tenho muito para ser grata, mas eu realmente não ousava esperar que houvesse qualquer outra melhora. Estou tão contente que a senhora ache que sim, srta. Barry.

A casa da srta. Barry era decorada com "grande magnificência", como Anne contou depois para Marilla. As duas garotinhas provincianas ficaram muito desconcertadas com o esplendor da sala de visitas, onde a srta. Barry deixou-as enquanto ia cuidar do almoço.

– Não é igualzinho a um palácio? – sussurrou Diana. – Eu nunca estive na casa da tia Josephine antes, e não fazia ideia de que era tão imponente. Eu queria tanto que Julia Bell pudesse ver isso... ela fica tão convencida quando fala da sala de visitas da mãe dela.

– Um tapete de veludo – suspirou Anne diante daquele luxo – e cortinas de seda! Eu sonhei com tudo isso, Diana. Mas, sabe, eu acho que não me sinto muito confortável com elas no final das contas. Há tantas coisas neste quarto, e todas são tão esplêndidas que não sobra espaço para a imaginação. O que é um consolo quando você é pobre... há tantas outras coisas sobre as quais se pode imaginar.

A estadia na cidade marcou Anne e Diana durante muitos anos. Ela foi ocupada com prazeres do princípio ao fim.

Na quarta-feira, a srta. Barry levou-as para visitar a Exposição, onde passaram o dia.

– Foi esplêndido – relatou Anne mais tarde para Marilla. – Eu nunca imaginei que algo pudesse ser tão interessante. Eu realmente não sei qual dos setores foi o mais importante. Os de que mais gostei foram os setores dos cavalos, das flores e dos bordados decorativos. Josie Pye tirou o primeiro lugar em renda de agulha. Eu realmente fiquei contente por ela. E fiquei contente por me sentir contente, porque se eu consigo me alegrar com o sucesso de Josie, isso significa que eu estou melhorando, você não acha, Marilla? As maçãs *Gravenstein* do sr. Harmon Andrews tiraram o segundo lugar, e o porco do sr. Bell, o primeiro. Diana disse que era ridículo um superintendente da escola dominical ganhar um prêmio por causa de porcos, mas eu não vejo por quê. Você vê, Marilla? Ela disse que sempre se lembrará do porco, quando ele estiver rezando tão solenemente. Clara Louise MacPherson ganhou um prêmio por um quadro que ela mesma pintou, e a sra. Lynde ganhou o primeiro lugar por sua manteiga e seu queijo caseiros. Então, Avonlea esteve muito bem representada, não é mesmo? A sra. Lynde também estava lá, e eu não sabia como gostava dela até ver aquele rosto familiar entre todos aqueles estranhos. Havia centenas de pessoas, Marilla. O que me fez sentir terrivelmente insignificante. A srta. Barry nos levou para ver as corridas de cavalos na tribuna social. A sra. Lynde não quis ir; ela disse que as corridas de cavalos eram uma abominação, e que ela, como membro da igreja, achava que tinha a obrigação de dar o bom exemplo e manter-se afastada daquilo. Mas havia tanta gente lá que eu acho que ninguém percebeu sua ausência. Mas eu acho que não devo ir às corridas de cavalos com frequência, por que elas *são* terrivelmente fascinantes. Diana ficou tão excitada que apostou dez *cents* comigo que o cavalo ruivo ia ganhar. Eu achei que não ganharia, mas recusei a aposta, porque queria contar para a sra. Allan tudo a respeito de tudo, e tinha certeza de que não contaria isso para ela. É sempre errado fazer alguma coisa que você não pode contar para a esposa do pastor. Ter a esposa do pastor como amiga é o mesmo que ter uma consciência a mais. E fiquei muito contente por não ter apostado, porque o cavalo ruivo *ganhou*, e eu teria perdido dez *cents*. Como você pode ver, Marilla, a virtude tem sua própria recompensa. Nós vimos um homem subir num balão. Eu adoraria subir num balão, Marilla; seria de arrepiar. E havia um homem vendendo bilhetes da sorte. Você dava dez *cents* para ele e um passarinho escolhia um bilhete da sorte para você. A srta. Barry deu dez *cents* para Diana e dez para mim para que cada uma ficasse conhecendo sua sorte. Meu bilhete dizia que vou casar com um homem moreno muito rico, e que cruzarei as águas e morarei do outro lado. Depois disso, olhei cuidadosamente para todos os homens morenos que encontrei, mas nenhum deles me interessou muito; de qualquer forma, eu acho que ainda é muito cedo para correr atrás dele. Oh, aquele foi um dia para não-esquecer-nunca-mais, Marilla. Fiquei tão cansada que não consegui dormir naquela noite. A srta. Barry nos colocou no quarto de visitas, como havia prometido. O quarto era muito elegante, Marilla, mas de alguma forma dormir no quarto de visitas não é o que eu imaginava. Estou começando a perceber que isso é o que é pior quando a gente cresce. As coisas que você queria tanto quando era criança não parecem nem um pouco tão maravilhosas depois que você as consegue.

Na quinta-feira, as meninas deram uma volta no parque, e de noite a srta. Barry levou-as para um concerto na Academia de Música, onde uma famosa *prima donna* ia cantar. Aquela noite foi uma visão cintilante de prazer para Anne.

– Oh, Marilla, nem dá para descrever. Só para você ter uma ideia, eu estava tão excitada que nem conseguia falar. Apenas fiquei sentada num silêncio encantado. Madame Selitsky usava um vestido de cetim branco e diamantes, e estava perfeitamente linda. Mas eu não pensei em mais nada quando ela começou a cantar. Oh, nem posso dizer como me senti. Mas eu soube que nunca mais seria difícil ser boa. Eu me senti da mesma forma como me sinto quando olho para as estrelas. Meus olhos se encheram de lágrimas, mas, oh, eram lágrimas tão felizes. Fiquei muito triste quando tudo acabou e disse para a srta. Barry que não tinha a menor ideia de como iria fazer para nunca mais voltar para a vida comum. Ela disse que ajudaria se nós fossemos no restaurante do outro lado da rua e tomássemos um sorvete. Isso me pareceu tão prosaico; mas, para minha surpresa, descobri que era verdade. O sorvete estava delicioso, Marilla, e era tão bom e espairecedor estar sentada ali tomando um sorvete às onze horas da noite. Diana disse que tinha certeza de que nascera para a vida na cidade. A srta. Barry pediu minha opinião a respeito, mas eu respondi que teria de pensar muito seriamente no assunto antes de dizer o que eu realmente pensava. Então, depois que fui para a cama, pensei. É a melhor hora para pensar sobre as coisas. E cheguei à conclusão, Marilla, que não nasci para a vida na cidade, e que estava contente por isso. É muito bom tomar um sorvete em restaurantes maravilhosos às onze horas da noite de vez em quando; mas, como uma coisa regular, eu prefiro estar no frontão leste às onze da noite, profundamente adormecida, mas de certa forma sabendo que, enquanto durmo, as estrelas estão brilhando lá fora e o vento está soprando nos espruces do outro lado do riacho. E foi o que eu disse para a srta. Barry na manhã seguinte durante o desjejum, e ela riu. Em geral, a srta. Barry ria de qualquer coisa que eu dizia, mesmo das mais solenes. Acho que não gostei, Marilla, porque eu não estava tentando ser engraçada. Mas ela é uma senhora muito hospitaleira, e nos tratou maravilhosamente bem.

Sexta-feira era o dia de voltar para casa, e o sr. Barry foi buscar as meninas.

– Bem, espero que tenham se divertido – disse a srta. Barry quando se despediu delas.

– Nos divertimos muito, com certeza – respondeu Diana.

– E você, menina-Anne?

– Eu adorei cada minuto do tempo que passei aqui – respondeu Anne e, num impulso, jogou os braços em volta do pescoço da velha senhora e beijou sua bochecha enrugada.

Diana, que jamais teria ousado fazer esse gesto, ficou muito chocada com a liberdade de Anne. Mas a srta. Barry gostou e ficou na varanda até o carro esporte desaparecer na estrada. Depois, deu um suspiro e voltou para o interior da mansão. Sem aquelas vidas jovens e frescas a casa parecia solitária. Para dizer a verdade, a srta. Barry era uma velha senhora muito egoísta que nunca se importava muito com ninguém além dela mesma. Ela dava valor às pessoas apenas quando lhe eram de alguma utilidade ou quando as divertiam. Anne a divertira e, por conseguinte, estava lá no topo das boas graças da velha senhora. No entanto, a srta. Barry percebeu que pensava menos no seu jeito esquisito de falar e mais no frescor dos seus entusiasmos, nas suas emoções transparentes, no seu jeitinho de conquistar as pessoas e na beleza da sua boca e dos seus olhos.

– Quando soube que Marilla Cuthbert havia adotado uma menina de um asilo para órfãos achei que ela não passava de uma velha tola – disse para si mesma –, mas parece que no final das contas ela não cometeu nenhum erro. Se eu tivesse uma criança como Anne em casa o tempo todo eu seria uma mulher melhor e mais feliz.

Anne e Diana acharam a viagem de volta tão agradável quanto a ida – até mais agradável, porque estavam alegremente conscientes da casa que as esperava na outra ponta. Entardecia, e as colinas escuras de Avonlea contrastavam contra o céu cor de açafrão. Atrás delas, a lua surgia no mar, que se transfigurava e se tornava radiante sob sua luminosidade. Cada pequena enseada ao longo da estrada sinuosa era uma maravilha de ondulações que dançavam. Lá embaixo, as ondas quebravam nas pedras com um bramido suave, e o cheiro salgado do mar permeava o ar penetrante e fresco.

– Oh, mas como é bom estar viva e voltar para casa – suspirou Anne.

E quando atravessou a ponte de troncos que passava por cima do riacho, a luz da cozinha de Green Gables piscou para ela num sinal de boas-vindas amigável, enquanto pela porta aberta o fogo aceso da lareira mandava seu brilho vermelho caloroso para todos os cantos daquela noite de outono friorenta. Anne correu rapidamente ladeira acima e entrou na cozinha, onde um jantar quente a esperava na mesa.

– Voltou, é? – disse Marilla, guardando o tricô.

– Voltei e, oh, é tão bom estar de volta – respondeu Anne muito alegre. – Eu poderia dar um beijo em tudo, até no relógio. Marilla, um frango assado! Não me diga que você assou um frango para mim!

– Assei, sim – respondeu Marilla. – Achei que você devia estar com fome depois de uma viagem dessas e que precisava de alguma coisa bem apetitosa. Ande, vá trocar de roupa, nós vamos jantar assim que Matthew chegar. Sabe, estou contente que tenha voltado. Isso aqui tem sido horrivelmente solitário sem você, e eu nunca passei por quatro dias mais compridos.

Depois do jantar, Anne sentou diante da lareira entre Matthew e Marilla e fez um relato completo da sua visita.

– Foi um momento esplêndido – concluiu, feliz da vida –, e eu sinto que marcou uma época na minha vida. Mas o melhor de tudo foi voltar para casa.

XXX
A classe do Queen's é organizada

Marilla largou o tricô no colo e recostou-se na cadeira. Seus olhos estavam cansados, e ela pensou vagamente que deveria mudar as lentes dos óculos na próxima vez que fosse à cidade, porque seus olhos estavam ficando muito fracos ultimamente.

Estava quase escuro, o pleno entardecer de novembro caíra em volta de Green Gables, e a única luz acesa na cozinha vinha das chamas vermelhas que dançavam na lareira.

Anne estava sentada à moda turca em cima do tapete na frente do fogo olhando para o brilho alegre das chamas onde os raios do sol de cem verões estavam sendo destilados da pilha das toras dos bordos. Ela estava lendo, mas o livro escorregou para o chão, e agora estava sonhando, com um sorriso nos lábios entreabertos. Castelos cintilantes na Espanha criavam forma nos nevoeiros e nos arcos-íris da sua vívida imaginação; aventuras maravilhosas e fascinantes estavam acontecendo com ela na sua terra da fantasia, que sempre terminavam em triunfo, e nunca a envolviam em confusões iguais àquelas da vida real.

Marilla olhou para ela com uma ternura que jamais permitiria que fosse revelada em qualquer claridade mais nítida do que em meio àquela mistura de sombras e luz do fogo. A lição de um amor que deveria se externar em palavras e olhares, sem barreiras nem dificuldade, era um amor que Marilla nunca aprenderia. Contudo, devido à sua própria inexpressividade, ela aprendera a amar essa menina magra, de olhos cinzentos, com uma afeição tanto mais profunda e mais forte. Seu amor certamente a fazia temer ser indulgente em excesso. Ela tinha a sensação incômoda de que gostar tanto de qualquer criatura humana como ela gostava de Anne era um pouco pecaminoso, e talvez, ao ser mais severa e mais crítica, como se a menina lhe fosse menos querida, ela estivesse cumprindo uma penitência inconsciente. Anne certamente não fazia a menor ideia do quanto Marilla a amava. Com uma ponta de tristeza, ela às vezes achava que era muito difícil agradar Marilla, e que era evidente que lhe faltava um pouco de compaixão e compreensão. No entanto, ela sempre interrompia esses pensamentos com repreensão quando lembrava o quanto devia a Marilla.

– Anne – disse Marilla, de repente –, hoje à tarde, enquanto você estava lá fora com Diana, a srta. Stacy esteve aqui.

Anne teve um sobressalto, deu um suspiro e voltou do seu outro mundo.

– É mesmo? Oh, que pena que eu não estava. Por que não me chamou, Marilla? Diana e eu só estávamos lá na Floresta Mal-Assombrada. A floresta é linda nesta época do ano. Todas as pequenas coisas das árvores – as samambaias e as folhas acetinadas e as frutas dos cornisos – acabaram de adormecer, como se alguém as tivesse colocado na cama debaixo de um cobertor de folhas até a primavera. Eu acho que quem fez isso foi uma fadinha cinzenta com um lenço da cor do arco-íris amarrado em volta do pescoço, e que passou nas pontas dos pés por ali. Bem, Diana não quis falar muito sobre isso. Diana nunca esqueceu a bronca que levou da mãe por ficar imaginando fantasmas na Floresta Mal-Assombrada. A bronca causou um efeito péssimo na imaginação de Diana. Ela a apagou. A sra. Lynde disse que Myrtle Bell é um ser apagado. Perguntei a Ruby Gillis por que Myrtle era apagada, e Ruby disse que ela achava que era porque seu namorado havia voltado para ela. Ruby Gillis só pensa em namorados, e quanto mais envelhece, pior fica. Namorados são ótimos quando ficam nos seus lugares, mas misturá-los em tudo não adianta nada, não é? Diana e eu estamos pensando seriamente em prometer uma à outra que nunca casaremos, mas que nos tornaremos duas solteironas velhas e gentis, e que moraremos juntas para sempre. Mas Diana ainda não se decidiu, porque ela acha que talvez seria mais nobre casar com um rapaz selvagem, arrojado e pecaminoso, para reformá-lo. Sabe, Diana e eu conversamos muito sobre assuntos sérios agora. Nós nos sentimos tão mais adultas do que antes que não fica bem conversar sobre assuntos infantis. Ter quase catorze anos é algo muito solene, Marilla. Na quarta-feira passada, a srta. Stacy levou todas as meninas que estão na adolescência até o riacho e conversou conosco a respeito. Ela disse que deveríamos ter muito cuidado com os hábitos que criamos e os ideais que adquirimos na adolescência porque, quando completarmos vinte anos, nossa personalidade e nossa base estarão formadas para o resto de nossas vidas futuras. E ela disse que se a base não for sólida, nós nunca conseguiremos construir algo que realmente tenha algum valor em cima dela. Diana e eu conversamos a respeito, quando voltamos da escola. Nos sentimos muito solenes, Marilla. E decidimos que tentaremos ser realmente muito cuidadosas e formar hábitos respeitáveis e aprender tudo o que pudermos para sermos tão sensatas quanto for possível para que nossa personalidade esteja devidamente desenvolvida quando completarmos vinte anos. É perfeitamente chocante só de pensar em ter vinte anos, Marilla. Soa tão horrivelmente velho e adulto. Mas, por que a srta. Stacy passou aqui hoje à tarde?

– É o que eu quero contar para você, Anne, se você me der a oportunidade de enfiar uma palavra de través em algum momento. Ela veio conversar sobre você.

– Sobre mim? – perguntou Anne, parecendo muito assustada. Depois enrubesceu e disse: – Oh, eu sei o que ela veio fazer aqui. Eu quis contar para você, Marilla, pode acreditar, mas esqueci. Ontem de tarde, a srta. Stacy me pegou lendo *Ben Hur* na escola, quando eu devia estar estudando minha história do Canadá. Foi Jane Andrews quem me emprestou o livro. Eu o estava lendo na hora do almoço, e estava justamente no pedaço da corrida de bigas quando os alunos voltaram para a sala de aula. Teria sido uma loucura ficar sem saber como a corrida terminou – mesmo se eu tivesse certeza de que Ben Hur ganharia, porque não seria uma justiça poética se não ganhasse –, então abri o livro de História em cima da tampa da carteira e enfiei *Ben Hur* entre a carteira e meus joelhos. Parecia que eu estava estudando a história do Canadá, sabe, enquanto eu estava me deleitando com *Ben Hur* o tempo todo. Eu estava tão interessada no livro que nem percebi quando a srta. Stacy se aproximou entre as carteiras até que, de repente, levantei os olhos e lá estava ela olhando para mim, de um modo tão repreensivo. Você não imagina como fiquei envergonhada, Marilla, principalmente quando ouvi as risadinhas de Josie Pye. A srta. Stacy não disse uma única palavra, mas levou *Ben Hur* com ela. Durante o recreio, ela ficou na sala e conversou comigo. Ela disse que eu havia errado em dois aspectos: primeiro, que eu estava usando um tempo que deveria ser gasto com meus estudos; segundo, que eu estava enganando a minha professora quando fingia que estava lendo o livro de História enquanto, na verdade, lia um romance. Marilla, até aquele momento eu nunca havia percebido que o que eu estava fazendo era fingimento. Fiquei chocada. Chorei muito, e pedi à srta. Stacy que me perdoasse e prometi que nunca mais repetiria aquilo; eu me ofereci para fazer uma penitência e prometi que não olharia para *Ben Hur* durante uma semana inteira, nem ao menos para tentar saber como a corrida de bigas terminava. Mas a srta. Stacy disse que não ia exigir isso de mim, e ela me perdoou completamente. Então, eu acho que não foi nada gentil da parte dela vir aqui para falar com você a respeito.

– A srta. Stacy nunca tocou nesse assunto comigo, Anne, e seu único problema é sua consciência culpada. Você não tem nada que ficar levando livros de histórias para a escola. De qualquer forma, você já lê romances demais. Quando eu era menina, eu não tinha permissão para sequer olhar para um romance.

– Oh, como é que você pode chamar *Ben Hur* de um romance quando na verdade é um livro religioso? – protestou Anne. – Claro que é uma leitura um pouco excitante demais para os domingos, mas eu só o leio durante a semana. E agora não vou ler livro *nenhum* a não ser que a srta. Stacy ou a sra. Allan achem que é um livro apropriado para uma menina de treze anos e ¾ ler. A srta. Stacy me fez prometer. Um dia, ela me pegou lendo um livro chamado *O mistério apavorante do salão mal-assombrado*. Foi Ruby Gillis quem me emprestou e, oh, Marilla, a história era tão fascinante e apavorante. O livro simplesmente fez meu sangue gelar nas minhas velas. Mas a srta. Stacy disse que era muito bobo e nada saudável, e me pediu para parar de ler o livro, ou qualquer um parecido com ele. Eu não me importei de prometer que não leria mais livros como aquele, mas foi uma *agonia* devolvê-lo sem saber o final. Mas parei, e meu amor pela srta. Stacy passou pelo teste. É realmente maravilhoso, Marilla, o que você pode fazer quando está realmente ansiosa para agradar uma pessoa.

– Bom, eu acho que vou acender a lâmpada e continuar com meu trabalho – disse Marilla. – Vejo perfeitamente que você não quer saber o que a srta. Stacy veio dizer. Você está mais interessada no som da sua própria voz do que em qualquer outra coisa.

– Oh, Marilla, claro que quero saber o que ela disse – gritou Anne, arrependida. – Eu não vou dizer nem mais uma palavra! Nenhuma! Eu sei que falo demais, mas eu estou realmente tentando superar isso e, mesmo falando demais, se você soubesse quantas coisas eu quero dizer e não digo, você me daria algum crédito por isso. Por favor, Marilla, conte.

– Bem, a srta. Stacy quer organizar algumas aulas para os alunos mais adiantados que vão estudar para o vestibular do Queen's. Ela pretende dar aulas extras durante uma hora depois da escola. E ela veio perguntar para Matthew e para mim se nós gostaríamos que você participasse. O que acha, Anne? Você gostaria de estudar no Queen's e se tornar uma professora?

– Oh, Marilla! – exclamou Anne, esticando as pernas e batendo palmas. – É o sonho da minha vida... isto é, nos últimos seis meses, desde que Ruby e Jane começaram a falar que vão se preparar para o vestibular. Mas eu não disse nada porque achei que seria perfeitamente inútil. Eu adoraria ser uma professora. Mas não vai ser horrivelmente caro? O sr. Andrews disse que teve de pagar cento e cinquenta dólares para Prissy entrar, e Prissy não era nenhuma ignorante em Geometria.

– Eu acho que você não precisa se preocupar com essa parte. Quando Matthew e eu decidimos criá-la, resolvemos que faríamos o melhor por você para que tivesse uma boa educação. Eu acredito que uma moça deve poder ganhar a própria vida, tenha necessidade ou não. Enquanto Matthew e eu estivermos aqui, você sempre terá um lar em Green Gables, mas ninguém sabe o que vai acontecer neste mundo incerto, e é melhor estar bem preparada. Você pode entrar para as aulas para o vestibular do Queen's se quiser, Anne.

– Oh, Marilla, muito obrigada. – Anne jogou os braços em volta da cintura de Marilla e olhou muito séria para seu rosto. – Eu sou extremamente agradecida a você e a Matthew. E estudarei o máximo que puder e farei o melhor que puder para merecer tudo isso. Eu vou logo avisando que não esperem demais em Geometria, mas acho que posso ser boa em qualquer outra matéria se estudar com afinco.

– Eu acredito que você será boa o suficiente em tudo. A srta. Stacy disse que você é inteligente e esforçada.

Marilla não contaria a Anne tudo que a srta. Stacy havia dito sobre ela por nada neste mundo; seria paparicar a sua vaidade.

– Você não precisa se esforçar demais e chegar ao extremo de se matar nos seus estudos. Não há pressa. Você só estará preparada para tentar o vestibular daqui a um ano e meio. Mas, como disse a srta. Stacy, é bom começar cedo para ter uma boa base.

– A partir de agora eu me interessarei mais do que nunca pelos meus estudos – disse Anne, extasiada –, porque terei um objetivo na vida. O sr. Allan disse que todo mundo deveria ter um objetivo na vida, e que nunca devemos deixar de persegui-lo. Ele também disse que, antes de ir atrás do objetivo, devemos ter certeza que ele é digno de merecimento. Eu chamaria querer ser uma professora como a srta. Stacy um objetivo digno de merecimento, você não concorda, Marilla? Eu acho que é uma profissão muito nobre.

As aulas para o Queen's foram organizadas no tempo devido. Gilbert Blythe, Anne Shirley, Ruby Gillis, Jane Andrews, Josie Pye, Charlie Sloane e Moody Spurgeon MacPherson se juntaram a elas. Diana Barry não, porque seus pais não tencionavam mandá-la para o Queen's. Para Anne foi quase uma calamidade. Ela e Diana nunca haviam se separado para nada desde a noite que Minnie teve crupe. Na tarde em que a classe do Queen's permaneceu pela primeira vez na escola para as aulas extras e Anne viu Diana ir embora devagar com os outros, e depois caminhar sozinha pela Trilha das Bétulas e pelo Vale das Violetas, ela precisou fazer um grande esforço para permanecer sentada e não sair correndo impulsivamente atrás da amiga. Ela sentiu um bolo na garganta e enfiou-se rapidamente atrás das páginas da gramática de Latim para esconder as lágrimas em seus olhos. Anne não deixaria por nada deste mundo que Gilbert Blythe ou Josie Pye vissem aquelas lágrimas.

– Mas, oh, Marilla, quando vi Diana ir embora sozinha, eu realmente senti que havia provado "o amargor da morte*", como o sr. Allan disse no domingo passado durante o sermão – lamentou-se Anne naquela noite, muito triste. – Eu imaginei como teria sido esplêndido se Diana também estivesse estudando para o vestibular. Mas, como disse a sra. Lynde, não podemos querer que as coisas sejam perfeitas neste mundo imperfeito. Às vezes a sra. Lynde não é exatamente uma pessoa reconfortante, mas ela certamente diz muitas coisas muito verdadeiras. E eu acho que as aulas para o Queen's serão extremamente interessantes. Jane e Ruby vão estudar para ser professora. Para elas, é o máximo das suas ambições. Ruby disse que pretende se casar, então, depois que se formar, só ensinará durante dois anos. Jane disse que dedicará sua vida inteira ao ensino e nunca, nunca se casará, porque você recebe um salário para ensinar, enquanto um marido não paga nada e começa a resmungar quando você pede a ele

* Trecho de I Samuel 15,32. (N. T.)

um pouco de dinheiro para comprar ovos e manteiga. Eu acho que Jane fala de uma experiência infeliz, porque a sra. Lynde comentou que o pai dela é um velho excêntrico perfeito, que é "pior do que aquele que quer ser mais do que é porque se torna pior do que era*". Josie Pye disse que só vai à faculdade por causa da educação, pois não vai precisar ganhar a vida; ela disse claro que era diferente para os órfãos que vivem de caridade – porque *esses* precisam dar duro. Moody Spurgeon vai ser pastor. A sra. Lynde disse que, com um nome daqueles, ele nunca poderia ser outra coisa na vida. Eu espero que não seja maldade minha, Marilla, mas é verdade que eu não posso deixar de rir quando imagino Moody Spurgeon como pastor. Ele é um menino tão engraçado com aquele rosto grande e gordo, e os olhinhos azuis e as orelhas de abano. Mas, talvez, quando crescer, se pareça mais com um intelectual. Charlie Sloane disse que vai entrar para a política e se tornar um membro do Parlamento, mas a sra. Lynde disse que ele nunca chegará lá porque os Sloane são pessoas honestas, e hoje em dia só malandros entram para a política.

– E Gilbert Blythe vai ser o quê? – perguntou Marilla, quando viu Anne abrir o livro sobre Júlio César.

---

* "Meaner than second skimmings", no original. Quando se remove a nata do leite pela segunda vez ela já não é tão boa nem tão espessa como a primeira. Portanto, ser "meaner than second skimmings" significa ser ainda pior do que a segunda nata. (N. T.)

– Eu não faço a menor ideia qual ambição Gilbert Blythe tem na vida – se é que tem alguma –, respondeu Anne com desprezo.

Agora havia uma rivalidade aberta entre Gilbert e Anne. Antes ela havia sido mais unilateral, mas agora não havia nenhuma dúvida de que Gilbert estava determinado a ser também o primeiro da classe, assim como Anne. Ele era um inimigo digno da sua têmpera. Os outros alunos da classe reconheciam a superioridade deles tacitamente e jamais sequer sonhavam em tentar competir com eles.

Desde aquele dia no lago, quando ela se recusou a atender seu apelo para que o perdoasse, e com exceção da rivalidade incontestável supramencionada, Gilbert não esboçava o menor reconhecimento em relação à existência de Anne Shirley. Ele conversava e brincava com as outras meninas, trocava livros e quebra-cabeças com elas, discutia as lições e os projetos, e às vezes acompanhava uma ou outra até em casa depois dos encontros de orações no Clube de Debates. No entanto, ele simplesmente ignorava Anne Shirley, e Anne descobriu como era desagradável ser ignorada. E era inútil dizer para si mesma, jogando a cabeça para trás, que não se importava. Bem no fundo do seu coraçãozinho feminino e caprichoso, ela sabia que se importava sim, e que se tivesse outra oportunidade como aquela no Lago de Águas Cintilantes ela teria reagido de forma muito diferente. Muito consternada intimamente, descobriu que o velho ressentimento que acalentava contra

Gilbert desaparecera de repente de um dia para o outro – justo quando ela mais precisava do amparo da sua força. Ela relembrou, em vão, cada incidente e cada emoção daquela ocasião memorável e tentou sentir novamente a antiga raiva tão satisfatória. Aquele dia no lago testemunhou o último espasmo da última faísca. Anne entendeu que havia perdoado e esquecido sem saber. Mas era tarde demais.

E nem Gilbert, nem ninguém, nem mesmo Diana, jamais deveriam suspeitar de como ela lamentava tudo isso e quanto desejava não ter sido tão orgulhosa e horrível! Ela estava decidida a "mergulhar seus sentimentos no mais profundo esquecimento" e é preciso reconhecer aqui e agora que ela o fez com tanto êxito que Gilbert, que provavelmente não era tão indiferente a ela como parecia, não conseguiu consolar-se com a crença de que Anne sentia seu desprezo em represália ao dela. Seu único e pobre conforto era que ela desdenhava de Charlie Sloane o tempo todo, sem piedade e sem que ele o merecesse.

Fora isso, o inverno passou numa sequência agradável de deveres e estudos. Para Anne, os dias passaram como contas douradas do colar do ano. Ela estava alegre, ansiosa, interessada; havia lições para aprender e honras a ser ganhas; livros maravilhosos para ler; novas canções a serem aprendidas para o coro da escola dominical; tardes de sábados agradáveis com a sra. Allan no presbitério; e então, antes que percebesse, a primavera chegou novamente a Green Gables, e o mundo inteiro ficou florido mais uma vez.

A partir daí, os estudos empalideceram apenas um pouquinho; aqueles que estudavam para o Queen's e que ficavam para trás, enquanto as outras classes se espalhavam pelas veredas verdes, pelas trilhas dos bosques cobertos de folhas e pelos atalhos através das campinas, olhavam melancólicos pelas janelas e descobriam que os verbos de Latim e os exercícios de Francês haviam, de alguma forma, perdido o gosto e o entusiasmo dos meses frios. Até Anne e Gilbert protelavam, e se tornaram indiferentes. Quando o período terminou e os dias de férias despreocupados surgiram diante deles, tanto a professora quanto os estudantes ficaram contentes e felizes.

– Vocês trabalharam muito no ano passado – cumprimentou-os a srta. Stacy na última tarde de aula – e merecem umas boas férias, com muita diversão. Aproveitem o mundo lá fora ao máximo e façam uma boa reserva de saúde, vitalidade e ambição para aguentar o ano que vem. O último ano antes do vestibular será uma disputa acirrada.

– A senhorita vai voltar no ano que vem, srta. Stacy? – perguntou Josie Pye.

Josie Pye nunca tinha escrúpulos para fazer perguntas; e naquele momento toda a classe ficou grata a ela; nenhum deles teria ousado fazer essa pergunta para a srta. Stacy, embora todos desejassem fazê-la, porque há algum tempo por toda a escola corria o boato alarmante de que a srta. Stacy não retornaria no ano que vem – e que lhe haviam oferecido uma posição numa escola primária no seu distrito natal que ela pretendia aceitar. A classe do Queen's ficou em silêncio e prendeu a respiração para ouvir a resposta.

– Sim, acho que vou. Eu pensei em ensinar em outra escola, mas decidi permanecer em Avonlea. Para dizer a verdade, fiquei tão interessada nos meus alunos aqui que descobri que não poderia deixá-los. Então vou ficar e acompanhar vocês até o final.

– Hurrá! – gritou Moody Spurgeon.

Moody Spurgeon nunca se deixou entusiasmar tanto por seus sentimentos e, durante uma semana, sempre que se lembrava daquele momento, corava de maneira muito desconfortável.

– Oh, eu estou tão contente – disse Anne, com os olhos brilhando. – Querida srta. Stacy, seria perfeitamente horrível se não voltasse. Eu acho que não teria coragem de continuar com meus estudos se outra professora viesse para cá.

Quando Anne chegou em casa naquela noite, ela guardou os livros dentro de um velho baú no sótão, trancou-o e jogou a chave dentro da caixa dos cobertores.

– Eu não vou nem *olhar* para um livro da escola nas férias – informou para Marilla. – Estudei tanto quanto podia durante todo o período e examinei em detalhes aquela tal de Geometria até saber cada proposição do primeiro livro de cor e salteado, mesmo quando as letras *estão* invertidas. Eu simplesmente estou cansada de tudo o que é sensato, e neste verão eu vou deixar minha imaginação correr solta. Oh, não precisa ficar alarmada, Marilla. Eu só vou deixar que corra solta dentro dos limites do razoável. Mas eu quero me divertir muito neste verão, porque talvez seja o último verão que ainda serei uma menininha. A sra. Lynde disse que, se no ano que vem eu continuar esticando, como aconteceu neste ano, terei de usar saias mais compridas. Ela disse que minha tendência é me tornar toda pernas e olhos. E, quando colocar saias mais compridas, sentirei que precisarei honrá-las, e manter um porte muito digno. Então, como eu acho que não poderei mais acreditar em fadas, vou acreditar nelas de todo coração neste verão. Acho que minhas férias serão muito alegres. Ruby Gillis vai dar uma festa de aniversário logo, e no mês que vem haverá o piquenique da escola dominical e o recital dos Missionários. E o sr. Barry disse que qualquer tarde dessas ele vai nos levar, Diana e eu, para almoçar no Hotel White Sands. Sabe, eles servem almoço lá de tarde. Jane Andrews esteve lá uma vez no verão passado, e ela contou que as luzes elétricas e as flores e todas as hóspedes com seus vestidos maravilhosos são uma visão deslumbrante. Jane disse que foi seu primeiro vislumbre de vida luxuosa e que ela vai se lembrar dele até morrer.

A sra. Lynde passou na tarde do dia seguinte para saber por que Marilla não compareceu à reunião beneficente na quinta-feira. Todos sabiam que havia algo errado em Green Gables quando Marilla não comparecia à reunião beneficente.

– Matthew passou mal do coração na quinta-feira – explicou Marilla –, e achei melhor ficar com ele. Oh, sim, ele já está bem, mas passa mal com mais frequência do que costumava, e eu fico preocupada com ele. O médico disse que precisa se cuidar e evitar excitações. O que é muito fácil, porque Matthew nunca anda por aí atrás de excitações, nunca o fez, mas ele também não deve fazer nenhum trabalho pesado, e dizer para Matthew parar de trabalhar é o mesmo que pedir que pare de respirar. Entre, Rachel, tire o casaco. Vai ficar para o chá?

– Bem, já que você insiste, talvez seja melhor ficar, sim – respondeu a sra. Rachel, que não tinha a menor intenção de fazer outra coisa.

A sra. Rachel e Marilla sentaram-se confortavelmente na sala de visitas, enquanto Anne preparava o chá e assava biscoitos fresquinhos, tão leves e brancos que desafiariam até as críticas da sra. Rachel.

– Eu tenho de admitir que Anne se tornou uma menina realmente esperta – confessou a sra. Rachel, quando Marilla a acompanhou até o final da vereda no pôr do sol. – Ela deve ser uma grande ajuda para você.

– Ela é – confirmou Marilla –, e agora que encontrou seu ponto de equilíbrio, eu posso depender dela. Eu costumava ter medo de que ela nunca superasse aquele jeito avoado, mas ela superou, e agora não tenho mais medo de confiar a ela o que quer que seja.

– No primeiro dia que estive aqui, há três anos, eu não imaginava que ela pudesse ficar desse jeito – admitiu a sra. Rachel. – Eu juro de todo coração que nunca esquecerei aquele chilique dela! Quando voltei para casa naquela noite, eu disse para o Thomas, disse sim, "preste atenção, Thomas, Marilla Cuthbert vai se arrepender pelo resto da vida de ter dado esse passo". Mas eu estava enganada e estou muito contente por isso, de verdade. Marilla, eu não sou aquele tipo de pessoa que nunca consegue admitir que cometeu um erro. Não, nunca fui assim, graças a Deus. Errei no meu julgamento de Anne, o que não é de se espantar, porque nunca houve uma criança mais esquisita como essa bruxinha, de quem se podia esperar qualquer coisa, essa é a verdade. Não havia como mantê-la sob controle seguindo as regras que funcionavam com as outras crianças. É realmente maravilhoso como ela progrediu nesses três anos, especialmente na aparência. Ela está tão bonita como uma menina deve ser, embora eu precise dizer que, pessoalmente, eu não simpatize muito com aquele jeito pálido e aqueles olhos grandes. Eu prefiro mais vivacidade e cor, como Diana Barry ou Ruby Gillis têm. A aparência de Ruby Gillis é muito atraente. Mas, de alguma forma, a gente só percebe isso quando elas e Anne estão juntas, porque, apesar de não ser nem um pouco tão bonita quanto elas, ela as faz parecer um pouco lugar-comum e exageradas – algo como aqueles lírios brancos de junho, que ela chama de narcisos e que crescem do lado das peônias vermelhas, essa é a verdade.

XXXI
Onde o rio e o riacho se encontram

Anne teve seu verão "divertido", e aproveitou-o de todo coração. Ela e Diana passavam praticamente todo o dia fora, deleitando-se com todos os prazeres que a Vereda dos Namorados, a Brota da Dríade, a Laguna dos Salgueiros e a Ilha Vitória ofereciam. Marilla não fez nenhuma objeção às andanças de Anne. Uma tarde, logo no início das férias, o médico de Spencervale, aquele que fora chamado na noite em que Minnie May estava com crupe, encontrou-se com Anne na casa de um paciente, olhou para ela muito sério, franziu a boca, balançou a cabeça e mandou um recado para Marilla Cuthbert por outra pessoa. O recado dizia:

"Mantenha aquela sua menina ruiva do lado de fora da casa durante todo o verão, e não permita que leia nenhum livro até seus passos ficarem mais ágeis".

Marilla ficou muito assustada com a mensagem. Ela entendeu que, se o recado não fosse obedecido ao pé da letra, seria a pena de morte de Anne por tuberculose. Por conseguinte, Anne teve o melhor verão dourado da sua vida em tudo que estivesse relacionado à liberdade e a brincadeiras. Ela caminhou, remou, colheu frutilhas e sonhou à vontade; e, quando setembro chegou, seus olhos estavam brilhantes e alertas. O médico de Spencervale ficaria satisfeito com seus passos, e seu coração estava repleto de ambições e zelo outra vez.

– Estou com vontade de estudar com todas as minhas forças – afirmou, quando trouxe os livros do sótão. – Oh, meus bons e velhos amigos, estou feliz em rever seus rostos honestos outra vez... sim, até você, Geometria. Marilla, eu tive um verão perfeitamente maravilhoso, e agora me alegro como "um homem forte quando corre uma corrida*", como o sr. Allan disse no domingo passado. O sr. Allan não prega sermões magníficos? A sra. Lynde disse que ele está melhorando a cada dia que passa e que, antes que percebamos o que está acontecendo, uma igreja da cidade acabará tragando-o, e nós ficaremos sem ninguém, e teremos de procurar e ensinar outro pastor calouro. Mas eu não vejo nenhuma utilidade em pensar no problema antes que ele aconteça, você não concorda, Marilla? Eu acho que é melhor aproveitar o sr. Allan enquanto ele está aqui. Eu acho que se fosse

* Trecho de Salmos 19,5. (N. T.)

um homem eu seria um pastor. Eles podem ter tanta influência para fazer o bem quando têm uma teologia sólida; e deve ser arrepiante pregar sermões esplêndidos e comover os corações dos ouvintes. Por que as mulheres não podem ser pastores, Marilla? Perguntei isso à sra. Lynde, e ela ficou chocada; ela disse que seria uma coisa escandalosa. Ela disse que talvez existam mulheres-pastores nos Estados Unidos, e ela achava que tinha sim, mas que, graças a Deus, no Canadá nós ainda não havíamos chegado a esse ponto, e que ela esperava que nunca chegássemos. Não vejo por que não. Eu acho que as mulheres seriam pastores esplêndidos. Quando é preciso preparar uma reunião social, ou um chá para a igreja, ou fazer qualquer outra coisa para angariar dinheiro para uma beneficência, são as mulheres que comparecem e fazem todo o trabalho. Eu tenho certeza de que a sra. Lynde sabe rezar tão bem quanto o Superintendente Bell, e não tenho nenhuma dúvida de que com um pouco de prática ela também poderia pregar sermões.

– É, acredito que poderia – respondeu Marilla secamente. – Ela já prega muitos sermões que não são oficiais. Ninguém tem muita oportunidade para cometer erros em Avonlea quando tem Rachel para supervisionar as pessoas.

– Marilla – disse Anne, numa explosão de confidência –, eu quero contar uma coisa para você e perguntar o que você acha. É algo que tem me preocupado demais, especialmente nas tardes de domingo, que é quando eu costumo pensar nesses assuntos. Eu quero ser boa de verdade, e quero mais do que nunca quando estou com você ou com a sra. Allan ou com a srta. Stacy, e quero fazer de tudo para agradar você e tudo que você aprove. Mas eu sinto um impulso quase incontrolável, principalmente quando estou com a sra. Lynde, de fazer exatamente o contrário daquilo que ela afirma que não devo fazer. Eu me sinto terrivelmente tentada a fazer aquilo. Então, me diga: por que eu me sinto assim? Você acha que é porque eu sou má e teimosa de verdade?

Por um instante, Marilla olhou para Anne com uma expressão de dúvida. Depois riu.

– Se você for, eu acho que sou também, Anne, porque às vezes Rachel causa o mesmo efeito em mim. Às vezes eu acho que ela teria muito mais influência para fazer o bem, como você mesma disse, se não ficasse azucrinando as pessoas para fazerem as coisas certas. Deveria haver um mandamento especial contra azucrinações. Ora veja, eu não deveria estar falando assim. Rachel é uma boa mulher cristã, e não faz isso por mal. Em Avonlea, não há alma mais bondosa, e ela nunca se esquiva de fazer sua parte do trabalho.

– Fico muito contente por saber que você sente o mesmo que eu – respondeu Anne com firmeza. – É tão animador. A partir de agora, não vou mais me preocupar tanto com este assunto. Eu certamente terei outras coisas com que me preocupar. As coisas novas aparecem o tempo todo – coisas que deixam você perplexa, sabe? Você resolve um assunto e logo depois aparece outro. Quando você começa a ficar adulta, há tantas coisas para pensar e decidir. Elas me mantêm ocupada o tempo todo pensando nelas, e decidindo o que é certo. Ficar adulta é algo muito sério, não é, Marilla? Mas com amigos tão bons quanto você e Matthew e a sra. Allan e a srta. Stacy eu terei sucesso em me tornar adulta, e tenho certeza de que será por minha própria culpa se não chegar lá. Eu sinto que é uma grande responsabilidade, porque eu só tenho uma oportunidade. Se não crescer direito, eu não posso voltar atrás e começar tudo de novo. Eu cresci cinco centímetros neste verão, Marilla. O sr. Gillis me mediu na festa de Ruby. Estou muito contente porque você fez meus vestidos mais compridos. O verde escuro é lindo, e foi muita gentileza sua ter posto aquele babado. Claro que sei que não era realmente necessário, mas os babados estão muito na moda neste outono, e todos os vestidos de Josie Pye são com babados. Eu sei que serei capaz de estudar melhor por causa dos meus. Eu terei uma sensação muito confortável lá no fundo da minha alma por causa daquele babado.

– Ter algo assim vale a pena – concordou Marilla.

Quando a srta. Stacy voltou para a escola de Avonlea, ela encontrou seus alunos ansiosos para recomeçar os trabalhos. A classe do Queen's fez um esforço especial para reunir todas as suas forças para a labuta*, porque no final do próximo ano, assombrando seus caminhos ainda de longe, pairava a ameaça daquela coisa temida, mais conhe-

---

*Referências a Jó 38,3 e Lucas 12,35. (N. T.)

cida como "O Vestibular", e só de pensar nela cada um e todos sentiam os corações despencarem dentro dos sapatos. E se não passassem! Essa possibilidade estava fadada a assombrar Anne durante todo o inverno, nas tardes de domingos inclusive, e durante todas as horas em que estivesse acordada, chegando a excluir quase todos os problemas morais e teológicos. Quando Anne tinha pesadelos, ela se via muito infeliz, olhando para as listas com os nomes daqueles que haviam passado no vestibular, e onde o nome de Gilbert estava em primeiro lugar, gravado em letras de ouro, enquanto o seu nem aparecia.

Mas foi um inverno alegre, ocupado e feliz, que passou rápido. O trabalho na escola era interessante e a rivalidade na sala de aula, tão envolvente como sempre. Novos mundos de pensamentos, sensações, ambições, áreas fascinantes de conhecimentos inexplorados pareciam descortinar-se diante dos olhos ansiosos de Anne.

*Montanhas espiaram por cima de montanhas e Alpes sobre Alpes se solevaram**.

Grande parte devia-se à orientação cuidadosa, cheia de tato, e à mente aberta da srta. Stacy. Ela fez sua classe pensar, explorar e descobrir sozinha, e encorajou os alunos a

* Trecho de "Essay on Criticism" [Ensaio sobre a crítica], do poeta inglês Alexander Pope (1688-1744). (N. T.)

abandonar as antigas trilhas conhecidas a tal ponto que conseguiu chocar a sra. Lynde e a diretoria da escola, que encaravam com extrema desconfiança todas as inovações em relação aos métodos estabelecidos.

Além dos estudos, Anne também se expandiu socialmente, porque, atenta ao *dictum* do médico de Spencervale, Marilla não proibia mais as saídas ocasionais. O Clube de Debates floresceu e apresentou vários recitais; uma ou duas festas chegaram muito de perto de reuniões entre adultos; e houve muitos passeios de trenós e diversões sobre patins.

Enquanto isso, Anne crescia tão vertiginosamente que, um dia, quando estavam paradas lado a lado, Marilla constatou, espantada, que a menina estava mais alta do que ela.

– Nossa, Anne, como você cresceu – exclamou, incrédula.

As palavras foram acompanhadas por um suspiro. Marilla sentiu uma sensação estranha de pena por causa dos centímetros a mais de Anne. De alguma forma, a criança que ela aprendera a amar desapareceu e, no seu lugar, aqui estava essa menina de quinze anos, alta, olhos sérios, testa pensativa, com a pequena cabeça numa pose orgulhosa. Marilla amava a menina tanto quanto amara a criança, mas ela tinha consciência de uma sensação de perda estranha e triste. Naquela noite, depois que Anne saiu com Diana para uma reunião de orações, Marilla ficou sentada sozinha no entardecer invernal e permitiu-se um momento de fraqueza e chorou. Quando Matthew entrou com a lanterna e a pegou chorando, ele olhou para ela com uma expressão tão consternada que Marilla não pode deixar de rir entre as lágrimas.

– Eu estava pensando em Anne – explicou. – Ela está uma menina tão crescida... e provavelmente não estará mais conosco no próximo inverno. Vou sentir muito a falta dela.

– Ela poderá vir para casa muitas vezes – confortou-a Matthew, para quem Anne ainda era, e sempre seria, aquela menininha ansiosa que trouxera de Bright River para casa naquela tarde de junho há quatro anos. – Até lá, o ramal da estrada de ferro que vai até Carmody já estará pronto.

– Mas não será a mesma coisa como ter ela aqui o tempo todo – suspirou Marilla tristemente, decidida a gozar do seu luxo de tristeza sem ser confortada. – Mas, aí está... os homens não entendem essas coisas!

Outras mudanças haviam ocorrido em Anne que não eram menos reais do que a transformação física. Uma delas era que estava bem mais calada. Talvez pensasse ainda mais, e sonhasse tanto quanto antes, mas ela certamente falava menos. Marilla percebeu e comentou isso também.

– Você não fala nem a metade do que costumava falar, Anne, nem usa a metade das palavras grandes. O que aconteceu com você?

Anne corou e riu um pouco, enquanto largava o livro e lançava um olhar sonhador pela janela, onde, em resposta ao sol sedutor da primavera, os botões vermelhos e gordos das flores explodiam na trepadeira.

– Não sei... não sinto mais vontade de falar tanto – respondeu Anne, apoiando o queixo pensativamente em cima do dedo indicador. – É mais agradável ter pensamentos bonitos e guardá-los dentro do coração como se fossem tesouros. Eu não gosto quando as pessoas zombam deles, ou ficam espantados por causa deles. E, de alguma forma, não quero mais usar palavras grandes. É quase uma pena, não é, agora que estou quase adulta e poderia dizê-las se eu quisesse. É divertido ser quase adulta de certa maneira, mas não é o tipo de divertido que eu pensava que fosse, Marilla. Há tanta coisa para aprender e fazer e pensar que não sobra tempo para palavras grandes. Além disso, a srta. Stacy disse que as palavras curtas são melhores e muito mais fortes. Ela pediu que escrevêssemos nossos ensaios da maneira mais simples possível. No início foi difícil. Eu estava tão acostumada a encher a página com todas as palavras bonitas que conseguia imaginar... e imaginei um monte delas. Mas agora já me habituei e percebo que é muito melhor assim.

– E o que aconteceu com seu Clube de Histórias? Há muito tempo que não ouço você falar dele.

– O Clube de Histórias não existe mais. Não tínhamos mais tempo para ele... e, depois, cansamos do Clube. Era uma tolice ficar escrevendo sobre o amor, assassinatos, mistérios e escapadas de casa. Às vezes, a srta. Stacy pede para escrevermos uma história para treinar a composição, mas ela só permite que escrevamos sobre o que poderia acontecer nas nossas vidas em Avonlea, e as critica muito severamente e nos manda criticar nossas próprias composições também. Eu nunca pensei que minhas composições tivessem tanto erro até eu mesma começar a procurar por eles. Eu me senti tão envergonhada que queria desistir de escrever de vez, mas a srta. Stacy disse que eu poderia aprender a escrever bem se treinasse para ser meu crítico mais severo. É o que estou tentando fazer.

– Só faltam dois meses para o vestibular – lembrou Marilla. – Acha que vai conseguir passar?

Anne sentiu um arrepio.

– Não sei. Às vezes acho que sim... mas depois sinto muito medo. Nós estudamos muito, e a srta. Stacy nos treinou em todos os pormenores, mas nem por isso vamos passar. Nós todos temos uma pedra no caminho. A minha é Geometria e a de Josie é Aritmética. Moody Spurgeon disse que sente nos ossos que não vai passar na prova de História da Inglaterra. Em junho, a srta. Stacy vai aplicar provas tão difíceis quanto aquelas para o vestibular, e irá nos corrigir com a mesma severidade, como se fossem provas de verdade, então teremos uma ideia. Eu queria que tudo já tivesse terminado, Marilla. Eu não consigo pensar em outra coisa. Às vezes acordo de noite e me pergunto o que farei se não passar.

– Ora, voltar para a escola no ano que vem e tentar de novo – respondeu Marilla, despreocupada.

– Oh, eu acho que não terei coragem. Será uma desgraça tão grande se não passar, especialmente se Gil... se os outros passarem. Eu fico tão nervosa numa prova que sou capaz de bagunçar tudo. Eu queria ter os nervos de Jane Andrews. Nada a abala.

Anne suspirou e, desviando os olhos das feitiçarias do mundo primaveril, do dia azul e da brisa que acenavam para ela, e das coisas verdes que brotavam no jardim, enfiou a cabeça no livro com decisão. Haveria outras primaveras, mas Anne estava convencida de que se não conseguisse passar no vestibular, ela nunca mais conseguiria se recuperar totalmente para gozar delas.

XXXII
A lista dos aprovados saiu

Com o final de junho veio o término do período e da direção da srta. Stacy na escola de Avonlea. Naquela tarde, Anne e Diana caminharam para casa sentindo-se realmente muito sérias. Olhos vermelhos e lenços úmidos eram o testemunho convincente de que as palavras de despedida da srta. Stacy deviam ter sido tão emocionantes quanto aquelas do sr. Phillips em circunstâncias semelhantes há três anos. Na base da colina dos espruces, Diana virou-se, olhou para a escola e soltou um profundo suspiro.

– Parece o fim de tudo, não parece? – perguntou deprimida.

– Você não pode estar se sentindo nem um pouco tão mal como eu me sinto – disse Anne, enquanto procurava, em vão, um pedaço seco no lenço. – Você vai voltar no próximo inverno, mas eu acho que terei deixado a velha escola para sempre... isso é, se tiver sorte.

– A escola nunca mais será a mesma. A srta. Stacy não vai mais estar lá, nem você, nem Jane e nem Ruby, provavelmente. Eu terei de sentar sozinha, porque depois de você eu não suportaria ter outra colega de carteira. Oh, mas nós tivemos momentos divertidos, não tivemos, Anne? É horrível pensar que terminaram.

Duas grossas lágrimas rolaram pelo nariz de Diana.

– Se você conseguir parar de chorar eu também consigo – choramingou Anne. – Eu recomeço a chorar assim que guardo meu lencinho e vejo seus olhos cheios de lágrimas. Como a sra. Lynde diz: "Se você não consegue ser alegre, seja tão alegre quanto puder." Eu tenho certeza de que estarei de volta no ano que vem. Esta é uma das vezes que eu *sei* que não vou passar. É alarmante como essas vezes estão ficando cada vez mais frequentes.

– Ora, você se saiu esplêndida nas provas da srta. Stacy.

– É verdade, mas não fiquei nervosa por causa daquelas provas. Quando penso nas provas de verdade, você nem imagina o tremor gelado e horrível que sinto em volta do meu coração. E depois, meu número é treze, e Josie Pye disse que treze dá muito azar. Eu *não* sou supersticiosa, e sei que não faz a menor diferença, mas mesmo assim eu preferiria não ser o número treze.

– Eu queria tanto poder ir com você – lamentou-se Diana. – Não teríamos um momento perfeitamente elegante? Mas eu acho que você vai ter de dar duro até tarde.

– Não. A srta. Stacy nos fez prometer que não abriríamos nem um livro. Ela disse que isso só nos cansaria e confundiria, e que devemos sair, não pensar mais nos exames e dormir cedo. É um bom conselho, mas acho que vai ser difícil segui-lo; acho que bons conselhos são assim mesmo. Prissy Andrews me contou que ela ficou acordada metade da noite durante todas as noites da semana do vestibular e que deu duro até não aguentar mais; eu estou decidida a ficar acordada *pelo menos* tanto quanto ela ficou. Foi muito gentil sua tia Josephine me deixar ficar em Beechwood enquanto eu estiver na cidade.

– Você vai me escrever de lá, não vai?

– Eu vou escrever na terça-feira de noite, e contarei como foi o primeiro dia – prometeu Anne.

– Eu vou ficar de plantão no Correio na quarta-feira – prometeu Diana.

Na segunda-feira seguinte Anne foi para a cidade e, como prometera, na quarta-feira Diana ficou de plantão no Correio e recebeu sua carta.

Querida Diana,

Aqui é terça-feira de noite, e estou escrevendo da biblioteca de Beechwood. Ontem à noite eu me senti terrivelmente sozinha no meu quarto e desejei muito que você estivesse comigo. Eu não consegui "dar duro" porque prometi à srta. Stacy que não o faria, mas foi difícil não abrir meu livro de histórias, como sempre faço, e não ler uma história antes de estudar minhas lições.

A srta. Stacy veio me buscar hoje de manhã, fomos ao Queen's Academy e apanhamos Jane e Ruby e Josie no caminho. Ruby disse que parecia que eu não tinha pregado o olho naquela noite e que não acreditava que eu fosse bastante forte para aguentar a dureza do curso de Magistério, mesmo se passasse. Ainda há períodos e momentos que sinto que não fiz grandes progressos em aprender a gostar de Josie Pye!

Quando chegamos no Queen's Academy, encontramos muitos estudantes de toda a Ilha. A primeira pessoa que vi foi Moody Spurgeon sentado na escada falando sozinho. Jane perguntou o que diacho ele estava fazendo, e ele respondeu que estava repetindo a tabuada de multiplicação sem parar para acalmar seus nervos e que, pelo amor de Deus, ninguém o interrompesse porque, se parasse por um momento, ele ficava com medo e esquecia tudo que sabia, e que a tabuada de multiplicação mantinha todos os fatos firmemente nos seus devidos lugares!

A srta. Stacy teve de nos deixar e ir embora depois que distribuíram nossos quartos. Jane e eu ficamos sentadas ali, Jane estava tão tranquila que senti inveja dela. A tabuada de multiplicação não era necessária para a boa, estável e sensata Jane! Eu me perguntei se o que eu sentia transparecia no meu rosto e se os outros conseguiam ouvir as batidas fortes e claras do meu coração. Depois, um homem entrou na sala e começou a distribuir as provas de Inglês. Quando a peguei, as minhas mãos gelaram e minha cabeça começou a rodopiar. Por um momento horroroso, Diana, eu me senti exatamente como há quatro anos, quando perguntei a Marilla se podia ficar em Green Gables; mas depois tudo ficou claro na minha mente, e meu coração começou a bater de novo – esqueci de dizer que ele havia parado completamente! –, porque eu sabia que conseguiria fazer alguma coisa naquela *prova, pelo menos.*

Ao meio-dia, fomos para casa almoçar e, de tarde, voltamos para a prova de História. A prova de História foi muito difícil, eu me confundi toda com as datas. Mesmo assim acho que hoje fui bem. Mas, oh, Diana, amanhã é a vez da prova de Geometria, e quando penso nela eu preciso usar toda a minha determinação para não abrir meu Euclides. Se eu achasse que a tabuada de multiplicação me ajudaria eu a declamaria a partir de agora até amanhã de manhã.

Hoje à tarde desci para me encontrar com as outras meninas. No caminho, esbarrei com Moody Spurgeon, que caminhava para cima e para baixo distraidamente. Ele disse que sabia que não havia passado na prova de História, que viera ao mundo para ser um desapontamento para os pais e que estaria voltando para casa no trem da manhã; e que, de qualquer forma, seria mais fácil ser um carpinteiro do que um pastor. Eu o animei e o convenci a ficar até o final, porque não seria justo com a srta. Stacy, se não ficasse. Eu já desejei ser um menino, mas quando vejo Moody Spurgeon, eu fico sempre contente de ser uma menina, e não sua irmã.

Ruby estava histérica quando cheguei no pensionato; ela acabara de descobrir que havia cometido um erro horrível na prova de Inglês. Depois que ela se recuperou, fomos à cidade e comemos um sorvete. Como eu desejei que você estivesse conosco.

Oh, Diana, se pelo menos a prova de Geometria tivesse passado! Mas, fazer o quê, como diria a sra. Lynde: o sol continuará nascendo e se pondo, se eu passar ou não. Pode ser verdade, mas não é muito reconfortante. Eu acho que preferia que o sol parasse se eu não passar!

Sua devotada,

ANNE

A prova de Geometria e todas as outras terminaram no tempo devido, e na sexta-feira de tarde Anne voltou para casa, um pouco cansada, mas envolta numa aparência de triunfo contido. Quando chegou em Green Gables, Diana estava lá, e elas se encontraram como se tivessem ficado separadas durante anos.

– Minha querida velha amiga, é perfeitamente esplêndido ter você de volta. Tenho a impressão de que se passaram anos desde que você foi para a cidade e, oh, Anne, como foi nos exames?

– Acho que fui bem em tudo, menos em Geometria. Não sei se passei ou não na prova, e estou com um pressentimento horripilante de que não passei. Oh, é tão bom estar de volta! Green Gables é o lugar mais querido, mais lindo do mundo.

– E como foram os outros?

– As meninas disseram que sabem que não passaram, mas eu acho que elas até foram muito bem. Josie disse que a prova de Geometria foi tão fácil que até uma criança de dez anos teria sido capaz de fazê-la! Moody Spurgeon continuava achando que não passara em História, e Charlie disse que deve ter sido reprovado em Álgebra. Mas nós ainda não sabemos nada de concreto, e não saberemos até a lista ser publicada. E isso acontecerá somente daqui a duas semanas. Imagine viver duas semanas neste suspense! Eu queria poder adormecer e não acordar até elas terminarem.

Como Diana sabia que seria inútil perguntar como Gilbert Blythe havia ido nas provas, ela apenas disse:

– Oh, eu tenho certeza de que você vai passar. Não se preocupe.

– Eu prefiro não passar a não ficar entre os primeiros colocados na lista – respondeu Anne com a rapidez de um raio, e Diana sabia que o que ela queria dizer era que o sucesso seria incompleto e doloroso se ela não passasse na frente de Gilbert Blythe.

Com esse objetivo em vista, Anne havia exaurido cada um dos seus nervos durante os exames. E Gilbert também. Eles haviam se encontrado e passado um pelo outro na rua dezena de vezes sem dar o menor sinal de reconhecimento, e cada vez Anne erguia a cabeça um pouco mais e desejava um pouco mais seriamente ter feito as pazes com Gilbert, quando ele o propusera, e jurava com pouco mais de determinação que iria ultrapassá-lo nas provas. Ela sabia que todos os adolescentes de Avonlea se perguntavam qual dos dois tiraria o primeiro lugar; ela até sabia que Jimmy Glover e Ned Wright haviam feito uma aposta, e que Josie Pye afirmava que não havia nenhuma dúvida de que Gilbert seria o primeiro; e ela sentia que sua humilhação seria insuportável se falhasse.

No entanto, ela tinha outro motivo, mais nobre, para se sair bem nas provas. Ela queria "passar lá em cima" por causa de Matthew e Marilla, principalmente por causa de Matthew. Matthew, que manifestou sua convicção de que ela derrotaria toda a Ilha. No entanto, Anne sentia que contar com isso seria tolice, mesmo nos seus sonhos mais impossíveis. Contudo, ela esperava com fervor ficar pelo menos entre os dez primeiros para poder ver os olhos castanhos bondosos de Matthew brilharem de orgulho pelo seu sucesso. Isso, ela sentia, seria realmente a melhor recompensa por todo os seus esforços e trabalho, pacientes e árduos, com as equações e conjugações sem nenhuma imaginação.

Duas semanas depois, Anne também começou a "fazer plantão" no Correio na companhia alegre de Jane, Ruby e Josie, abrindo os jornais Charlottetown com mãos trêmulas e sensações gélidas e deprimentes, tão ruins quanto qualquer experiência que teve durante a semana das provas para o vestibular. Charlie e Gilbert também não se furtaram de fazer o mesmo; Moody Spurgeon, no entanto, manteve-se decididamente distante dos jornais.

– Eu não tenho coragem de ir até lá e ler um jornal a sangue-frio –, confessou para Anne. – Vou esperar que alguém venha e me diga de repente se passei ou não.

Três semanas depois, a lista ainda não fora publicada, e Anne começou a sentir que não aguentaria a tensão por muito mais tempo. Ela perdeu o apetite, e seu interesse nos eventos em Avonlea arrefeceu. A sra. Lynde comentou o que mais se podia esperar de um Superintendente da Educação Tory na direção daquele departamento, e Matthew, que notara a palidez e os passos arrastados de Anne que a traziam de volta do Correio todas as tardes, começou a perguntar-se com muita seriedade se nas próximas eleições ele não devia votar no partido dos Grits*.

Contudo, numa tarde, as notícias chegaram. Anne estava sentada na janela aberta do seu quarto, por uma vez desligada das aflições dos exames e dos problemas do mundo, enquanto sorvia a beleza do entardecer do verão, docemente perfumado com as respirações das flores no jardim lá embaixo, acompanhando o farfalhar e os sibilos dos choupos. A oeste, acima dos espruces, os reflexos do leste ruborizavam o céu de um rosa suave, e Anne se perguntava se o espírito da cor se assemelhava àquilo, quando viu Diana passar voando pelos espruces e por cima da ponte de troncos, segurando um jornal esvoaçante numa das mãos.

* Partido Liberal do Canadá fundado no início da década de 1850. (N. T.)

Anne soube imediatamente o que o jornal continha e levantou-se com um pulo. A lista dos que haviam passado fora publicada! Sua cabeça começou a girar, e o coração batia tanto que chegava a doer. Ela nem conseguiu dar um passo. Parecia que Diana levara uma hora para passar correndo pela porta da casa e irromper no quarto, sem nem ao menos bater, tamanha era sua excitação.

– Anne, você passou – gritou –, você passou em *primeiro lugar*... os dois, você e Gilbert... estão empatados... mas seu nome está em primeiro lugar. Oh, eu estou tão orgulhosa!

Completamente sem fôlego e incapaz de dizer uma frase completa, Diana jogou o jornal em cima da mesa e a si mesma em cima da cama. Anne pegou a lâmpada, se atrapalhou toda quando quis acendê-la, e gastou meia dúzia de fósforos antes que suas mãos trêmulas conseguissem terminar a tarefa. Depois pegou o jornal. Sim, ela passara – lá estava seu nome no topo da lista de duzentos! Valia a pena viver por esse momento.

– Você foi esplêndida, Anne –, arquejou Diana, recuperando-se o suficiente para sentar e falar, porque Anne, extasiada, e com os olhos tão brilhantes quanto as estrelas, não dissera uma única palavra. – Papai trouxe o jornal quando voltou de Bright River não faz nem dez minutos... o jornal chegou com o trem da tarde, sabe, e só chegará aqui amanhã pelo correio... e quando eu vi a lista dos que passaram, vim correndo feito uma louca. Todos passaram, cada um de vocês, Moody Spurgeon e todos os outros, apesar de ele ter ficado em recuperação em História. Jane e Ruby foram muito bem... elas estão no meio da lista... e Charlie também. Josie passou raspando por três pontos, mas você vai ver, ela vai se vangloriar como se tivesse ficado entre os primeiros. Você não acha que a srta. Stacy vai ficar muito contente? Oh, Anne, como você se sente vendo seu nome no topo da lista dos que passaram? Se eu fosse você, eu ficaria louca de felicidade. Eu já estou quase louca assim, mas você está tão tranquila e fresca como uma tarde de primavera.

– É que estou deslumbrada por dentro – respondeu Anne. – Eu quero dizer mil coisas e não consigo encontrar palavras para expressá-las. Eu nunca sonhei com isso... não, sonhei sim, uma única vez! Eu me permiti pensar *uma única vez* "E se eu tirar o primeiro lugar?", sabe, sem acreditar muito, porque achar que eu poderia ser a primeira da Ilha parecia muita vaidade e presunção de minha parte. Diana, desculpe, mas eu preciso correr até o campo e contar para Matthew. Depois vamos contar as boas notícias para os outros.

Elas correram até o campo de feno, que ficava depois do celeiro, onde Matthew estava trabalhando e onde, por acaso, a sra. Lynde conversava com Marilla junto à cerca.

– Oh, Matthew – exclamou Anne –, eu passei! E tirei o primeiro lugar... ou um dos primeiros! Eu não estou vaidosa, mas estou agradecida.

– Bem, ora, eu sempre disse que você tiraria o primeiro lugar – olhando para a lista encantado. – Eu sabia que você ia conseguir derrotar todos os outros com facilidade.

– Anne, eu não posso deixar de dizer que você se saiu muito bem –, disse Marilla, tentando esconder todo o orgulho que sentia por ela do olhar crítico da sra. Rachel.

Todavia, aquela boa alma disse com toda sinceridade:

– Eu também acho que ela se saiu muito bem, e longe de mim dizer o contrário. Você é um exemplo para seus amigos, Anne. Isso é o que é, e todos nós estamos orgulhosos de você.

Naquela noite, Anne, que havia terminado a tarde maravilhosa com uma conversinha séria com a sra. Allan no presbitério, ajoelhou-se graciosamente ao lado da janela aberta e murmurou uma oração de gratidão e esperança que saiu direto do seu coração. Nela, não havia somente gratidão pelo passado, como também uma petição reverente pelo futuro; e quando adormeceu em cima do travesseiro branco, seus sonhos foram tão belos e límpidos como a aspiração de uma donzela.

XXXIII
O recital no hotel

– Você vai usar o vestido de organdi branco, sim, Anne – afirmou Diana, muito decidida.

Elas estavam no quarto do frontão leste; lá fora havia apenas o entardecer – um lindo entardecer verde-amarelado, com um céu límpido e sem nuvens. Uma grande lua redonda, que escurecia lentamente e que passava de um brilho pálido para o prateado lustrado, estava pendurada por cima da Floresta Mal-Assombrada; o ar estava prenhe de sons suaves do verão – o chilrear dos pássaros sonolentos, as brisas caprichosas, as vozes e os risos longínquos. No quarto de Anne, porém, a persiana estava fechada e a lâmpada, acesa, porque uma toalete importante estava em andamento.

O frontão leste era um lugar bem diferente do que naquela noite, há quatro anos, quando Anne sentiu a friagem inospitaleira do seu despojamento penetrar na medula da sua alma. Lentamente, as mudanças haviam se introduzido, e Marilla fora conivente com elas, até o quarto se tornar um ninho tão aconchegante e gracioso quanto uma menina poderia desejar.

O tapete de veludo com as rosas cor-de-rosa e as cortinas de seda também cor-de-rosa das primeiras visões de Anne certamente nunca haviam se materializado; mas seus sonhos haviam acompanhado o ritmo do seu crescimento, e é pouco provável que os lamentasse. O chão estava coberto com uma bonita esteira, e as cortinas que suavizavam a grande janela e flutuavam nas brisas errantes eram de musselina de seda verde-clara bordada. Nas paredes não havia tapeçarias de brocados em ouro e prata, mas eram forradas com um papel de parede com motivos de flores de macieira delicadas e decoradas com algumas boas fotografias que a sra. Allan deu de presente para Anne. A fotografia da srta. Stacy ocupava o lugar de honra, e Anne, que era muito sentimental, fazia questão de manter flores frescas em cima do suporte do porta-retratos. Nessa noite, um ramalhete de lírios brancos perfumava suavemente o quarto como o sonho de uma fragrância. Os "móveis de ébano" eram inexistentes, mas havia uma estante pintada de branco cheia de livros, uma cadeira de balanço com almofadas, um toucador decorado com uma faixa de musselina branca, um espelho extravagante, com uma moldura dourada, cupidos gorduchos e rosados e uvas roxas pintadas no topo arqueado, que costumava ficar pendurado no quarto das visitas, e uma cama baixa branca.

Anne estava se vestindo para ir ao recital no Hotel White Sands. Os próprios hóspedes do hotel haviam organizado o recital em benefício do hospital de Charlottetown, e eles haviam corrido atrás de todos os talentos amadores disponíveis nos distritos vizinhos para contribuírem no evento. Bertha Sampson e Pearl Clay, do coro Batista de White Sands, foram convidadas para cantar um dueto; Milton Clark, de Newbridge, apresentaria um solo de violino; Winnie Adella Blair, de Carmody, cantaria uma balada escocesa; e Laura Spencer, de Spencervale, e Anne Shirley, de Avonlea, declamariam.

Como Anne teria dito no passado, era "um marco em sua vida", e ela estava deliciosamente alvoroçada com a excitação que o evento provocava. Matthew sentia um orgulho gratificante e estava no sétimo céu com a honra outorgada à sua Anne, e Marilla não ficava muito atrás, apesar de preferir morrer a admiti-lo e comentar que não era muito apropriado que um monte de jovens ficassem perambulando por aí sem a companhia de um responsável até o hotel.

Anne e Diana iriam com Jane Andrews e seu irmão Billy no carro esporte; várias outras moças e rapazes de Avonlea também iriam ao recital. Aguardava-se a presença de um grupo de visitantes de fora da cidade, e depois do concerto haveria um jantar para os artistas.

– Você realmente acha que o vestido de organdi é o melhor? – perguntou Anne ansiosa. – Eu acho que ele não é tão bonito como aquele de musselina de flores azuis... e certamente é tão menos elegante.

– Mas ele fica melhor em você – respondeu Diana. – É tão macio, tão cheio de babados, e cai tão bem em você. A musselina é dura, faz você parecer muito formal. Já o organdi parece ter sido feito para você.

Anne suspirou e cedeu. Diana começava a ter uma reputação de possuir um gosto maravilhoso para roupas, e seus conselhos nesses assuntos eram muito requisitados. Ela também estava muito bonita, especialmente naquela noite, no seu vestido cor de rosas selvagens, da qual Anne estava impedida de usar para sempre; mas como Diana não participaria do recital, sua aparência não tinha muita importância. Todas as suas preocupações estavam voltadas para Anne, que, ela jurou, deveria, para o mérito de Avonlea, estar vestida e penteada e adornada como se fosse a própria Rainha.

– Levante esse babado um pouco mais... assim; agora me deixe amarrar a faixa; agora coloque os sapatos. Vou fazer duas tranças grossas no seu cabelo e prendê-las no meio da cabeça com dois laços brancos grandes... não, não puxe nenhum cacho por cima da testa... deixe apenas aqueles fiapos de cabelo que estão soltos naturalmente. Nenhum outro penteado cai tão bem em você, Anne, e a sra. Allan disse que você parece uma Madonna quando divide o cabelo assim. Vou prender esta pequena rosa branca da roseira lá de casa bem atrás da sua orelha. Só havia esta, e eu a guardei para você.

– Devo colocar meu colar de pérolas? – perguntou Anne. – Matthew o trouxe para mim da cidade na semana passada, e eu sei que gostaria que o usasse.

Diana franziu os lábios, virou a cabeça com os cabelos escuros para um lado com um olhar crítico e, finalmente, pronunciou-se em favor do colar, que foi preso em volta do pescoço tão branco como leite de Anne.

– Você tem algo de tão elegante, Anne – disse Diana, com uma admiração nem um pouco invejosa. – Sua cabeça tem um porte tão esbelto. Eu suponho que deve ser por causa do seu corpo. Eu não passo de um bolinho. Eu sempre tive medo de ficar assim, e agora sei como é. Bom, eu acho que vou ter de me resignar a ser assim.

– Mas você tem covinhas – respondeu Anne, sorrindo com afeição para o bonito rosto cheio de animação tão próximo ao seu. – Covinhas maravilhosas, elas são como cavidades no creme. Eu já perdi todas as esperanças de ter covinhas. Meu sonho-covinhas nunca se realizará, mas tantos dos meus sonhos se tornaram realidade que eu não posso me queixar. Estou pronta agora?

– Prontíssima – garantiu Diana, enquanto Marilla aparecia na soleira da porta, uma figura magérrima, com um cabe-lo mais acinzentado do que no passado e não menos angulosa, porém, com um rosto muito mais suave. – Entre, Marilla, e dê uma olhada na nossa declamadora. Ela não está linda?

Marilla emitiu um som entre uma fungada e um grunhido.

– Ela parece arrumada e respeitável. Gostei de como arrumou o cabelo. Mas eu acho que ela vai estragar esse vestido lá no meio daquela mistura de orvalho e poeira, e ele parece ser fino demais para essas noites úmidas. De qualquer forma, o organdi é o material menos prático que há no mundo, e foi o que eu disse para Matthew quando ele comprou o tecido. Ora, dizer alguma coisa para Matthew hoje em dia não adianta nada. Já se foi o tempo em que ele seguia meus conselhos, agora ele compra coisas para Anne sem me perguntar nada, e o pessoal que o atende em Carmody sabe que pode impingir qualquer coisa a ele. É só dizer que é bonito e que está na moda que Matthew abre a carteira e tira o dinheiro para pagar. Tenha cuidado, Anne, mantenha a saia longe da roda do carro e coloque seu casaco de lã.

Depois, Marilla desceu silenciosamente pela escada, pensando orgulhosa como Anne estava bonita, com aquele...

*raio de luar da testa até o cimo da cabeça**

... e lamentando não poder ir ao concerto para ouvir sua menina declamar.

---

*Trecho de "Fourth book" [Quarto livro], da poeta inglesa Elizabeth Barrett Browning (1806-1861). (N. T.)

– Será que não *está* muito úmido para este vestido? – perguntou Anne ansiosa.

– Nem um pouco – respondeu Diana, abrindo a veneziana. – A noite está perfeita, e não cairá nenhum orvalho. Veja o luar.

– Estou tão contente porque minha janela dá para o leste, em direção ao nascer do sol – disse Anne, aproximando-se de Diana. – É tão esplêndido ver a manhã surgindo por cima daquelas colinas compridas e brilhando através dos topos dos espruces pontudos. Tudo é sempre novo a cada manhã, e eu me sinto como se tivesse lavado minha alma naquele banho de primeiro sol da manhã. Oh, Diana, eu amo tanto este quartinho. Eu não sei como conseguirei viver sem ele quando me mudar para a cidade no mês que vem.

– Não fale em ir embora hoje à noite – implorou Diana. – Não quero pensar nisso, porque me deixa muito infeliz, e hoje à noite eu quero me divertir. O que vai declamar, Anne? Está nervosa?

– Nem um pouco. Já recitei tantas vezes em público que agora não me importo mais. Decidi declamar "O juramento da donzela". É tão comovente. Laura Spencer vai declamar um trecho cômico, mas eu prefiro fazer as pessoas chorarem a rirem.

– E o que vai declamar se pedirem bis?

– Eles não vão nem sonhar em pedir bis – zombou Anne, que tinha suas esperanças secretas que o fariam, e já se vira contando para Matthew tudo a respeito na mesa do desjejum da manhã seguinte. – Billy e Jane estão chegando... estou ouvindo o barulho do carro. Vamos.

Billy Andrews insistiu para Anne sentar na frente, ao seu lado, e ela subiu no carro de má vontade. Ela teria preferido muito mais sentar atrás com as meninas para poder rir e falar à vontade. Não havia muito riso nem tagarelice em Billy. Ele era um rapaz de vinte anos, pachorrento, grande e gordo, com um rosto redondo inexpressivo e uma ausência dolorosa de um dom para o diálogo. Mas ele admirava muitíssimo Anne e inflou-se de orgulho com a perspectiva de dirigir até White Sands com aquela pessoa magra e ereta ao seu lado.

Apesar de tudo, de tanto conversar com as meninas por cima do ombro e de vez em quando trocar um naco de civilidade com Billy – que sorria e dava risadinhas, e nunca conseguia dar uma resposta até ser tarde demais –, Anne conseguiu aproveitar a viagem. Era uma noite de divertimento. A estrada estava repleta de carros esportivos, todos indo em direção ao hotel, e os risos límpidos e prateados ecoavam e reecoavam ao longo dela. Quando chegaram no hotel, o prédio era uma chama de luz de cima até embaixo. Elas foram recebidas pelas senhoras do Comitê do Concerto, e uma delas levou Anne para o vestiário dos artistas, que estava abarrotado com os membros de um Clube da Sinfônica de Charlottetown, entre os quais Anne de repente se sentiu tímida, assustada e desajeitada. No meio de todas aquelas sedas e rendas que brilhavam e farfalhavam ao seu redor, seu vestido, que parecera tão gracioso e bonito no frontão leste, agora parecia fastidioso, fútil e vão, "fastidioso, fútil e vão" demais, pensou. O que era seu colar de pérolas comparado aos diamantes daquela senhora alta e bonita que estava ao seu lado? Oh, como sua rosa pequenina devia parecer pobre ao lado de todas as flores de estufa que as outras usavam! Muito infeliz, Anne pendurou o chapéu e o casaco e encolheu-se a um dos cantos. Ela desejou estar de volta no quarto branco de Green Gables.

Era ainda pior na plataforma do grande salão de concertos do hotel, onde Anne estava nesse momento. As luzes elétricas ofuscavam seus olhos, os aromas e o zum-zum-zum a atordoavam. Ela desejou que estivesse sentada no meio do público com Diana e Jane, que pareciam estar tendo um momento esplêndido lá atrás. Anne estava enfiada entre uma senhora corpulenta vestida de seda cor-de-rosa e uma moça alta, com uma expressão de desprezo no rosto, que usava um vestido de renda branco. De vez em quando, a senhora corpulenta girava a cabeça para cá e para lá e observava Anne através dos óculos, até que, com a sensibilidade à flor da pele por estar sendo examinada assim, Anne sentiu que ia começar a gritar; e também porque a moça da renda-branca não parava de falar com sua vizinha em voz alta sobre "as camponesas sem sofisticação" e "as beldades rústicas" que estavam entre o público, e aguardavam a apresentação do recital com uma certa indiferença, embora, segundo ela e de acordo com a amostragem dos talentos locais impressos no programa, o mesmo "deverá ser muito divertido". Anne teve certeza de que odiaria aquela moça da renda-branca pelo resto da vida.

Infelizmente para Anne, uma declamadora profissional, que estava hospedada no hotel, concordou em declamar um texto. Era uma mulher extrovertida, de olhos escuros, que usava um belíssimo vestido longo de um tecido cinza brilhante, como se fossem raios de luar entrelaçados, e um colar de pedras preciosas no pescoço. Ela tinha uma força de expressão maravilhosa; o público quase enlouqueceu quando ela declamou os textos. Por um instante, Anne esqueceu tudo sobre si mesma e seus problemas e ouviu embevecida, com os olhos brilhando; e quando o recital terminou abruptamente, ela cobriu o rosto com as mãos. Ela nunca conseguiria subir na plataforma e declamar depois disso – nunca! Como havia pensado que sabia declamar? Oh, se somente estivesse de volta em Green Gables!

E foi nesse momento pouco propício que chamaram seu nome. De alguma forma, Anne – que não havia notado o pequeno sobressalto de surpresa da moça da renda-branca, e não teria entendido que implicava um elogio sutil nem se quisesse – levantou-se e caminhou meio tonta até a frente. Ela estava tão pálida que Diana e Jane, que estavam lá no meio do público, se deram as mãos, nervosas, num ato solidário.

Anne estava sendo vítima de um tremendo ataque de pavor do palco. Por mais que tivesse declamado em público, ela nunca havia enfrentado um público como esse antes, e estar na sua frente paralisava suas energias totalmente. Tudo era tão estranho, tão brilhante, tão atordoante – as fileiras de senhoras com seus vestidos longos, os rostos críticos, toda aquela atmosfera de riqueza e cultura em volta dela. Isso era muito diferente dos bancos simples do Clube de Debates, repletos de rostos simpáticos e familiares de amigos e vizinhos. Essas pessoas, pensou, seriam críticos impiedosos. Tal como a moça da renda-branca, talvez antecipassem uma diversão por causa dos seus esforços "rústicos". Anne estava se sentindo desesperada e desamparadamente envergonhada e infeliz. Os joelhos tremiam, o coração se agitava, uma fraqueza horrível se apoderou dela; ela não conseguia emitir nem um som, e teria saído correndo da plataforma no instante seguinte, apesar de saber que, se o fizesse, aquela humilhação faria parte da sua vida para sempre.

De repente, porém, enquanto seus olhos dilatados e assustados olhavam para o público, ela viu Gilbert Blythe lá no fundo da sala se debruçando para frente com um sorriso no rosto – um sorriso que Anne teve a impressão de ser tanto triunfante quanto zombeteiro. Na realidade não era nada disso. Gilbert estava apenas sorrindo porque aprovava o espetáculo em geral e, especialmente, o efeito que o fundo de palmeiras produzia sobre a forma esbelta e branca e o rosto angelical de Anne. Josie Pye, que veio de carro com ele, estava sentada ao seu lado, e seu rosto certamente estava com uma expressão zombeteira e de triunfo. Mas Anne não vira Josie, e se a tivesse visto não faria a menor diferença. Ela inspirou profundamente e ergueu a cabeça com orgulho; a coragem e a determinação formigando nela como se tivesse recebido um choque elétrico. Ela *não* falharia diante de Gilbert Blythe – ele nunca poderia rir dela, nunca, nunca! O pânico e o nervosismo desapareceram; e ela começou a declamar, com a voz clara e suave que chegou aos cantos mais longínquos da sala sem um tremor ou uma quebra. Ela havia recuperado todo seu autodomínio e, reagindo àquele momento terrível de total impotência, declamou como nunca havia declamado antes. Quando terminou, a sala explodiu em aplausos sinceros. E quando voltou para seu lugar, corada de timidez e prazer, sua mão foi vigorosamente apertada e sacudida pela senhora corpulenta vestida de seda cor-de-rosa.

– Minha querida, você foi esplêndida – cumprimentou-a a senhora, arquejando. – Chorei feito um bebê, chorei mesmo. Olhe, estão pedindo um bis! Querem você de volta!

– Oh, eu não posso ir – respondeu Anne confusamente. – Por outro lado... eu tenho de ir, ou Matthew ficará desapontado. Ele disse que iam pedir bis.

– Nesse caso você não deve desapontar Matthew – aconselhou a senhora de cor-de-rosa, rindo.

Sorrindo, corando, de olhos límpidos, Anne voltou para o palco e declamou uma pequena seleção divertida e diferente que cativou seu público ainda mais. O resto da tarde com certeza foi um pequeno triunfo para ela.

Depois que o recital terminou, a senhora corpulenta de cor-de-rosa – que era a esposa de um milionário americano – tomou-a sob sua proteção e apresentou-a para todo mundo; e todo mundo foi muito gentil com ela. A sra. Evans, a declamadora profissional, aproximou-se e conversou com ela, dizendo que sua voz era encantadora e que "interpretava" suas seleções maravilhosamente bem. Até a moça da renda-branca fez um lânguido e pequeno elogio. Todos jantaram no restaurante enorme, lindamente decorado; Diana e Jane também foram convidadas para o jantar porque estavam com Anne, mas ninguém conseguiu encontrar Billy, que havia descampado por causa do seu pavor mortal em receber um convite como esse. Mas quando tudo terminou e as três moças saíram alegremente para a luminosidade branca e tranquila do luar, ele estava à espera delas ao lado do carro. Anne inspirou profundamente e olhou para o céu límpido que se estendia além dos galhos escuros dos espruces.

Oh, como era bom estar fora novamente na pureza e no silêncio da noite! Como tudo era amplo e tranquilo, com o murmúrio do mar ressoando através do espaço e os rochedos escuros iguais a gigantes sinistros ao longe guardando costas encantadas.

– Não foi um momento esplêndido? – suspirou Jane enquanto iam embora. – Eu queria ser uma americana rica para poder passar o verão num hotel e usar joias e vestidos decotados e comer sorvete e salada de frango todo santo dia. Anne, seu recital foi simplesmente maravilhoso, apesar de dar a impressão de que nunca ia começar no início. Eu acho que você foi melhor que a sra. Evans.

– Oh, não, não diga isso, Jane – revidou Anne com rapidez –, isso é tolice. Sabe, eu não poderia ser melhor do que a sra. Evans, ela é uma profissional, e eu não passo de uma estudante com algum pendor para declamar. Eu estou muito satisfeita por saber que as pessoas também gostaram muito dos meus textos.

– Anne, eu tenho um elogio para você – interveio Diana. – Pelo menos acho que é um elogio por causa do jeito como ele disse. De qualquer forma, uma parte foi um elogio. Um americano estava sentado ao meu lado e ao de Jane... O homem tinha uma aparência tão romântica com aquele cabelo e olhos tão pretos como o carvão... Josie Pye disse que é um artista famoso e que a prima da sua mãe, que mora em Boston, está casada com um homem que costumava ir à escola com ele... Bem, eu o ouvi dizer... Não foi, Jane? "Quem é aquela moça na plataforma com aquele esplêndido cabelo tiziano? Eu gostaria de pintar seu rosto." Pronto, foi assim, Anne. Mas o que é cabelo tiziano?

– Traduzindo, eu acho que significa apenas cabelo ruivo – respondeu Anne rindo. – Tiziano foi um pintor muito famoso que gostava de pintar mulheres de cabelos ruivos.

– *Vocês* viram todos aqueles diamantes que as mulheres usavam? – suspirou Jane. – Eram simplesmente deslumbrantes. Meninas, vocês não gostariam de ser ricas?

– Nós *somos* ricas – respondeu Anne com firmeza. – Ora, nós temos dezesseis anos a nosso favor, somos tão felizes como rainhas e temos imaginação, mais ou menos. Meninas, olhem para aquele mar – todo prateado e repleto de sombras e visões de "coisas que ainda não vimos"*. Se tivéssemos milhões de dólares e cordas de diamantes nem por isso apreciaríamos mais sua beleza. Vocês não conseguiriam se transformar numa daquelas mulheres, mesmo se pudessem. Vocês gostariam de ser como aquela moça da renda-branca e ter aquela expressão azeda durante toda a vida, como se tivessem nascido desdenhando o mundo? Ou como aquela senhora de cor-de-rosa que, por mais bondosa e simpática que seja, é tão corpulenta e baixa que vocês não teriam corpo nenhum? Ou até como a sra. Evans, com aquela expressão triste, tão triste, nos olhos? Ela deve ter sido terrivelmente infeliz um dia para ter um olhar como aquele. Jane Andrews, você *sabe* que não!

– Eu *não* sei exatamente – respondeu Jane, nem um pouco convencida. – Eu acho que os diamantes seriam um enorme conforto para qualquer pessoa.

---

* Trecho de Hebreus 11,1. (N. T.)

– Ora, eu só quero ser eu mesma, mesmo se não for reconfortada por diamantes durante toda minha vida. Estou muito satisfeita de ser Anne de Green Gables, com meu colar de pérolas. Eu sei que quando Matthew me deu o colar ele também me deu tanto amor quanto caberia nas joias da dona Senhora de Rosa.

XXXIV
Uma moça do Queen's

Nas três semanas seguintes, Green Gables esteve muito ocupada porque Anne estava se preparando para ir para o Queen's, e havia muita coisa para costurar e muitas coisas a ser discutidas e preparadas. O guarda-roupa de Anne era vasto e bonito, Matthew havia cuidado disso, e Marilla por uma vez não fez nenhuma objeção em relação a nada que ele comprava ou sugeria. E fez mais: uma tarde, ela subiu até o frontão leste com os braços carregados de um tecido delicado verde-claro.

– Anne, aqui está uma coisinha para fazer um bonito vestido bem leve para você. Eu não acho que você precisa dele de verdade; você tem muitas blusas bonitas; mas achei que gostaria de ter algo mais elegante para usar quando for convidada para sair para algum lugar de tarde na cidade, para uma festa, ou algo assim. Eu soube que Jane, Ruby e

Josie têm "vestidos para a noite", como elas os chamam, e eu não quero que você fique atrás. Na semana passada, quando fomos à cidade, pedi à sra. Allan para me ajudar a escolher o tecido, e nós vamos pedir a Emily Gillis para costurá-lo para você. Emily tem bom gosto, e suas roupas são incomparáveis.

– Oh, Marilla, mas é lindo – exclamou Anne. – Muito obrigada. Mas você não deveria ser tão boa comigo... isso torna minha partida cada dia mais difícil.

O vestido verde foi confeccionado com tantas pregas, babados e franzimentos quanto o bom gosto de Emily permitia. Uma tarde, Anne o vestiu para o benefício de Matthew e Marilla e declamou "O juramento da donzela" para eles na cozinha. Enquanto Marilla olhava para o rosto alegre e animado e os movimentos graciosos de Anne, seus pensamentos retrocederam para aquela tarde, quando ela chegara em Green Gables, e a memória relembrou um quadro nítido daquela criança estranha e assustada usando aquele vestido absurdo de baetilha cinza-amarelada, o coração partido espiando através dos olhos cheios de lágrimas. Algo dessa lembrança trouxe lágrimas para os próprios olhos de Marilla.

– Ora veja, Marilla, minha declamação fez você chorar – observou Anne, debruçando-se alegremente por cima da cadeira de Marilla para sapecar um beijo rápido na bochecha daquela senhora. – Ora, isso é o que eu chamo realmente de um triunfo.

– Não, eu não estava chorando por causa do texto – respondeu Marilla, que nunca aceitaria que qualquer tralha poética levasse a melhor sobre uma fraqueza como aquela que sentia. – Eu só não pude deixar de lembrar da menina que você era, Anne. Eu estava desejando que tivesse permanecido uma menina, mesmo com todos aqueles seus modos esquisitos. Agora você está crescida, e está indo embora. Você está tão alta e elegante e tão... tão... completamente diferente nesse vestido... como se não pertencesse nem um pouco a Avonlea... e eu só me senti muito sozinha quando pensei nisso tudo.

– Marilla!

Anne sentou no colo coberto pelo avental quadriculado, segurou o rosto enrugado entre suas mãos e, muito séria, com muita ternura, olhou para os olhos de Marilla.

– Eu não mudei nem um pouco, não de verdade. Eu só estou podada e ramificada. A verdadeira *Eu*, aqui dentro, continua a mesma de sempre. Não vai fazer a menor diferença para onde vou ou o quanto mude por fora. No fundo do meu coração, serei sempre sua pequena Anne, que amará você e Matthew, e minha querida Green Gables, mais e melhor durante todos os dias da minha vida.

Anne apoiou sua face jovem e fresca na face desbotada de Marilla e estendeu a mão para dar uns tapinhas no ombro de Matthew. Naquele instante, Marilla teria dado tudo para ter a capacidade de Anne de colocar seus sentimentos em palavras; mas a natureza e o hábito o queriam de forma diferente, e ela apenas abraçou sua menina e segurou-a com ternura contra seu coração, desejando que nunca tivesse de deixá-la ir embora.

Matthew, com uma umidade suspeita nos olhos, levantou-se e saiu. Agitado, caminhou debaixo das estrelas daquela noite escura de verão pelo quintal até chegar ao portão que ficava debaixo dos choupos.

– Bem, ora, parece que ela não foi tão mimada assim – murmurou com orgulho. – Parece que eu ter metido a colher de vez em quando não causou tanto dano afinal. Ela é inteligente, bonita e carinhosa também, e é melhor do que todas aquelas outras. Ela tem sido uma bênção para nós, e nunca houve um erro mais sortudo do que aquele que a sra. Spencer fez – se é que *foi* sorte. Eu não acredito que tenha sido nada disso. Foi a Providência. O Altíssimo viu que precisávamos dela, eu acho.

Finalmente chegou o dia de Anne ir para a cidade. Depois de uma despedida lacrimosa de Diana e outra, prática e sem choro, por parte de Marilla, ela e Matthew partiram numa bela manhã de setembro. Assim que Anne foi embora, Diana secou as lágrimas e foi a um piquenique na praia em White Sands com alguns dos seus primos de Carmody, onde conseguiu se divertir de maneira bastante razoável. Enquanto isso, Marilla mergulhava raivosamente em trabalhos desnecessários, e continuou assim durante todo o dia, sentindo uma espécie de dor amarga no coração – a dor que queima e corrói, e não pode ser lavada apenas com lágrimas. E naquela noite, quando Marilla foi se deitar, infeliz e extremamente consciente de que o pequeno quarto no fim do vestíbulo do frontão leste estava despojado de qualquer vida animada e jovem, e imperturbado por qualquer respiração suave, ela enfiou o rosto no travesseiro e chorou pela sua menina com um ímpeto de soluços que a assustaram, quando conseguiu se acalmar o suficiente para refletir sobre a maldade que devia ser comportar-se dessa forma em relação a uma criatura pecadora semelhante.

Anne e o resto dos estudantes de Avonlea chegaram à cidade a tempo de correrem até o Queen's Academy. O primeiro dia passou de um modo bastante agradável em meio a um turbilhão de excitações, como conhecer todos os novos alunos e aprender a reconhecer os professores de vista, e a distribuição e a organização dos alunos nas salas de aula. Seguindo os conselhos da srta. Stacy, Anne pretendia entrar para o Segundo Ano; Gilbert Blythe decidira fazer o mesmo. O que significava que, se passassem nas provas, eles poderiam obter uma licença de professor de Primeira Classe em um ano ao invés de dois; mas isso também significava que teriam de trabalhar mais, e com mais afinco. Jane, Ruby, Josie, Charlie e Moody Spurgeon, que não estavam incomodados com os rebuliços da ambição, contentaram-se em entrar para a Segunda Classe. Anne sentiu uma ponta de solidão quando se viu numa sala com outros cinquenta alunos, dos quais não conhecia nenhum, com exceção do rapaz alto e de cabelo castanho do outro lado da sala; e conhecendo-o como o conhecia, isso não a ajudava muito, refletiu muito pessimista. No entanto, era inegável que estava contente por estarem na mesma classe; a antiga rivalidade poderia continuar, e Anne não saberia o que teria feito se a rivalidade não estivesse presente.

"Eu me sentiria desconfortável sem ela", pensou, "Gilbert parece muito determinado. Parece que ele decidiu ganhar a medalha neste exato momento. Que queixo esplêndido ele tem! Eu nunca havia notado antes. Eu queria tanto que Jane e Ruby também tivessem escolhido a Primeira Classe. Mas talvez eu não me sinta mais uma estranha no ninho depois que conhecer os outros. Eu me pergunto quais dessas meninas serão minhas amigas. É realmente uma especulação interessante. Claro que prometi a Diana que nenhuma das meninas do Queen's, por mais que eu goste delas, será tão querida como ela; mas eu tenho um monte de afeições secundárias para distribuir. Eu gosto da aparência daquela menina de olhos castanhos e blusa vermelha. Ela parece animada, e suas faces são tão coradas como uma rosa vermelha; e lá está aquela menina pálida olhando pela janela. Eu gostaria de conhecer as duas... conhecê-las bem..., bem o bastante para passear com elas com meu braço ao redor das suas cinturas e chamá-las por apelidos. Mas eu ainda não as conheço, e elas não me conhecem, e provavelmente nem fazem questão de me conhecer. Oh, é tão solitário!"

E ficou ainda mais solitário naquela noite, ao entardecer, quando Anne se viu sozinha no quarto que dava para o vestíbulo. Ela não ficaria hospedada com as outras meninas, porque todas tinham uma família na cidade que havia se apiedado delas. A srta. Josephine Barry teria gostado de hospedá-la, mas Beechwood ficava tão longe do Queen's Academy que estava fora de questão. Então, ela procurou uma pensão para Anne e garantiu para Matthew e Marilla que o lugar era o mais adequado para a menina.

– A senhora que cuida da pensão é muito bem-educada – explicou a srta. Barry. – Seu marido era um oficial britânico, e ela é muito cuidadosa com o tipo de hóspedes que aceita na pensão. Anne não encontrará nenhuma pessoa desagradável debaixo do seu teto. A comida é boa, e o prédio fica num bairro tranquilo, perto da Queen's Academy.

Tudo isso podia ser verdadeiro e, de fato, comprovou ser, mas não ajudou Anne de modo concreto durante a primeira agonia de saudades de casa que se apoderou dela. Deprimida, ela olhou em volta do pequeno quarto estreito, com suas paredes forradas de um papel sem graça, sem quadros, a armação de ferro da pequena cama e a estante vazia; e sentiu um bolo terrível na garganta, quando lembrou do quartinho branco de Green Gables, onde estaria agradavelmente consciente das vastas paisagens verdes e tranquilas, dos amores-perfeitos brotando no jardim, do luar se derramando sobre o pomar, do riacho no sopé da ladeira e, atrás dele, dos galhos dos espruces balançando ao vento da noite sob um enorme céu estrelado e da luz na janela de Diana brilhando através das brechas nas árvores. Aqui não havia nada disso. Anne sabia que do lado de fora da janela havia uma rua dura, uma rede de fios telefônicos tapando o céu, batidas de pés estranhos e centenas de luzes brilhando sobre rostos estranhos. Ela sabia que ia chorar, e lutou contra isso.

"*Eu não vou* chorar. É tolice... uma fraqueza... e lá vai a terceira lágrima escorrendo pelo meu nariz. E outras estão vindo! Eu preciso pensar em algo alegre, pará-las. Mas não há nada de engraçado, exceto as coisas relacionadas com Avonlea, e isso só piora tudo... quatro... cinco... Eu vou para casa sexta-feira, mas parece que ainda vai demorar mil anos. Oh, Matthew deve estar quase chegando em casa a esta hora... e Marilla está no portão, olhando para a vereda, esperando por ele... seis... sete... oito... Oh, de que adianta contar as lágrimas! Elas agora estão jorrando em cascata. Não consigo me alegrar... eu não *quero* me alegrar. É melhor ficar infeliz!"

A cascata de lágrimas certamente teria jorrado se Josie Pye não tivesse aparecido naquele instante. Na alegria de ver um rosto conhecido, Anne esqueceu que ela e Josie nunca haviam se dado muito bem. Mas, sendo uma parte de Avonlea, até uma Pye era bem-vinda.

– Estou tão contente que você veio – confessou Anne, muito sincera.

– Você estava chorando – observou Josie, parecendo irritada. – Você deve estar com saudades de casa... algumas pessoas têm tão pouco autocontrole sobre isso. Eu não pretendo ficar com saudades de casa, pode acreditar. A cidade é alegre demais depois daquela Avonlea velha e estreita. Não sei como consegui sobreviver durante tanto tempo lá. Você não deveria chorar, Anne. Não fica bem em você, porque seus olhos e seu nariz ficam vermelhos, e aí você parece ser *toda* vermelha. Hoje eu tive um momento perfeitamente deleitável no Queen's Academy. Nosso professor de Francês é uma pessoa muito esquisita. O bigode dele faria seu coração ter engulhos. Anne, você tem alguma coisa para comer? Eu estou morrendo de fome, literalmente. Ah, pensei que seria provável que Marilla tivesse enchido você de doces. Por isso vim ver você. Se não fosse a fome, eu teria ido ao parque para ouvir Frank Stockley tocar com a banda. Ele está hospedado na mesma pensão que eu e é uma companhia muito agradável. Ele notou você na sala de aula hoje e me perguntou quem era aquela moça de cabelo ruivo. Eu disse que você era uma órfã que os Cuthbert haviam adotado, e que antes disso ninguém sabia muita coisa a seu respeito.

Anne estava se perguntando se, no final das contas, a solidão e as lágrimas não eram mais satisfatórias do que a companhia de Josie Pye, quando Jane e Ruby apareceram, cada uma com uma fita de dois centímetros de comprimento, roxa e vermelha, as cores do Queen's Academy, orgulhosamente presas nos seus casacos. Como Josie não estava "falando" com Jane naquele momento, ela teve de se contentar em fingir que Jane era relativamente inofensiva.

– Bem – disse Jane, dando um suspiro –, eu me sinto como se tivesse vivido muitas luas desde hoje de manhã. Eu deveria estar em casa estudando meu Virgilio – aquele professor velho e horroroso passou vinte linhas para estudarmos até amanhã. Mas eu simplesmente não vou conseguir estudar hoje à noite. Anne, eu acho que estou vendo vestígios de lágrimas. Se você esteve chorando, confesse *logo*. Isso restaurará meu amor-próprio, porque eu estava derramando lágrimas sem parar antes de Ruby chegar. Eu não me importo de ser tão boba se outra pessoa também fizer bobagens. É bolo? Você vai me dar um pedacinho, não vai? Obrigada. Tem um verdadeiro sabor de Avonlea.

Ao ver o programa do Queen's Academy em cima da mesa, Ruby quis saber se Anne ia tentar ganhar a medalha de ouro.

Anne corou e admitiu que estava pensando nisso.

– Oh, o que me lembra... – disse Josie. – No final das contas, o Queen's Academy vai poder concorrer a uma bolsa de estudos Avery sim. A notícia chegou hoje. Quem me contou foi Frank Stockley... Sabem, o tio dele é um dos membros da mesa da diretoria. Vão anunciar no Queen's Academy amanhã.

Uma bolsa de estudos Avery! Anne sentiu o coração bater mais rápido, e os horizontes da sua ambição se deslocaram e se ampliaram como num passe de mágica. Antes de Josie contar a notícia, o ápice das aspirações de Anne havia sido obter uma licença de Primeira Classe no final do ano para ensinar na província e talvez a medalha. Mas agora, num piscar de olhos, Anne se via ganhando a bolsa de estudos Avery de Primeira Classe, entrando para um curso de Letras no Redmond College e se diplomando de toga e como membro da Mortar Board*, antes que o eco das palavras de Josie desaparecesse ao longe. A bolsa de estudos de Avery era para a Língua Inglesa, e Anne sentia que "estava pisando em terras conhecidas".

Um industrial muito rico de New Brunswick morreu e deixou parte da sua fortuna para patrocinar uma grande quantidade de bolsas de estudos, que deveriam ser distribuídas entre as várias Faculdades e Academias das Províncias Marítimas, de acordo com suas respectivas posições. Houve muita dúvida se uma das bolsas de estudo deveria ser alocada para o Queen's Academy, mas o problema foi finalmente resolvido, e no final do ano o aluno diplomado que tirasse as notas mais altas em Inglês e Literatura Inglesa ganharia a bolsa de estudos: duzentos e cinquenta dólares por ano, durante quatro anos, na Faculdade Redmond. Não é de se espantar que naquela noite Anne foi para a cama com as bochechas ardendo!

"Eu vou ganhar aquela bolsa de estudos se depender de dar duro", decidiu. "Matthew não ficaria orgulhoso se eu

---

* *Mortar Board* é uma sociedade nacional de honra que presta reconhecimento aos estudantes das faculdades pelas suas realizações, liderança e serviços prestados à comunidade estudantil. Também significa as becas que os estudantes jogam para o alto durante as cerimônias de formatura. (N. T.)

me tornasse uma B. L.*? Oh, como é maravilhoso ter ambições! Estou tão contente de ter tantas. E o melhor é que elas parecem não ter fim. Assim que consigo realizar uma já há outra brilhando ainda mais alto. Isso torna a vida tão interessante!"

* Bacharel em Letras. (N. T.)

XXXV
O inverno no Queen's Academy

A saudade de casa de Anne diminuiu, em grande parte devido às suas visitas à cidade nos fins de semana. Enquanto o tempo bom perdurou, os estudantes de Avonlea, todas as sextas-feiras à noite, iam até Carmody pelo novo ramal da estrada de ferro. Diana e vários outros jovens de Avonlea geralmente estavam lá para esperá-los, e todos caminhavam juntos para Avonlea num grupo alegre. Para Anne, aquelas andanças no ar dourado e fresco pelas colinas outonais nas tardes de sextas-feiras, com as luzes das casas de Avonlea brilhando lá embaixo, eram as melhores e mais amadas horas de toda a semana.

Gilbert Blythe quase sempre acompanhava Ruby Gillis e carregava sua sacola. Ruby era uma moça muito bonita, que agora se achava muito adulta, e o era de fato; ela usava saias tão compridas como as da sua mãe e penteava o cabelo para cima quando estava na cidade, apesar de ter de deixá-lo solto quando ia para casa. Ela tinha grandes olhos azuis-claros, uma tez luzidia e um corpo roliço e vistoso. Ruby ria muito, era alegre, e estava sempre de bom humor; e realmente apreciava as coisas agradáveis da vida.

– Mas eu nunca pensei que ela fosse o tipo de moça que agradaria Gilbert – sussurrou Jane para Anne.

Anne também pensava assim, mas ela não o teria confessado nem por uma bolsa de estudos Avery. Ela também não podia deixar de pensar como seria agradável se tivesse um amigo como Gilbert para fazer gracejos, conversar e trocar ideias sobre livros, estudos e ambições. Ela sabia que Gilbert tinha ambições, e Ruby Gillis não parecia ser o tipo de pessoa com quem essas coisas poderiam ser discutidas nem tirar algum proveito delas.

Não havia nenhum sentimento tolo nas ideias de Anne em relação a Gilbert. Os rapazes para ela, isso quando pensava neles, eram apenas bons possíveis amigos. Se ela e Gilbert tivessem sido amigos, ela não teria se importado com quantas amigas ele tivesse ou a quem acompanhava. Ela tinha um dom para a amizade, e tinha muitas amigas. Mas ela também tinha uma consciência imprecisa de que a amizade masculina também poderia ser uma boa coisa para desenvolver o conceito de companheirismo e contribuir para os pontos de vista de julgamento e comparação. Não que Anne pudesse traduzir seus sentimentos sobre o assunto numa definição tão clara. No entanto, ela achava que se Gilbert a tivesse acompanhado alguma vez de trem para casa, pelos campos frescos e pelas trilhas cheias de samambaias, eles poderiam ter tido muitas conversas alegres e interessantes sobre o novo mundo que se abria ao seu redor e sobre as esperanças e ambições que ele continha. Gilbert era um rapaz inteligente que tinha suas próprias ideias sobre as coisas, uma determinação para obter o que a vida tinha de melhor e para colocar nela o melhor que podia. Ruby Gillis comentou com Jane Andrews que ela não entendia nem a metade do que Gilbert Blythe dizia; que ele falava como Anne Shirley quando essa tinha um ataque de ideias e que, de sua parte, ela não achava nem um pouco divertido ter de se ocupar com livros, e esse tipo de coisa, quando era desnecessário. Embora Frank Stockley fosse muito mais animado, ele não era nem um pouco tão bonito quanto Gilbert, e ela realmente não conseguia se decidir de qual dos dois gostava mais!

Aos poucos, Anne foi criando um pequeno círculo de amigas no Queen's Academy formado por alunas tão atenciosas, imaginativas e ambiciosas quanto ela. Ela logo criou intimidade com Stella Maynard, a garota "vermelha como uma rosa", e Priscilla Grant, a "garota sonhadora", e descobriu que essa donzela pálida, que tinha um ar tão espiritual, transbordava de travessuras e diversões e adorava pregar peças nos outros, enquanto a vivaz Stella, com seus olhos negros, tinha um coração cheio de sonhos e desejos melancólicos, tão aéreos e parecidos com os de um arco-íris quanto aqueles de Anne.

Depois dos feriados de Natal, os estudantes de Avonlea pararam de ir para casa nas sextas-feiras e se dedicaram ao trabalho. Nessa época, todos os estudantes do Queen's Academy haviam gravitado para seus lugares dentro das suas categorias, e as várias classes haviam adquirido matizes individuais nítidos e definitivos. Alguns fatos foram aceitos em geral. Todos admitiam que os competidores da medalha haviam praticamente encolhido para três alunos: Gilbert Blythe, Anne Shirley e Lewis Wilson; que a bolsa de estudos Avery era mais duvidosa, porque qualquer um dos seis candidatos definitivos era um vencedor possível. Achava-se que, sem dúvida, a medalha de bronze para Matemática estava ganha por um rapaz gordo e engraçado, com uma testa saliente e um casaco remendado, que vinha da província.

Ruby Gillis foi eleita a garota mais bonita do ano do Queen's Academy; nas salas de aula do Segundo Ano, Stella Maynard recebeu os louros por sua beleza, enquanto uma minoria pequena, porém, crítica, votou em Anne Shirley. Os penteados de Ethel Marr foram considerados como os mais na moda por todos os juízes competentes, e Jane Andrews – a simples, laboriosa e conscienciosa Jane – fez as honras no curso de Ciência Doméstica. Até Josie Pye obteve uma certa notoriedade como a moça da língua mais afiada do Queen's Academy. Por conseguinte, podemos afirmar que os antigos alunos da srta. Stacy conseguiram se projetar na arena mais ampla do curso acadêmico.

Anne trabalhava muito e com constância. Apesar de não ser conhecida por toda a classe, sua rivalidade com Gilbert era tão intensa quanto na escola de Avonlea, mas, de alguma forma, perdera o rancor. Anne já não desejava mais ganhar só para derrotar Gilbert, mas para ter a consciência orgulhosa de ter obtido uma vitória bem merecida sobre um inimigo de valor. Valeria a pena ganhar por causa disso, mas ela já não pensava mais que a vida seria insuportável se não o derrotasse.

Apesar das aulas, os estudantes tiveram algumas oportunidades para passar alguns momentos agradáveis. Anne passava grande parte do seu tempo livre em Beechwood. Geralmente almoçava lá e aos domingos frequentava a igreja com a srta. Barry. Como ela mesma admitiu, a srta. Barry estava envelhecendo, mas seus olhos escuros não haviam perdido o brilho, e o vigor da sua língua não diminuiu nem um pouco. Porém, ela nunca a afiava contra Anne, que continuava sendo a primeira favorita para aquela senhora idosa e crítica.

"A menina-Anne está melhorando a cada dia que passa", pensou. "As outras meninas são muito chatas – elas têm uma mesmice tão eterna e provocante. Anne possui tantos matizes como um arco-íris, e cada matiz é o mais bonito de todos enquanto dura. Ela já não é mais tão divertida como quando era uma criança, mas ela me faz gostar dela, e eu gosto das pessoas que me fazem gostar delas. Elas me poupam o trabalho de me obrigar a gostar delas."

Então, antes que alguém percebesse, a primavera chegou. Em Avonlea, onde as coroas de neve persistiam, as flores de maio começaram a desabrochar nas terras áridas, e o "nevoeiro verde" cobriu as florestas e os vales. Mas em Charlottetown os alunos exaustos do Queen's Academy só pensavam e falavam nas provas.

– Nem parece verdade que o trimestre está quase terminando – disse Anne. – Ora, tudo ainda parecia tão distante no último outono, um inverno inteiro de estudos e aulas. E aqui estamos nós, e só falta uma semana para as provas. Meninas, eu às vezes sinto como se essas provas fossem a coisa mais importante, mas não parecem nem um pouco importantes quando vejo aqueles brotos enormes inchando naquelas castanheiras e o ar enevoado azulado no final das ruas.

Jane, Ruby e Josie, que haviam passado para vê-la, não eram da mesma opinião. Para elas, as provas vindouras eram muito importantes o tempo todo – muito mais importantes do que os brotos das castanheiras e os nevoeiros do mês de maio. Podia ser muito bom para Anne – que pelo menos tinha certeza de que passaria – ter seus momentos quando não lhes dava tanta importância, mas quando todo seu futuro dependia delas – como as meninas realmente acreditavam que seus futuros dependiam –, era impossível encará-los com filosofia.

– Eu perdi três quilos nas últimas duas semanas – suspirou Jane. – E não adianta dizer para eu não me preocupar. Eu *vou* me preocupar. Ficar preocupada ajuda um pouco; quando você se preocupa, dá a impressão de que está fazendo alguma coisa. Será horrível se não conseguir passar e obter minha licença depois de passar o inverno todo no Queen's Academy e gastar tanto dinheiro.

– *Eu* não me importo – revidou Josie Pye. – Se eu não passar este ano, recomeçarei no ano que vem. Meu pai tem dinheiro suficiente para me mandar para cá outra vez. Anne, Frank Stockley me contou que o professor Tremaine disse que Gilbert Blythe certamente vai ganhar a medalha, e que Emily Clay talvez ganhe a bolsa de estudos Avery.

– Pode ser que isso me faça sentir mal amanhã, Josie – respondeu Anne, rindo –, mas neste instante eu sinceramente sinto que, enquanto todas as violetas roxas estiverem brotando lá no vale abaixo de Green Gables e as pequenas samambaias estiverem despontando suas cabecinhas lá na Vereda dos Namorados, ganhar ou não a bolsa de estudos não faz muita diferença. Fiz o melhor que pude, e estou começando a entender o que "o prazer da labuta" significa. Junto com tentar e ganhar, o melhor é tentar e falhar. Meninas, não vamos mais falar de provas! Vejam aquele arco de céu verde claro sobre as casas e imaginem como deve estar sobre os bosques-das-faias-roxo-escuro atrás de Avonlea.

– Jane, o que vai usar na formatura? – perguntou Ruby, sempre muito prática.

Jane e Josie responderam ao mesmo tempo, e a conversa mudou para o lado do turbilhão da moda. Mas

Anne, com os cotovelos apoiados no parapeito da janela, a face suave envolta nas palmas das mãos e os olhos cheios de visões, olhava imperturbável por cima dos tetos e dos pináculos da cidade para aquela cúpula gloriosa do céu, que entardecia, enquanto urdia seus sonhos de um futuro possível no tecido dourado do otimismo próprio da juventude. Todo o Além, com suas possibilidades espreitando em cor-de-rosa nos anos vindouros, lhe pertencia – e cada ano era uma rosa de promessas a ser trançada numa guirlanda imortal.

XXXVI
A GLÓRIA E O SONHO

Anne e Jane caminhavam pela rua na manhã seguinte, quando os resultados finais de todas as provas seriam afixados no quadro de avisos do Queen's Academy. Jane estava sorridente e feliz. As provas haviam terminado e ela tinha quase certeza de que passaria em pelo menos uma matéria, e não estava nem um pouco preocupada com outras considerações. Jane não tinha ambições desmedidas, por conseguinte, não era afetada pela intranquilidade concomitante a elas. Porque nós pagamos um preço por tudo que conseguimos ou tomamos deste mundo e, apesar de as ambições valerem a pena, elas não se deixam obter facilmente e exigem seu quinhão de trabalho e autoabnegação, ansiedade e desânimo. Anne estava pálida e quieta. Mais dez minutos e ela saberia quem ganharia a medalha e quem receberia a bolsa de estudos. Naquele instante, e além daqueles dez minutos, parecia que nada merecia ser chamado de Tempo.

– É claro que você vai ganhar uma delas – afirmou Jane, que não conseguia entender como o Queen's Academy poderia ser tão injusto e agir de outra forma.

– Eu não tenho esperanças sobre a bolsa de estudos – respondeu Anne. – Todo mundo diz que Emily Clay vai ganhar. Eu não vou me aproximar daquele quadro de avisos nem olhar antes dos outros. Não tenho coragem moral. Eu vou direto para o vestiário das meninas. Jane, você terá de ler os avisos e depois ir até lá me avisar. E em nome da nossa velha amizade, eu imploro a você que o faça tão rápido quanto puder. Diga se eu não passei diretamente, sem rodeios. E *não* sinta pena de mim, não importa o que você ler. Jane, você tem de me prometer.

Jane prometeu solenemente. Contudo, como se verá em seguida, a promessa era desnecessária. Quando subiram os degraus que levavam à entrada do prédio do Queen's Academy, elas se depararam com um grupo de rapazes que carregavam Gilbert Blythe nos ombros e berravam: "Vivas para Blythe, Medalhista!".

Por um instante, Anne sentiu uma ponta de enjoo por causa da derrota e do desapontamento. Ela não havia passado e Gilbert havia ganhado! Ora, Matthew ficaria triste – ele tinha tanta certeza de que ela ganharia.

E então!

Alguém gritou:

– Três vivas para a srta. Anne Shirley, a vencedora da bolsa de estudos Avery!

– Oh, Anne – arquejou Jane, enquanto corriam para o vestiário das meninas no meio de aplausos calorosos. – Oh, Anne, eu estou tão orgulhosa! Não é esplêndido?

Depois, todas as meninas as rodearam, e Anne tornou-se o centro das felicitações de um grupo risonho. Ela levou tapinhas nos ombros, e suas mãos foram sacudidas vigorosamente. Ela foi empurrada e puxada e abraçada e, no meio daquilo tudo, conseguiu sussurrar para Jane:

– Oh, como Matthew e Marilla ficarão contentes! Eu preciso escrever para casa imediatamente e contar a notícia.

O próximo evento importante foi a formatura. Os ensaios foram realizados no grande salão de reuniões do Queen's Academy, em seguida, fizeram discursos, leram ensaios, cantaram canções; e os diplomas, os prêmios e as medalhas foram entregues em público.

Matthew e Marilla compareceram, com olhos e ouvidos voltados apenas para uma das alunas que estava na plataforma – uma menina alta, que usava um vestido verde-claro e tinha as faces levemente ruborizadas e os olhos brilhantes, que leu o melhor ensaio e para quem apontavam e comentavam que era a vencedora da bolsa de estudos Avery.

– Marilla, eu aposto que você está contente por termos ficado com ela – sussurrou Matthew depois que Anne terminou de ler seu texto, e abrindo a boca pela primeira vez desde que pisara no salão.

– Não é a primeira vez que fico contente – revidou Marilla. – Matthew Cuthbert, você gosta de ficar repetindo a mesma coisa só para me irritar.

A srta. Barry, que estava sentada atrás deles, debruçou-se para frente, cutucou Marilla nas costas com o guarda-chuva e disse:

– Você não está orgulhosa daquela menina-Anne? Eu estou.

Naquela tarde, Anne foi para casa, em Avonlea, com Matthew e Marilla. Ela não havia estado em casa desde abril e sentia que não conseguiria esperar nem mais um dia. As macieiras estavam em flor, o mundo era jovem e fresco, e Diana estava esperando por ela em Green Gables. De volta no seu quarto branco, onde Marilla havia colocado um vaso com uma rosa em flor no parapeito da janela, Anne olhou em volta e inspirou profundamente de felicidade.

– Oh, Diana, é tão bom estar de volta. É tão bom ver aqueles espruces pontudos contra o céu cor-de-rosa... e aquele pomar branco e a velha Rainha da Neve. E o cheiro de menta não é delicioso? E a rosa-chá... ora, ela é ao mesmo tempo uma canção e uma oração. E é *ótimo* estar com você de novo, Diana!

– Eu estava começando a achar que você gostava mais daquela Stella Maynard do que de mim – reclamou Diana. – Josie Pye disse que você gostava, sim. Josie disse que você estava *apaixonada* por ela.

Anne riu e cutucou Diana com "os lírios de junho" murchos do seu buquê.

– Stella Maynard é a menina mais adorável do mundo, com exceção de uma, e esta é você, Diana – disse. – Gosto de você mais do que nunca, e tenho muito a contar para você. Mas, neste instante, acho que estar sentada aqui e poder olhar para você é felicidade suficiente. Estou cansada... cansada de ser estudiosa, cansada de ser ambiciosa. Amanhã pretendo passar pelo menos duas horas deitada na grama do pomar e pensar em absolutamente nada.

– Você foi esplêndida, Anne. Agora que ganhou a Avery, você não vai mais dar aulas?

– Não. Vou para Redmond em setembro. Não parece maravilhoso? Até lá, depois de três meses de férias dourados e gloriosos, já terei preparado um estoque novinho em folha de ambições. Jane e Ruby vão dar aulas. Não é esplêndido pensar que todos nós passamos, até mesmo Moody Spurgeon e Josie Pye?

– A diretora da escola de Newbridge já ofereceu sua escola para Jane – disse Diana. – Gilbert Blythe também vai dar aulas. Ele precisa trabalhar. Seu pai não tem dinheiro suficiente para mandá-lo para a faculdade no ano que vem, então ele vai trabalhar enquanto estuda para ganhar dinheiro. Eu acredito que se a srta. Ames decidir ir embora ele vai ensinar na escola aqui.

Anne sentiu uma pequena sensação estranha de consternação e surpresa. Ela não sabia disso; ela esperava que

Gilbert também fosse para Redmond. O que faria sem aquela rivalidade inspiradora? Mesmo numa faculdade mista, e com um diploma de verdade em perspectiva, o trabalho não ficaria sem graça sem seu amigo, o inimigo?

Na manhã seguinte, Anne percebeu de repente que Matthew não parecia muito bem na hora do desjejum. Ele certamente estava muito mais grisalho do que há um ano.

– Marilla – perguntou hesitante depois que ele saiu –, Matthew está bem?

– Não, não está – respondeu Marilla num tom de voz emocionado. – Ele passou muito mal do coração nesta primavera, e não se poupa nem um pouco. Tenho estado muito preocupada com ele, mas ele tem se sentido melhor ultimamente; contratamos um homem para nos ajudar, então espero que ele descanse um pouco e se recupere. Talvez o faça agora que você está em casa. Você sempre o anima.

Anne debruçou-se sobre a mesa e pegou o rosto de Marilla entre suas mãos.

– Você também não parece muito bem, Marilla. Parece cansada. Eu acho que está trabalhando demais. Você precisa descansar agora que estou aqui. Eu vou tirar o dia de hoje para visitar todos os meus queridos e velhos lugares e ir atrás dos meus velhos sonhos, depois será sua vez de ficar preguiçosa enquanto eu cuido do resto.

Marilla sorriu afetuosamente para sua menina.

– Não é o trabalho... é minha cabeça. As dores são tão frequentes agora, atrás dos olhos. Doutor Spencer tem experimentado uns óculos, mas eles não ajudam nada. Um oftalmologista famoso virá para a Ilha no final de junho, doutor Spencer disse que preciso me consultar com ele. Acho que vou ter de ir. Agora não consigo mais ler ou costurar sem fazer um esforço. Bem, Anne, eu preciso dizer que você realmente foi muito bem no Queen's Academy. Conseguir uma Licença de Primeira Classe em um ano e ganhar a bolsa de estudos Avery... ora, ora, a sra. Lynde disse que o "orgulho antecede a queda"*, e que ela não acredita nem um pouco na educação superior para as mulheres; ela acha que as deixa incapazes para o ambiente verdadeiro de uma mulher. Eu não acredito numa palavra do que ela diz. Falando em Rachel, isso me lembra... Você ouviu alguma coisa sobre o Banco Abbey nesses últimos dias, Anne?

– Ouvi dizer que estava em dificuldades. Por quê?

– Rachel disse a mesma coisa. Ela passou aqui na semana passada e disse que ouvira uns comentários a respeito disso. Matthew ficou preocupado. Toda a nossa poupança está naquele banco... cada centavo. Desde o início eu quis que Matthew colocasse nosso dinheiro no Banco de Poupança, mas o velho sr. Abbey era um grande amigo do meu pai, e papai sempre trabalhava com o banco dele. Matthew disse que qualquer banco seria bom para qualquer pessoa se ele fosse o diretor.

---

*Trecho de Provérbios 16,18. (N. T.)

– Parece que há muitos anos ele é apenas o diretor nominal – explicou Anne. – Ele está muito velho. Quem está realmente na direção da instituição são seus sobrinhos.

– Ora, depois que Rachel contou isso para nós eu quis que Matthew retirasse nosso dinheiro de lá imediatamente, mas ele respondeu que ia pensar no assunto. E ontem o sr. Russell disse que o banco não tinha problema algum.

Anne teve seu bom dia na companhia do mundo exterior. Ela nunca esqueceu esse dia tão luminoso, dourado e bonito, tão livre de sombras e tão rico em flores. Ela passou algumas das suas melhores horas no pomar, foi até a Brota da Dríade e a Laguna dos Salgueiros e o Vale das Violetas, passou no presbitério, onde teve uma conversa muito satisfatória com a sra. Allan; e, por último, foi com Matthew levar as vacas pela Vereda dos Namorados, de tarde, para os pastos distantes. As florestas estavam gloriosas com o pôr do sol, e seu esplendor caloroso fluía entre as fendas das colinas no leste. Matthew caminhava devagar de cabeça baixa. Anne, alta e ereta, ajustou seus passos lépidos aos dele.

– Matthew, você trabalhou demais hoje – reclamou. – Por que não descansa um pouco?

– Bem, ora, parece que não consigo – respondeu Matthew, abrindo o portão que dava para o pátio para deixar as vacas entrarem. – É que eu sempre esqueço que estou ficando velho, Anne. Ora, ora, eu sempre trabalhei muito, e prefiro morrer dando duro.

– Se eu fosse o menino que vocês mandaram buscar – respondeu Anne, lamentando-se –, eu agora poderia ajudar muito você, e poupá-lo de mil maneiras. Só por causa disso, eu desejava de todo coração ter sido aquele menino.

– Bem, ora, eu prefiro ter você a uma dúzia de meninos, Anne – respondeu Matthew, dando uns tapinhas na mão dela. – E lembre-se: mais do que uma dúzia de meninos. Ora, bem, parece que não foi um menino que conseguiu a bolsa de estudos Avery, foi? Foi uma menina... a minha menina... a minha menina de quem me orgulho tanto.

Ele sorriu com seu sorriso tímido para ela enquanto entravam no pátio. Naquela noite, quando Anne foi para seu quarto, ela levou aquele sorriso impresso na memória e sentou durante muito tempo na janela aberta, pensando no passado e sonhando com o futuro. Lá fora, a Rainha da Neve coloria-se de um branco embaçado sob a luz do luar, e os sapos coaxavam no pântano atrás da Ladeira do Pomar. Anne sempre se recordaria da beleza prateada e tranquila e da calma perfumada daquela noite. Foi a última noite antes que a tristeza tocasse sua vida. E nenhuma vida é exatamente a mesma depois que aquele toque gélido e santificado pousa sobre ela.

XXXVII
O Ceifador, cujo nome é Morte

– Matthew... Matthew... o que houve? Matthew, você está passando mal?

Quem falava era Marilla, cada palavra um espasmo de alarme. Anne passou pelo corredor com as mãos cheias de narcisos brancos – e demoraria muito até ela conseguir voltar a amar a visão ou o cheiro de narcisos brancos – a tempo de ouvir Marilla e ver Matthew parado na entrada da varanda, com um jornal dobrado na mão e o rosto estranhamente abatido e cinzento. Anne largou as flores e correu até a cozinha no mesmo instante que Marilla. Ambas chegaram tarde demais. Antes que conseguissem alcançá-lo, Matthew caiu no chão.

– Ele desmaiou – arquejou Marilla. – Anne, corre, vai chamar Martin! Depressa, depressa! Ele está no celeiro!

Martin, o homem contratado que acabara de chegar do correio, foi imediatamente buscar o médico, mas primeiro parou na Ladeira do Pomar para chamar o sr. e a sra. Barry. A sra. Lynde, que estava lá tratando de um assunto, veio com eles. Eles se depararam com Anne e Marilla tentando acordar Matthew.

A sra. Lynde empurrou-as gentilmente para o lado, tentou medir-lhe o pulso e apoiou a orelha no coração dele. Ela olhou para seus rostos ansiosos com tristeza e seus olhos se encheram de lágrimas.

– Oh, Marilla – disse, muito séria. – Eu acho que não... que não podemos fazer mais nada por ele.

– Sra. Lynde, a senhora não está dizendo... A senhora não quer dizer que Matthew está... está... – Anne não conseguiu dizer a palavra terrível, se sentiu mal e empalideceu.

– Minha criança, sim, eu temo que sim. Veja seu rosto. Você sabe o que significa quando já viu essa expressão tantas vezes como eu.

Anne olhou para o rosto duro de Matthew e viu nele o selo da Grande Presença.

Quando o médico chegou, ele disse que a morte havia sido instantânea e, provavelmente, indolor, e que fora causada por algum choque. O segredo do choque estava no jornal que Martin trouxera do escritório naquela manhã, e que Matthew ainda segurava nas mãos. Nele, havia um artigo sobre a quebra do Banco Abbey.

As notícias se espalharam rapidamente por toda Avonlea, e durante todo o dia os amigos e os vizinhos compareceram em Green Gables, indo e vindo, cumprindo com as tarefas de bondade tanto para o morto quanto para os vivos. Pela primeira vez, o tímido e tranquilo Matthew Cuthbert era uma figura central e importante. A majestade branca da morte caíra sobre ele e o destacava como um dos coroados.

Quando a noite calma caiu suavemente sobre Green Gables, a velha casa estava silenciosa e tranquila. Matthew Cuthbert estava deitado dentro do caixão na sala de visitas, com o longo cabelo grisalho emoldurando o rosto plácido, no qual se via um pequeno sorriso bondoso, como se estivesse dormindo e sonhando sonhos agradáveis. Havia flores ao seu redor – flores à moda antiga, lindas, que sua mãe havia plantado no jardim da fazenda nos seus dias de recém-casada, e pelas quais Matthew sempre sentiu um amor oculto e silencioso. Anne colheu as flores e as levou para ele, os olhos angustiados e sem lágrimas ardendo no rosto pálido. Era a última coisa que podia fazer por ele.

Os Barry e a sra. Lynde passaram a noite com eles. Diana foi até a frontão leste, onde Anne estava parada em pé na janela, e disse suavemente:

– Anne, minha querida, quer que eu fique com você hoje à noite?

– Muito obrigada, Diana. – Muito séria, Anne olhou para o rosto da amiga. – Acho que você não vai entender quando eu disser que prefiro ficar sozinha. Não estou com medo. Eu ainda não fiquei sozinha um minuto desde que aconteceu, e eu preciso ficar. Quero ficar em silêncio e quieta, para tentar entender o que aconteceu. Eu *não consigo* acreditar no que aconteceu. Metade do tempo, tenho a impressão de que Matthew não morreu; na outra metade, parece que ele morreu há muito tempo e, desde então, sinto essa dor abafada.

Diana não entendeu muito bem. Ela entendia melhor a dor veemente de Marilla, que com uma explosão tempestuosa rompeu todos os limites de uma reserva natural e de um hábito de toda uma vida, do que o sofrimento sem lágrimas de Anne. Mas ela foi embora gentilmente, deixando Anne sozinha na sua primeira vigília dolorosa.

Anne esperava que as lágrimas viessem com a solidão. Para ela, o fato de não poder derramar uma única lágrima por Matthew era algo horrível. Matthew, a quem ela amou tanto e que foi tão bom para ela; Matthew, que caminhou com ela ontem à tarde ao entardecer e agora estava deitado lá embaixo, na penumbra da sala, com a testa tão terrivelmente em paz. Mas as lágrimas não chegaram logo nem quando ela se ajoelhou perto da janela na escuridão e rezou, olhando para as estrelas além das colinas... Nenhuma lágrima, apenas aquela mesma dor horrível e abafada de tristeza que continuou doendo até Anne adormecer, esgotada pelo sofrimento e pela excitação daquele dia.

Anne acordou no meio da noite, envolta pelo silêncio e pela escuridão, e a lembrança do dia atingiu-a como uma onda de tristeza. Ela podia ver o rosto de Matthew sorrindo para ela, como sorriu quando haviam se separado no portão naquela última tarde... Ela podia ouvir sua voz dizendo: "Minha menina... minha menina de quem me orgulho." Depois, as lágrimas vieram, e Anne começou a chorar sem parar. Marilla ouviu-a e entrou no quarto na ponta dos pés para confortá-la.

– Pronto... Pronto... Não chore assim, queridinha. Não vai trazer ele de volta. Não... não... é certo chorar assim. Eu sabia disso hoje, mas não pude fazer nada para evitar. Ele sempre foi um irmão tão bom e generoso para mim... mas, Deus sabe o que faz.

– Oh, me deixa chorar, Marilla – soluçou Anne. – As lágrimas não doem como aquela dor. Fique um pouco comigo e me abrace... assim. Eu não podia deixar Diana ficar comigo, ela é boa, generosa e gentil..., mas a dor não é dela; ela está do lado de fora, e não conseguiria se aproximar do meu coração o suficiente para me ajudar. É nossa dor: sua e minha. Oh, Marilla, o que faremos sem ele?

– Nós temos uma à outra, Anne. Eu não sei o que eu faria se você não estivesse aqui... se você nunca tivesse vindo. Oh, Anne, eu sei que talvez eu tenha sido um pouco severa e dura com você... mas você não deve pensar que não amei você tanto quanto Matthew, apesar de tudo. Eu quero dizer isso agora, enquanto consigo. Dizer as coisas que sinto no coração nunca foi fácil para mim, mas em momentos como este é mais fácil. Eu amo você como se fosse fruto da minha própria carne e do meu próprio sangue, e desde que você veio para Green Gables você tem sido minha alegria e meu conforto.

Dois dias depois, carregaram Matthew Cuthbert pela soleira da porta da sua casa, para longe dos campos que cultivou, dos pomares que amou e das árvores que plantou; e, depois, Avonlea se acomodou novamente na sua placidez costumeira, e até em Green Gables os afazeres voltaram aos seus velhos regos, e os deveres foram cumpridos com a mesma regularidade de antes, apesar da sensação sempre dolorosa de "uma perda em todas as coisas familiares". Anne, que nunca conheceu o sentimento de luto, pensou que era quase uma pena que algo pudesse ser assim – que eles *conseguissem* continuar fazendo o mesmo de antes sem Matthew. Ela sentiu algo como pena e remorso quando descobriu que sentia o mesmo fluxo de alegria quando olhava para o amanhecer por trás dos espruces e para os brotos cor-de-rosa-claro que floresciam no jardim, pelo fato de gostar das visitas de Diana e suas palavras e modos alegres a fazerem rir e sorrir – que, em suma, o mundo maravilhoso das florescências e do amor e da amizade não havia perdido nenhum dos seus poderes para agradar sua imaginação e arrepiar seu coração, e que a vida ainda clamava por ela com muitas vozes insistentes.

– De alguma maneira, agora que Matthew partiu, parece uma deslealdade sentir prazer nessas coisas – lamentou-se, melancólica, com a sra. Allan, quando estavam juntas no jardim do presbitério uma tarde. – Eu sinto tanta falta dele... o tempo todo... e no entanto, sra. Allan, apesar de tudo, o mundo e a vida parecem muito bonitos e interessantes para mim. Hoje, Diana disse uma coisa engraçada e eu comecei a rir. Eu acreditava que quando fosse acontecer eu nunca mais conseguiria rir. E de alguma forma parece que eu não deveria.

– Quando Matthew estava aqui, ele gostava de ouvir você rir e de saber que sentia prazer nas coisas agradáveis que havia ao seu redor – respondeu a sra. Allan gentilmente. – Ele agora só não está mais aqui; mas ele gosta de saber da mesma forma. Eu tenho certeza de que não devemos fechar nossos corações para as influências curativas que a natureza nos oferece. Mas eu entendo como você se sente. Acho que todos nós sentimos o mesmo. Nós nos ressentimos contra a ideia de que qualquer coisa pode nos agradar quando alguém que amamos não está mais aqui para dividir esse prazer conosco, e, quando percebemos que nosso interesse pela vida está voltando para nós, quase nos sentimos como se estivéssemos sendo infiéis à nossa dor.

– Hoje à tarde fui ao cemitério plantar uma roseira no túmulo de Matthew – contou Anne, sonhadora. – Fiz um enxerto daquela pequena roseira escocesa branca que a mãe dele trouxe da Escócia há muito tempo; Matthew sempre gostou mais daquelas rosas... Elas eram tão pequenas e graciosas nas suas hastes espinhosas. Fiquei feliz de poder plantá-la no seu túmulo... Levá-la para lá, para ficar perto dele, foi como se fizesse alguma coisa que o agradaria. Eu espero que tenha rosas como aquelas no céu. Talvez todas as almas daquelas rosinhas que ele amou durante tantos verões estavam lá para recebê-lo. Agora tenho de ir para casa. Marilla está sozinha, e ela se sente muito solitária quando entardece.

– Eu receio que ela vai se sentir ainda mais solitária quando você for para a faculdade – respondeu a sra. Allan.

Anne não respondeu. Depois de desejar boa-noite, voltou bem devagar para Green Gables. Marilla estava sentada nos degraus da porta da entrada, e Anne sentou ao seu lado. A porta estava aberta atrás delas, mas presa com uma enorme concha cor-de-rosa, que refletia nas suas espirais lisas internas os matizes de pores do sol no mar.

Anne juntou alguns raminhos de madressilvas, e enfiou-os no cabelo. Ela gostava daquela fragrância leve e deliciosa flutuando por cima dela cada vez que se mexia, como se fosse uma bênção aérea.

– Doutor Spencer esteve aqui, enquanto você não estava – informou Marilla. – Ele disse que o especialista estará na cidade amanhã e insistiu que eu vá lá para que ele examine meus olhos. Eu acho que é melhor ir e acabar logo com isso. Ficarei muito agradecida se o homem receitar as lentes certas para meus olhos. Você não vai se importar de ficar sozinha aqui enquanto eu estiver fora, vai? Martin vai ter de me levar de carro, e tem roupa para passar e bolo para assar.

– Eu vou ficar bem. Diana virá me fazer companhia. Eu vou cuidar muito bem das roupas e dos doces; e não precisa ficar com medo, eu não vou engomar os lenços nem colocar linimento no bolo.

Marilla riu.

– Naqueles dias você era uma garota danada para cometer erros, Anne. Você estava sempre se metendo em trapalhadas. Eu achava que você estava possuída. Lembra quando pintou o cabelo?

– E como. Nunca vou esquecer – disse Anne, sorrindo e tocando a trança pesada que rodeava sua bela cabeça. – Quando penso como meu cabelo me preocupava, eu começo a rir –, mas não rio *muito* porque, naquela época, era um problema muito real. Como eu sofri por causa do meu cabelo e das minhas sardas. As sardas sumiram por completo; e as pessoas são muito gentis e, agora, dizem que meu cabelo está castanho-avermelhado; todas as pessoas, menos Josie Pye. Ontem ela me garantiu que ele estava vermelho como nunca ou que, pelo menos, meu vestido preto o fazia parecer mais ruivo, e me perguntou se as pessoas que tinham cabelo ruivo conseguiam se habituar a ele. Marilla, eu estou quase decidida a desistir de gostar de Josie Pye. Eu fiz de tudo para gostar dela – o que há um tempo eu chamava de um esforço heroico –, mas Josie Pye não se *deixa* gostar.

– Josie é uma Pye – respondeu Marilla secamente –, portanto ela não consegue evitar de ser desagradável. As pessoas desse tipo devem ter alguma serventia na sociedade, mas francamente eu não sei qual é, tanto quanto não sei qual é a utilidade dos cardos. Josie vai dar aulas?

– Não, no ano que vem ela vai voltar para o Queen's Academy. E Moody Spurgeon e Charlie Sloane também. Jane e Ruby vão ensinar, e já sabem em que escola. Jane vai para Newbridge, e Ruby, para algum lugar no leste.

– Gilbert Blythe também vai dar aulas, não vai?

– Vai... mas por pouco tempo.

– Que rapaz bonito ele é – disse Marilla, com ar sonhador. – Eu o vi na igreja no domingo passado, ele parecia tão alto e viril. Ele se parece muito com o pai quando ele tinha sua idade. John Blythe era um bom rapaz. Nós éramos ótimos amigos. As pessoas achavam que ele era meu namorado.

Anne ergueu os olhos com um interesse repentino.

– Oh, Marilla... e o que aconteceu? Por que vocês não...

– Tivemos uma briga. E quando ele me pediu para perdoá-lo eu recusei. Depois de um tempo, bem que eu queria, mas eu estava emburrada e com raiva, e queria castigar ele primeiro. Ele nunca mais me procurou... os Blythe sempre foram muito independentes. Mas eu sempre... lamentei um pouco. E sempre desejei, de alguma forma, que o tivesse perdoado quando tive a oportunidade.

– Então você também teve um pouco de romance na sua vida – sussurrou Anne.

– Sim, eu acho que você pode chamar assim. Olhando para mim você não pensaria isso, não é mesmo? Mas a gente nunca pode julgar as pessoas pela aparência. Todo mundo já esqueceu sobre mim e John. Eu havia esquecido. Mas quando vi Gilbert no domingo passado, tudo voltou.

XXXVIII
A curva na estrada

No dia seguinte, Marilla foi à cidade de manhã e voltou no final da tarde. Anne tinha ido até a Ladeira do Pomar com Diana, e na volta encontrou Marilla na cozinha, sentada à mesa com a cabeça apoiada numa das mãos. Algo na sua atitude deprimida fez seu coração gelar. Ela nunca vira Marilla sentada assim, tão inerte e desanimada.

– Você está muito cansada, Marilla?

– Estou... não... não sei... – respondeu quase sem forças, olhando para ela. – Acho que estou cansada sim, mas não pensei nisso. Não é isso.

– Você foi ver o oftalmologista? O que foi que ele disse? – perguntou Anne ansiosa.

– Sim, estive com ele. Ele examinou meus olhos. Disse que meus olhos não piorarão e minhas dores de cabeça ficarão boas se eu parar de ler e costurar de vez e não fizer qualquer trabalho que force meus olhos, e prestar atenção para não chorar e usar os óculos que ele me receitou. Mas, se não fizer nada disso, ele disse que dentro de seis meses eu certamente ficarei cega como uma toupeira. Cega! Anne, já pensou!

Depois da primeira exclamação por causa do choque, Anne ficou em silêncio. Ela teve a sensação de que *não* conseguia falar. Depois, corajosa, mas com um bolo na garganta, disse:

– Marilla, *não* pense nisso agora. Você sabe que ele deu uma esperança. Se você for cuidadosa, não perderá toda a visão; e será maravilhoso se os óculos curarem suas dores de cabeça.

– Eu não chamo isso de muita esperança – replicou Marilla com amargura. – Como vou viver se não posso ler nem costurar ou fazer nada disso? Tanto vale ficar cega... ou estar morta. Quanto a chorar, eu não posso impedir as lágrimas quando me sinto sozinha. Ora, mas não adianta ficar falando sobre isso. Eu agradeceria se você me preparasse uma xícara de chá. Estou exausta. Não diga nada para ninguém, pelo menos não ainda. Eu não aguentaria se as pessoas viessem aqui, para fazer perguntas e comentários, e sentissem pena de mim.

Quando Marilla acabou de almoçar, Anne convenceu-a a se deitar um pouco. Depois, subiu até o frontão leste e sentou ao lado da janela na escuridão, sozinha, com suas lágrimas e seu coração pesado. Como era triste ver como tudo mudara desde que se sentou ali na noite em que voltou para casa! Naquele momento, ela estava cheia de esperanças e alegria, e o futuro parecia cheio de promessas róseas. Anne se sentia como se tivesse vivido anos desde aquele momento, mas adormeceu com um sorriso nos lábios e o coração em paz. Ela enfrentou seu dever corajosamente e encontrou nele um amigo... como o dever sempre é quando encarado de frente.

Alguns dias depois, numa tarde, Marilla caminhava devagar no pátio da frente, onde havia ido conversar com uma pessoa – um homem que Anne conhecia de vista como sr. Sadler, de Carmody. Anne perguntou-se o que ele poderia ter dito para Marilla ficar com aquela expressão no rosto.

– O que o sr. Sadler queria, Marilla?

Marilla sentou ao lado da janela e olhou para Anne. Desafiando a proibição do oftalmologista, seus olhos estavam cheios de lágrimas, e sua voz fraquejou quando respondeu:

– Ele ficou sabendo que coloquei Green Gables à venda e quer comprar a propriedade.

– Comprar a propriedade! Comprar Green Gables? – Anne achou que não ouviu direito. – Oh, Marilla, você não vai vender Green Gables!

– Eu não sei o que mais posso fazer, Anne. Pensei muito a respeito. Se os meus olhos estivessem fortes eu poderia ficar aqui e cuidar das coisas e me virar com um bom empregado. Mas assim não posso. É possível que eu acabe completamente cega; e, de qualquer forma, não vou conseguir administrar as coisas. Oh, eu nunca pensei que veria o dia que teria de vender minha casa. Mas as coisas acabariam ficando cada vez piores e cada vez mais atrasadas até que ninguém mais quisesse comprar a propriedade. Cada centavo do nosso dinheiro estava naquele banco; ainda temos de pagar algumas despesas que Matthew fez no outono passado. A sra. Lynde me aconselhou a vender a fazenda e ir morar em algum outro lugar... com ela, imagino. Não vai dar muito dinheiro... a fazenda é pequena e as construções são antigas. Mas será suficiente para viver, eu acho. Estou grata que você tenha conseguido aquela bolsa de estudos, Anne. Eu sinto muito porque você não terá uma casa para passar as férias, é isso, mas eu acho que você vai dar um jeito.

Marilla não aguentou mais e começou a chorar amargamente.

– Você não deve vender Green Gables – afirmou Anne, decidida.

– Oh, Anne, eu queria tanto não ter de fazer isso. Mas veja você mesma. Eu não posso ficar aqui sozinha. Eu enlouqueceria com os problemas e a solidão. E acabaria ficando cega... eu sei que acabaria.

– Você não precisa ficar aqui sozinha, Marilla. Eu vou estar aqui. Eu não vou mais para Redmond.

– Não vai mais para Redmond! – Marilla levantou o rosto sulcado das mãos e olhou para Anne. – Ora, o que você quer dizer com isso?

– Exatamente o que eu disse. Eu não vou aceitar a bolsa de estudos. Decidi isso na noite que você voltou da cidade. Depois de tudo o que você fez por mim, Marilla, você acha mesmo que eu deixaria você sozinha com todas essas dificuldades? Eu estive pensando e fazendo planos. Vou contar meus planos para você. O sr. Barry quer alugar a fazenda no ano que vem. Então você não tem de se preocupar mais com isso. E eu vou dar aulas. Vou me candidatar à escola aqui, mas não espero conseguir o lugar porque sei que os diretores prometeram o cargo para Gilbert Blythe. Mas posso conseguir a escola de Carmody – o sr. Blair me sugeriu isso ontem à tarde quando estive em sua loja. Claro que não será tão agradável nem tão conveniente como trabalhar na escola de Avonlea. Mas eu posso morar aqui, e ir e voltar de carro de Carmody, pelo menos no verão. E posso vir para casa nas sextas-feiras até no inverno. Vamos arranjar um cavalo para o inverno. Oh, eu já planejei tudo, Marilla. E eu vou ler para você e alegrá-la. Você não ficará enfadada nem sozinha. E nós duas, você e eu, ficaremos muito confortáveis e seremos muito felizes aqui juntas.

Marilla a ouviu como uma mulher que estava vivendo um sonho.

– Oh, Anne, eu conseguiria ficar muito bem aqui se você estivesse comigo, sabe? Mas eu não posso permitir que se sacrifique assim por mim. Seria terrível.

– Tolice! – respondeu Anne, alegre e rindo. – Não há sacrifício nenhum. Nada poderia ser pior do que desistir de

Green Gables. Nada poderia me ferir mais. Nós não podemos nos separar deste velho e querido lugar. Eu já me decidi, Marilla. Eu *não* vou para Redmond; eu *vou* ficar aqui e dar aulas. E não se preocupe nem um pouco comigo.

– Mas as suas ambições... e...

– Eu continuo tão ambiciosa como sempre. Só mudei o objetivo das minhas ambições. Eu vou ser uma boa professora... e vou salvar seus olhos. Além disso, pretendo estudar aqui em casa e seguir um cursinho na faculdade sozinha. Oh.... eu tenho mil planos, Marilla. Pensei neles durante uma semana. Eu darei o melhor que posso à vida aqui, e acredito que ela me retribuirá com o melhor. Quando terminei o Queen's Academy meu futuro parecia se estender diante de mim como uma estrada reta, e eu acreditava que conseguia enxergar por muitos quilômetros. Agora, há uma curva na estrada. Eu não sei o que há depois dessa curva, mas quero acreditar que haverá o melhor, sabe? Aquela curva tem um fascínio próprio, Marilla. Eu me pergunto como será a estrada depois dela... Como será o verde glorioso e suave, a luz entrecortada e as sombras... As novas paisagens... As novas belezas... As curvas e as montanhas e os vales mais além.

– Eu acho que você não devia desistir dela – disse Marilla, referindo-se à bolsa de estudos.

– Mas você não pode me impedir. Eu tenho dezesseis anos e meio, sou "teimosa como uma mula", como a sra. Lynde me disse certa vez – lembrou Anne, rindo. – Oh,

Marilla, não sinta pena de mim. Eu não gosto que sintam pena de mim, e não há nenhuma necessidade para isso. Estou feliz de todo coração por cada pensamento de que vou permanecer na querida Green Gables. Ninguém poderia amá-la mais do que você e eu... Então, não podemos nos desfazer dela.

– Que menina abençoada! – acabou cedendo Marilla. – Eu me sinto como se você tivesse me dado uma nova vida. Eu ainda acho que deveria insistir e obrigar você a ir à faculdade... mas, eu sei que não posso, então nem vou tentar. Você será recompensada por isso, Anne.

Quando o boato de que Anne Shirley desistira de ir para Redmond correu em Avonlea, e que pretendia ficar em casa e ensinar ali, houve muita discussão a respeito. A maioria da boa gente, que ignorava o problema dos olhos de Marilla, achou que ela estava sendo boba. A sra. Allan não achava. E o disse para Anne com palavras tão aprovadoras que os olhos da menina se encheram de lágrimas. E nem a boa sra. Lynde achava. Uma tarde, ela passou em Green Gables e encontrou Anne e Marilla sentadas na porta da entrada no entardecer quente e perfumado. Elas gostavam de sentar ali quando o pôr do sol começava a cair, as mariposas esvoaçavam pelo jardim e o cheiro de hortelã enchia o ar orvalhado.

A sra. Rachel depositou sua pessoa vultosa em cima do banco de pedra ao lado da porta, atrás do qual crescia uma fileira de azevinhos compridos, rosas e amarelos, e expirou longamente numa mistura de cansaço e alívio.

– Puxa, como estou contente de poder sentar. Fiquei em pé o dia inteiro e noventa quilos são um pouco demais para dois pés ficarem carregando por aí. Ser magra é uma grande bênção, Marilla. Eu espero que valorize isso. Bem, Anne, eu soube que desistiu da ideia de ir para Redmond. Fiquei muito contente quando me contaram. Você já tem educação suficiente para qualquer mulher se sentir confortável com ela. Eu não acredito que as meninas tenham de ir à faculdade com os rapazes, e encher suas cabeças de latim e grego e todas aquelas bobagens.

– Mas eu vou continuar estudando latim e grego, sra. Lynde – respondeu Anne, rindo. – Vou seguir meu curso de Letras bem aqui, em Green Gables, e estudar tudo o que eu estudaria na faculdade.

A sra. Lynde ergueu as mãos para o céu num horror sacrossanto.

– Anne Shirley, você vai acabar se matando.

– Nem um pouco. Eu vou florescer. Oh, não vou fazer nada com exagero. Como a "mulher de Josiah Allen"* diz, eu serei uma *mejum***. Como eu não tenho nenhuma vocação

---

*Marietta Holley (1836–1926), pseud. "Josiah Allen's Wife", humorista norte-americana. (N. T.)

** Espírito brincalhão, ou diabrete, ou vidente. (N. T.)

para trabalhos manuais, terei muito tempo livre nas longas tardes de inverno. Vou dar aulas em Carmody, sabe?

– Eu não sei nada disso. Acho que você vai dar aulas bem aqui, em Avonlea. Os diretores da escola decidiram contratar você.

– Sra. Lynde! – gritou Anne, ficando em pé com um pulo diante da surpresa. – Ora, mas eu pensei que eles haviam prometido o lugar para Gilbert Blythe!

– E assim foi. Mas, quando Gilbert soube que você havia se candidatado ao cargo, ele os procurou – eles tiveram um encontro de negócios na escola naquela noite, sabe? –, informou que retiraria a candidatura dele e sugeriu que aceitassem a sua. Ele disse que ia dar aulas em White Sands. Claro que ele sabia o quanto você queria ficar com Marilla, e eu não posso deixar de dizer que foi muita consideração e gentileza da parte dele, isso foi. E também um verdadeiro autossacrifício, porque ele terá de pagar a pensão em White Sands do seu próprio bolso, e todo mundo sabe que terá de trabalhar para pagar a faculdade. Então, os membros da diretoria decidiram aceitar você. Eu fiquei excitadíssima quando Thomas me contou ao chegar em casa.

– Eu acho que não devo aceitar – murmurou Anne. – Isso é... eu acho que não devo deixar Gilbert fazer um sacrifício tão grande por... por minha causa.

– Eu acho que agora você não pode fazer mais nada para impedir Gilbert. Ele já assinou a documentação e a entregou para os membros da diretoria de White Sands. Portanto, se você recusar agora, não vai ajudá-lo em nada. Claro que você vai aceitar o cargo de professora na escola. E vai se dar muito bem lá agora que nenhum dos Pye está mais lá. Josie foi a última deles, o que foi muito bom para ela, lá isso foi. Nos últimos vinte anos, sempre houve um ou outro Pye na escola de Avonlea, e eu acho que a missão deles na vida era manter os professores da escola se lembrando que o mundo não é seu lar. Valha-me, Deus! O que é aquele monte de piscadelas e cintiladas no frontão dos Barry?

– É Diana dando sinal, ela quer falar comigo – respondeu Anne, rindo. – Sabe, é um velho hábito nosso. Com licença, eu vou dar um pulo até lá para ver o que ela quer.

Anne correu pela ladeira dos cravos como um cervo e desapareceu entre as sombras dos abetos da Floresta Mal-Assombrada. A sra. Lynde acompanhou-a com um olhar indulgente.

– Ela ainda tem muito de criança nela, de muitas maneiras.

– Ela tem muito mais de uma mulher nela, de outras maneiras – revidou Marilla, com um retorno momentâneo de sua antiga secura.

Mas a secura já não era mais uma característica que diferenciava Marilla. Como a sra. Lynde disse para seu Thomas naquela noite:

– Marilla Cuthbert ficou *dengosa*. Isso sim.

Na tarde seguinte, Anne foi até o pequeno cemitério de Avonlea colocar flores frescas no túmulo de Matthew e regar a roseira escocesa. Ela ficou lá até o entardecer, usufruindo a paz e a tranquilidade daquele lugarzinho, com seus choupos cujo farfalhar lembrava um discurso baixinho e amigável, e com o capim que crescia solto entre os túmulos. Quando finalmente foi embora e começou a caminhar pela longa colina que descia até o Lago de Águas Cintilantes, a noite já estava caindo, e toda Avonlea estava a seus pés como uma névoa luminescente onírica: "uma fantasmagoria de antiga paz". Havia um frescor no ar como se um vento tivesse soprado campos de cravos tão doces como o mel para lá. Entre as árvores das propriedades, as luzes das casas cintilavam aqui e ali. Mais além, estava o mar enevoado e roxo, com seu murmúrio incessante e irreal. O oeste era uma glória de cores que se misturavam suavemente, e o lago refletia todas aquelas cores em matizes ainda mais suaves. Anne sentiu um arrepio no coração com a beleza de tudo aquilo e abriu as portas da sua alma com gratidão.

– Querido velho mundo – murmurou –, você é maravilhoso e eu estou contente de estar viva em você.

Um rapaz alto apareceu assobiando de um portão que ficava na metade da colina, antes da fazenda dos Blythe. Era Gilbert, e o assobio morreu nos seus lábios quando reconheceu Anne. Ele tirou o boné cortesmente, e teria continuado seu caminho em silêncio se Anne não tivesse parado e estendido a mão.

– Gilbert – disse, com as faces ruborizadas –, eu queria agradecê-lo por ter desistido da escola por minha causa. Foi muita bondade sua... e eu quero que saiba o quanto apreciei seu gesto.

Gilbert segurou a mão que estava sendo oferecida para ele com avidez.

– Não foi bondade nenhuma da minha parte, Anne. Eu fiquei contente por poder prestar esse pequeno serviço a você. Vamos ser amigos depois disso? Você realmente me perdoou pelo meu velho erro?

Anne riu e tentou puxar a mão, em vão.

– Eu perdoei você naquele dia, no atracadouro do lago, embora não o soubesse até então. Que mula teimosa eu era... tenho sido... ora, vou confessar tudo de uma vez... eu só tenho me lamentado desde aquele episódio.

– Vamos ser os melhores amigos, Anne – respondeu Gilbert, jubilante. – Nós nascemos para ser bons amigos um do outro. Você já lutou contra o destino o suficiente. Eu sei que podemos ajudar um ao outro de várias maneiras. Você vai continuar os estudos, não vai? Eu também. Vamos, eu a acompanho até sua casa.

Marilla olhou para Anne com curiosidade quando ela entrou na cozinha.

– Quem era aquela pessoa que subiu a ladeira com você, Anne?

– Gilbert Blythe – respondeu Anne, encabulada porque percebeu que estava ficando toda vermelha. – Cruzei com ele na colina dos Barry.

– Eu não pensava que você e Gilbert Blythe fossem tão bons amigos para você ficar parada no portão durante meia hora conversando com ele – disse Marilla, com um sorrisinho.

– Nós não éramos... nós éramos bons inimigos. Mas decidimos que seria muito mais sensato se fossemos bons amigos no futuro. Ficamos meia hora ali mesmo? Eu tive a impressão de que foram apenas alguns minutos. Mas, sabe, Marilla, nós temos cinco anos de conversa atrasada para pôr em dia.

Naquela noite, Anne ficou muito tempo sentada na janela na companhia de um contentamento feliz. O vento ronronava suavemente nos galhos da cerejeira, e as respirações das hortelãs chegavam até ela. As estrelas cintilavam por cima dos espruces pontudos, e a luz na casa de Diana brilhava através da velha abertura.

Os horizontes de Anne haviam encolhido desde aquela noite que sentou ali depois que voltou para casa do Queen's Academy; mas, se o caminho que havia sido colocado diante dos seus pés teria que ser estreito, ela sabia que as flores de uma felicidade tranquila brotariam ao seu redor. A alegria das boas amizades, de um trabalho sincero e de uma aspiração de valor lhe pertenceriam; e nada poderia tirar dela aquilo que era seu por direito de nascença: a imaginação ou seu mundo ideal de sonhos. E sempre haveria aquela curva na estrada!

– "Deus está no Céu, tudo está em paz no mundo"* – murmurou baixinho.

*Trecho de "Pippa passes" [Pippa passa], poema dramático de Robert Browning. (N. T.)

Lucy Maud Montgomery

Caroline Parry

"Eu amo os livros. Quando crescer espero ter muitos deles", escreveu Lucy Maud Montgomery no seu diário quando tinha apenas catorze anos. Escrita em 1889, essa anotação é significativa para os leitores atuais que sabem que, quando cresceu, ela não apenas teve e leu muitos livros, como também se tornou L. M. Montgomery, uma autora mundialmente famosa. Entre 1908 e 1939, Maud, como gostava de ser chamada pela família e pelos amigos, escreveu 24 livros. O primeiro foi *Anne of Green Gables*. As outras obras incluem: outros sete livros sobre Anne, *Chronicles of Avonlea*, a trilogia *Emily*, dois romances para adultos, uma autobiografia e o romance *The story girl*.

Lucy Maud Montgomery era uma excelente contadora de histórias, escrevia sem parar, e criou mais de quinhentos contos. Ela também compôs inúmeros poemas. Uma edição da sua poesia foi publicada ainda em vida, e hoje todos os seus poemas estão coletados num único volume.

Entre suas obras, seu livro preferido era *The story girl*, um romance sobre uma jovem contadora de histórias. O que torna uma pessoa uma "contadora de histórias"? Se olharmos para a vida de L. M. Montgomery, parece evidente que o fato de ter nascido no Canadá, na maravilhosa Ilha Príncipe Eduardo, inspirou-a. Ter uma família literária também alimentou suas narrativas. No entanto, o mais importante era que Maud simplesmente tinha a cabeça cheia de histórias, idênticas aos personagens que criou: Anne, sua amada ruiva; a autobiográfica Emily, da trilogia *Emily*; e Sara, a principal contadora de histórias de *The story girl*.

Na sua autobiografia, *The Alpine Path: The story of my career*, ela escreveu: "Eu não consigo lembrar de um momento em que não estivesse escrevendo, ou não pretendesse me tornar uma escritora... Eu era uma pequena escrevinhadora infatigável." Mais tarde, acrescentou: "Nove entre dez manuscritos eram devolvidos. E eu sempre, sempre, os mandava de volta." Ela perseguia seus objetivos de escritora de uma maneira extremamente focada.

Além da sua laboriosidade literária, Montgomery também escreveu muitas cartas. Certa vez, ela e uma amiga de infância escreveram cartas para si mesmas que deveriam ser abertas e lidas somente dez anos mais tarde. Já adulta, L. M. Montgomery escreveu longas cartas para seus dois "amigos por correspondência", que foram publicadas em 1960 e 1980 como *The Green Gables letters, from L. M. Montgomery to Ephraim Weber, 1905-1909* e *My dear mr. MacMillan: letters to G. B. MacMillan from L. M. Montgomery.* Além da sua correspondência particular, Montgomery anotou uma observação depois da outra, que mais tarde foram publicadas nos dez volumes que contêm seus diários pessoais. Ela escreveu:

[Sábado] 21 de setembro de 1889. Vou começar um novo tipo de diário. Escrevi algo como um diário durante anos – desde os nove anos, quando ainda era criança. Hoje eu o queimei. Era tão bobo que senti vergonha dele..., mas hoje vou começar tudo de novo, e escrever somente quando tiver algo que valha a pena anotar. A vida começa a se tornar interessante para mim – daqui a pouco, no último dia de novembro, completarei quinze anos. E nesse diário, a menos que o tempo apronte alguma que mereça ser descrita, eu nunca mencionarei como está o dia. E – por último, mas não o menos importante – eu vou manter esse livro trancado a sete chaves!!

Ela encontrou muitas coisas que mereciam ser descritas. Os diários têm mais de 5 mil páginas. L. M. Montgomery escrevia sobre tudo: sobre os gerânios, a quem dava nomes; as fofocas da aldeia; as propostas de casamento; e até sobre as "grandes dores da alma". Ela manteve esse hábito durante quase toda sua vida, exceto durante um período no início da Segunda Guerra Mundial, quando esteve deprimida demais para registrar as observações diárias. Três volumes dos seus diários já foram publicados, e outras coletâneas estão no prelo.

Em janeiro de 1904, já com quase trinta anos, ela escreveu: "Somente as pessoas solitárias escrevem diários." Embora tivesse muitos amigos, L. M. Montgomery era uma pessoa solitária. Em 1876, sua mãe morreu de tuberculose, e seu pai mudou-se para o oeste, onde se casou novamente, porém sem levar Maud com ele. A pequena Maud, que na época ainda não havia completado nem dois anos de idade, foi criada pelos avós maternos. E foi este lado da família que lhe permitiu descobrir o amor pela literatura. Os livros eram amigos importantes para a menina solitária.

Apesar de ter a companhia dos colegas da escola, dos primos e das primas, ela não tinha irmãos nem irmãs, e até os oito anos não teve nenhum vizinho para brincar. Porém, ela era sensível e imaginativa, e possuía dois armários de livros com portas de vidro, um de cada lado da janela, muito parecidos com os da Katie Maurice de Anne Shirley. E, exatamente como Anne, Maud também dava nomes às suas árvores e às suas plantas favoritas, e conversava com elas como se fossem suas amigas.

Com o decorrer do tempo, os diários de Montgomery passaram a ser seus melhores amigos. Ela os chamava de "o confidente pessoal em quem posso ter absoluta confiança". Isso foi particularmente verdadeiro durante períodos turbulentos. Em 1889, ela viajou para Alberta, onde morou um ano com o pai e sua segunda mulher. Maud detestou a "sra. Montgomery" e confidenciou: "A não ser na frente das outras pessoas, e em consideração a meu pai, eu *não consigo* chamá-la de outra coisa." O amor que Maud sentia pelo pai e poder registrar suas queixas no diário ajudaram-na a sobreviver durante a estadia. No entanto, ela também teve momentos para festejar nas suas páginas. Naquele ano, ela foi publicada pela primeira vez no jornal *The Charlottetown Patriot*. Em 7 de dezembro de 1890, ela anotou: "Bem, este realmente foi o dia mais orgulhoso da minha vida!... Meu poema estava *lá*, numa das colunas!"

Em 1891, L. M. Montgomery voltou para a Ilha Príncipe Eduardo para terminar seus estudos. Depois de estudar um ano na faculdade e trabalhar um tempo como jornalista, ela seguiu a carreira do magistério. Durante aquela época, sua vida amorosa foi muito tumultuada. L. M. Montgomery morou com o sr. e a sra. Cornelius Leard durante o período em que deu aulas numa escola em Lower Bedeque. Para sua grande consternação, ela logo se envolveu romanticamente com Herman, o filho do casal. Acontece que ela não apenas estava noiva de Edwin Simpson, seu segundo primo, como sentia que Herman, um fazendeiro sem instrução, era um companheiro inadequado para ela. Maud percebeu que não amava Edwin Simpson pouco depois de aceitar sua proposta de casamento, porém, romper um noivado era algo muito sério naquela época. Ela se sentia incapaz de terminar o relacionamento, e agora estava atormentada por seus sentimentos pelos dois homens.

Quando Edwin Simpson apareceu em Lower Bedeque no Natal, para fazer-lhe uma visita de surpresa, L. M. Montgomery descreveu a cena no diário: "Ali estava eu, debaixo do mesmo teto com dois homens, um que eu amava, mas com quem nunca poderia me casar, e o outro a quem prometi que me casaria, mas que nunca poderia amar! Eu jamais conseguirei expressar em palavras o que eu sofri naquela noite de horror, vergonha e pavor."

Apesar da agitação que se apoderou dela durante esse período, L. M. Montgomery nunca parou de escrever. Em doze meses, entre 1897 e 1898, ela publicou dezenove contos e catorze poemas.

Seu envolvimento com Herman Leard terminou em março de 1898, quando o avô morreu e ela voltou para a Ilha Príncipe Eduardo. Pouco depois, ela rompeu o noivado com Edwin Simpson. L. M. Montgomery permaneceu na Ilha Príncipe Eduardo e se tornou a companheira e governanta zelosa da avó, uma responsabilidade que ela carregou nos ombros durante nove anos.

Em 1906, L. M. Montgomery ficou noiva de um pastor chamado Ewan MacDonald, e ambos concordaram que só se casariam depois que suas obrigações em relação à avó tivessem sido cumpridas. Ela não amava MacDonald apaixonadamente, mas o respeitava, e ele era um companheiro mais adequado para ela do que qualquer um dos pretendentes anteriores. Foi durante o namoro que ela começou a escrever *Anne of Green Gables*, seu primeiro romance. Quando o livro finalmente encontrou um editor, tornou-se um sucesso quase instantaneamente e vendeu mais de 19 mil cópias em cinco meses. Surpresa e feliz, Montgomery terminou a primeira sequência rapidamente. Mal sabia ela que continuaria escrevendo histórias sobre Anne Shirley, sua heroína espirituosa, até 1939.

Quando a avó morreu em 1911, Maud estava finalmente livre para casar com Ewan MacDonald. Eles passaram a lua de mel na Grã-Bretanha, e depois ela acompanhou o marido até sua igreja, em Ontário. Eles tiveram três filhos, um dos quais, infelizmente, morreu no parto. A partir daí, Montgomery teve de representar vários papéis importantes na sua vida: aquele da escritora mundialmente famosa e o de esposa, mãe e pilar da comunidade.

Naqueles três anos, e sem parar de fazer malabarismos entre seus deveres e o trabalho criativo, L. M. Montgomery teve momentos de grande satisfação e alegria, mas também de muita frustração, enquanto batalhava para desempenhar seus papéis com sucesso. Os vizinhos se acostumaram a ver a *petite Mrs. MacDonald*, como a chamavam, caminhando apressadamente pela rua, murmurando os diálogos dos seus livros, enquanto ia cuidar das compras ou se dirigia para a escola dominical.

L. M. Montgomery passou por muitos momentos de tensão na sua vida: o horror da Primeira Guerra Mundial, a depressão crônica do marido e a deterioração das suas relações com o primeiro editor. No entanto, ela manteve as aparências tanto como esposa do pastor quanto como autora. Extremamente produtiva, tanto no lado doméstico quanto no profissional, ela mantinha uma rotina diária para escrever histórias, poemas e cartas, e respondia todas as cartas dos fãs de próprio punho. Ela continuava a extravasar os problemas e as agonias da sua vida íntima no diário, e considerou o advento da Segunda Guerra Mundial particularmente horrível. Finalmente, seus dias se tornaram tão difíceis que até seu amigo, o velho diário, não lhe serviu mais de consolo. Triste e amarga, sem conseguir escrever sequer para seus amigos por correspondência nem encontrar um desafogo no seu diário durante meses, L. M. Montgomery morreu em 1942.

Após sua morte, sua ambição "de escrever um livro que viveria" foi realizada muitas e muitas vezes, especialmente com os livros de Anne. *Anne of Green Gables* foi traduzido em dezessete línguas e vendeu milhões de cópias. *Anne* também foi levada para o teatro e para o cinema, e serviu de inspiração para um musical e um balé, inúmeros filmes e várias minisséries na televisão.

Ironicamente, e apesar da enorme popularidade de todos os seus livros, depois da década de 1920, L. M. Montgomery foi ignorada pelos críticos e somente foi reconhecida como uma escritora canadense importante após 1970. Naquela época, os estudiosos interessados em autores femininos começaram a investigar por que as pessoas gostavam tanto de ler sobre Anne e Emily, e suas outras personagens maravilhosas. Eles questionaram por que um autor feminino – que, em 1947, uma pesquisa de opinião mostrou ser quase tão querido quanto Charles Dickens – fora deixado de lado na literatura. Por fim, os diários de Lucy Maud Montgomery passaram a ser reconhecidos como fontes importantes para entender tanto sua personalidade complexa quanto as personalidades daqueles a quem ela dava vida nos seus livros

Graças à energia e ao talento de L. M. Montgomery, as personagens sobre quem ela escreveu continuam vivas – especialmente a temperamental e corajosa Anne. A independência vivaz da pequena heroína ruiva tem conquistado os leitores de todas as partes do mundo, e o sentido apurado de L. M. Montgomery, tanto de beleza como de justiça, que ela incorporou em Anne e em todas as suas outras heroínas, tem incentivado os jovens no mundo inteiro.